KB184115

을 유 세 계 문 학 전 집 · 138

목련구모권선희문

(상)

목련구모권선희문

目連救母勸善戱文

(상)

정지진 지음 · 이정재 옮김

◈ 을유문화사

옮긴이 이정재

서울대학교 중어중문학과를 졸업하고 동 대학원에서 중국 구비연행에 대한 연구로 박사 학위를 받았다. 현재 서강대학교 중국문화학과 교수로 재직 중이다. 저서로는 『근세 중국 공연 문화의 현장을 찾아서』, 『중국 구비연행의 전통과 변화』, 『중국공연예술』(공저), 역서로는 『도화선』, 『모란정』(공역), 『희곡 서유기』, 『근대 중국의 언어와 역사』, 『만유수록 역주 1, 2』 (공역), 『구미환유기(재술기) 역주』 등이 있다.

을유세계문학전집 138
목련구모권선희문(상)

발행일 · 2025년 1월 30일 초판 1쇄
지은이 · 정지진 | 옮긴이 · 이정재
펴낸이 · 정무영, 정상준 | 펴낸곳 · (주)을유문화사
창립일 · 1945년 12월 1일 | 주소 · 서울시 마포구 서교동 469-48
전화 · 02-733-8153 | FAX · 02-732-9154 | 홈페이지 · www.eulyoo.co.kr
ISBN 978-89-324-0538-4 04820   978-89-324-0330-4(세트)

목련구모권선희문(상)

신편목련구모권선희문(新編目連救母勸善戲文) • 11

상권

목련구모권선희문(하)

해설 목련의 모친 구조 이야기와 정지진의 『목련구모권선희문』

판본소개

정지진 연보

일러두기

1. 이 책은 중국 명대의 극작가 정지진(鄭之珍)이 쓴 장편 희곡 『목련구모권선희문(目連救母勸善戲文)』을 완역한 것이다.

2. 원서의 문단 형식과 등장인물 표시는 현대 독자들에게는 생소한 까닭에 되도록 익숙한 형식으로 바꾸고자 했다.

3. 노래하는 부분, 노래하지 않고 읊는 시와 사(詞), 그리고 노래하지 않는 일반 대사 등을 각각 다른 서체로 나타내었다.

4. 각 척의 시작 부분에는 전공 연기 분야를 뜻하는 각색(角色)과 그 각색이 연기하는 인물을 대응하여 표시하였다. 예를 들어, 남자 주인공을 연기하는 생(生) 각색은 부나복(목련)을 연기하고, 남자 조연을 연기하는 말(末) 각색은 제1척에서는 개장자를 연기하고 제2척에서는 하인 익리(益利)를 연기한다.

신편목련구모권선희문
(新編目連救母勸善戲文)

서序

정지진鄭之珍

옛날에 공자께서 [하은주夏殷周] 삼대三代의 성인들을 따르고
자 뜻하였으나 제왕의 지위를 얻어 그 정교政教를 행하지 못하
시니 이에 노나라 역사를 기준으로 삼아 『춘추』를 지어 선을 높
이고 악을 낮추셨다. 선을 높이니 사람들은 기꺼이 선을 행하였
고, 악을 낮추니 사람들은 악을 꺼려 행하지 않았다. 그런 까닭에
"공자께서 『춘추』를 지으시니 난신亂臣과 적자賊子들이 두려워하
였다"[1]라고 하였다. 그런데 선행을 행하고 악행을 행하지 않는
것은 힘으로써 겁을 준 것이 아니라 백성들의 마음의 도 때문이
다. 공자께서도 "백성들은 삼대 때부터 곧은 도로써 행한 것"[2]이
라고 말씀하시지 않았던가. 만약 도가 백성들이 모두 함께 갖춘

---

1 『맹자(孟子)』「등문공 하(滕文公下)」에 나온다.
2 『논어(論語)』「위령공(衛靈公)」에 나온다.

것이 아니라면 이 사람은 돌아보며 두려워하고 저 사람은 돌아보며 어길 것이니, 성인의 마음 끝이 어떠하셨는지 나는 알겠다. 그런데 도를 두려워할 줄 아는 것은 그래도 중인中人의 자질이다. 중인 이하의 어리석은 사람들은 무지몽매하여 두려워할 줄 모르는 이들이 더욱 많다. 하물며 강산이 변하여 날로 옛날에 미치지 못함에랴!

나는 영민하지 못하여 처음 공자를 배울 때 『춘추』에 뜻을 두었지만 애석하게도 글월은 때를 따르지 못하고 뜻은 목표를 이루지 못하여 문학에 생각을 두고 방외方外에서 마음을 노닐고 있었다. 그때 나는 추포秋浦의 섬계剡溪3에 살고 있었는데, 목련目蓮이 모친을 구한 이야기를 가져다가 『권선기勸善記』 세 책을 엮어, 노래로 펼쳐 귀 있는 사람들이 함께 듣게 하고, 모습으로 드러내어 눈 있는 사람들이 함께 보게 하였다. 헤어지고 만나며 슬퍼하고 기뻐하는 일이나 권선징악과 같은 이치는 비단 중인들만 알 수 있는 것이 아니라 어리석은 사람들도 모두 두려워하고 슬퍼하고 눈물 콧물 흘리며 감동하고 깨달으며 두루 알 수 있는 것이니, 내가 책을 엮은 것이 권선을 위해 일조하는 일이 아니겠는가!

지나던 객이 내가 지은 가사歌辭를 보더니 탄식하고 지나치게 부르짖는다면서 꾸짖었다. 나는 이렇게 대답하였다. "옳은 말씀입니다. 다만 반경盤庚이 은殷으로 천도하실 때 백성들이 그곳으

---

3 지금의 안휘성(安徽省) 지주시(池州市) 석태현(石台縣) 대연향(大演鄉)의 섬계촌(剡溪村)이다.

로 가지 않으려 하니 반경은 신도^{神道}로써 그들을 두렵게 하였는데, 이는 반경이 부득이하여 그렇게 한 것입니다.[4] 나는 공자님처럼 세상에 쓰이지 못하여 귀도^{鬼道}로써 사람들을 두렵게 하니, 이 또한 내가 부득이하여 그렇게 한 것입니다. 두려우면 깨닫게 되고 깨달으면 고치게 되고 고치면 선해지는 것일지니, 내가 공자님의 마음을 배워 또한 조금은 위로가 됩니다." 객이 말했다. "그렇다면 당신은 스스로를 공자님과 견주는 것입니까?" 내가 대답했다. "어찌 감히 그럴 수 있겠습니까? 내가 바라는 것은 공자님을 배우는 것입니다. 획린^{獲麟}의 붓으로 천자 같은 권세를 휘둘러 도가 융성하면 사람들도 따라서 융성할 것이되, 사냥할 손으로 부처님 앞에 헌금하여 도가 더럽혀지면 사람들도 따라서 더럽혀질 것입니다.[5] 하지만 사람들로 하여금 선을 따르게 하고자 하는 것은 마찬가지입니다." 객이 웃으며 말했다. "그렇지요." 이 일을 적어 둔다.

만력^{萬曆} 임오^{壬午}년(1582) 초가을에 고석산인^{高石山人} 정지진 씀.

---

4 『서경(書經)』「반경(盤庚)」에 상나라 임금 반경이 도읍을 은(殷)으로 옮기고자 할 때 백성들이 따르지 않자 천명(天命)에 따라 천도해야 함을 강조하며 훈계하였다. 본문에서 신도는 천명을 뜻한다.
5 획린, 즉 기린을 잡는다는 말은 공자가 『춘추』를 "기린이 잡혔다"는 구절로 마쳤다는 데에서 나왔다. 획린의 붓은 유가의 입장에서 글을 씀을 말한다. 또 사냥할 손으로 부처님 앞에 헌금한다는 말은 정치적 야심이 컸지만 실의하여 불가(佛家)의 뜻을 따름을 말한다. 당나라 사공도(司空圖)의 시 「수사정(修史亭)」 제3수의 마지막 구절 "그 누가 생각했으랴, 평생 대업에 뜻이 컸건만, 등불 켜고 홀로 부처님 앞에 헌금이나 하게 될 줄을(誰料平生臂鷹手, 挑燈自送佛前錢)"에서 따왔다.

상권

제1척

개장
(開場)

말(末) ⋯ 개장자(開場者)**6**

개장자

【화당춘畵堂春】

우주는 드넓고 훌륭한 인물 많은데,

명예와 이익 좇아 왔다 갔다 고생하네.

세월은 눈 깜짝할 새에 쏜살처럼 지나가니,

검은 머리 하얗게 세고 말았구나.

위魏나라의 산하는 어디에 있는가?

한漢나라의 사업은 어찌 되었는가?

한 마당 연극 벌여 즐겁게 노래하리니,

---

6 각 척(齣)의 첫머리에는 해당 척의 각색명과 등장인물이 소개된다. 일부 척에서는 첫머리
에 소개되지 않은 각색이나 인물이 나오거나 소개에 착오가 보이기도 하는데 필요한 경우 각
주를 통해 설명할 것이다.

여러분은 놓치지 마시오.

무대 안에 계시는 자제들은 채비가 다 되었습니까?

무대 안　모두 준비되었습니다.

개장자　오늘 밤에는 누구네 집 이야기를 보여 주실 것인지요?

무대 안　「목련目連이 효도를 행하여 모친을 구하는 권선勸善의 희문戲文」상중하 세 권으로 된 이야기를 보여 드리겠는데, 오늘은 먼저 상권을 하겠습니다.

개장자　그렇군요, 잘 알겠습니다. 그럼 상권의 줄거리를 여러 군자님들께 말씀드리겠으니, 잘 들어 보십시오.

　　부傳 장자長者가 선업을 좋아하여 재승齋僧하고 보시하니,[7]

　　상제를 감동시켜 사자使者의 깃발이 인도하여 하늘에 올랐네.

　　유劉씨 부인은 개훈開葷을 하고 아들을 타지로 내보내고,[8]

　　부나복傳羅卜은 돌아와 어머니께 간언하고 대단원을 이루었네.

저기 먼저 나오는 사람이 부나복입니다. (등장하는 부나복에게 읍을 하며) 어서 오시지요.

　　여러분 모두 조용하시고,

　　저쪽으로 눈길 돌려 바라보세요.

　　(퇴장한다.)

7　부 장자는 부나복의 부친 부상(傳相)을 가리킨다. 장자는 나이나 항렬 또는 신분이나 지위가 높은 사람을 뜻한다. 재승은 스님들에게 공양하며 보시하는 것을 말한다.

8　유씨 부인은 부상의 아내 유사진(劉四眞, 유청제[劉靑提], 청제부인이라고도 함)을 말한다. 개훈은 불교에서 소식(素食) 기간이 지나거나 병 등을 이유로 계율을 파계해야 할 때 훈채(葷菜, 파, 마늘, 부추 등과 같은 매운맛 채소)를 먹거나 육식을 시작함을 이르는 말이다.

제2척

새해 첫날의 축원
(元旦上壽)

생(生) … 부나복
말(末) … 익리(益利)
외(外) … 부상(傅相)
부(夫) … 유씨(劉氏)
축(丑) … 금노(金奴)

부나복

【신수령新水令】

젊은이는 올바름을 함양하고 수행에 힘써야 하니,

수행을 논하자면 선善이 근본이라.

마음을 다해 만법萬法으로 돌아가고,

온 힘을 다하여 양친을 모시는 것.

소찬을 올리고 아침저녁으로 살펴 드리니,

이 몸 밖의 세상일을 내가 어찌 논하랴.

〔자고천鷓鴣天〕

천지간의 도리 중에 효도가 으뜸이니,

효도는 모름지기 어려서부터 해야 하네.

기름진 음식이 어찌 거친 음식만큼 맛있겠는가,

관복이 어찌 색동옷만큼 예쁘겠는가.[9]

마음의 땅과 성품 속의 하늘이,[10]

빛처럼 밝고 깨끗하다면 그것이 바로 신선이라.

뜬구름 같은 부귀영화를 누린들 무엇이 되겠는가,

헛된 이름만 잔뜩 얻어 세상에 전해질 것이니.

소생은 성이 부傅씨이고 이름은 나복羅卜이라고 합니다. 나이는 곧 약관弱冠이 되고 공부는 기학家學을 익혔습니다. 집에는 방이 일곱 칸이 있지만 두 무릎만 들여놓을 따름이고, 식량은 곡식 천 종鍾[11]이 있지만 그저 허기 채울 정도만 취하고 있습니다. 부끄럽게도 널리 베풀어 중생을 구하는 일은 하지 못하고, 그저 자신을 버리고 남을 따를 일만을 염두에 두고 있습니다. 아버님 성함은 부상傅相이신데 망극하게도 의관義官의 직을 받으셨고, 어머님은 유씨劉氏이신데 망극하게도 안인安人의 이름을 받으셨습니다.[12] 다행히도 두 분은 강녕하고 무강하게 다시 새해를 맞이하였습니다. 삼백육십일 중에 이날이 으뜸이니, 일만육천 번의 봄이 지나도 오래도록 젊어 늙지 않으시기만을 축원합니다. 아까 익리益利에게 분부하여 술을 준비하여

---

9 기름진 음식과 관복은 부귀영화를 뜻하고, 거친 음식과 색동옷은 가난한 속에서도 효도를 다하는 것을 가리킨다. 색동옷이 효도를 뜻하게 된 것은 춘추 시대에 초나라의 노래자(老萊子)가 70세에 색동옷을 입고 부모를 즐겁게 하였다는 데에서 유래하는 것으로, 한나라 유향(劉向)의 『열녀전(列女傳)』「현명전(賢明傳)·초노래처(楚老萊妻)」에 나온다.
10 "마음의 땅을 길러 가꾸고 성품 속에 하늘의 뜻을 함양한다(栽培心上地, 涵養性中天)"라는 명청 시대 유행어에서 나온 것이다.
11 1종은 10곡(斛)이고 1곡은 10말이다.
12 의관은 명예직 벼슬을 뜻한다. 안인은 본래 봉호를 받은 부인에게 붙이는 존칭인데, 의미가 확대되어 부인에 대한 일반적인 존칭으로 쓰이기도 했다.

세배를 올릴 채비를 하라고 했습니다. 익리는 어디에 있는가?

익리

태평성대에 새봄이 돌아오니,

노래 부르며 성세를 즐긴다네.

황금은 귀할 것 없고,

안락이 천금만큼 소중하다네.

(부상에게 인사하고 명을 받든다.)[13]

부상

【전강前腔】[14]

평생 학문을 닦으면 천도天道와 인도人道를 꿰뚫을 수 있거늘,

부끄럽게도 재주가 부족하여 성인聖人 될 소질이 없다네.

구름과 산이 모두 즐거움이니,

총애나 치욕을 받아도 놀랄 것이 없다네.

선업을 행하고 스님들께 보시하여,

반드시 끝까지 하늘의 명을 받들겠네.

유씨

【전강】

반평생 고생하며 남편을 도왔거늘,

바쁘게만 살다 보니 귀밑머리가 하얗게 세어 버렸네.

선업은 천하를 밝히지만,

---

13 원문은 '서개(敍介)'이다. 주안상을 준비하면서 말하고 대답하는 것을 간략히 나타냈다.
14 '전강'은 바로 앞의 곡조와 같다는 뜻으로, 여기에서는 앞의 곡조인 '신수령' 곡조로 노래
한다.

부귀는 뜬구름과도 같네.

청백한 집안의 명성에,

또다시 기쁘게도 아름다운 경치를 만났다네.

(부상을 만난다.)

모두

폭죽 소리 속에 한 해가 저물고,

봄바람이 따스하게 집 안에 불어오네.

집집마다 모두 아침 해가 떠오르니,

모두들 낡은 부적을 새 부적으로 바꾸네.[15]

부나복 부모님께 아뢰오니 오늘은 원단元旦으로 한 해의 첫날입니다. 부모님께 아뢰오니 먼저 새해 축하의 예를 올리고 이어 만수무강의 기원을 바치겠사옵니다. 자식의 마음을 다하여 명절 제사를 모시겠사옵니다.

부상 집안에 윗사람이 둘이 있을 수는 없는 법이다. 자식이 비록 부모를 존경한다고 해도 예의에는 오경五經이 있으니 사람이면 마땅히 하늘의 크신 은혜에 보답해야 할 것이니라.[16] 향안香案을 차리고, 먼저 천지天地와 임금님께 절을 올리고 나서 새해 인사를 하거라.

부나복 익리는 향분香盆을 가져오게.

---

15 이 네 구절은 송나라 왕안석(王安石)의 시 「원일(元日)」이다.

16 『예기(禮記)』 「증자문(曾子問)」에 "하늘에는 해가 두 개가 있지 않고, 땅에는 왕이 두 명이 있지 않고, 집에는 주인이 두 명 있지 않고, 존귀한 것은 가장 좋은 것이 두 개 있지 않다(天無二日, 土無二王, 家無二主, 尊無二上)"라는 구절이 있다. 오경은 여기에서는 길례(吉禮), 흉례(凶禮), 빈례(賓禮), 군례(軍禮), 가례(嘉禮) 등의 오례(五禮)를 말한다.

모두

　【청강인清江引】

　침향과 단향을 금사자 향로[17]에 가득 태우니,

　자욱하게 연기가 피어오르네.

　하늘과 땅이 덮어 주고 실어 주신 은혜요,

　성스러운 신령들이 바로잡아 세워 주신 힘 덕택이라.

　이 향에 의지하여 하늘과 땅에 감사의 절을 올리네.

　【전강】

　백성들이 변란을 겪다가 전쟁이 그치니,

　모두가 임금님의 다스림 덕분이네.

　강산이 제도帝都를 장대하게 만들고,

　일월이 천자의 성덕을 빛낸다네.

　바라옵건대 임금님께서는 만세 만세 만만세하소서!

익리　돌아서서 조상님께 절을 올리십시오.

모두

　【전강】

　조상님들께서 끊임없이 오이 덩굴을 남겨 주시고,[18]

　우리 자손들을 보우해 주시네.

　탄식하시는 소리를 들은 것처럼,

　삼가 가을 제사와 겨울 제사를 모시네.

　바라옵건대 새해에는 만사가 두루 형통하게 해 주소서.

17　사자와 비슷한 전설상의 동물인 산예(狻猊) 모양의 금빛 덮개가 있는 향로이다.

18　자손이 오이 덩굴처럼 번성함을 비유하는 말이다. 『시경(詩經)』 「면(緜)」에 나온다.

부나복　아버님 어머님께서는 자리에 앉으셔서 아들의 세배를
받아 주십시오.

【강황룡降黃龍】

새해의 아름다운 경치 중에서도,

오늘 아침이 으뜸이니,

이때가 가장 좋습니다.

음률이 태주太簇로 돌아오니,[19]

하늘 한가운데 황도黃道가 열리고,[20]

기운은 홍균洪鈞을 돌립니다.[21]

이 초백주椒柏酒를 한 잔 올리며,[22]

부모님 불로장생하시기를 기원합니다.

(합合)[23] 바라옵건대 앞으로도,

해마다 봄 술 드시면서,

설날을 축하하여 주소서.

부상

【전강환두前腔換頭】[24]

19　태주는 본래 십이율 가운데 하나인데, 음력 정월을 뜻하기도 한다.
20　황도는 태양이 지나는 길을 말한다.
21　홍균은 하늘을 뜻한다. 봄의 기운이 하늘에 충만해졌다는 뜻이다.
22　초백주는 정월 초하루에 제사를 지내거나 축수를 할 때 올린 산초와 잣으로 만든 술을 말한다.
23　합은 후렴처럼 한 명 또는 여러 명이 반복하여 부르는 부분을 말한다. 처음 나올 때 '합'이라 하고 같은 대목이 다시 나올 때에는 '합전(合前)'이라고 한다. 그 범위는 (합) 표시부터 그 노래의 마지막 구절까지이다. 본 역서에서는 편의상 '합전'이 나오는 반복 부분을 모두 반복하여 표기하였다. 한편 이 합은 때로는 등장한 인물들이 함께 노래하는 것을 뜻하기도 한다. 이 경우에는 '함께'로 번역하였다.
24　'전강환두'는 앞의 곡조와 같은 곡조로 부르되, 앞 곡조의 첫 구절 또는 첫 몇 구절을 바꾸는 것을 말한다.

세월은,

백 년이 한순간과도 같다네.

탄식하노니, 덧없는 인생 바쁘고도 고생스럽다가,

하얀 귀밑머리가 성성하구나.

나는 선행 쌓는 일에 마음을 두었다.

책을 모아 자손들에게 물려준다고 해도 반드시 다 읽을 수는 없고, 금을 모아 자손들에게 물려준다고 해도 반드시 잘 지킬 수는 없을 것이니,[25]

차라리 보이지 않는 곳에 음덕을 널리 쌓는 것이 나을 것이네,

이것이 바로 자손들이,

오래도록 번성할 근본이라네.

유씨

기쁘다네,

봄이 집 안까지 들어왔으니.

산천은 옛날과 다름이 없고,

일가가 안락하니,

천금보다 소중하다네.

(합) 바라옵건대 앞으로도,

해마다 봄 술 드시면서,

설날을 축하하여 주소서.

익리, 금노 소인들이 술을 올려 장수를 축원하나이다.

---

25 원말 명초 범근(范瑾, 범립본[范立本])이 편찬한 『명심보감(明心寶鑑)』 「계선(繼先)」에 인용된 송나라 사마광(司馬光)의 가훈이다.

【도각아掉角兒】

술잔 받쳐 들고 술을 가득 따르오니,

봄빛으로 말하자면 원단이 최고입니다.

일 년 삼백육십 일 중에서,

이날이 으뜸이고,

한번 마시면 삼백 잔은 마셔야 하는데,

이 첫 잔이 가장 훌륭합니다.

기쁜 봄날은 화창하고,

느릿느릿한 봄날 햇볕이,

봄날의 사람들을 두루 비춥니다.

부상 옛사람들은 오늘 같은 봄날을 누런 솜저고리에 비유했으니, 그런 까닭에 이렇게 읊은 시도 있었느니라.

범저范雎의 비단 도포는 한 몸만을 따뜻하게 하고,

큰 갖옷도 낙양 사람만 덮어 줄 뿐이거늘,

구주九州와 사해四海에 누런 솜저고리 내려오니,

하늘이 골고루 내려 주신 은혜에 다투어 기뻐하네.[26]

이 누런 솜저고리는 따뜻하기도 하니,

하늘이 골고루 내려 주신 은혜에 감사드린다네.

---

26 이 네 구절은 송나라 나대경(羅大經)의 시 「황면오(黃綿襖)」와 거의 같다. 범저는 전국 시대 위(魏)나라 사람으로, 위나라에서 친구 수가(須賈)의 모함을 받아 형벌을 당한 뒤 진(秦)나라로 가서 승상이 된 후 이름을 장록(張祿)으로 바꾸었다. 후에 수가가 진나라에 사신으로 오자 범저가 일부러 해진 옷을 입고 접견하니 수가는 범저가 여전히 가난한 줄 알고 명주 솜옷을 주었다가 후에 범저가 진의 승상이 된 것을 알고 사죄하였다. 범저는 수가의 옛 행위를 꾸짖으면서도 명주 솜옷을 준 마음을 보아 수가를 용서해 주었다. 이 이야기는 명나라 전기(傳奇) 「제포기(綿袍記)」로도 전해진다.

(합) 부적을 새것으로 바꾸고,

북두北斗 중에 세 별이 인시寅時를 가리키니,[27]

바라건대 한 해가 태평하고,

만복이 깃들기를 기원하네.

부나복, 부상

【전강】

봄바람이 초목의 싹을 틔우고,

봄기운은 땅을 촉촉이 적시네.

봄볕은 봄 얼음을 녹이고,

봄의 응달을 깨뜨리네.

봄눈 속에 봄 매화가 피어나니,

봄소식이 오는구나.

봄 정자에 올라 보니 봄 나들이객들이 점점 많아지고,

봄 술 마시고 봄잠에 들었다가 깨어나네.

(합) 부적을 새것으로 바꾸고,

북두 중에 세 별이 인시를 가리키니,

바라건대 한 해가 태평하고,

만복이 깃들기를 기원하네.

부상

【미성尾聲】

봄 하늘 향해 봄이 오는지를 묻네.

---

27 북두칠성 중 자루 부분을 이루는 형(衡), 개태(開泰), 요광(搖光) 등의 세 별이 인시(寅時) 즉 새벽 3시에서 5시 사이의 위치에 오게 되었다는 뜻으로, 막 새해가 되었음을 말한다.

유씨

봄이 오니 기쁘고 만물이 번성하네.

나복

바라옵건대 부모님 오래도록 봄빛의 주인이 되소서.

남은 섣달이 어젯밤에 가 버리고,

새봄이 오늘 돌아왔네.

봄의 기운이 은택을 펼쳐 내고,

만물은 광휘를 뿜어내네.

제3척

스님과 도사의 방문

(齋僧齋道)

말 … 익리
정 … 스님
소(小) … 도사
외 … 부상

익리

사람이 착한 일을 하는 것은,

그 일들을 마땅히 해야 하기 때문이네.

쇠와 돌마저도 움직이게 할 수 있으니,

귀신을 어찌 속일 수 있으리요?[28]

주인님의 엄명을 받아 회연교會緣橋 머리에서 재승할 사당을 정돈하고 보시를 알리는 깃발을 세우고 있었습니다. 준비가 끝났으니 기다리기만 하면 됩니다. (걷는다.) 훌륭한 사당이로구나. 곳곳마다 밝고도 깨끗하고, 칸칸마다 잘 통하고 청허하구나. 네 벽에는 모두 선사先師들의 격언이 쓰여 있고, 온 자리마다 성인들의 초상이 가득하구나.

---

28 이상의 네 구절은 송나라 소옹(邵雍)의 시 「위선음(爲善吟)」의 앞부분과 비슷하다.

향로 안에는 선향仙香이 끊이지 않고,

옥잔 속에는 불화佛火가 항상 밝다네.

아름다운 화초들이 피어 있으니 사시사철이 봄이고,

목탁과 금방울 소리는 천고의 음운이로구나.

여기는 또 작은 주인님의 책방이군요. 정말이지,

도원道院에서는 선객仙客을 맞이하고,

서재에는 유자儒者가 은거하네.[29]

말을 마치지도 않았는데, 저기 멀리에서 스님과 도사가 오시
는군요.

스님

【기생초寄生草】

머리에는 승모를 쓰고,

몸에는 검은 가사를 입었네.

금방울 소리는 구름까지 이르고,

목탁 소리에 천화天花가 떨어지고,

부들방석에 좌정하니 달빛이 비추는구나.

탐하지 않고 투기하지 않으니 마음 졸이지 않고,

묶임 없고 구속 없으니 번뇌 없도다.

〔서강월西江月〕

부처님의 가르침이 해와 달처럼 밝으니,

석가의 무리들이 강물처럼 넘친다네.

불경을 담론하여 대낮에 천화가 떨어지면,

---

29 이상의 두 구절은 송나라 왕수(汪洙)의 시 「신동시(神童詩)」 중의 일부이다.

단단한 돌멩이도 머리 끄덕이며 조화를 깨닫네.

의발의 전수에는 까닭이 있고,

색色과 공空을 깨달아 틀림이 없으니,

가끔 학을 타고 구름 밖으로 날아가서는,

십주十洲와 삼도三島를 두루 돌아보네.[30]

(멈추어 선다.)

도사

【전강】

나는 본래 삼청三清[31]을 모시는 도사로,

몸에는 백납의百衲衣[32]를 걸쳤다네.

삼끈 매고 짚신 신고 구름과 물을 따라다니며,

솔잎 바람 소리, 달그림자가 모두 친구라네.

운통雲筒과 죽간竹簡으로 생계를 삼고,[33]

떨이개로 번잡한 먼지들을 다 떨어내고,

조롱박에는 천지의 기운을 담아 놓았다네.

〔서강월〕

도가의 가르침이 오늘날 맹렬하지만,

태상노군太上老君은 예로부터 다투어 자랑했네.

---

30 십주는 십주(十洲)와 통한다. 십주(十洲)는 신선이 사는 동해의 10개 섬이다. 삼도 역시 신선이 사는 봉래(蓬萊), 방장(方丈), 영주(瀛州) 등 동해의 세 산을 말한다.
31 도교의 세 신인 옥청원시천존(玉清元始天尊), 상청영보도군(上清靈寶道君), 태청태상노군(太清太上老君)을 뜻한다.
32 해진 천 조각 여러 개로 기워 만든 누더기처럼 남루한 옷을 말한다. 흔히 도사의 차림새를 말할 때 쓴다.
33 운통과 죽간은 도사가 노래할 때 반주하는 타악기로, 어고(魚鼓)와 간판(簡板)이라고도 한다.

망망한 우주에서 나는 행와行窩[34]에 잠시 머무나니,

일월은 나의 장명등長明燈[35]이로다.

술법이 있으면 백호白虎를 길들일 수 있고,

연기 없이도 단사丹砂를 구울 수 있네.

선골仙骨이 황아黃芽로 변하는 이치를 알겠으니,[36]

내키는 대로 푸른 소를 평온하게 타고 가네.

(스님을 만난다.)

스님   소승은 선정禪定입니다.

도사   빈도貧道는 전진全眞입니다.

함께   강호를 떠돌아 보니, 악한 자는 많고 착한 자는 적은데, 오늘 왕사성王舍城[37]의 부상傅相이라는 장자가 선행을 좋아한다 하니, 한번 가 보는 것이 어떠할지요? 이곳에 왔으니 지금이 바로 좋은 때입니다. 한번 탐문해 보면 정말 좋겠습니다. (걸어간다.)

고해苦海에 돛 띄우고 고개 한번 돌려 보니,

그곳을 떠나지도 않았는데 곧 영주瀛州로세.

진세塵世에 미혹된 사람들을 한탄하나니,

---

34 본래 송나라 사람들이 소옹을 접대하기 위해 그의 안락와(安樂窩)를 본떠 지은 집으로, 나중에는 잠시 머물 수 있는 조용하고 편안한 곳을 이르는 말로 쓰였다.

35 영원히 꺼지지 않는 등불이다.

36 당나라 대숙륜(戴叔倫)의 시 「증한도사(贈韓道士)」 중의 한 구절이다. 황아는 도가에서 납에서 정련하여 추출한 정화(精華)를 말한다. 선골이 황아로 변하듯이 세월이 흘러 나이가 들어간다는 뜻이다.

37 본래는 인도의 옛 마가다(Magadha) 왕국의 첫 번째 수도였던 라지기르(Rajgir)를 말한다. 석가모니가 한때 이곳에서 설법을 했다고 전해진다. 그러나 여기에서는 인도가 아닌 중국의 한 도시로 설정되어 있다.

헛되이 자손 위해 소나 말이 되는구나.

(익리를 만나 물어본다.)

익리　저의 주인님께서는 선행을 좋아하시고 조금의 티끌도 없으십니다. 일을 만나면 자비롭게 행하셔서 열 가지 큰 보시를 베푸십니다.

스님, 도사　열 가지 큰 보시란 무엇인지요?

익리　첫째 보시는 사람들이 자식을 버리면 유모를 사서 이들을 길러 줍니다.

스님, 도사　둘째 보시는요?

익리　둘째 보시는 기댈 곳 없는 가난한 사람들에게 추운 겨울에 옷과 양식을 줍니다.

(이하 문답 방법이 같다.)

익리　셋째 보시는 탕약을 지어 병자들을 구제합니다. 넷째 보시는 의탁할 데 없는 망자에게 관재棺材를 줍니다. 다섯째 보시는 몸 파는 남녀들을 속바쳐 줍니다. 여섯째 보시는 목숨을 빼앗긴 생령들에게 목숨을 사 줍니다. 일곱째 보시는 흉년으로 기근이 들면 쌀값을 평소처럼 받고 팔아 줍니다. 여덟째 보시는 도관道觀과 승방僧房에 향불을 끊이지 않게 합니다. 아홉째 보시는 불상이 낡으면 새롭게 금칠을 합니다. 열 번째 보시는 다리가 무너지면 새롭게 보수합니다. 이것은 대략을 말한 것이고, 다른 일들도 더 많습니다. 두 분께서 여기 오셨으니 정말이지 "친구가 먼 곳에서 왔으니 즐겁지 아니한가!"[38]라는 말이

38　『논어』「학이(學而)」편에 나오는 구절이다.

딱 맞습니다. 재방齋房에 드시지요, 주인님께 말씀드리겠습니다. (보고한다. 부상이 등장한다.)

부상

　【분접아粉蝶兒】

　경치와 풍물이 화락한데,

　훌륭하신 친구들이 오셨다니 기쁘도다.

(스님과 도사를 만난다.)

스님, 도사　고명하신 이름을 일찍부터 흠모했사오니, 태산과 북두칠성 같으십니다. 소승과 빈도가 찾아와 계시는 곳을 시끄럽게 하였습니다.

부상　제가 평소에 선행을 좋아함은 좋은 인연을 널리 맺고자 해서입니다. 예를 갖추어 영접하지 못한 것을 용서해 주시기 바랍니다. 후당後堂으로 가셔서 담론하시지요. (걸어간다.) 여기는 관음당觀音堂입니다.

스님, 도사　아미타불! (걸어간다.)

부상　여기는 삼관당三官堂[39]입니다.

스님, 도사　아미타불! (걸어간다.)

부상　여기는 낙선당樂善堂입니다.

도사　아, 낙선당이군요. 글씨가 훌륭합니다!

스님　낙선의 요체를 듣고자 합니다.

부상　일찍이 듣기로 덕德은 천하의 선善을 주재하고 선은 천하

39　삼관은 도교에서 받드는 세 신으로 천관(天官), 지관(地官), 수관(水官)을 말한다. 삼관당은 삼관의 신위를 모셔 놓은 집이다.

의 일一을 밝히는 것이라 하였고,[40] 스스로 반성하여 정성스럽
게 행하면 그 즐거움이 막대하다고 하였습니다.[41] 세상 사람들
은 선이 성性에 근본을 두고 있음을 몰라서 얽히고설킨 업연業
緣에 목숨을 잃는 일이 많고, 즐거움이 선에서 생겨나는 것을
몰라서 망망한 고해苦海에 떨어지는 일이 많습니다. 오직 동평
공東平公만이 선을 행함이 가장 즐겁다고 말하였으니,[42] 이는
즐거움이 선에서 생겨나고 선은 행함에 달려 있음을 진정으로
아는 것이라고 하겠습니다. 따라서 천자가 선을 행하면 천하
의 즐거움을 지키고, 제후가 선을 행하면 나라의 즐거움을 지
키며, 대부가 선을 행하면 집안의 즐거움을 지키고, 선비와 서
인庶人이 선을 행하면 그 자신의 즐거움을 지킬 수 있습니다.
제가 이것으로 당호를 삼았으니, 이름을 잘 따져서 그 뜻을 생
각해 볼 때 마음이 거하는 곳이면 언제라도 선을 행하지 않는
때가 없고, 몸이 처하는 곳이면 어디를 가더라도 즐거운 땅이
아닌 데가 없다는 뜻인 듯합니다. (웃는다.)

도사 가르침을 받들겠습니다!

부상

　【홍납오紅衲襖】

　하늘이 만물과 사람을 낳으시매,

---

40 송나라 장재(張載)의 『정몽(正蒙)』「유덕(有德)」에 나오는 구절이다.
41 『맹자』「진심 상(盡心上)」에 나오는 구절이다.
42 동평공은 후한(後漢) 때 광무제(光武帝)의 여덟 번째 아들이었던 동평헌왕(東平獻王) 유
창(劉蒼)을 말한다. 그는 선을 행하는 일이 가장 즐겁다고 말했다고 한다. 명(明)나라 때 지어
진 편자 미상의 계몽서『증광현문(增廣賢文)』에 나온다.

기氣가 형상을 이루고 이理 또한 그 안에 있었습니다.

이들을 이어받은 것은 선善이고 이룩한 것은 성性이며,[43]

성이 감응하여 움직이자 선과 악이 나누어졌습니다.

사람들의 성에서 선을 이미 다하니,

나의 마음속에서는 즐거움이 절로 생겨나고,

저 동평공은 그 뜻을 깊이 알아서,

선행이 가장 즐겁다고 말하였으니, 무릇 사람이 되어,

이를 지키면 마침내는 성신聖神의 반열에 들어갈 것입니다.

스님　가르침을 받들겠습니다!

부상　감히 여쭙건대 선사禪師께서는 의발衣鉢을 어디에서 물려 받으셨는지요?

스님

【전강】

이 바리때는 음식의 밑천이고,

이 가사는 옷이 나오는 바입니다.

옷으로 온 천하가 모두 몸을 가리기를 기원하고,

밥으로 백성들이 모두 굶주림을 면하기를 바랍니다.

이러한 마음을 미루어 가면 능히 먹을 수 있고,

이러한 마음을 미루어 가면 능히 옷을 줄 수 있습니다.

다만 사람들에게 도움됨이 있기만을 바라니,

비록 머리끝에서 발끝까지 갈아서 벗겨진다고 해도 나는 즐겁 게 행할 것입니다.

43　『주역(周易)』「계사(繫辭)」의 한 구절이다.

부상 가르침을 받들겠습니다! 머리끝에서 발끝까지 갈아서 벗겨진다 해도 천하에 도움이 되면 행하는 것은 선을 즐기는 사람이 아니면 할 수 없는 일입니다. 도사님께 여쭈오니, 어고^{漁鼓}와 간판^{簡板}은 무엇을 위해 만들었습니까?

도사

【전강】

이 운고^{雲鼓}는 태허^{太虛}를 본떴고,

이 죽간^{竹簡}은 음양을 나눕니다.

오음^{五音}과 육률^{六律}이 여기에서 일어나고,

선화^{宣化}와 평정^{平情}이 여기에서부터 시작됩니다.

집대성하여 종소리로 시작하여 옥경^{玉磬} 소리로 끝맺고, [44]

소^韶 음악 아홉 번[45]이 모두 다 선하고 아름답습니다.

이것이 바로 대악^{大樂}이 천지와 함께 어울리는 것인데,

모두 태음^{太音}에 있으니 소리가 미약한 것입니다. [46]

부상 가르침을 받들겠습니다! 대악으로 천지와 함께 화락하는 것이야말로 선을 즐기는 일 중에서도 가장 지극한 경지일 것입니다.

도사 과찬이십니다!

---

[44] 『맹자』「만장 하(萬章下)」의 "공자를 집대성한 분이라고 한다. 집대성이란 종소리로 시작하여 옥경 소리로 끝맺는 것이다(孔子之謂集大成, 集大成也者, 金聲而玉振也)"의 구절을 응용한 것이다.

[45] 원문은 소구성(韶九成)이다. 『서경』「익직(益稷)」의 "소 음악을 아홉 번 연주할 때 봉황이 날아와 춤을 추었다(簫韶九成, 鳳皇來儀)"는 구절을 응용한 것이다. 소(韶)는 순(舜)임금의 음악이고, 소(簫)는 세기(細器) 곧 가냘픈 악기가 갖추어졌다는 뜻을 나타낸 말이다. 구성(九成)은 음악이 아홉 번 반복하여 연주됨을 말한다.

[46] 『도덕경(道德經)』의 "큰 음악은 소리가 약하다(大音希聲)"라는 구절과 비슷하다.

부상　감히 여쭙건대 불가에서 명심견성明心見性[47]하려면 어떤 책을 보아야 할는지요?

스님

　【열금경闍金經】

　불가의 요체는 『화엄경華嚴經』에 있으니,

　대저 사람들로 하여금 이 마음을 밝히게 할 것입니다.

　마음은,

　밝힐 때 성령性靈을 볼 수 있습니다.

도사

　심心과 성性은,

　불가와 유가가 섞인 것이로군요.

스님　그렇습니다. 노魯나라 노인에게 구담瞿曇씨가 되도록 한 것이니,[48] 어찌 유가와 불가가 섞여 이루어진 뜻이 아니겠습니까.

부상　감히 여쭙건대 노자老子처럼 수심연성修心煉性하려면 어떤 책을 보아야 할는지요?

도사

　【전강】

　노군老君의 요체는 『도덕경』에 있으니,

　대저 사람들에게 이 마음을 닦도록 하는 것입니다.

　마음은,

47　모든 잡념을 물리쳐 불성(佛性)을 깨달음을 말한다.
48　노나라 노인은 공자, 구담씨는 석가모니를 말한다.

닦을 때 성진性眞을 연마할 수 있습니다.

스님

심과 성은,

도가와 유가가 섞인 것이로군요.

도사 그렇습니다. 공자께서 노담老聃에게 예를 물으셨으니, 어찌 유가와 도가가 섞여 이루어진 뜻이 아니겠습니까.

스님, 도사 재공齋公49께 여쭙건대, 유가에서 존심양성存心養性50하려면 어떤 책을 보아야 할는지요?

부상

【전강】

성인께서 사서오경을 남겨 주셨으니,

대저 사람들에게 이 마음을 지니도록 하는 것입니다.

마음은,

지니고 있을 때 성性이 밝아지는 것입니다.

스님, 도사

유가와 불가와 도가가,

모두 섞여 이루어짐을 알겠습니다.

부상 성인은 신도神道로써 가르침을 펴셨으니 어찌 삼교혼성三教混成의 뜻이 아니라고 하겠습니까. 무릇 유, 불, 도는 이름은

---

49 본래는 도사에 대한 존칭인데, 여기에서는 부상에 대한 존칭으로 쓰이고 있다.

50 본심을 보존하여 천성을 기른다는 뜻이다. 『맹자』 「진심 상」에서 "마음을 보존하고 본성을 배양하는 것이 하늘을 섬기는 것이 된다(存其心, 養其性, 所以事天也)"라고 한 데에서 유래하였다. 마음에 새겨 두고 생각을 쌓는다는 '존심적려(存心積慮)'라는 말도 쓰였고, 간략하게 '존심'이라는 표현도 자주 쓰였다.

각자 다르지만 모두 이루어진 바가 있으니, 해, 달, 별이 밝음이 같지 않아도 모두 하늘에 걸려 있는 이치와 같습니다.

【효순가孝順歌】

유, 불, 도는,

본래 하나의 흐름인데,

이름은 세 빛으로 나란하여 진실로 짝할 바 없네.

하늘이 세 빛에 의지하지 않으면 긴 밤 캄캄할 것이니 어찌 만물을 살릴 수 있겠는가? 세상이 세 가르침에 의지하지 않으면 중생들이 몽매할 것이니 어찌 만민을 살릴 수 있겠는가? 오늘 두 분이 멀리에서 오셔서 삼교三敎가 크게 모였습니다.

즐거워하는 뜻이 기쁘게 서로 투합하니,

좋은 인연을 함께 지켜 가기를 기원합니다.

집에서 수행하여,

공功이 이루어져 우주에 가득 찰 때까지 수행하겠습니다.

정말이지

작은 삼태기로 흙을 날라 큰 산이 되니,

산이 이루어지는 때를 곧 볼 듯합니다.

스님

【전강】

높으신 도리를 받듭니다,

정성으로 머무르게 해 주시니,

삼교가 한자리에 모인 것은 전에 없었습니다.

두 분께서 계시니,

저는

　노닐 수 있는 반야般若의 누대樓臺가 있고,[51]

　건널 수 있는 반야의 배가 있습니다.

　이제 함께 온화하고 안락하게,

　선과善果를 원만히 이루면,

　겁수劫數[52]가 없어질 것입니다.

정말이지

　우물을 파서 샘을 구하는 것처럼,

　샘이 나타날 때를 보고자 합니다.

도사

　【전강】

　삼청도三淸道[53]는,

　늘 노력하여 수행하니,

　바깥을 끊고 속에서 삼가니 물 새는 일이 없습니다.

두 분께 말씀드리오니,

저는

　불 속에서 용이 떠오르는 것을 보고,

　물 속에서 범이 엎드려 있는 모습을 감추고자 하니,[54]

---

51 반야는 범어 프라즈나(prajñā)의 음역어로, '지혜(智慧)'를 뜻한다.

52 여기에서는 액운이나 재앙을 가리킨다.

53 삼청도는 도교의 다른 이름이다.

54 도교에서는 "용은 나무이므로 불을 낳고, 범은 쇠이므로 물을 낳는다(龍木生火, 虎金生水)"라고 말한다. 즉 용은 불이고 범은 물이라는 인식이다. 또한 이 두 구절은 '용반호복(龍蟠虎伏)' 또는 '용반호거(龍蟠虎踞)' 즉 '용이 똬리를 틀고 호랑이가 웅크려 있다'는 고사성어를 연상시킨다. 이 고사성어는 본래 제갈량(諸葛亮)이 말릉(秣陵) 곧 지금의 남경(南京)의 지세를 보고 형용하면서 제왕이 살 만한 곳이라는 뜻으로 쓴 것인데, 뒤에는 영웅호걸이 숨을 죽이며

그때가 되어

함께 푸른 소를 타고,

웃으며 선계仙界의 화초를 보고,

설우雪藕55를 배불리 드십시다.

정말이지

쇠로 된 절굿공이를 갈아 바늘을 만드니,

바늘이 만들어지는 때를 보겠습니다.

함께

【미尾】

밝고 밝은 삼교는 모두 하늘에서 내려 주신 것이니,

선한 일은 천시天時에 스스로 닦아야 하고,

선을 닦는 공부는 다만 성性 안에서만 추구할 수 있다네.

부상

하늘은 한가운데에서 조화造化를 만들어 내고,

스님

사람은 마음을 따라 경륜을 쌓아 가네.

도사

하늘과 사람이 어찌 두 가지리요?

함께

도가 헛걸음하지 않음은 다만 사람에게 달렸다네.

때를 기다림을 비유하는 말로도 쓰였다. 여기에서는 도사가 은거하고자 한다는 뜻을 나타내고
있다.

55 흰 빛깔의 어린 연뿌리이다.

제4척

비구니들의 방문
(劉氏齋尼)

부 ··· 유씨
축 ··· 금노
이단(二旦) ··· 비구니들

유씨

【고양대인高陽臺引】

맑은 기운이 출렁이고,

밝은 빛이 일렁이며,

방초芳草에 점차 봄의 기운이 돌아오네.

귀밑머리 성성하니,

거울 속 초췌한 모습 비추어 보기 부끄럽구나.

금노 마님,

재물을 베풀고 은혜를 펼치는 것은 좋은 생각입니다,

이 음덕으로 온 천지를 가득 채우니까요.

스님과 도사와 비구니를,

모두 똑같이 도와야 합니다.

유씨

〔자고천鷓鴣天〕

천지에 양기가 돌아오니 만물이 소생하고,

아름다운 빛이 눈에 가득하니 사람들을 즐겁게 해 주네.

가득한 맑은 기운이 꾀꼬리를 재촉하고,

담담하고 맑은 빛이 녹색 부평초를 돌며 비추네.

금노

꽃은 비단을 토하고,

버들은 금빛 가지를 흔들고,

푸르른 유리[56]는 봄 구름을 적시네.

유씨

눈앞은 모두 생기 가득하니,

우리 집안에서 보시할 마음이 생겨나게 하네.

금노야, 원외員外님께서 재방에서 보시를 하시는데 스님과 도사들이 많이 왔다는구나. 그런데 비구니와 도고道姑도 있는데, 이들은 비록 수행자들이라 하나 본디 여자인지라 그 마음에 스님과 도사들 사이에 섞여 있는 것을 좋아하지 않을 수도 있을 터이니, 이들이 오면 반드시 염막簾幕 안으로 모셔 들어오시도록 잘 살피고 있거라. 오는 분이 있으면 모시고 들어오너라. (두 비구니가 등장하여 노래한다.)

비구니들

【일강풍一江風】

---

56 물에 비친 푸른 하늘을 비유한다.

어린 비구니가,

일찍 공문空門[57]의 길을 걸어,

오래되니 선법禪法의 요체를 깨달았다네.

참된 나를 발견하니,

오온五蘊[58]이 모두 맑고,

육근六根[59]이 모두 사라졌다네.

바리때 하나로 여생을 보내리라.

만약 좋은 무리를 만나면,

자비의 배[60]를 타고 건너서, (첩疊)[61]

중생들과 내생來生의 복을 맺기를 바란다네.

넓디넓은 천지는 손바닥처럼 평평한데,

티끌 하나 들어오지 못하고 절로 맑구나.

영대靈臺[62]에서 무無의 이치를 깨달으니,

달빛이 차가운 못에 비추어 고요한 가운데 밝다네.

부상 장자께서 회연교에서 승도僧道를 모으신다고 하는데, 우리 비구니들은 여자이니 부인이 계신 곳으로 가서 여쭈어 보

---

57 본래 불가(佛家)를 뜻하나, 여기에서는 비구니와 도고가 각각 수행하는 불가와 도가를 모두 가리킨다.

58 사람의 몸과 마음을 이루는 다섯 가지 요소, 곧 육체(色), 지각(受), 생각(想), 욕구(行), 의식(識)을 말한다.

59 눈, 귀, 코, 혀, 몸, 마음을 말하니, 이들은 곧 보고, 듣고, 냄새를 맡고, 맛을 보고, 몸으로 접촉하고, 마음으로 생각하는 것의 근원이다.

60 원문은 자항(慈航)이다. 부처와 보살이 자비심으로 중생을 제도함을 배에 비유하는 말이다.

61 바로 앞의 구절을 반복한다는 뜻이다. 이 경우는 '자비의 배를 타고 건너서'를 한 번 더 반복하는 것이다.

62 여기에서는 제단이나 신위를 모셔 두는 장소를 가리킨다.

세나.

(금노를 만난다. 금노가 유씨에게 알린다. 염막 안으로 들어가
유씨를 만난다.)

비구니들

〔자고천〕

보시하시는 명성을 멀고 가까운 곳에서 모두 알고 있으니,

염막 아래로 와서 자비로운 분을 뵙습니다.

유씨

금도金刀로 속세의 머리칼을 모두 잘라 내고,

옥체에는 천계天界의 옷을 입으셨네.

서왕모西王母의 딸인,

태진太眞 선녀[63] 같은 모습을,

천풍天風이 불어 요지瑤池로 내려보냈구나.

비구니들

사람마다 신선이 되는 길이 있거늘,

다만 사람들이 기꺼이 스스로 행함에 달려 있습니다.

유씨　비구니의 집은 어느 고장 어느 고을이십니까?

비구니들

【전강】

출가한 사람들이니,

도처가 모두 고향입니다.

유씨　고향이 없다니, 성씨는 어떻게 되시오?

63　서왕모의 작은딸이다.

비구니 갑

　　법명은 화진정華眞靜이라고 합니다.

유씨　출가한 분들은 어찌하여 하나같이 모두 검은 머리를 깎아

　　버립니까?

비구니들

　　검은 머리를 잘라 냄은,

　　번뇌를 끊어 없애는 것이니,

　　당당하게 정수리를 드러낸 것입니다.

유씨　여자는 보통 치마저고리를 입는데, 어찌하여 이렇게 긴

　　갈색 옷을 입으셨소?

비구니 갑

　　옷이 길면 몸을 가리기 좋습니다. (첩)

유씨　어찌하여 궁혜弓鞋를 안 신고 승혜僧鞋를 신었습니까?

비구니 을

　　걸음걸이를 선사禪師와 나란히 하기 위해서입니다.

유씨　어찌하여 남자처럼 읍揖을 하시오?

비구니 갑

　　여자의 모습을 감출 수 있어서입니다.

유씨　비구니는 매일 무슨 일을 하시오?

비구니 을

　　【전강】

　　이른 아침부터,

　　화로에 향을 태워,

이에 의지하여 성誠과 경敬을 펼치고,

진경眞經을 읽습니다.

유씨　그걸 외워서 무엇에 쓴답니까?

비구니들

업원業冤을 참회하여,

죄업을 모두 씻어 내니,

목어木魚를 몇 차례 치면, (첩)

온 세상 속 풍진이 깨끗해집니다.

유씨　아, 예불을 올려도 부처가 되기 어렵고, 불경을 보아도 헛
되이 마음을 쓰는 것이로구나.

비구니 갑　부인께서는 부처님의 말씀을 듣지 못하셨는지요?
아미타불은 오직 이 마음에 계시니, 마음을 깨닫는 자는 곳곳
에서 부처를 만날 것이요, 마음을 오로지하는 자는 걸음마다
연꽃이 피어난다고 하였으니, 이를 조금도 의심하지 마십시
오, 의심하지 마십시오.

유씨　그렇다면 염불을 한번 해 보시게.

（비구니들이 부처님께 절을 올린다. 목어를 두드린다.）

비구니들

【불잠佛賺】

부처님은 영산탑靈山塔[64] 위에 계시는데,

사람들은 모두 바깥을 향해 구합니다.

（합）나무南無.

64　영산은 인도의 영취산(靈鷲山)을 가리킨다.

사람마다 영산탑이 있나니,

자신 속의 영산탑에서 수행하기 좋습니다.

(합) 나무아미타불.

유씨 내가 보니 세상 사람 중에 수행자는 적다네.

비구니들

【전강】

권하노니 수행해야 할 때 수행하지 않으면,

광음은 헛되이 지나가서 붙잡아 두기 어렵다오.

(합) 나무.

어느 날 아침 저승에 가서,

그때 허물 맺은 일을 크게 후회하리라.

(합) 나무아미타불.

유씨 하지만 가난한 사람들은 수행하기가 어렵다네.

비구니들

【전강】

삼가 권하노니 가난한 사람이야말로 수행하기 좋으니,

부귀로 하여금 마음을 어지럽게 하지 말아야 합니다.

(합) 나무.

마음을 닦아 공업功業이 이룩된 곳에,

부귀영화가 일마다 넉넉하리라.

(합) 나무아미타불.

유씨 그렇다면 부귀한 사람은 수행하지 않아도 좋다는 말인가

보네.

비구니들

【전강】

부귀한 사람이야말로 수행하기 좋으니,

황금으로 불상을 입히고 높은 누각을 올릴 수 있습니다.

(합) 나무.

음덕이 이루어지면 하늘이 돌아보실 것이니,

복수福壽와 강녕康寧이 넘쳐 자유自由함[65]을 얻으리라.

(합) 나무아미타불.

유씨　그렇다면 자식이 없는 사람은 수행하지 않아도 좋다는 말인가 보네.

비구니들

【전강】

자식 없는 사람이야말로 수행하기 좋으니,

염불하고 불경 읽으며 장명등長明燈 기름을 바칩니다.

(합) 나무.

명운 속의 고성孤星을 밀어서 돌려 내어,

아들딸 많아져서 가업을 이으리라.

(합) 나무아미타불.

유씨　그렇다면 어린아이들은 수행하지 않아도 좋다는 말인가 보네.

비구니들

【전강】

65　여기에서는 스스로 주관하여 번뇌에서 벗어난다는 뜻이다.

어린아이야말로 수행하기 좋으니,

봄날에 씨앗을 밭에 뿌리는 격입니다.

(합) 나무.

만약 봄에 씨앗을 뿌리지 않는다면,

공연히 황량한 밭만 지킬 뿐 거둘 곡식을 바랄 수 있겠는가?

(합) 나무아미타불.

유씨　그렇다면 자식이 많은 사람은 수행하지 않아도 좋다는 말인가 보네.

비구니들

【전강】

자식 많은 사람이야말로 수행하기 좋으니,

전생에 좋은 내력을 쌓아 둔 것입니다.

(합) 나무.

이승에서 다시 음덕을 이으면,

누세累世에 복이 절로 넘치리라.

(합) 나무아미타불.

유씨　그렇다면 병든 사람은 수행하지 않아도 좋다는 말인가 보네.

비구니들

【전강】

병든 사람이야말로 수행하기 좋으니,

한 몸이 풍랑 속의 배처럼 위태롭기 때문입니다.

(합) 나무.

수행하여 풍랑이 잠들면 배도 평온해질 것이니,

병이 낫기를 바라지 않아도 절로 나으리라.

(합) 나무아미타불.

유씨 그렇다면 병이 없는 사람은 수행하지 않아도 좋다는 말인가 보네.

비구니들

【전강】

병 없는 사람이야말로 수행하기 좋으니,

정신은 해를 뚫고 기운은 소를 삼킬 만하기 때문입니다.[66]

(합) 나무.

옛말에 이런 구절이 있으니 꼭 기억해 두소서,

선업을 많이 쌓으면 살아서 공후公侯를 낳을 것이라 했습니다.

(합) 나무아미타불.

유씨 그렇다면 출가한 사람은 남녀를 찾지 않고 부귀를 구하지 않으니 수행하지 않아도 좋다는 말인가 보네.

비구니들

【전강】

출가한 사람이야말로 반드시 수행해야 하니,

부모님을 차가운 곳에 버려두었기 때문입니다.

(합) 나무.

---

66 전국(戰國) 시대에 시교(尸佼)가 지은 『시자(尸子)』에 "범이나 표범이 얼룩무늬가 생기기도 전인 새끼 때에 이미 소를 삼킬 만한 기세가 있다(虎豹之駒, 未成文, 而有食牛之氣)"라는 내용이 보인다.

음덕이 가득 차도록 수행하면,

부모님을 낙토樂土에 노니시도록 초도超度하리라.

(합) 나무아미타불.

유씨   그렇다면 원외員外 나리는 수행하고 나 같은 부인은 수행
하지 않아도 좋다는 말인가 보네.

비구니들

【전강】

남편도 수행하고 아내도 수행해야만,

부부가 함께 영주瀛洲에 오를 수 있습니다.

(합) 나무.

만약 아내가 남편의 명을 따르지 않는다면,

남편이 근심이 없을 때 아내는 근심이 있을 것입니다.

(합) 나무아미타불.

유씨   그렇다면 내가 생각해 보니 천천히 수행해야겠네.

비구니들

【전강】

권하노니 서둘러 수행하셔서,

세월을 낭비하며 보내지 마소서.

(합) 나무.

이승에서 행한 것을 다음 생에서 받으리니,

다음 생에 수행이 온전하지 않았던 것을 후회하지 마소서.

(합) 나무아미타불.

유씨   아, 비구니가 나더러 서둘러 수행하라고 하는데, 어떻게

시작할지를 모르겠구나.

비구니들

　【강두금계江頭金桂】

　수행의 근본을 논하자면,

　내 몸에 성誠을 세워야 합니다.

유씨　조금 전에 말하기를 수행하려면 영산으로 가야 한다고 했
　는데, 지금은 또 성을 세워야 한다니?

비구니들

　부처님이 영산에 계신다는 것을 알지만,

　이 마음이 정성되고 경건해야 하는 것이니,

　바깥을 향해 물어보지 말아야 합니다.

　부인께서는,

　스스로 염불하고 불경을 읽으면서,

　오온에 맑음을 구하고,

　육근에 깨끗함을 구하십시오.

　저 현문玄門을 훤히 꿰뚫어 알게 되면,

　절로 능히 속세를 벗어나 성인의 경지에 들 것입니다.

유씨　나는 평범한 사람이라 단번에 도달하기 어려울까 걱정이
　라오.

비구니들　"하늘이 명하는 것을 성이라 하고, 성을 따르는 것을
　도라고 한다"[67]는 말을 들어 보지 못하셨는지요?

---

67 『중용(中庸)』에 나오는 말이다.

세상 사람들은,

타고난 천성은 같지만, (중重)[68]

그저 스스로 경계하고 돌아보는 일을 더하면,

마치 쇠로 된 절굿공이를 갈아 바늘로 만드는 것처럼,

굳게 마음먹으면 절굿공이가 바늘이 되는 날이 있을 것이니,

긴 세월 구구하게 얽매임을 아쉬워하지 마소서.

유씨 금노야, 비구니의 말이 어떠하냐?

금노 그 말도 일리가 있기는 하네요.

유씨 그렇지.

【사변정四邊靜】

비구니의 설법은 내력이 있으니,

사람으로 하여금 듣고 나서 절로 마음이 깨닫게 하는구나.

좋은 생각이 무성히 생겨나니,

지금부터 수행을 시작하리라.

(합) 아미타불,

죄업을 참회하며,

염불하는 사람들과 함께,

모두 안락국安樂國[69]에서 태어나기 바라네.

금노, 비구니들

【전강】

시방삼계十方三界에 부처가 제일이니,

---

68 앞 구절을 반복하는 '첩(疊)'과 같은 뜻으로 생각된다.
69 극락정토를 가리킨다.

사람들을 제도하심에 끝이 없다네.

크게 귀의하고자 하는 사람들에게,

모두 지혜를 이룩하게 하시네.

(합) 아미타불,

죄업을 참회하며,

염불하는 사람들과 함께,

모두 안락국에서 태어나기 바랍니다.

금노

【전강】

비구니는 정신을 혼미하게 하는 귀신이니,

번드르르한 말솜씨로 홀리는구나.

노마님을 움직여서,

올가미 속에 빠져들게 하는구나.

유씨　무어라 말하는 것이냐?

금노　(합) 아미타불,

죄업을 참회하며,

염불하는 사람들과 함께,

모두 안락국에서 태어나기 바랍니다.

유씨　암자를 하나 지어서 그곳에 머무시기를 바라는데 당신들
의 뜻은 어떠하오?

비구니들　진실로 바라는 바이옵니다.

거두어 주심에 감격하여 마음이 기쁘니,

지금부터 권면하여 함께 수행하리라.

유씨

모친을 떠나 귀의하는 비구니는 정말 적으니,

나는 스승 가까이에서 깨달음이 더욱 깊어지리라.

제5척

부상의 선행

(博施濟衆)

외 … 부상
말 … 익리
축 … 무뢰한/장애인(남)
정 … 빈자/다리 환자
단 … 효부
첩(占)**70** … 장애인(여)

부상

【보섬궁步蟾宮】

도사와 스님께 공양하는 집을 방금 떠나와,

회연교에서 또 가난한 사람들을 구제하네.

몸이 아픈 사람과 외롭고 추위에 떠는 사람들,

그들 모두 배부르고 따스하기를 바란다네.

맑은 기운이 하늘에서 돌고 있으니,

기쁘게도 삼라만상이 봄이로다.

풍광은 가는 곳마다 좋고,

경치는 바라보는 중에도 새로워지네.

익리는 나를 만나러 오는 사람이 있거든 데리고 들어오너라.

---

70 첩(貼)과 같다. 여자 조연 배역이다.

익리 알겠사옵니다.

(빈자와 무뢰한이 등장한다.)

빈자, 무뢰한

【오소사吳小四】

배는 굶주리고,

온몸은 춥고,

얼굴은 더럽고 뼈만 앙상하다네.

귀에는 쇳소리 울리고,

눈은 어지럽기만 하네.

아,

회연교에 기다란 번幡[71]이 걸려 있네.

(묻는다.)

알고 보니 부 장자께서,

가난하고 곤궁한 사람들을 구제하는 곳이었구나.

빈자 저희 두 사람은 하유명何有名, 하유성何有聲이라고 합니다.
그저 술을 좋아하고 꽃을 탐하는 바람에 집안이 기울고 재산
을 탕진하였는데, 이 회연교에 도착하여 운 좋게도 장자가 가
난한 사람들을 구제하는 곳을 만났으니 찾아뵙고 배고픔과 추
위를 면하는 것이 어떨까 합니다.

무뢰한 배알도 참 없구나! 옛말에 이르기를, "가풍家風은 무너
졌지만 뼈대는 아직 있도다"라고 했으니, 어찌 할아버지가 상
서尙書이신데 손자가 가난뱅이가 될 수 있겠는가? 결코 가면

---

71 절이나 특정 장소에 내거는 긴 깃발의 일종이다.

안 되네!

빈자　자네는 이런 말도 듣지 못했는가? "공자님은 식량이 끊기고 안회顏回는 늘 가난했지만, 한신韓信은 빨래하는 아낙에게 걸식하고 제나라 사내는 무덤가에서 제삿밥을 빌어먹었다"라고 했지. 하루만 부끄러움을 모르면 세 끼니 밥을 배불리 먹을 수 있지. 나는 꼭 들어갈 테니 자네는 상관하지 말게.

　(들어가서 부상을 만나 사연을 말한다.)

부상　하 선생님의 자손께서 이토록 가난해지다니요! 익리는 의관을 가져와서 이분께 드려 갈아입게 하고 백은白銀 닷 냥을 전해 드려라.

　(무뢰한이 이 모습을 쳐다보더니 얼른 들어온다.)

무뢰한　천천히 연장자의 뒤에 가는 사람을 동생이라고 부르지, 연장자 앞에서 빨리 가는 사람은 동생이 아니지요.[72] 소인은 바깥에서 바람 쐬고 있는데 동생이 기다리지도 않고 먼저 들어왔으니 어찌 된 도리입니까?

　(조금 전과 마찬가지로 무뢰한에게 의관과 백은을 준다.)

부상　두 분은 조상님의 재산이 아주 많았는데 어찌하여 이렇게 가난해졌습니까?

빈자, 무뢰한

　【반천비半天飛】

72　『맹자』「고자 하(告子下)」에 "천천히 걸어서 노인 뒤에 걷는 것을 공경한다고 하고, 빨리 걸어서 노인 앞에 가는 것을 공경하지 않는다고 한다(徐行後長者謂之弟, 疾行先長者謂之不弟)"라는 말이 있다. 『맹자』에서 '제(弟)'는 공경의 뜻으로 쓰였지만, 여기에서는 동생이라는 뜻으로 바꾸어 써서 말장난을 하고 있다.

조상님 수중의 재산은,

오로지 저희가 뽐내다가 탕진해 버렸지요.

기생집에서는 여러 사람을 좋아하고,

술집에 가서는 저녁마다 외상을 했지요.

아!

우스갯소리나 하고 거드름 피우면서,

사람 노릇도 못했지요.

조부님의 전답과,

아버님의 금은을,

탕진했으니 지금 다 어디에 있단 말인가?

감사하게도 명공明公의 구제를 얻으니,

고목이 봄을 만나 꽃이 다시 피어난 격입니다. (첩)

부상

【전강】

제 말씀을 들어 보시지요,

세상에서 사람 노릇 하려면 어른스러워야 합니다.

근검은 집안을 지키는 근본이고,

주색은 혼백을 어지럽히는 것입니다.

아!

이번에 돌아가면 살림을 잘 꾸리되,

두려워하고 조심하면서,

충직하고 순후하고 존심存心하면서,

분수를 지키며 살아가십시오.

지난날의 잘못을 고치면,

하늘도 절로 가련히 여기실 것이니,

저의 구구한 마음을 저버리지 마십시오. (첩)

빈자, 무뢰한 가르침을 받들겠습니다.

오늘 우리를 붙잡아 주셔서,

몸이 진흙탕 속에 빠지지 않게 해 주셨다네.

(퇴장한다.)

부상 주변에서 세상을 떠난 사람들 중에 관재棺材를 마련하지

못한 사람이 있으면 와서 알려 주시오.

무대 안 지방地方[73]이 알려 왔는데, 점쟁이가 죽어 관재를 희사

하시기를 청한다고 합니다.

익리 점쟁이인 줄은 어떻게 알지요?

무대 안

목구멍 안에는 가느다란 숨조차 없지만,

허리춤에는 『백중경百中經』[74]이 있다네.

(익리가 부상에게 보고한다.)

부상 그 사람에게 관재를 내주어라.

무대 안 지방이 알려 오기를, 거간꾼이 죽었다고 합니다.

익리 거간꾼인 줄은 어떻게 알지요?

무대 안

몽둥이 하나를 허리춤에 차고,

---

73 지방(地防)과 같다. 마을의 치안을 맡은 사람이다.

74 점쟁이용 책으로, 모두 다 맞히는 책이라는 뜻으로 풀이된다.

짧은 창 두 개를 소매 속에 감추었다네.

(앞에서처럼 관재를 내준다.)

무대 안 외간 남자를 둔 여자가 죽었다고 합니다.

(익리가 앞과 같이 물어본다.)

무대 안

얼굴은 반반하지만,

문드러진 가랑이는 못 봐주겠네.

익리 허벅지가 문드러진 여자라면 나는 관재를 주지 않겠소.

원외 나리께서도 관재가 있어도 주시지 않을 걸세.

무대 안 관재를 주지 않으면 개가 먹어 치울까 두렵습니다.

익리 가랑이가 문드러진 여자는 개가 먹어 치워도 싸지.

(효부가 등장한다.)

효부

【미담가味淡歌】

저의 시어머니께서, (첩)

돌아가셔서 황천길을 떠나셨습니다.

옷이며 관을 모두 마련하지 못하니, (첩)

하늘이시여!

저더러 어찌하라는 말씀인가요?

소문에 회연교 옆에서,

부상 장자가 가난하고 외로운 사람들을 구제하신다는데, (첩)

그리 가서 애걸해 보아야겠네,

구제해 달라고 애걸해야겠네.

사람들이 많기도 하구나.

하늘이시여!

　무슨 낯으로 들어갈까? (첩)

돌아가는 수밖에 없겠네. 아! 들어가자니 면목이 없고 돌아가
자니 시어머니 관재가 없으니 어쩌면 좋을까?

　길을 가다 험한 곳을 만났는데 피할 길이 없으니, (첩)

　일이 결국 마음대로 되지 않는구나.

　부끄러움을 참고,

　앞에다가 호소해 보는 수밖에. (첩)

(부상을 만난다.)

부상　당신은 누구네 식구요?

효부

　【일봉서一封書】

　진陳씨 댁 딸이요,

　이李씨의 처입니다.

부상　남편은 어디 있소?

효부

　남편은 불행히도 일찍 세상을 떠났습니다.

부상　남편이 일찍 죽었다면 살림은 어떻소?

효부

　빈궁합니다.

부상　집에는 누가 있소?

효부

늙으신 시어머니가 계셨습니다.

부상　가난한 집에 어르신이 연로하신데 어찌 봉양하셨소?

효부

　　제가 길쌈을 하여 시어머니 음식과 옷을 마련해 드렸습니다.

부상　고생이시구려.

효부

　　어찌 알았겠습니까, 올해 같은 흉년을 만나,

　　불행하게도 시어머니도 돌아가시게 될 줄을.

부상　시어머니도 돌아가시다니, 슬프고 슬픕니다!

효부

　　자비로우신 분께 아룁니다,

　　자비를 베푸셔서,

　　어려울 때 도와주소서.

　（부상에게 절을 한다.）

부상　효부께서는 일어나시오.

　　당신이 자비를 바라니,

　　내가 자비를 베풀어,

　　당신이 어려움을 이기도록 도와주겠소.

익리는 여복을 시켜 관재 한 벌과 백미 한 섬과 백은 두 냥과
백포白布 두 필을 이 효부께 가져다 드려라.

효부　정말 고맙습니다!

　（집에서 나와 혼잣말로 노래한다.）

　【전강】

구제해 주심을 받드니,

절로 탄식이 나오네.

옛말에 "아들을 키워 노후에 대비한다"[75]라고 했는데, 오늘 시어머니가 돌아가시면서 관재도 제때 준비하지 못하였으니, 어머니!

아들이 있었는데도 아들이 없는 것이나 같네요!

내가 죽지 못한 것은 시어머니 때문이었는데, 오늘 이렇게 돌아가시다니, 어머니!

당신이 앞에 가시면,

제가 뒤따라가서,

황천길을 동행하여 당신 아들을 만나렵니다.

(집으로 들어온다.)

부상 효부는 어찌 돌아오시오?

효부

어르신의 은덕이 하늘만큼 크심에 감사드립니다.

저는 이번 생에는 은혜를 갚지 못할 것이오니,

어르신의 복록이 태산만큼 영원하시기를 바라옵니다.

부상 어르신께서 댁에서 돌아가셨다니,

얼른 돌아가오,

바로 돌아가시오.

효부

---

75 원나라 말엽 고명(高明)의 희곡 「비파기(琵琶記)」 제31출(出)에 "아들을 키워 노후에 대비하고, 곡식을 쌓아 두어 기근에 대비한다(養兒代老, 積穀防饑)"는 말이 있다.

제가 얼른 돌아가겠습니다,

바로 돌아가겠습니다,

(합) 원숭이도 들으면 눈물을 흘릴 것이라네.[76]

(퇴장한다. 첩이 장애인 부인을 업은 남자의 모양으로 분하여 등장한다. 한 사람이 두 사람을 연기한다.)

장애인(여)

【효순가孝順歌】

남편은 벙어리,

저는 반신불수,

아들딸 없이 집은 텅 비었다네.

생각하자니 눈물이 줄줄 흐르고,

말하자니 내 마음 아프다네.

남편이 나를 업고 문을 나설 때,

얼마나 무서웠던지.

부상 장자께서 가난한 사람을 도와주신다는 말을 듣고, (첩)

그곳으로 가서 애걸하여,

춥고 배고픈 나를 구해 달라고 해야겠네. (첩)

(익리를 만난다.)

익리 사내는 늙고 여자는 어린데, 두 사람은 무슨 관계요?

장애인(여) 늙은 남편은 나면서부터 벙어리이고, 젊은 처는 어려서부터 걸을 수가 없었습니다. 먹을 것과 입을 것을 마련

---

76 사연이 너무 슬퍼서 원숭이가 들어도 눈물을 흘릴 것이라는 말은 원나라 남희(南戲) 「형차기(荊釵記)」 제30출, 「배월정(拜月亭)」 제26출 등에 나온다.

하기 어려워 노래라도 불러 돈을 벌면서 가난하게 살고 있습니다.

익리 그럼 한 자락 불러 보시오.

장애인(여) (읊는다.)

내 노래를 자식들은 잘 들으시게.

자식은 부모님을 잘 모셔야 한다네.

열 달 동안 어머니가 배 속에서 품고,

삼 년 동안 어머니 곁에서 젖을 먹지.

아들에게 시서詩書를 가르쳐 아내를 얻어 주시고,

딸에게 바느질을 가르쳐 부잣집에 시집보내시지.

아들과 딸을 기르시느라,

천신만고를 다 겪으시네.

(노래한다.)

아들과 딸은,

잘 들으시게나,

저 까마귀도 어머니 은혜에 보답할 줄 안다네.[77]

(읊는다.)

내 노래를 형제들은 잘 들으시게.

같은 가지, 같은 배에서 태어났다네.

동생은 형을 부모님처럼 공경하고,

형은 동생을 자식처럼 사랑하시게.

---

[77] 까마귀가 먹이를 물어다가 어미에게 먹이는 것을 뜻하는 '반포지효(反哺之孝)'를 응용한 말이다.

형제가 화목하면 집안이 흥성하니,

작은 이익 때문에 서로 다투지 마시게나.

(노래한다.)

형과 동생은,

잘 들으시게나,

저 기러기들도 형제지간의 정이 있다네.[78]

(읊는다.)

내 노래를 부부들은 잘 들으시게.

부부가 맺어지는 것은 가볍지 않다네.

일곱 세상을 수양해야 베개를 함께 베는 것이니,

오래도록 화목하고 서로 화내지 마시게.

아내는 남편을 공경하고 남편은 아내를 사랑할 것이니,

부부는 하룻밤을 보내도 그 은정이 백날만큼 깊다네.

(노래한다.)

남편과 아내는,

잘 들으시게나,

저 원앙새는 늙을 때까지 헤어지지 않는다네.[79]

익리 정말 옳은 말이구려! 부모에게 효도하지 않는 사람은 정
말 저 까마귀만도 못하지요! 형제끼리 아끼지 않는 사람은 저
기러기만도 못하지요! 부부 사이에 존중하지 않는 사람은 저

---

78 『예기』「왕제(王制)」에 형과 함께 걸을 때에는 기러기 행렬처럼 약간 뒤에 서서 걸어가라
는 내용이 있다.
79 『시경』「원앙(鴛鴦)」에 부부를 원앙에 비유하는 내용이 있다.

원앙새만도 못하지요! 이 여인의 말이 정말 맞군요.

부상　이 여인에게 은자 두 냥과 백포 두 필을 주거라.

장애인(여)　고맙습니다, 고맙습니다!

익리　좋은 여자인데, 불쌍하게도 다리를 못 쓰는구나.

장애인(여)　다리를 쓰지 못해도 좋은 점이 있습니다.

익리　다리를 못 써도 좋은 점이 있다니, 그게 무슨 말이오?

장애인(여)　제가 보아하니 세상의 어떤 여자들은 집안의 가르침을 지키지 않고 종일토록 이리저리 돌아다니면서 입을 놀리고 입씨름을 하니 다리를 못 쓰는 것보다 못하지요.

(퇴장한다.)

익리　일리가 있네. 듣는 분들은 생각해 볼 만하네요.

(축丑이 장애인으로 분하여 하늘을 향해 두 팔과 두 다리를 들어 올린 채 등장한다.)

장애인(남)

【금전화金錢花】

허리가 마비되었으니 온 땅을 쓸면서 다니기가 어렵구나,

다니기가 어려워,

두 손 두 발을 멈추지 않네,

멈추지 않네.

장자께서 외롭고 가난한 사람을 돕는다고 들었는데,

(합) 구제해 주셔서,

여생을 보낼 수 있기를 바라니,

한 입 얻으면,

천금보다 나을 것이라네.

(정淨이 다리가 여위고 부스럼이 난 환자로 분하여 뛰어오며 등장한다.)

다리 환자

【전강】

회연교 옆이 왁자지껄하네,

왁자지껄하네.

외롭고 가난한 사람들을 많이도 구제하시네,

많이도.

흔들거리는 허리와 힘없는 다리로는 목숨 부지하기가 어렵구나.

(합) 구제해 주셔서,

여생을 보낼 수 있기를 바라니,

한 입 얻으면,

천금보다 나을 것이라네.

(부상을 만난다.)

부상　하늘은 아버지이고 땅은 어머니이니 온 천하가 모두 일가인 것을, 무슨 까닭으로 부귀와 빈천이 이렇게 나누어졌을까?

장애인(남)　어르신은 하늘이 내리신 분입니다. 사람이 비록 같다지만 사람마다 마음가짐이 서로 달라 상품, 중품, 하품의 구분이 있게 된 것입니다.

부상　당신이 보시기에 어떤 사람이 상품입니까?

장애인(남)

【주운비駐雲飛】

저 장상將相과 공후公侯들은,

자주색 관복에 황금 허리띠를 둘렀으니 제일가는 부류입니다.

배 속에서 구슬을 토해 내고,

붓끝으로 용과 뱀이 기어가게 합니다.

닦고 닦아서,

이름이 봉황루鳳凰樓에 걸렸습니다.[80]

(합) 이는 그가 전생에 수행하였으니,

그런 까닭에 이승에서 받는 것입니다,

하늘과 해는 모두 함께하는 것입니다.

부상 어떤 사람이 중품입니까?

다리 환자

【전강】

걱정과 근심이 없으니,

높은 봉작의 만호후萬戶侯까지 필요하겠습니까?

식량은 천 종鍾의 곡식이 있고,

거처로는 황금의 집이 있습니다.

닦고 닦아서,

말을 살찌우고 가벼운 갖옷을 입습니다.

(합) 이는 그가 전생에 수행하였으니,

그런 까닭에 이승에서 받는 것입니다,

하늘과 해는 모두 함께하는 것입니다.

---

80 한나라 선제(宣帝) 때 기린각(麒麟閣)에 공신(功臣)들의 초상화를 봉안하였는데, 이를 응용하여 봉황루에 이름이 내걸렸다고 하였다.

부상　어떤 사람이 하품입니까?

장애인(남), 다리 환자

　　【전강】

　　걱정과 근심이 많으니,

　　종일토록 거리에서 구걸하며 외칩니다.

　　추위와 굶주림을 견디기 어려우니,

　　그 고초를 누구에게 말하겠습니까?

　부끄럽게도,

　　두 눈에 눈물이 줄줄 흐릅니다.

　　이것은 제가 전생에 수행하지 않았으니,

　　그런 까닭에 이승에서 받는 것이고,

　　하늘과 해는 모두 함께하는 것입니다.

　(부상이 이들에게 물건을 주도록 한다. 다리 환자가 쌀을 받아 등에 지고 퇴장한다. 장애인이 배 모양으로 누워 물건을 싣고 퇴장한다.)

익리　날이 저물었으니 이제 그만 돌아가셨다가 내일 다시 오시지요.

익리

　　오늘 다리 옆에서 보시하였는데,

　　수많은 가난한 사람들이 한탄스러웠네.

부상

　　선행이 가장 즐겁다는 것을 알아야 할지니,

　　선행이 작다고 행하지 않으면 안 되리라.

(함께 퇴장한다.)

(장애인과 다리 환자가 다시 등장한다. 다리 환자가 장애인에게서 쌀 한 포대를 빼앗는다. 장애인이 다리 환자의 다리를 잡고 쌀자루를 빼앗아 신고 퇴장한다. 다리 환자가 넘어져 울면서 노래한다.)

다리 환자

【전강】

아이고!

나를 붙잡아 피가 줄줄 흐르니,

뼈와 살을 다쳤으니 고통을 어찌 말하랴.

내가 그를 속이려 하였는데,

그가 도리어 나를 속여 먹었다네.

아!

내가 지금 원망을 하니,

정말이지 마음 나쁜 사람이구나!

나와 그는 똑같이 아픈 사람이고,

똑같이 고달픈 사람이고,

같은 길로 함께 와서,

함께 돌아다닌다네.

어찌하여 나는 그의 재물을 보고 탐심이 생겨,

초심을 지키지 못했을까.

옛날 사마귀가 매미를 잡으러 갈 때,

어찌 참새가 옆에 있다는 것을 알았으랴.

참새는 또 탄알을 맞았고,

탄알을 쏜 사람은 범에게 붙잡혔다네.

범은 산마루를 지나다가,

미끄러져 바위 앞에 떨어져 죽었다네.

세상 군자들께 권하노니,

가난함과 부유함은 모두 하늘의 뜻이라네.

만약 좋지 않은 마음을 먹는다면,

사람을 속일 수는 있지만 하늘을 속일 수는 없다네! (첩)

부상을 천거하다
(三官奏事)

소(小) ··· 마수(馬帥)
축 ··· 조수(趙帥)
외 ··· 진무(眞武)
정 ··· 천사(天師)
말 ··· 천관(天官)
생 ··· 옥황(玉皇)
이단 ··· 옥녀(玉女)

(마수가 춤을 춘다.)

마수

신령스러운 모습이라 나면서부터 기이했으니,

밝은 세 눈에는 세 빛을 아울렀네.

흰 뱀이 황룡의 자리를 돌고 있는데,

까마귀가 길상을 알리는 소리를 조용히 듣네.

본관은 마 장군으로, 천궐天闕에 살면서 천문을 지키고 있소.

지금 옥황께서 전에 오르실 때가 되었으니 기다리고 있어야

하오.

(조수가 춤을 춘다.)

조수

쇠 채찍과 쇠사슬을 손에 들고 휘두르니,

검은 범이 바람 소리를 듣고 걸음걸음 따르네.

여의일심如意一心으로 해와 달을 떠받치니,

도단道壇에서 영원토록 신령한 위세를 드러내네.

본관은 조 장군으로, 천궐에 살면서 천문을 지키고 있소. 지금 옥황께서 전에 오르실 때가 되었으니 기다리고 있어야 하오.

마수, 조수

번쩍이는 금빛 바퀴가 산 위에 솟고,

반짝이는 북두칠성이 인시寅時[81] 자리로 돌아왔네.

선인장 위에 이슬 꽃이 새로 맺혀 떨어져서,

물에 비친 차가운 달무리를 깨뜨리네.

오늘 조회가 있으니 천문을 엽니다.

진무

꽃길이 검과 패옥 찬 분을 맞을 때 별들이 떨어지기 시작하고,

버들가지가 깃발에 스치는데 이슬은 아직 마르지 않았네.

궁궐의 새벽 종소리에 문들이 모두 열리고,

옥 섬돌 앞에는 의장대가 늘어서서 관리들을 옹위하네.[82]

본관은 이홍李洪[83]으로, 천궐의 말석을 차지하여 옥황을 삼가 모시고 있소. 지금 조회가 열릴 때가 되어 기다리고 있어야 하오.

---

81 새벽 3시에서 5시 사이이다.

82 이상 네 구절은 당나라 잠삼(岑參)의 시 「봉화중서사인가지조조대명궁지작(奉和中書舍人賈至早朝大明宮之作)」의 일부이다.

83 이홍(李弘)이라고도 쓴다. 위진 남북조 시대 성한(成漢) 출신으로 유민을 모아 난리를 일으켜 이세자(李勢子)라 자칭하였고, 파촉(巴蜀) 사람들에게 군주로 추대되었다가 토벌되어 죽었다. 뒤에 신격화되어 이홍진군(李弘眞君)이라고 불렸다.

천사

햇빛이 처음 비추니 장선掌扇이 움직이고,

향연이 곤룡포 옆에서 피어오르려 하네.

하늘 궁전의 문이 열리고,

만국의 사절들이 임금님께 절을 올리네.[84]

본관은 장도령張道靈[85]으로, 천궐의 말석을 차지하여 옥황을 삼가 모시고 있소. 지금 조회가 열릴 때가 되어 기다리고 있어야 하오.

천관

오경의 물시계 소리는 새벽 시침을 재촉하고,

구중궁궐에 봄이 들어 선도仙桃를 빨갛게 익혔네.

깃발에 햇볕 비추니 용과 뱀이 움직이고,

궁전에 산들바람 불어오니 제비와 참새가 높이 난다.[86]

본관은 천관이오. 세 형제가 일찍이 옥황의 칙지를 입었으니, 첫째인 나는 천관으로 하늘의 조정을 관장하고 상원절上元節에 복을 내리는 일을 하고 있소. 둘째는 지관地官으로 지상의 조정을 관장하고 중원절中元節에 죄를 사하는 일을 하고 있소. 셋째

---

84 이상 네 구절은 당나라 왕유(王維)의 시「화가사인조조대명궁지작(和賈舍人早朝大明宮之作)」의 일부이다.

85 장도릉(張道陵)이라고도 쓴다. 후한(後漢) 때 사람으로 지방관에 임명되었으나 벼슬을 버리고 낙양(洛陽)의 북망산(北邙山)에 은거하다가 용호산(龍虎山)에서 도술을 닦고 촉(蜀)에 들어가 법술을 행하였다. 그는 장천사(張天師)라고 자칭하며 배우는 자들에게 쌀 다섯 말을 받았으므로 그 무리를 오두미도(五斗米道)라고 불렀다. 이후 그의 후계자들이 장천사라는 칭호를 이어받아 썼다.

86 이상 네 구절은 당나라 두보(杜甫)의 시「봉화가지사인조조대명궁(奉和賈至舍人早朝大明宮)」의 일부이다.

는 수관水官으로 물속의 조정을 관장하고 하원절下元節에 재액을 풀어 주는 일을 하고 있소.[87] 전에 보니 왕사성에 사는 부상이 선행을 베풀기를 좋아하여 그 이름이 천지에 널리 알려졌는데, 다행히 천문이 열렸으니 들어가서 옥황께 이를 상주하려 하오.

(두 옥녀가 옥황을 모시고 등장한다.)

옥황

【점강순點絳脣】

북두성이 구름 끝에서 돌고,

은하수가 맑고 얕아지니 하늘이 밝아 오도다.

궁중 화로에 연기가 피어오르더니,

오색의 상서로운 구름이 덮이는도다.

문무 신료들이,

홀을 꽂고 띠를 늘어뜨리고 당도했구나.

원컨대 비바람이 순조로워,

만백성이 즐겁게 지내기를 바라노라.

달은 희미하고 별 드무니 건장궁建章宮[88]이 밝아 오고,

하늘의 바람이 옥로의 향불로 불어 내려오는구나.

신하들은 통명전通明殿[89]에 반듯이 서 있는데,

붉은 구름송이 하나가 옥황을 떠받치도다.[90]

---

87 상원은 음력 정월 보름, 중원은 칠월 보름, 하원은 시월 보름이다.

88 한나라 무제(武帝) 때 장안성(長安城) 밖에 세워진 이궁(離宮)이다.

89 옥황상제의 궁전이다.

90 이상 네 구절은 송나라 소식(蘇軾)의 시 「상원시연(上元侍宴)」의 일부와 비슷하다.

과인은 중천中天을 다스리니 사해의 모든 신령들이 우러르고, 하토下土를 맡아 임하니 시방의 삼보三寶[91]가 모두 귀의하노라. 게다가 동물과 식물, 날짐승과 물고기들이 모두 내가 품어 줌에 힘입고, 비와 이슬, 서리와 눈을 두루 내려 주며 베푸니 가르침이 아닌 것이 없노라. 사시가 운행하고 만물이 생장하니 또 무슨 말을 하리요! 지금은 오경이라 시간을 재촉하고 하루의 일이 시작되니,

닭이 울어 속세의 꿈에서 깨어나게 하고,

종이 울려 하늘 가득한 별들을 흩어지게 하는도다.

과인의 옥가玉駕가 이미 조정에 당도했으니,

여러 신료들은 모두 전殿에 오르라.

(옥녀들이 신료들을 부른다.)

모두

【신장아神仗兒】

먼지 날리며 춤을 추네, (우又)[92]

멀리 하늘 바깥을 바라보니,

천문에 황도黃道[93]가 열렸네.

반짝반짝 용의 비늘이 반짝이니,

멀리 아홉 겹의 하늘 향해 절을 올리네. (우)

옥황　짐이 부덕한데도 삼재三才[94]를 다스리는 것은 모두 여러

91　땅, 사람, 정사(政事)의 세 가지 보배를 말한다.
92　앞 구절을 한 차례 반복하는 '첩(疊)'이나 '중(重)'과 같은 표시로 생각된다.
93　여기에서는 제왕이 다니는 길을 말한다.
94　하늘, 땅, 사람을 가리킨다.

신료들이 보좌한 공로로다. 이제 천관을 남극장생대제南極長生大帝로 봉하고, 지관을 청허대제淸虛大帝로 봉하고, 수관을 양곡진군暘谷眞君으로 봉하고, 마 장군을 상청정일영관마원수上淸正一靈官馬元帥로 봉하고, 조 장군을 상청정일집법조원수上淸正一執法趙元帥로 봉하고, 이홍을 북극진천진무현천상제北極鎭天眞武玄天上帝로 봉하고, 장도령을 상청정일집법천사上淸正一執法天師로 봉하노라. 나머지 문무 대신들은 각자 직무의 차등에 따라 현 직책에 힘쓰면서 새 공로를 바치도록 하라. 성은에 감사하라!

모두 만수무강하소서!

옥녀 일이 있는 자는 상주하고, 일이 없는 자는 물러가시오.

천관

　【계지향桂枝香】

　하늘의 빛이 드리워 비추시니,

　소신이 고하옵나이다.

　남야南耶[95] 왕사성의,

　부상이 진실하고 도를 즐깁니다.

　게다가 승려들에게도 보시를 베풀어, (우)

　공덕을 널리 닦았으니,

　천정天庭에서 높이 뽑아 하늘에 올려서,

　저 사람에게 소요逍遙의 즐거움을 내리시고,

　장생불로를 누리게 해 주소서.

95　남야는 불교의 사대주(四大洲) 중 인간이 사는 남섬부주(南贍部洲) 또는 남염부제(南閻浮提)를 뜻한다.

옥황 천관이 상주한 것을 염라閻羅에게 보내 심사하게 하라. 만약 상주한 대로라면 즉시 보내어 천궁에 들게 하라.

【적류자滴溜子】

이 문서를, (첩)

금서金書[96] 한 통을,

내려주어, (첩)

염라가 조사하게 하라.

부상의 선업이 작지 않다면,

해당 부서에서 즉시 알리게 하여,

천궁에 올려보내어,

영예롭게 즐거운 곳에 오르게 하라.

천관

【전강】

오늘, (우)

소신이 표表를 올려,

우리 옥황을 감동하시게 하니, (우)

임금님께서 높이 비추시네.

선한 자들에게 표창을 내려 주시고,

소신에게 영광을 더해 주시니,

비와 이슬이 사사로움이 없듯 하시어,

천은이 넓디넓사옵니다.

【미尾】

---

96 여기에서는 옥황의 조서를 가리킨다.

장생전長生殿의 풍광이 좋으니,

수많은 신료들이 성조聖朝를 보좌하여,

늙을 때까지 임금님을 받들어 모시겠나이다.

제7척

조서 전달
(閻羅接旨)

소 … 판관(判官)
축 … 소귀(小鬼)
정 … 염라
말 … 천관

(판관과 소귀가 등장하여 춤을 춘다. 번갈아 가며 말한다.)

소귀

한탄하노니, 세상 사람들이 간교하여,

사람 사이에 예절만 많아졌다네.

판관

처음에 만나면 입으로는 좋은 말을 하지만,

얼굴을 돌리면 남들의 허물을 들추어내지.

소귀

스스로는 덕을 쌓지 않으면서,

다른 사람이 공염불한다고 비웃지.

판관

그자가 이곳에 오면 어떻게 될 것인가,

나 판관을 만나면 피하기 어려우리라.

소귀 나 소귀를 만나면 피하기 어려우리라. 나는 염라전 아래 도로판관都老判官[97]의 소귀올시다. 우리 대왕님께서 승전升殿하실 터라 이곳에서 기다리고 있지요.

(염라가 등장한다.)

염라

【출대자出隊子】

음사陰司[98]를 홀로 맡고 있으니,

상벌이 분명하여 느슨함도 억울함도 없도다.

천신天神과 인귀人鬼가 모두 복종하고,

지부地府[99]의 신료들이 모두 우러러보지.

넓디넓은 천지에,

위풍이 드날린다네. (첩)

음사를 홀로 맡으니 명령이 가볍지 않고,

선악이 밝디밝으니 인과응보가 명백하다네.

착한 자는 일찌감치 천부天府에 올라 즐거움을 누리고,

악한 자는 지옥의 형벌을 벗어나기 어렵다네.

나는 염라이다. 위로 옥황의 칙지를 받들고 아래로 지옥의 형

---

97 도로는 남방에서 추장이나 선배를 부르던 호칭이고, 명청 대에 도찰원(都察院)의 장관을 도로야(都老爺)라고 부르기도 했다. 도로판관은 염라의 밑에 있는 수석급 판관으로, 풍도판관(酆都判官)이라고도 한다. 풍도는 귀신이 다스린다는 나풍산(羅酆山) 통천육궁(洞天六宮)을 이르는 말인데, 후대에 지금의 사천(四川) 풍도(酆都)를 끌어다 붙였다.

98 저승을 말한다. 다만 저승은 이승을 기준으로 하여 멀리 있는 곳이라는 어감이 있어서 혼동을 일으키므로 원문과 같이 음사로 표현하기로 한다.

99 역시 저승을 가리킨다. 도교식 용어이다.

벌을 관장하지. 크고 작은 일 모두 이 검은 얼굴이 사정을 봐
주지 않는다는 것을 누구나 알고, 이름이 저승과 이승에 드러
나니 오로지 붉은 마음에만 의지해도 해를 꿰뚫을 수 있지.[100]
옥제께서 금서를 보내 주셨는데 곧 도착할 터이니 귀판鬼判들
은 기다려라!

(천관이 등장한다.)

천관

단봉丹鳳의 조서[101] 한 통을 들고,

자줏빛 구름 타고서 날아 내려왔네.

옥지玉旨가 도착했소. 옥제께서 다음과 같은 조령詔令을 내려
주셨습니다.

"옥황이 표창을 내리노니 선만 있고 악은 없도다. 사람들은 마
음가짐에 맑음만 있고 탁함은 없어야 하는도다. 악한 자는 마
땅히 윤회를 받을 것이고, 선한 자는 마땅히 즐거운 곳에 오르
리라. 지금 천관이 상주하기를 부상이 선행을 행하여 보시가
천지에 가득하다고 하니, 풍도酆都의 염군閻君에게 금서를 보내
조사하게 하노라. 목숨이 다하거든 곧 천정天庭으로 보내고 지
옥에 붙잡아 두지 말지어다. 성은에 감사하라!"

염라   훌륭한 사람이도다! 훌륭한 사람이야!

---

100 검은 얼굴은 엄격하고 공정하여 사사로움이 없는 성격을 비유하는데, 염라를 비롯하여
포청천(包靑天), 종규(鐘馗) 등이 대표적이다. 붉은 마음은 정성된 마음을 뜻하고, 해를 꿰뚫는
다는 것은 하늘을 감응(感應)시킨다는 뜻이다.
101 임금의 조서를 말한다. 후조(後趙)의 황제 석호(石虎)가 오색 종이에 조서를 써서 목봉
(木鳳)의 입에 물려 반행(頒行)한 데에서 나온 말이다. 여기에서는 옥황의 조서를 가리킨다.

천관 옥지를 잘 받드시오.

염라 천관께서 내려오시느라 노고가 크신데 마중을 나가지 못했으니 용서해 주십시오.

천관 무슨 말씀을! 속히 판관에게 명하여 조사해 보심이 어떠할는지요?

(염라가 문서를 읽어 본다.)

염라 천사天使 대인102께서 마침 잘 와 주셨습니다. 부상의 수명이 다 되었으니 즉시 금동옥녀金童玉女를 보내 영접하여 승천시킬 것이니, 모두 칙지대로 따르겠습니다.

염라

부상은 이승에 있으면서,

복을 쌓고 도를 닦았네.

천관103

옥지를 내려 승천시키니,

착한 사람은 좋은 보답이 있다네.

---

102 천관을 가리킨다.
103 원문에는 외(外) 각색으로 되어 있으나 이 척에서 외는 등장하지 않는다. 문맥상 말(末)
각색이 연기한 천관이 맞을 것이다.

제8척

성황대의 등록

(城隍掛號)

생 … 수하(手下)
말 … 성황(城隍)
정 … 괴성(魁星)
단 … 성모(聖母)
소, 첩 … 옥녀

수하

오래된 사당이 성 옆에 서 있는데,

영험하신 신령님이 만고에 전해지네.

이끼 향이 섬돌을 덮었고,

소나무 그림자가 긴 처마를 가렸네.

저는 성황[104] 나리의 수하입니다. 나리께서 승전하실 터라 기

다리고 있습니다.

성황

【제천락齊天樂】

---

104 성황야(城隍爺), 성황신(城隍神)이라고도 한다. 성(城)은 성벽, 황(隍)은 해자를 뜻하고,
성황신은 성벽과 해자를 수호하고 망혼의 선악을 살펴 상벌을 내리는 일을 한다. 명청 대에는
각급 행정 구역을 총괄하는 관직명처럼 변하여 도성황(都城隍), 부성황(府城隍), 현성황(縣城
隍) 등으로 나누어지기도 하였다.

왕공은 방벽을 세워 백성을 지켜 주지만,

보전하는 일은 늘 신령에 의지하지.

사해와 구주,

여러 곳의 수많은 나라에,

성城이 있는데 신령이 없는 곳이 어디 있던가.

나의 영험한 위력이 저승과 이승에 드러나니,

귀하거나 천하거나 나를 받들지 않는 이가 없네.

백성들을 편안케 하고 나라를 보호하고,

비바람 순조롭게 하니,

승평昇平의 세상이라네.

하늘에 험한 곳이 있고 땅에 험한 곳이 있는데,

왕공이 험지에 성을 세우니 그 공이 작지 않다네.

이 성을 세우고 이 해자를 팠는데,

성과 해자를 아울러 다스려서 나의 위력을 드러내네.

사방의 인귀人鬼들이 모두 우러르니,

국태민안國泰民安하여 만물이 기뻐하네.

나는 왕사성의 성황신이오. 일찍이 옥황의 칙지를 입어 복덕대왕福德大王으로 봉해졌지. 선행을 하고 악행을 하는 것은 사람들의 마음가짐이 달라서이고, 복을 주고 재앙을 주는 것은 신령이 보답을 다르게 하는 것이오. 한 사람을 포상하여 천만 명에게 권면하니 하늘이 선인을 많이 태어나게 해 주시기만을 바랄 따름이오, 한 사람을 처벌하여 천만 명에게 두려움을 주니 사람들이 선행을 많이 행하기만을 바랄 따름이오. 밝은 일에는 감응함이 있고 인과응보는 어긋남이 없다네. 여봐라, 문서를 가지고 등록하러 오는 자가 있으면 들여보내거라.

(괴성[105]이 등장하여 춤을 춘다.)

괴성

태평의 문운文運이 하늘로부터 열리니,

오백 명의 영웅들이 괴성을 독점하네.

사람에게 선계仙桂는 본래부터 정해져 있으니,[106]

그저 마음을 따라 스스로 길러 내는 것이라네.

나는 재동제군梓童帝君 문하의 과목문성科目文星입니다.[107] 지금 아무개 수재의 학문이 뛰어난데 공명을 이루지 못하여 몇 년째 재동 문창제군文昌帝君을 모시고 있는데, 조사竈司[108]에서 이를 옥황께 상주하니 이 문성으로 하여금 주관하여 살피라는 칙령을 내리셔서 성황대城隍臺로 가서 등록하고 그의 향화당香火堂에 가서 안주安住하라고 하셨습니다. 여기가 바로 그곳이니 들어가 보아야겠습니다.

---

105 문운(文運)을 주관하는 별로, 규성(奎星), 문성(文星)이라고도 한다.

106 계수나무 가지는 과거 급제를 비유한다. 당나라 방현령(房玄齡) 등의 『진서(晉書)』「극선전(郤詵傳)」에 현량대책(賢良對策)으로 천거된 극선이 자신은 계수나무 숲의 나뭇가지 하나이며 곤산(崑山)의 옥 한 조각에 불과하다고 겸손하게 말했다는 고사가 있다. 위의 구절은 과거에 합격하는 사람은 정해져 있다는 뜻이다.

107 재동제군은 문창제군(文昌帝君)이라고도 하며 문운과 고시를 관장하는 신이고, 괴성은 대괴제군(大魁帝君)이라고도 하며 역시 문운을 주재하는 신으로 전해져 온다. 재동제군과 괴성 사이에는 뚜렷한 상하 관계를 살펴보기 어렵다. 그러나 여기에서는 재동제군이 괴성보다 높은 지위로 설정되어 있다. 과목문성은 과거의 문운을 주관하는 별이라는 뜻이다.

108 부엌을 맡는 곳으로 그 신령을 조신(竈神), 조왕(竈王), 조공(竈公)이라고 한다. 조신은 음력 12월 23일부터 12월 말일까지 하늘에 올라가 그 집 사람들의 선악을 고해바친다고 한다.

성황 무곡문성武曲文星[109]께서 어인 일로 내려오셨습니까?

괴성

　【풍입송風入松】

　왜냐하면 수재의 학문이 깊은데도,

　안타깝게 그의 시운時運이 맞지 않았기 때문입니다.

　몇 년 동안 선행을 하여 하늘의 보살핌을 받게 되었으니,

　하늘이 나를 보내 책상 모서리에 빛을 비추게 하여,

　이번에 가면 붉은 옷 입은 사람이 고개를 여러 번 끄덕이게 하

　려고 합니다.[110]

　(합) 그를 일품一品에 놓아,

　삼원三元[111]을 이루게 하려 한다네.

성황 그렇군요. 기쁘고도 기쁜 일입니다!

　【전강】

　글 읽는 자들은 모두 청천에 오르려고,

　그저 푸른 등불과 누런 두루마리를 지키기만 하네.

　또 누가 알리요, 오로지 존심存心과 적선積善이 소중함을.

　글 읽는 사람은 마음에 새겨 선업을 쌓으니, 젊은이는 항아嫦娥

109　무곡은 무사(武事)를 주관하는 별이다. 무곡문성은 성황신이 괴성을 높여 부르는 호칭이다.

110　송나라 구양수(歐陽修)가 시관(試官)이 되어 답안을 채점할 때 등 뒤에서 붉은 옷을 입은 사람이 머리를 끄덕이는 듯한 느낌을 받을 때면 그 글이 어김없이 합격했는데, 이상하게 여겨 뒤를 돌아보면 아무도 없었다고 한다. 명나라 진요문(陳耀文)의 『천중기(天中記)』권(卷) 38에 나온다.

111　향시(鄕試), 회시(會試), 전시(殿試)에서 모두 수석 합격하여 해원(解元), 회원(會元), 장원(狀元)이 된 것을 말한다.

가 절로 좋아하고[112] 나이 든 사람은 장원급제할 수 있다네.[113]

젊은이는 자만하지 말고 늙은이는 자신을 잃지 말아야 하네.

마음씨가 좋으면 앞길이 절로 트인다네.

수재여, 수재여,

재주와 덕성은 반드시 함께 갖추어야 한다네.

바로 그 수재를 등록하고 가시지요!

(합) 그를 일품에 놓아,

삼원을 이루게 하려 한다네.

괴성

하늘 사다리 오르기 쉽다고 말하지 말지니,

음덕에 의지하여 서로 도와야 한다네.

(퇴장한다. 성모聖母가 어린아이를 안고 등장한다.)

성모

사람이 착한 소원이 있으면 하늘이 반드시 따라 주니,[114]

오늘날이나 옛날이나 의심할 바 없다네.

공자님과 부처님이 친히 안아 보내 주시니,

모두 천상의 기린아라네.[115]

---

112 항아는 달에 산다는 선녀이다. 젊은 남자는 미녀가 좋아한다는 뜻이다. 송나라 오방(吳枋)의 『의재야승(宜齋野乘)』이나 원나라 관한경(關漢卿)의 잡극(雜劇) 「금선지(金線池)」 제2절 등에 나온다.

113 송나라 양호(梁顥)가 82세에 장원급제하고 지은 사은사(謝恩詩)에서 유래한 말이다. 청나라 오경욱(吳景旭)의 『역대시화(歷代詩話)』 권 55 「신집상지상(辛集上之上) 송시(宋詩)」에 나온다.

114 이 구절은 송대의 도교 경전인 『태상감응편(太上感應篇)』에 있는 "사람이 좋은 생각이 있으면 하늘이 반드시 돕는다(人有善念, 天必佑之)"와 같은 뜻이다. 명나라 소설 『서유기(西遊記)』 제8회에도 비슷한 구절이 나온다.

115 이상 두 구절은 당나라 두보의 시 「서경이자가(徐卿二子歌)」의 구절과 비슷하다.

나는 구천성모신군九天聖母神君입니다. 지금 아무개 부부가 평생 착한 일을 좋아하였는데, 불행하게 자식 운이 없어서 몇 년 동안 재를 올리고 보시를 하면서 대 이을 자식을 내려 주기를 기도하고 있습니다. 조공竈公이 이를 옥황께 상주하니 성모로 하여금 기린아를 내려보내라는 칙령을 내리셔서 아이를 안고 가고 있습니다. 성황대 앞에서 등록하고, 그의 삼대 조상들에 게 함께 보호하라고 부탁하려 합니다. 여기가 바로 그곳이니 들어가 보아야겠습니다.

성황 여관女官께서는 어찌 오셨습니까?

성모

【전강】

사성嗣星116이 높은 하늘에서 밝게 비추니,

천문天門 아래에 상서로운 빛이 반짝입니다.

오로지 현부賢夫와 현부賢婦가,

대를 이을 자식을 구하며 경전을 읽고,

널리 보시하여 좋은 인연을 많이 맺었기 때문입니다.

조공이 상주하니 하늘이 밝게 비추어 보시고,

이 기린아를 내려 황금 궁전을 달려 나오게 응답하셨습니다.

(합) 그에게 무한한 복을 내리셨다네.

성황 그랬군요. 기쁘고도 기쁜 일입니다!

【전강】

누가 현명한 자손을 바라지 않으랴만,

---

116 자손을 관장하는 별이다.

몇 명이나 고명한 지혜가 있을까?

이번 선남선녀는,

　그들 부부는 조심조심하며,

　선한 뿌리와 싹을 북돋우며 스스로 힘썼다네.

　마땅히 오이 덩굴처럼 무성하여,

　면면히 영원히 이어지리라.

바로 그들을 등록하고 가시지요!

　(합) 그에게 무한한 복을 내리셨다네.

성모

　기린의 머리 뿔이 높이 솟았으니,

　조정의 공후公侯들이 많이도 태어나리라.

(퇴장한다. 금동과 옥녀가 등장한다.)

금동, 옥녀

　옥녀와 금동이 짝을 이루었고,

　주번朱幡과 보개寶蓋가 휘날리네.[117]

　속세에 강림하니 선조仙曹[118]를 맞이하시오.

　불로장생을 영원히 누리리라.

옥황께서 저희를 보내셔서 부상의 승천을 영접하라 하셨는데, 먼저 성황을 만나 등록해 주려고 합니다. 여기가 바로 그곳이니 들어가 보아야겠습니다.

---

[117] 주번은 붉은색으로 된 길게 늘어뜨린 깃발의 일종이고, 보개는 의장에 쓰는 일산(日傘)이다. 모두 존귀한 사람이 사용한 의장이다.

[118] 조(曹)는 관아를 뜻한다. 선조(仙曹)는 여기에서는 금동과 옥녀 자신들을 가리킨다.

성황　금동과 옥녀는 무슨 일로 오셨는가?

옥녀　오로지 부상 때문입니다.

【전강】

그는 평생 정성을 다해 부처님의 뜻을 받들어,

도를 즐기며 참선하였습니다.

재승하고 보시하여 음덕이 두루 퍼지니,

저 삼관三官이 옥황의 대전 앞에서 상주하니,

고맙게도 황은을 내리셔서,

신선들을 보내어 신선의 권속을 영접하게 하셨습니다.

(합) 그를 천 년 동안 장생불로하게 하셨다네.

성황　그랬군요. 부럽고도 부러운 일입니다!

【전강】

세상 사람 누가 신선이 되기를 바라지 않을까,

부질없이 금단金丹을 달구네.

그런데 이 부상은,

그는 능히 속세의 생각을 벗어날 수 있으니,

재산을 베풀어 목숨을 보전하였다네.

은하수 너머 우주 밖에서 돌아다니니,

어찌 홍진 속에 오래 머물러 있겠는가?

바로 등록하시지요!

(합) 그를 천 년 동안 장생불로하게 하셨다네.

금동, 옥녀

신선이 되는 사람은 천하에 적고,

복을 내려 줄 수 있는 신선은 세상에 많다네.

(퇴장한다.)

성황

【여문餘文】

화주華州 **사람 봉인封人의 삼축**三祝[119]**을 사람마다 원한다네.**

수하　나리, 삼축이 무엇인지요?

성황　첫째는 재물이 많고, 둘째는 수명이 많고, 셋째는 아들이 많은 것이지. 오늘 괴성이 등록한 이는 삼원을 이룩할 것이니 다부多富라 할 수 있고, 여관이 자식을 보내온 것은 다남多男이라 할 수 있으며, 부상이 등선登仙하는 것은 다수多壽라고 할 수 있지.

이 근원은 모두 사람의 마음 스스로 힘쓰는 데 있다네.

수하　아, 그렇군요! 저는 이제 말씀을 받들어 세상 사람들에게 권면하겠습니다. 글을 읽어 스스로 힘쓰면 장원을 할 수 있고, 대를 잇기 위해 스스로 힘쓰면 기린아를 낳을 수 있으며, 남을 위해 스스로 힘쓰면 신선이 될 수 있다는 말씀을요. 정말이지 훌륭하신 말씀입니다!

성황　무슨 말인가! 바라는 바가 있어서 선행을 하면 비록 선하다 해도 반드시 거칠게 마련이다. 이런 까닭에 군자는 그 도를 밝힐 뿐, 그 공덕이 어떠할지를 셈하지 않는다.

119　원문은 '화봉삼축(華封三祝)'이다. 화주의 봉인이라는 사람이 요(堯)임금에게 장수, 부귀, 아들을 두도록 축원하겠다고 하였으나 요임금이 모두 사양한 일을 말한다. 『장자(莊子)』「천지(天地)」에 나온다.

모두 그저 마음가짐을 잘하여 상천上天을 잘 따라야 한다네.

(합우合又)[120]

성황

하늘의 뜻은 다름 아니라 그저 자연自然[121]일 뿐이니,

수하

자연의 바깥에는 더 이상 하늘이 없다네.

성황

사람이 덕을 닦을 수 있으면 하늘이 보응하리니,

수하

명언을 낭설로 만들지 말아야 한다네.

---

120 성황과 수하가 함께 바로 앞 구절을 반복하는 것을 가리키는 듯하다.
121 여기에서는 인위적 힘이 더해지지 않은 본래 그러한 존재나 상태를 뜻한다.

제9척

관음보살의 생일
(觀音生日)

— 새로 추가된 삽과(揷科)[122]

소 … 선재(善才)

단 … 용녀(龍女)

첩 … 관음

축 … 범/왕모(王母)

정 … 학/거인/야차(夜叉)

외 … 무장(武將)/난쟁이

말 … 도사

(선재[123]가 등장한다)

선재

【**보보교**步步嬌】

자애로우신 주인님의 생신에 아름다운 경치를 만나니,

오색의 상서로운 빛이 비추네.

---

122 부제는 정지진이 당시 민간의 목련회를 모아 편찬하면서 새로 추가한 대목이라는 의미로 볼 수 있다. 삽과(揷科)는 통상 삽과타원(揷科打諢)과 같은 말로 보아 익살과 우스개 연기를 펼치는 것을 뜻하는 것으로 여겨지지만, 여기에서는 삽입 대목이라는 뜻으로 보는 것이 좋을 듯하다.

123 선재(善財) 또는 선재동자(善財童子)라고도 한다. 범어 수다나(sudhana)의 의역어로, 태어날 때 집에 수많은 진기한 재보가 솟아 나온 까닭에 선재라는 이름을 얻었다고 한다. 『화엄경』「입법 계품 이(入法界品二)」에 따르면 그는 복성(福城)에 있던 문수보살의 명을 받고 발심(發心)하여 53명의 선지식(善知識)을 차례로 만난 뒤 마지막에 보현보살을 만나 무상대광명(無相大光明)의 불법(佛法)을 깨달았다고 한다. 또한 명나라 주정신(朱鼎臣)의 소설 『남해관음전전(南海觀音全傳)』에서는 선재가 남해 보타산(普陀山)에 은거하던 관음보살을 찾아가서 제자가 되고 그의 뒤를 이어 용왕의 딸 용녀도 관음보살의 제자로 합류하는 이야기가 나온다. 이 두 제자를 금동옥녀라고 했다.

만법萬法이 모두 이곳으로 찾아오니,

학을 타고 공중으로 날아오르시고,

난鸞새를 타고 선정禪定에서 깨어나시네.

부처님은 예나 지금이나 영험하기로 으뜸이시니,

모임은 천상에서나 하계에서나 훌륭하기로 최고이겠네.

하늘은 평온하고 숲은 어두운데,

진몽塵夢 꾸는 이들이 어찌 학몽鶴夢이 길다는 것을 알리요?[124]

사람은 산속에 있느라 대밭 집을 비웠는데,

학이 날자 솔 이슬이 옷을 적시는구나.[125]

저는 선재입니다. 자비로우신 교주敎主님께서 이 몸을 제도濟度하고 교화해 주시고 저를 옆에 두셨습니다. 오늘은 교주님의 생신이라 여러 신선들이 경하하러 오실 것이니 여기에서 기다려야 합니다.

(용녀가 등장한다.)

용녀

【전강】

우발라優鉢羅 꽃[126]이 끝없이 피어 있으니,

향기가 온 천지에 가득하고,

모습은 뜰에 비쳐 밝다네.

---

124 이상 두 구절은 각각 당나라 조당(曹唐)의 시 「유완동중우선자(劉阮洞中遇仙子)」와 「선자동중회유완(仙子洞中懷劉阮)」의 일부이다.
125 이상 두 구절은 당나라 임번(任蕃)의 시 「숙건자산선사(宿巾子山禪寺)」의 두 구절과 비슷하다.
126 수련(睡蓮)을 말한다. 범어 웁탈라(uptala)의 음역어이다.

또한 새들이 생황을 불고,[127]

꽃들이 비단처럼 떠 있네.

하늘가에서 봉새가 날아와 춤추고,

바다 섬의 용이 상서로움을 바치네.

향산香山[128]에서 제도되어 이 몸을 맡겼는데,

기쁘게도 교주님의 생신을 만났다네.

아득한 녹색 물빛에 강과 하늘이 밝고,

자욱한 붉은 구름에 바다와 해가 나누어지네.

저는 용녀입니다. 자비로우신 교주님께서 이 몸을 제도하고 교화해 주시고 저를 옆에 두셨습니다. 오늘은 교주님의 생신이라 여러 신선들이 경하하러 오실 것이니 여기에서 기다려야 합니다.

(춤을 추며 절한다. 관음이 등장한다.)

관음

【전강】

넓은 하늘 일만 리에 구름이 맑게 떠 있고,

달빛은 흔들리는 그림자를 만들어 내네.

일만 겁劫의 몸에 자비를 베풀어,

깊은 물이 맑디맑고,

아침 볕이 온 세상을 덮어서 가리네.

---

127 사람 얼굴을 한 새인 가릉빈가(迦陵頻伽)는 아름다운 소리로 울고, 화관(花冠)을 쓰고 악기를 연주한다고 한다.

128 관음과 관련된 향산은 지금의 하남성(河南省) 평정산시(平頂山市)의 향산사(香山寺)가 있고, 이 절이 있는 향산의 옛 이름은 화주산(火珠山)이다.

천천히 보타암普陀巖**에 기대니,**

모두가 보리菩提**의 경지로다.**

(선재와 용녀를 만난다.)

　　겹겹이 쌓인 연꽃을 지르밟으며 천변만화의 몸이,

　　자비를 베풀어 중생을 널리 제도하네.

　　구류삼교九流三敎[129]가 각기 이름은 다르지만,

　　머리를 조아리며 귀의하여 이 참됨을 함께하네

나는 관음이라네. 남해에 살면서 향산에 발자국을 남겼네. 세상 사람들은 희로애락의 소리가 있는데, 나는 희로애락의 뜻을 안다네. 이런 까닭에 옥황께서 칙지를 내려 나를 나무대자대비 구고구난영감 관세음보살南無大慈大悲救苦救難靈感觀世音菩薩로 봉하셨다네. 오늘은 이월 열아흐레로 내가 태어난 날인데, 달이 중천에 떠 있어 하늘이 낮처럼 밝으니, 뜰의 꽃들이 옥처럼 빛나고 숲의 대나무들이 금처럼 반짝인다네. 선재와 용녀는 지금 밤기운이 청명하니 마음을 다해 선을 행하기 좋은 때이니라. 저 색상色相[130]을 잊어버려 변화의 이치를 깨닫고 저 풍번風幡[131]을 내쳐서 자비의 근본을 세우거라. 이는 너희가 마땅히 해야 할 일이니, 스스로 더욱 힘쓰도록 하여라.

129　유교, 불교, 도교의 삼교와 유가, 도가, 음양가, 법가, 명가(名家), 묵가, 종횡가, 잡가, 농가 등의 아홉 유파를 통칭하여 종교와 학술의 각종 유파를 통틀어 이르는 말이고, 통속적으로는 여러 인물이나 온갖 일을 이르는 말로 쓰였다.

130　만물의 형상을 이르는 말이다.

131　본뜻은 바람에 나부끼는 깃발이라는 뜻이다. 풍번을 보고 한 스님은 바람이 움직이는 것이라 하고 다른 스님은 깃발이 움직이는 것이라 하여 결론이 나지 않았다는 고사에서 유래했으며, 여기에서는 쓸데없는 아집이라는 뜻으로 풀이할 수 있다.

선재　진실로 바라는 바이오나 감히 청하지 못했을 따름입니다. 바라옵건대 낭낭娘娘[132]께서 변화의 모습을 조금 보여 주셔서 제자가 따라 배울 수 있게 해 주십시오.

관음　나는 능히 천변만화할 수 있어서 일일이 다 보여 주기는 어렵도다. 다만 날짐승과 들짐승, 무장武將과 문인, 거인과 난쟁이로 변해 보이고, 그리고 어람魚籃[133]을 들고 천수千手 춤을 출 것이니, 잘 보거라!

선재　그럼 낭낭께서 먼저 날짐승으로 변하는 것을 보여 주소서.

관음

【억다교憶多嬌】

관세음이,

몸을 변화하니,

백, 천, 만, 억으로 끝이 없다네.

금방울 한 번 울려 천지가 진동하니,

백학이 날아올라 춤추는 모습으로 변하여,

나의 신통하고 광성廣盛함을 보여 주겠노라. (첩)

(퇴장한다. 정淨이 학으로 분하고 등장하여 춤을 춘다. 퇴장한다. 관음이 등장한다.)

선재　낭낭께서 날짐승으로 변해 주시니 감사하옵니다. 다시 들

132　낭낭은 관음에 대한 여성형 존칭이다. 관음은 본래 남성 형상이었으나 대체로 당송 시대부터 여성화된 것으로 생각된다.

133　관음보살의 여러 모습 중에 어람관음(魚籃觀音)이 들고 있는 물고기 바구니인데, 여기에서 어람은 '거꾸로 매달리는 고통'을 뜻하는 범어 울람바나(ullambana)의 음역 표기인 우란분(盂蘭盆)이 와전된 것으로 보는 견해가 있다.

짐승으로 변하는 것을 보여 주시기를 바라옵니다.

관음

관세음이,

몸을 변화하니,

백, 천, 만, 억으로 끝이 없다네.

금방울 한 번 울리면 천지가 두려워하니,

맹호가 포효하는 모습으로 변하여,

나의 신통하고 광성함을 보여 주겠노라. (첩)

(퇴장한다. 축丑이 범으로 분하고 등장하여 춤을 춘다. 퇴장한다. 관음이 등장한다.)

선재 낭낭께서 들짐승으로 변해 주심을 받드옵니다. 다시 무장으로 변하는 것을 보여 주시기를 바라옵니다.

관음

관세음이,

몸을 변화하니,

백, 천, 만, 억으로 끝이 없다네.

금방울 한 번 울리면 천지가 두려워하니,

무장 영웅으로 변하여,

나의 신통하고 광성함을 보여 주겠노라. (첩)

(퇴장한다. 외外가 무장으로 분하고 등장하여 춤을 춘다. 퇴장한다. 관음이 등장한다.)

선재 낭낭께서 무장으로 변해 주시니 감사하옵니다. 다시 문인으로 변하는 것을 보여 주시기를 바라옵니다.

관음

　　관세음이,

　　몸을 변화하니,

　　백, 천, 만, 억으로 끝이 없다네.

　　금방울 한 번 울리면 천지가 두려워하니,

　　도사가 소요하는 모습으로 변하여,

　　나의 신통하고 광성함을 보여 주겠노라. (첩)

　(퇴장한다. 말末이 도사로 분하고 등장하여 춤을 춘다. 퇴장한다. 관음이 등장한다.)

선재　낭낭께서 도사로 변해 주시니 감사하옵니다. 다시 거인으로 변하는 것을 보여 주시기를 바라옵니다.

　(선재와 용녀가 절을 올린다.)

관음

　【낭도사浪淘沙】

　　동자가 관음에게 절을 올리며,

　　거인으로 변해 주기를 청하는구나.

　　나는 금방울을 한 번 울려 풍운을 움직이게 하여,

　　거인으로 변하여 나타나서,

　　나의 신령함을 보여 주겠노라.

　(퇴장한다. 정淨이 생生을 올라타고 거인으로 분하여 등장하여 창을 들고 춤을 춘다. 퇴장한다.)

선재, 용녀　낭낭께서 거인으로 변해 주시니 감사하옵니다. 다시 난쟁이로 변하는 것을 보여 주시기를 바라옵니다.

관음

【전강】

동자가 관음에게 절을 올리며,

난쟁이로 변해 주기를 청하는구나.

나는 금방울을 한 번 울려 풍운을 움직이게 하여,

난쟁이 중으로 변하여 나타나서,

나의 신령함을 보여 주겠노라.

(퇴장한다. 외丑가 난쟁이 승려로 분하여 바리때를 치며 등장

하여 걸어 다닌다. 퇴장한다.)

선재, 용녀 낭낭께서 거인과 난쟁이로 변해 주시니 감사하옵니

다. 다시 어람을 든 모습으로 변해 주시기를 바라옵니다.

관음

【청강인清江引】

신통한 법력은 바람과 우레만큼 빠르니,

잠깐 사이에 변화가 이루어지네.

변變하여 형체와 소리가 생기고,

화化하여 자취와 그림자가 없어지네.

나는 어람관세음으로 변하노라.

(관음이 어람과 버들가지를 들고 춤을 춘다.)

선재 낭낭께서 어람관세음으로 변해 주시니 감사하옵니다. 다

시 천수千手의 모습으로 변해 주시기를 바라옵니다.

관음

신통한 법력은 바람과 우레만큼 빠르니,

잠깐 사이에 변화가 이루어지네.

변하여 형체와 소리가 생기고,

화하여 자취와 그림자가 없어지네.

나는 천수관세음으로 변하노라.

(먼저 흰 덮개의 솔기를 뜯어 둔 뒤 관음이 덮개 아래에 앉고, 안에서 두세 사람이 손을 들어 솔기를 뜯어낸 곳으로 내민 다음 각자 기계를 잡고 여러 개의 손이 춤을 추는 동작을 만든다.)

【아랑아鵝浪兒】

관음이 변하여 천수가 되었네,

나무.

삽시간에 무에서 유를 만들어 내었네,

아미타불.

천하의 사마邪魔들을 내가 모두 거두고,

나무.

세상의 고난을 내가 모두 구하리라,

아미타불.

선재는 머리를 그만 찧고,

용녀도 머리를 그만 조아리고,

시방十方의 제불諸佛들이 축수하러 오는지 살피거라.

저 멀리 구름 속에서 왕모가, 바다 위에서 야차가 보이니 모두 곧 당도할 것 같구나.[134] 이제 본래 모습으로 돌아와 제선諸仙

---

134 왕모는 신화에 나오는 신녀(神女)인 서왕모(西王母)를 가리킨다. 서방의 요지(瑤池)에 살았다고 한다. 또 야차는 범어 야크샤(yakṣa)의 음역어로, 지상이나 공중에 머물며 사람을 해

들을 맞이해야겠노라. 정말이지,

　만 가지로 끝없이 변화했다가 불법에 귀의하니,

　시방에서 기약하여 장생을 축복하는구나.

(왕모가 등장한다.)

왕모

　【보보교步步嬌】

　요지瑤池를 떠나 남해에 와서,

　공손히 향산의 모임에 가네.

　반도蟠桃[135]를 내가 직접 들고서,

　바다 위의 닭 울음소리와,

　구름 속의 개 짖는 소리를 듣네.

　향은 은은하게 연기를 토해 내고,

　바람은 찬 파도를 말아 올리는구나.

　구름 속 선녀가 요대瑤臺를 내려와서,

　각별하게 향산 모임에 올라왔네.

나는 왕모입니다. 자비교주님께서 오늘 생신을 맞이하여 공손
하게 반도를 들고 경하하러 왔습니다. 이곳이 모임 장소이니
들어가 보아야겠습니다.

(관음을 만난다. 야차가 등장한다.)

야차

　【전강】

치는 악귀이자 북방을 시키는 신이기도 하다. 여기에서는 용왕의 사자(使者)로 나온다.

135　3천 년마다 한 번씩 열린다는 선경(仙境) 속의 복숭아이다.

용왕의 칙령으로 기이한 보물을 가지고,

삼가 향산 섬으로 향하네.

모두 축원하네, 수산壽山이 드높아서,[136]

영원히 자비에 기대고,

빛살이 널리 비치기를.

용마龍馬가 구름 길을 달려가니,

어느새 금방 당도하네.

나무관세음을 우러러 공경하여,

공손히 보배를 가지고 와서 장생을 경축하네.

나는 용왕의 수하인 야차사자夜叉使者입니다. 자비교주님께서 오늘 생신을 맞이하여 공손하게 반도를 들고 경하하러 왔습니다. 이곳이 모임 장소이니 들어가 보아야겠습니다.

(관음을 만난다.)

관음

제선들께서 왕림해 주시니 고맙습니다.

왕모

모두가 교주님의 수연壽筵 덕택입니다.

야차

간절히 축하를 올리는 것에는 다른 뜻이 없으니,

불로장생의 술잔을 올립니다.

왕모

---

136 수비남산(壽比南山)이라는 말과 관련된다. 수비남산은 남산이 장구한 것처럼 장수하기를 축원하는 말이다.

【금당월錦堂月】

부처님이 빛나셔서,

신령한 태胎에서 탈화脫化[137]하니,

수연壽筵이 아름다워 자랑할 만합니다.

금사자 향로에서 향이 피어오르고,

봉새 촛대에서 촛불이 환하게 타오릅니다.

절에서는 노학老鶴이 불경을 강론하고,

연꽃 핀 못 밖에서는 신룡神龍이 불법佛法을 듣습니다.

(합) 옥잔에 술을 따르고,

해옥海屋에 산가지를 보태니,[138]

취하여 봉래蓬萊섬으로 돌아가네.

야차

【전강】

우리 조정에서 멀리 파도를 건너온 것은,

오로지 경사스러운 탄신 덕택이니,

특별히 와서 좋은 술을 공손히 받쳐 올립니다.

원컨대 낭낭께서는 그 이름이 장생부長生簿에 오르셔서,

만백성이 당신의 모습을 오래도록 볼 수 있게 해 주소서.

앵무새의 말은 난봉鸞鳳의 울음과 어울리고,[139]

---

137 윤회를 벗어나는 것을 말한다.
138 축수(祝壽)를 뜻하는 말이다. 바다 위에 있는 신선의 집에서 바다가 뽕밭으로 변할 때마다 산가지를 하나씩 놓았는데, 그 산가지가 열 칸의 집에 가득 찼다는 말에서 유래하였다. 송나라 소식의 『동파지림(東坡志林)』 권 2에 나온다.
139 관음은 선재와 용녀 이외에 효성이 지극한 앵무새도 제자로 거두었다. 명나라 설창사화(說唱詞話) 「앵가효의전(鸚歌孝義傳)」, 청나라 보권(寶卷) 「앵가보권(鸚哥寶卷)」 등 참고.

버들가지는 소나무나 대나무처럼 늙지 않습니다.[140]

(합) 옥잔에 술을 따르고,

해옥에 산가지를 보태니,

취하여 봉래섬으로 돌아가네.

왕모 명산名山[141]에 왔으니 삼가 잠시 노닐고자 합니다.

관음

　【삼춘금三春錦】

　내가 보니 천지는,

　안 보이는 맷돌 같아서,

　사람들을 온종일 갈아 댄다네.

　저 뒤에 온 사람이 올라오면,

　앞에 들어간 사람은 모두 다 없어져 버렸네.

　사람들 각각은 마음이 고상하지만,

　모두 작은 이익과 헛된 이름을 얻으려고,

　분주하게 다 써 버리네.

왕모

　오직 장자방張子房만이 속세의 시끄러움을 깨닫고 벗어나,

　적송자赤松子를 따르면서 일심으로 도를 배웠지요.[142]

　우습구나, 한신韓信이 열 가지 공로에 기대어 살다가,

140　관음은 머리에 보관(寶冠)을 쓰고 손에는 버들가지 또는 연꽃을 들고 다른 손에는 정병(淨甁)을 들고 있다.

141　향산을 가리킨다.

142　장자방, 즉 장량(張良)은 유방(劉邦)을 도와 한나라가 천하를 통일하는 데 기여한 뒤 스스로 은퇴하였다. 신선인 적송자를 따라 도를 배웠다는 전설도 전해진다.

사냥개 삶아지게 되었을 때 후회해도 늦었으니.[143]

관음

또 저 혼미한 자들은 용맹과 힘을 다투고,

술과 꽃을 탐하니,

어찌 알리요, 힘이 다하고 몸이 쇠하였을 때,

먼저 도랑 속에서 굶어 죽어 있게 될 줄을.

잘 듣고 들을지니,

저 용맹과 힘을 다투고 술과 꽃을 탐하는 것은 안 된다네.

왕모

세상 사람들이 백 년 동안 즐거워하는 것은,

우리 신선들이 잠깐 동안 웃으며 기뻐하는 정도일 뿐이지요.

관음

한가할 때 조사祖師들의 생각을 헤아리고,

『심경心經』을 염송하라.

(합) 바라바라波羅波羅,

오직 구름 끝의 세악細樂 소리와,

쇠북과 석경石磬을 함께 두드리는 소리만 들리네.

또 앵무새가 마하摩訶를 노래하고,

산새가 바라를 합창하는 소리가 들리네.

크고도 크신 마하여,

---

143 한신도 장자방처럼 유방의 천하 통일을 도왔지만 훗날 참수형을 당했는데, 자신의 처지를 빗대어 월(越)나라 신하인 범려(范蠡)가 말했던 토사구팽(兎死狗烹)이라는 말을 빌려 표현하였다.

이라수리,

사바사바.

관음

나는 왕궁을 떠나온 뒤로,[144]

열심히 노력을 다하여,

막 불과佛果[145]를 이루었네.

비들기지로 감로를 뿌려서,

중생을 제도하여 번뇌를 없애 주네.

나를 믿는 이들은 낙토에서 소요逍遙할 것이고,

믿지 않는 이들은 업원業冤을 피하기 어려우리라.

듣지 못했는가, 결국에는 응보가 있으리니,

마치 벌이 꿀을 빚고,

누에가 고치를 만들고,

나방이 불에 뛰어드는 것처럼.

권면하노니, 사람들아 어서어서 회개하라,

『아미타경』 몇 구절을 잘 외면,

백 년 뒤에 염라를 만나기가 좋으리라.

(무리에 들어가 함께 노래한다.)

모두

---

144 관음의 전신(前身)은 한나라 고조(高祖) 때 서욕국(西峪國)의 묘장왕(妙莊王)의 셋째 딸인 묘선공주(妙善公主)였다고 한다. 묘선공주 전설은 송나라 조수(祖琇)가 편찬한 『융흥편년통론(隆興編年通論)』에 처음 나오고 명나라 보권「향산보권(香山寶卷)」 등을 통해 널리 퍼졌다.

145 수행한 인(因)으로 말미암아 도달하는 부처의 지위를 뜻한다.

【취옹자醉翁子】

보라,

보리수 가지에 꽃이 가득 피니,

사계절이 늘 봄이요,

만 년 동안 늙지 않는다네.

햇살이 비추니 꽃떨기마다 노을처럼 빛나고,

향기로운 바람이 때마다 불어오니 아득히 넓다네.

(합) 함께 축도를 드리네,

함께 축도를 드리네,

바라옵건대 천천세 장수하시고,

넉넉한 복이 가득하소서.

【전강】

기쁘도다,

이 향산에 와 보니 봉래섬 같다네.

신선의 꽃 실컷 보고,

부처님 말씀 두루 들었네.

많은 선남신녀善男信女146들이 『아미타경』을 염송하면서,

좋은 인연을 맺어 속세를 벗어나네.

(합) 함께 축도를 드리네,

함께 축도를 드리네,

바라옵건대 천천세 장수하시고,

넉넉한 복이 가득하소서.

---

146 불법에 귀의한 남녀 신도를 말한다.

【미성尾聲】

향산 모임의 봄빛이 좋으니,

모두 천천세 높이 누리시고,

오래도록 건곤乾坤과 함께 태화太和를 주재하시기를 축원드리

네.

왕모

자비교주의 탄신일에 즐거움이 도도하니,

야차

오색의 상서로운 구름이 푸른 하늘을 받치고 있네.

관음

여러 신선들께서 와서 경하해 주심에 감사드리니,

모두

술에 취해 돌아갈 때 달이 높이 떴구나.

(왕모와 야차가 퇴장한다.)

관음   살펴보니 선인善人 부상이 삼월 삼짇날에 승천하게 되었

구나. 여러 신선들에게 분부하노니, 모두 기다리고 있으시오.

무대 안   알겠습니다.

대저 건곤은 모두 하나로 비추니,

사람들은 어둠 속에서 걷지 않아도 된다네.

제10척

도적들의 회개
(化强從善)

소 … 도적 우두머리
정, 말 … 도적
외 … 부상
부 … 유씨
첩 … 비구니
축 … 말

도적 우두머리

표범이 변한 붕새가 잉어가 변한 용을 치는데,

누가 겉모습으로 영웅을 정할까.

옛날 관중管仲이 도적들을 만났을 때,

세 사람을 천거하여 높은 지위를 얻게 했지.[147]

나는 고죽림苦竹林에 있는 고권선高勸善이라는 사람이오. 호족
집안에서 태어나고 자라서 고금의 일을 널리 잘 압니다. 어려
서 배우고 자란 뒤에 실행하는 것이 진실로 바라는 바였지만
그 뜻은 있으나 때를 만나지 못했으니 그 운명을 어찌하겠는

---

147 『예기』「잡기 하(雜記下)」에 관중이 도적들을 만났는데 이들 중 두 사람을 가려 뽑아 제
후의 신하로 삼게 하였다는 대목이 있다. 이들은 휩쓸려 도둑질한 것일 뿐, 본성은 착하여 관직
에 임용할 만한 사람들이라는 이유였다.

가? 그래서 시서詩書 배우기를 포기하고 강호를 떠돌다가 우연히 군도群盜를 만나 산채에서 지내게 되었소. 내 생각에 천지는 대덕大德을 지니고 있으니 뱀이나 전갈에게도 그 길러 주는 공로를 아끼지 않고, 성인은 지인至仁을 지니고 있으니 어리석거나 고집스러운 사람에게도 그 가르침의 뜻을 아끼지 않을 것이오. 이런 까닭에 치욕을 참고 굴욕을 견디면서 포악함을 변화시켜 선량하게 만드는 것이 나의 마음이니 저들이 어찌 나의 마음을 알겠는가!

【점강순點絳脣】
어려서 붓을 잡았지만,
좋은 때를 만나지 못해 붓을 버렸다네.
하늘 끝을 떠돌다가,
어찌하여 무뢰배들을 만났던가.

【혼강룡混江龍】
저들은 나의 뛰어난 무예를 보고,
산채山寨로 모셔다가 스승으로 삼았다네.
나는 다만 이름과 성을 숨기고,
뜻을 간직하며 때를 기다리네.
문하에는 삼천 문객들을 거느리고,
가슴속에는 십만 병사들을 품고 있네.
천리마가 푸른 구름 속에 갇혀 있고,
교룡蛟龍이 가을 강물 안에 숨어 있도다.
저 제비와 참새들이 어찌 기러기와 고니의 크고 높은 뜻을 알겠는가?148

언제나 여우가 범의 위세를 빌리려 하는구나.149

【유호로油葫蘆】

나는 형세에 따라 기회를 잡아 조용히 바꾸어 가면서,

살벌한 가운데에도 늘 인의를 베풀고자 한다네.

사나운 자들을 쳐내고,

효와 의를 행하는 이들을 도와준다네.

이름은 비록 도척盜跖과 같지만,

마음만은 환퇴桓魋를 따르지 않는다네.150

차츰차츰 덕으로써 가르쳐,

그들을 사람마다 교화시키고,

일마다 지키고 따르게 만들리라.

오늘은 고죽림에서 묵고 있지만,

머지않아 보리수 아래에서 『아미타경』을 염송하리라.

동생들은 어디에 있는가?

도적들

사람이 나쁜 짓을 하지 않으면 몸이 귀해지지 않고,

산을 불태우지 않으면 땅이 비옥하게 되지 않는다네.151

---

148 한나라 사마천(司馬遷)의 『사기(史記)』「진섭세가(陳涉世家)」에 나오는 말이다.
149 한나라 유향의 『전국책(戰國策)』「초책(楚策)」에 나오는 호가호위(狐假虎威) 고사를 풀어 쓴 말이다.
150 도척은 춘추 시대 도적의 이름이고, 환퇴는 춘추 시대 송나라 대부(大夫)로 공자를 죽이려 했다. 여기에서는 모두 악인의 대명사로 쓰고 있다.
151 "사람은 문을 나서서 경험을 쌓지 않으면 귀해지지 않고, 산을 불태우지 않으면 땅이 비옥해지지 않는다(人不出門身不貴, 火不燒山地不肥)"라는 속담과 비슷하다.

아뢰옵니다. 요 며칠 동안 별일이 없고 봄날 경치도 좋으니 하산하여 한바탕 놀고 한탕 털어 오기도 하면 좋지 않겠습니까요!

도적 우두머리　　그러면 말을 끌어오너라.

(말을 끌고 온다.)

도적 갑

　【보천락^{普天樂}】

　산채 위에는 구름이 높고,

　산채 아래에는 봄빛이 좋구나.

　산과 골짜기를 지나면서,

아!

　산새들은 소리마다 기교를 부리고,

　산꽃들도 떨기마다,

　온갖 색깔로 아름다움을 다투는구나.

　(합) 우습구나, 왕손이 꽃피는 시절에, (첩)

　돌아오건 말건 늘 스스로 번뇌를 찾는 것이니.[152]

　어찌 고삐를 놓고 말이 가는 대로 두면서,

　때맞추어 즐기는 것만 할까.

도적 을

---

[152]　한나라 회남소산(淮南小山)의 「초은사(招隱士)」에 "왕손은 떠나가서 돌아오지 않는데, 봄풀은 자라나서 무성해졌구나(王孫遊兮不歸, 春草生兮萋萋)"라는 구절을 빌려 쓴 것이다. 후에 방초(芳草)와 왕손(王孫)은 사람을 그리워하는 의미로 자주 활용되었다. 당나라 왕유(王維)의 시 「송별(送別)」의 마지막 두 구절에 쓰인 "봄풀은 내년에도 푸를 것인데, 왕손께서는 돌아오실 것인지요?(春草明年綠, 王孫歸不歸)"가 그 예이다.

【전강】

둥둥 북소리 울려 퍼지고,

번쩍번쩍 깃발이 빛나고,

안령도雁翎刀 차고 단화團花 그려진 전포戰袍 입었네.[153]

아!

고함 지르지 말라, (첩)

고삐 붙잡아 천천히 가면서,

내가 좋아하는 대로 할 테다.

(합) 우습구나, 왕손이 꽃피는 시절에, (첩)

돌아오건 말건 늘 스스로 번뇌를 찾는 것이니.

어찌 고삐를 놓고 말이 가는 대로 두면서,

때맞추어 즐기는 것만 할까.

도적 우두머리

【전강】

하늘이 우리를 세상에 보낸 까닭을 생각해 보면,

빈손으로 올바른 도를 받들어야 하네.

선인을 높이 기리고,

악인을 깨닫게 하면,

흉포함은 사라질 것이라네.

도적 갑 일시에 사라지게 하지는 못할 겁니다.

도적 우두머리 동생, 사람이 누가 허물이 없겠는가. 허물을 고치면 귀하게 되는 것이지.

---

153 안령도는 칼날의 모양이 기러기 깃과 비슷한 단도의 일종이고, 단화는 둥근 꽃문양이다.

허물을 얼른 고칠 수만 있다면,

바로 영웅호걸이라네.

(합) 우습구나, 왕손이 꽃피는 시절에, (첩)

돌아오건 말건 늘 스스로 번뇌를 찾는 것이니.

어찌 고삐를 놓고 말이 가는 대로 두면서,

때맞추어 즐기는 것만 할까.

도적 갑   강도가 되었으니 악취가 만 년 동안 남을 것이고, 방명
芳名을 백세百世 동안 남기지는 못할 것입니다!

도적 우두머리

【여문餘文】

악취가 남는 것이 어찌 방명을 남기는 것만큼 좋겠는가.

도적 갑   앞에 암자가 하나 있습니다요.

암자 문으로 가 보십시다.

도적 우두머리

겁을 주어 놀라게 하지 말아라.

(조장弔場154을 한다.)

비구니

문을 닫고 집 안에 앉아 있어도,

화禍는 하늘에서 내려온다네.155

---

154 명청 회곡의 독특한 장면 진행 방식으로, 감정 표현을 심화하거나 우스개 연기를 펼치는
등 여러 기능이 있으나 한 척(齣) 내에서 장면 전환이 이루어지는 것을 표시하는 경우가 가장
많다. 이때 배우들은 퇴장하지 않고 무대 한쪽으로 물러서 있게 된다. 여기에서는 도적들이 모
두 물러서고 암자의 비구니가 등장한다.
155 원나라 이직부(李直夫)의 잡극 「호두패(虎头牌)」 제4절에 비슷한 구절이 있다. 이후 명
청 소설과 희곡 작품에 자주 쓰였다.

강도들이 갑자기 암자에 나타나 차를 마시게 내놓으라고 합니다. 사부님이 마당에서 말씀을 나누시고 제자는 부엌에서 차를 끓이는데, 저들은 분명 부씨 댁으로 갈 것입니다. 옛말에 "남의 밥을 먹은 사람은 남의 근심을 걱정해 준다"[156]라고 하였으니, 몸을 빠져나가 재공齋公께 알리면 좋을 것입니다.

(몰래 빠져나간다.)

【청강인清江引】

강도들이 갑자기 암자 안으로 들어와서,

차를 마시게 내놓으라고 하네.

저 강도들의 마음을 미루어 보니,

필시 부씨 댁으로 갈 것이라네.

얼른 바삐 달려가서,

재공께 피하시라고 알려 드려야겠네.

(부상을 부른다. 부상과 유씨가 등장한다.)

부상, 유씨

갑자기 사람을 부르는 소리가 들리는데,

무슨 일인지 모르겠네.

비구니

큰일이 나서 얼른 와서 알려 드리오니,

마님께서는 놀라지 마세요.

---

156 『사기』「회음후열전(淮陰侯列傳)」의 "남의 옷을 입은 사람은 남의 근심을 제 마음에 품고, 남의 밥을 먹은 사람은 남의 일을 위해 목숨을 버린다(衣人之衣者懷人之憂, 食人之食者死人之事)"라는 말을 빌려 쓴 것이다.

갑자기 떼강도가 저희 암자로 와서는 차를 내놓으라고 하는데, 제 생각에 이곳으로 올 것 같으니 얼른 자리를 피하세요.

부상 그러면 익리와 금노는 얼른 향화香花 등촉을 삼관대三官臺157 앞에 세워 놓고 백은白銀 삼백 냥과 꽃무늬 포목을 가져다가 상 위에 올려놓거라. 모두들 뒷산으로 도피하자.

유씨 나리, 우리 집은 가난한 사람들을 도와주어 사람들이 고마워하고 있으니, 향병鄕兵을 모아 그놈들과 한판 싸워 보는 것이 어떤는지요?

부상 부인, 천금을 가진 사람의 아들은 도적에게 죽지 않소.158 노략질하는 자들은 우리 재산을 탐낼 뿐이니 어찌 재물 때문에 향인들의 목숨을 상하게 할 수 있다는 말이오? 얼른 물건들을 가져오너라!

유씨 익리와 금노는 모두 회연교에 갔습니다. 제가 등촉을 켜고 백은과 주단을 탁자 위에 올려놓겠습니다. 나리도 함께 가세요. 아, 말이 문 앞에 있는데 거두어 갈 사람이 없네요.

부상 "사람이 다쳤는가, 말에 대해서는 묻지 않으셨다"159라고 했소. 얼른 갑시다, 얼른 가요!

냉정한 눈으로 게를 바라보며,

---

157 삼관의 신위를 모셔 놓은 대이다.
158 『사기』 「월왕구천세가(越王句踐世家)」의 "천금을 가진 사람의 아들은 저자에서 죽지 않는다(千金之子, 不死於市)"라는 말을 빌려 썼다.
159 『논어』 「향당(鄕黨)」의 "마구간이 불탔는데, 선생님께서는 조정에서 퇴청하여 '사람이 다쳤느냐?' 하시고, 말에 대해서는 묻지 않으셨다(廐焚. 子退朝曰, '傷人乎?' 不問馬)"라는 구절을 빌려 썼다.

언제까지 멋대로 하는지를 보리라!¹⁶⁰

(조장을 한다.)

도적 우두머리, 도적 갑, 도적 을

구슬을 얻으려면 반드시 큰 바다로 가야 하고,

좋은 옥을 얻으려면 반드시 명산으로 가야 하지.

부씨네 집이 재산을 많이 쌓아 두었다고 들었는데,

한탕 노략질을 해 보아야겠네.

(물건들을 강탈하는 행동을 한다.)

아, 삼관당에 등촉이 늘어서 있고 백은과 포목이 탁자 위에 바쳐져 있구나. 이는 우리의 명성을 듣고 멀리서 바라보고 달아나 버린 게로군. 드문 일이야, 드문 일!

도적 우두머리 옛말에 예의는 풍족함에서 생겨나고, 도적은 가난함에서 생겨난다고 했지. 우리는 가난해서 도적이 되었지만 어찌 예의의 마음이 없겠는가? 백은은 가져가지만 선행을 베푼 사람을 놀라게 할 수는 없지.

도적 갑 형님의 말씀이 옳으십니다. 여기서 돌아가시지요. 마침 백마가 있으니 이 백은 전대를 지고 가게 하면 정말 편리하겠습니다.

손을 놓아야 할 때 손을 놓아야 하고,

남을 용서해야 할 때 용서해야 한다네.

---

160 이상 두 구절은 명나라 무명씨의 「경사인위엄숭어(京師人爲嚴嵩語)」 중의 마지막 두 구절을 빌려 썼다. 게는 본래는 패도와 악행을 일삼은 간신 엄숭(嚴嵩)을 비유하였고, 여기에서는 강도들을 가리킨다.

모두

【금전화金錢花】

부씨네 집에서 금은을 빼앗았네,

금은을.

백마에 태워서 앞으로 가네,

앞으로.

채찍질하여 얼른얼른 돌아가세,

오늘 일은 마음에 흡족하니,

우리의 커다란 위세를 잘 보여 주었다네.

도적 을   어찌하여 여기서 말이 더 앞으로 가지를 않지?

도적 갑   말이 기운이 없는 것은 비루먹었기 때문이지,[161] 때리는 수밖에 없어!

도적 우두머리   옛날 왕무자王武子에게 말이 있었는데, 강가에 이르러 건너려 하지 않자 왕무자가 "이는 필시 비단 장니障泥를 아껴서 그런 것이니 장니를 벗기면 건널 것이다"[162]라고 말했지. 지금 말이 가지 않으니 굴레를 벗겨 보자.

(굴레를 벗긴다.)

도적 을   그래도 안 가네!

도적 갑   채찍질을 해야지. 이랴!

---

161   명나라 때 계몽서 『증광현문』의 "말이 기운이 없는 것은 비루먹었기 때문이고, 사람이 풍류가 없는 것은 가난하기 때문이다(馬行無力皆因瘦, 人不風流只爲貧)"라는 구절에서 빌려 썼다.

162   위진 남북조 시대 송나라 유의경(劉義慶)의 『세설신어(世說新語)』「술해(術解)」에 나오는 일화다. 장니는 말다래라고도 하는데, 흙이 튀지 않도록 말의 안장 양쪽에 늘어뜨린 것이다.

말 안 갑니다, 안 가요!

도적 을 말이 말을 하네!

　（모두 놀라면서 듣는다.）

말 안 갑니다!

도적 갑

　【마불행馬不行】

　괴상하여 미움이 생기네,

　짐승이 어떻게 '안 간다'라고 말하지?

　이것은 요마이며 도깨비이고,

　귀신이며 요괴가,

　멋대로 말하고 행동하는 것이라네.

　검을 휘둘러 몸을 잘라 버려,

　뜨거운 불에 던져 재가 되게 해야겠네.

말 당신이 '일마一馬'를 죽이면, 사람들은 모두 '사마四馬'가 될 걸요?

도적 우두머리 동생, '사마'는 '매罵' 자이니,[163] 좀 참게.

도적 갑 형님,

　자비심을 베풀면 안 됩니다. (첩)

　반드시 이 짐승을 살려 두지 말아야 합니다.

도적 우두머리

　【전강】

　말이 가지 않겠다고 말하니,

163　'사(四)' 자와 '마(馬)' 자를 세로로 합하면 '매(罵)' 자가 되어 '욕하다'는 뜻이 된다.

말을 세워서 들어 보세.

혹시 삼관三官이 현응顯應하여,

도적들에게 화가 나서,

이 말을 시켜 사정을 말하게 한 것이 아닐까?

마땅히 자세하게 사연을 물어보아야 할 것이지,

어찌하여 놀라서 화를 내는가!

(말에게 사연을 묻는다.)

말 전생에 당신에게 짚신 한 켤레를 속여 먹었는데, 지금 이십 리 길을 와서 빚을 다 갚았으니 더 가지 않는 것입니다.

도적 갑 이 짐승 놈아! 이렇게 사리를 잘 알면서 어찌하여 말이 되었느냐?

말 나는 전생에 부씨 댁에 은자 일백 냥을 속여 먹어 이번 생에서 말이 되어 빚을 갚고 있었던 것입니다.

도적 우두머리 아,

응보가 참 분명하구나. (첩)

모두 두려워하며 수신修身에 더욱 힘써야겠네.

도적 갑 짐승은 말을 해서는 안 되는 것입니다.

도적 우두머리 짐승은 말을 해서는 안 되지만, 사람들도 흉포하고 억세어 남들의 말을 들으려 하지 않지. 그래서 하늘이 짐승을 시켜 말하게 한 것이니, 간곡히 말해도 듣지 않는 것보다 한마디를 말해서 사람을 놀라게 하는 것이 낫지 않았겠는가?

도적 갑 형님, 그럼 어떻게 할까요?

도적 우두머리 내 생각에는 이 백은과 말을 모두 돌려주는 것이 좋겠네.

도적 갑 "말은 밤에 풀을 먹지 않으면 살이 오르지 않는다"고 했으니 돌려주어도 좋겠습니다만, "사람은 횡재가 없으면 부자가 될 수 없다"고 했으니[164] 돌려주지 말아야겠는데요.

도적 우두머리 동생, 옛말에 이르기를 "여러 사람의 입으로 쇠도 녹일 수 있고, 여러 사람의 비난으로 뼈도 녹일 수 있다"[165]고 했네. 우리가 강도 짓을 하면 사람들이 모두 욕을 할 텐데 무슨 좋은 것이 있겠는가? 마땅히 회개해야 할 것이네. 산채를 불태우고 사람들을 해산시켜 분수에 맞게 생업을 하도록 해야겠네. 우리는 출가인이 되어 금은을 부씨 댁에 드려 그분이 가난한 사람들을 구제하는 일을 도와서 좋은 인연을 맺어 하늘의 뜻에 회답하는 것이 좋겠네.

도적 을 형님의 말씀이 옳습니다. 말은 즉시 놓아주고, 백은은 잃어버릴 염려가 있으니 산중에 가져갔다가 한꺼번에 가져옵시다.

도적 우두머리 바로 그렇게 하세나.

도적 갑

말이 말을 하여 사람의 마음을 놀라게 하고,

도적 을

병사께서 깊이 깨닫도록 해 주셨다네.

---

164 『증광현문』에 "사람은 횡재가 없으면 부자가 될 수 없고, 말은 밤에 풀을 먹지 않으면 살이 오르지 않는다(人無橫財不富, 馬無夜草不肥)"라는 구절이 있다.
165 『국어(國語)』「주어 하(周語下)」 및 『사기』「장의열전(張儀列傳)」 등에서 빌려 쓴 말이다.

도적 우두머리

돌아가서 산채를 불태우고,

각자 분수에 맞게 살아가게 하리라.

(퇴장한다.)

부상, 유씨

만 냥의 황금은 귀하지 않고,

일가의 안락함이 더욱 값지다네.

강도들이 물러가서 집에 돌아왔습니다. 아! 백은을 가져갔고,

말도 끌고 갔구나. 다행히 등촉은 꺼뜨리지 않았네.

유씨　나리, "복이 있으면 재물만 잃는다"[166]고 했습니다. 다행히

도 오늘 재물은 없어졌지만 사람은 안전하네요.

(말이 등장한다.)

부상　말도 돌아왔구려!

유씨　기쁘게도 말이 돌아왔군요. 관음보살께 비오니, 보살펴

주셔서 백은도 우리 집으로 돌려보내 주소서!

도적 우두머리, 도적 갑, 도적 을

【출대자出隊子】

마음이 부끄러우니, (첩)

고죽림의 일은 이미 잘못된 일이 되었네.

어제 백마가 말하는 사연을 듣고,

오늘 돈을 가져와서 참회하네.

166　『증광현문』의 "복이 있으면 재물을 잃고, 복이 없으면 몸을 상한다(有福傷財, 無福傷己)"
라는 구절을 빌려 쓴 것이다.

윗옷을 벗어 몸을 드러내고 양을 끌고 찾아오고,[167]

가시나무 지고 와서 벌을 청하네.[168]

안회顔回는 옛날의 허물을 두 번 반복하지 않고,[169]

거백옥蘧伯玉은 지난날의 잘못을 깊이 깨달았네.[170]

여기가 부씨 댁이니 들어가 보겠습니다.

(부상 등을 만난다.)

부상 제위께서는 무슨 일로 여기에 오셨는지요?

도적 우두머리

【이범도금령二犯陶金令】

옛날에 명운이 곤궁하여,

고죽림에 몸을 두었습니다.

(부상 등이 놀란다.)

어제 귀댁을 소란하게 하였는데,

등촉만 세워져 있는 것을 보고,

백금을 주셨다고 생각하여,

말에 싣고 서둘러 돌아갔습니다.

삼십 리를 갔을 때,

---

167 『좌전(左傳)』「선공(宣公) 12년」에 초(楚)나라 장왕(莊王)이 정(鄭)나라를 쳤을 때 정나라 양공(襄公)이 윗옷을 벗어 상체를 드러내고 양을 끌고 초나라 장왕을 찾아가 신복(臣僕)이 되겠다고 맹세했다는 내용이 있다. 이후 육단견양(肉袒牽羊)은 신복이 되겠다는 뜻이 되었다.

168 『사기』「인상여열전(藺相如列傳)」에 조(趙)나라의 문신(文臣) 인상여를 시기한 무관(武官) 염파(廉頗)가 뒤늦게 잘못을 깨닫고 가시나무를 짊어지고 인상여의 집에 찾아가서 처벌을 청했다는 내용이 있다. 이후 자신의 잘못을 인정하고 처벌을 달게 청한다는 뜻으로 쓰였다.

169 『논어』「옹야(雍也)」에 "노여움을 옮기지 않았고, 같은 허물을 되풀이하지 않았다(不遷怒, 不貳過)"라는 구절이 있다.

170 『회남자(淮南子)』「원도훈(原道訓)」에 "거백옥은 오십 살에 사십구 년 동안 잘못했음을 알았다(蘧伯玉年五十而知四十九年非)"라는 구절이 있다.

말이 더 가지 않겠다고 말을 했습니다.

부상　말이 과연 말을 했다는 말입니까?

도적 우두머리　어찌 감히 거짓을 고하겠습니까?

부상

천지에서 오로지 사람만이 먹이를 주니,

이 때문에 말이 사람의 말을 할 줄 알게 되었구나.

지금 이 말이 말을 할 줄 안다니, 이는 보통 일이 아닙니다.

도적 우두머리

그리하여 모두들 경계하고 반성하여,

산채를 바로 불태우고,

각자 돌아가서 본분에 힘쓰기로 하였습니다.

소인은 가시나무를 지고 와서 벌을 청하오니,

바라옵건대 구원을 받아 속세를 나서서,

죽을 때까지 구덩이에 떨어져 있게 될 신세를 면하고자 합니다.

게다가 지금 관가에서 방문을 붙여 도적을 항복시키는 사람에게 천금의 상을 내리고 천호千戸[171]로 봉해 준다고 합니다.

(합) 천호는 스스로를 영예롭게 해 주고,

천금으로 가난한 사람들을 구할 수 있겠네.

장자께서는 비록 부귀를 탐하는 마음이 없으시지만,

상을 받고 책봉을 받아 명예가 널리 퍼지시기를 바라옵니다.

171　금대(金代)에 설치된 벼슬 이름으로, 병사 약 1천 명을 통솔하는 세습 군직이다.

부상

【전강】

이야기를 듣고 곰곰이 생각하니,

더더욱 마음이 기뻐집니다.

어제 갑자기 도적들이 들어와서,

온 가족이 걱정하고 놀라서,

급히 금은을 바치고 평안을 샀습니다.

고맙게도 신령이 현응해 주시고,

말이 사람의 마음을 움직여서,

당신들이 흉포하고 억센 모습을 벗고 모두 귀순하여,

산채를 불태우고 금은을 되돌려주시고,

창칼을 버리고 가시나무를 지고 오셨습니다.

다행히 관가에서도 당신들의 죄를 사면하였으니,

이제부터 함께 경전을 읽고,

이제부터 좋은 인연을 맺어 가십시다.

이 늙은이도 보살펴 드리겠습니다.

(합) 천호는 스스로를 영예롭게 해 주고,

천금으로 가난한 사람들을 구할 수 있겠네.

장자는 비록 부귀를 탐하는 마음이 없지만,

상을 받고 책봉을 받아 명예가 널리 퍼지기를 바랍니다.

도적 우두머리

【미尾】

두 은인께서 저를 두루 감싸 주시니 이 얼마나 다행인가요!

부상

기쁘게도 당신들을 만나 선심을 내었습니다.

모두   모두 장자께 의지하니,

권선의 높은 바람 소리가 사방에서 들린다네.

도적 우두머리

옛날의 잘못을 스스로 후회하며,

이제부터 좋은 인연을 맺어 가리라.

부상

자로子路는 자기의 잘못을 듣기를 좋아하여,

영예와 명성이 무궁했다네.[172]

---

172 이상 두 구절은 송나라 주돈이(周敦頤)의 『주자통서(周子通書)』「과제이십육(過第 二十六)」에 나오는 구절과 같다.

화원에서 향을 사르다
(花園燒香)

외 … 부상
생 … 나복
말 … 익리
단 … 금동
첩 … 옥녀

부상

【청옥안靑玉案】

까마귀와 토끼가 바쁘게 길을 재촉하니,[173]

한 해의 봄빛이 다하려 하는구나.

나복

붉은색 적어지고 초록이 짙어지고 일은 한가롭고,

또한 기쁘게 초승달 떠오르는 모습 바라보네.

부상

두견새 울음소리에 달빛 차갑고,

강물은 도도하게 흘러 돌아오지 않네.

내 생애 백 년에 반백이 지났고,

---

173 까마귀와 토끼는 각각 해와 달을 비유한다.

때를 느끼니 삼월하고도 삼짇날이라네.

애야, 내가 무능하여 세상의 가르침에 보탬이 되지 못하니 부끄럽다. 다만 선행을 베풀어 천심에 맞기를 바랄 뿐이다. 마침 해가 서쪽으로 지고 달이 동쪽에서 떠오르니, 익리에게 분부하여 향안香案을 준비하라고 하였다. 화원 안에서 천지신명께 기도를 올릴 것이니, 위로는 임금님의 만수무강을 빌고 아래로는 국태민안을 기원하고자 한다. 이리는 어디에 있느냐?

익리

복사꽃이 붉은 비처럼 어지러이 떨어지고,[174]

새 달이 처음 떠오르니 옥고리 같구나.[175]

향안을 다 준비했사오니, 주인님 행차하시지요. (걸어간다.)

나복

봄날이 구분의 구가 되니,

멋진 날 삼월 삼짇날이라네.

익리

온갖 꽃이 가득 피었는데,

부상

꽃 다 떨어질까 또 걱정이네.

(도착한다.)

【감주가甘州歌】

초승달이 막 떠올랐는데,

---

174 당나라 이하(李賀)의 시 「장진주(將進酒)」의 한 구절과 같다.
175 위진 남북조 양나라 우희(虞羲)의 시 「영추월시(詠秋月詩)」 중 한 구절과 비슷하다.

향로 안에서는 향 한 자루가 타고 있네.

꽃향기 짙으니,

향로 향기와 함께 하늘 향해 피어오르네.

원컨대 조정에 법도가 있어 삼재三才가 순조롭고,

천지에 사사로움이 없어 만물이 창성하게 해 주소서.

평강平康을 바라오니,

우리 황상께서는 만수무강하옵소서!

나복

【전강】

다시 향을 올리니,

구름이 자욱하고,

멀리 망망한 우주를 바라보네.

마음속의 간절한 소망을,

하늘 향해 일일이 말씀드리네.

바라옵건대 집집마다 자식 효도하여 어버이 마음이 즐겁고,

모든 신하들이 현명하여 나라가 복되고 영원하게 해 주소서.

평강을 바라오니,

우리 부모님께서는 복수무강하옵소서!

익리

【전강】

밝은 별을 멀리 바라보니,

해와 달과 함께 삼광三光이라 부르네.

세상의 선악은,

삼광이 널리 비추니 감추기 어렵다네.

오로지 기원하오니 가축과 사람들이 모두 착하고,

더욱 바라오니 사람들의 행실이 일마다 선하게 해 주소서.

평강을 바라오니,

주인님께서는 복수무강하옵소서!

(금동과 옥녀가 당번幢幡[176]을 들고 등장한다.)

금동, 옥녀

깃발 그림자가 펄럭이며 구천을 내려와서,

하계에 강림하니 진선眞仙을 맞이하네.

사람들은 세상의 즐거움만을 좋아하니,

어찌 천궁의 즐거움이 대단함을 알겠는가!

부상이 화원에서 향을 사르고 있으니 그리 가서 영접해야겠네.

(무대 안에서 불을 밝힌다.)

부상   홀연히 붉은빛이 땅을 비추고 대낮같이 사람을 비추는구나.

(금동과 옥녀가 퇴장한다.)

함께

【삼단자三段子】

천신天神이 흠향하신 것일 터이니,

하늘나라 바라보며 황공하게 머리 조아리네.

얼른 고개 돌려 보니,

다시 완월루玩月樓 앞과,

---

176 당간(幢竿)에 각종 채색 비단을 드리워 절이나 도관 앞에 세운 기를 말한다.

상화정賞花亭 옆을 지나가시네.

부상

【귀조환歸朝歡】

갑자기 정신이 혼미해지니,

저 당번이 펄럭이는 것을 보아서인 듯하네.

혹시 내 수명이 다한 것이 아닐까?

나복 아버님, 만수무강하소서.

부상

누가 황천으로 돌아가는 것을 면하겠느냐?

【미성尾聲】

초루譙樓[177]에서 삼경三更의 북을 울리고,

두견새 울음소리가 그치지 않는데,

어느새 화당畵堂으로 돌아왔네.

나복

뒤쪽 화원 안에서 향을 사르다가,

익리

완월루 앞에서 뒷걸음질 쳤네.

부상

하늘에는 헤아리기 어려운 풍운이 있고,

함께

사람들은 아침저녁으로 화와 복이 있다네.

---

177 성문 위의 망루이다.

부상의 유언

(傳相囑子)

생 … 나복	단 … 비구니
부 … 유씨	말 … 익리
외 … 부상	축 … 학/제자
정 … 화상	이단 … 금동, 옥녀
소 … 도인	

나복

【상천효각霜天曉角】

향을 사르며 아침을 기다리니,

마음속 근심이 끝이 없어라.

하늘이시여, 이 정성을 살피셔서,

늙은 아버님의 천수天壽를 늘이도록 보우하소서.

부모님이 모두 계시는 것은 진실로 지극한 즐거움이지만,

기쁨 속에 두려움 있는 줄을 아는 사람은 적다네.

어제는 삼월 삼짇날이 되어 아버님을 모시고 화원에서 향을 사르고 있었는데 갑자기 아버님이 정신이 혼미해지고 말씀으로 두려워하시니 자식 된 마음으로 얼마나 두렵던지요! 간밤에 내내 향을 사르며 하늘에 기도하였는데, 바라건대 아버님이 해와

달처럼 영원히, 소나무 잣나무처럼 왕성하게 계실 수 있다면 자식의 행복이겠습니다. 지금은 새벽이니 침소에 가서 문안드리려고 합니다. (걸어간다.) 아버님 어머님, 평안하신지요?

무대 안 평안무사하느니라.

나복 기쁘기 짝이 없사옵니다.

　【나화미】懶畵眉

　일가의 안락은 값진 것이니,

　어버이 건강하시면 아들 마음은 얼마나 기쁘겠습니까.

　천지신명께 감사드리고 아미타불께 감사드리니,

　원컨대 동해 바다만큼 복을 받으셔서 부모님 즐거우시고,

　만 길 높은 남산만큼 장수하시기를 바라옵니다.

유씨

　【전강】

　부부가 연을 맺어 화목하게 지내다 보니,

　나도 모르게 어느새 귀밑털이 하얗게 세었네.

　부군은 온종일 바라밀다를 외우시니,

　원컨대 백 년 동안 평안하소서,

　불부남차수리차不負喃哆嗻唎哆.178

부상

　【전강】

　인생의 광경이 북[梭]처럼 지나가더니,

---

178 주문의 일종이다.

또다시 봄바람 불어와 벽라薜蘿179가 자랐구나.

두견새 울음소리 속에 달빛은 어스름한데,

불여귀不如歸 소리가 나를 재촉하니,180

나는 학을 타고 구름에 올라 옥하玉河로 오르리라.

나복 학을 타고 구름에 오르는 것은 왕자교王子喬가 신선이 되었다는 고사가 아닌지요?181

부상 그렇느니라.

나복 아버님, 그런 말씀은 마옵소서.

(부상과 유씨를 만난다.)

부상 애야, 장강長江은 뒷물결이 앞 물결을 재촉하고 세상에서는 새 사람이 옛사람을 쫓아내는 법이다. 엊저녁 화원에서 향을 사를 때 금동과 옥녀가 각기 보개와 주번을 들고 온 모습을 똑똑히 보았다. 이는 나를 데리고 승천하려는 뜻이니, 오늘 나는 세상을 버릴 것이니라. 이미 익리에게 분부하여 비구와 도사와 비구니를 이곳에 불러다가 작별을 하고자 하니, 그들이 곧 올 것이다.

유씨 그런 말씀은 마세요!

(스님, 도사, 비구니가 등장한다.)

스님

---

179 기둥을 타고 자라는 덩굴풀이다.

180 두견새 울음소리를 불여귀라고 표현하였다. 여기에서는 부상이 '하늘로 돌아감이 낫다'는 뜻으로 받아들이고 있다.

181 왕자교는 주나라 영왕(靈王)의 태자였는데, 도사 부구공(浮丘公)을 따라 숭고산(嵩高山)에 올랐고, 30년 뒤에 구씨산(緱氏山) 정상에 백학을 타고 와서 며칠 동안 머물렀다가 떠났다고 한다. 한나라 유향의 『열선전(列仙傳)』에 나온다.

오늘 수양하지 않고 내일이 있다고 말하지 말고,

도사

올해 수양하지 않고 내년이 있다고 말하지 말라.

비구니

낮과 밤은 흘러만 가고 나를 기다려 주지 않으니,

모두

아 늙었구나, 이 누구의 허물인가![182]

재공께서 무슨 일로 부르시는지 모르겠는데, 우리가 가 보아야겠습니다.

(부상을 만난다. 자신들을 부른 이유를 묻는다.)

부상 엊저녁 화원에서 향을 사르는데 금동과 옥녀가 각기 주번과 보개를 들고 와서 나를 맞으려는 모습을 똑똑히 보았습니다. 밤새 선기禪機가 스며들어 천문을 살펴보니 오늘 오시午時에 내가 작별해야 할 것 같습니다. 여러분은 올라와서 제 예를 받으십시오.

【미범서尾犯序】

사는 것은 잠시 깃든 것이고, 죽는 것은 돌아가는 것이라네.

하늘의 도는 돌고 도니,

누가 능히 벗어날 수 있으랴?

나는 마땅히 돌아가리라.

고명하신 스님, 도사, 비구니께 작별 인사 올리오.

들어주소서,

---

182 이상의 네 구절은 송나라 주희(朱熹)의 「권학문(勸學文)」을 약간 바꾸어 쓴 것이다.

우니優尼[183]는 나의 예를 받아 주십시오.

처는 늙고 게을러 아직도 부지해 주어야 합니다.

우사羽師와 상인上人께서는[184] 저의 예를 받아 주십시오.

아들은 총명하나 아직 가르침을 더 받아야 합니다.

훗날 모두 기쁘게 모여,

함께 요지瑤池의 같은 반열에 서 있읍시다.

모두

【전강】

우리는 각자 하늘의 한쪽 끝에서 태어났는데,

불러 주심에 깊이 감사드리고,

또 두루 구제해 주심을 받들었습니다.

갑자기 세상을 버리시게 되었으니,

어찌 슬프지 않겠습니까!

마님께서는,

걱정하지 마십시오,

스님

저는 삼관당三官堂에 가서 염불하고 경을 읽겠습니다.

비구니

저는 진정암眞淨庵에 가서 천지신명께 호소하겠습니다.

(합) 높다란 다리를 안전하게 건너가고,

가시는 길 내내 위태로움이 없도록 하겠습니다.

---

183 여기에서는 비구니에 대한 존칭이다.

184 우사와 상인은 각각 도사와 스님에 대한 존칭이다.

유씨   기왕 이렇게 되었으니 여러분은 얼른 염불하고 호소하러
가 주십시오!

스님, 도사, 비구니   노마님께서는 두려워하거나 놀라지 마십시
오. 소관인小官人185께서는 마음을 놓고 부모님을 모시기 바랍
니다.

이번에 불력佛力에 의지하여,

인연 있는 사람을 구제하리라.

(퇴장한다.)

부상   임자, 내가 늘 듣기로 불법은 오로지 사람을 구제하는 데
있다고 했소. 중생들이 평생 선행을 닦고 부처님을 모시고 불
경을 읽으면 비록 그 수명이 다할 때가 되더라도 병마에 얽히
는 일은 없을 것이오. 나는 오늘 반드시 세상을 버릴 것이오.
익리는 향분香盆을 가져오너라. 향을 살라야겠다.

【전강】

천지신명이시여, 들어주소서,

깊으신 은혜를 아직 갚지 못했으니,

진세塵世에서 헛되이 살았습니다.

당신은 예를 받으시오. 우리 부부는 본시 한 숲속의 새였지만,
기한이 다가왔으니 각자 홀로 날아가야 하오.

백 년 부부가,

순식간에 헤어지게 되었구려.

기억해 주오,

---

185 관인은 여기에서는 남자에 대한 경칭이다. 부나복을 가리킨다.

나처럼 염불하고 경을 읽고,

나처럼 스님들에게 보시하시오.

눈물 흘리지 마오,

안타깝지만 사람이 세상에 살면서,

모두 헤어지는 때가 있는 것이오.

지필묵을 가져오너라, 유서를 쓰겠다.

(학이 금동, 옥녀와 함께 등장한다. 부상이 유서를 쓴다.)

【일봉서一封書】

내가 지금 당부하노니,

나복이와 임자는,

내 말을 잘 새겨서 어기지 말아 주오.

스님과 도사들을 공양하고,

널리 보시하여,

내가 있을 때처럼 삼관三官을 삼가 공경해 주오.

소식素食을 하여[186] 청정하게 하고,

염불하고 경을 읽어 단정하게 하오.

꼭 지켜 주오,

반드시 지켜 주오,

만약 개훈開葷을 하면 하늘이 지켜보실 것이오.

유씨

조심하여 지키겠습니다,

삼가 지키겠습니다.

---

186 채식을 하고 육식을 하지 않는 것을 말한다.

(합) 만약 개훈을 하면 하늘이 지켜보실 것이라네.

금동, 옥녀　문관門官과 토지土地는 삼가 기억해 두시오![187]

부상

　　끝났도다, 끝났도다,

　　이 껍데기를 떠나리라.

　　돌아가리라, 돌아가리라,

　　저 흰 구름 떠 있는 길로 떠나가리라.

　　(숨을 거둔다.)

금동, 옥녀

　　태평한 나라에서 얼마나 즐거우실까,

　　온갖 괴로움이 그 마음을 어지럽히는 일이 없으리니.

　　몸을 바꾸어 삼천계三千界를 벗어나면,

　　바로 연화국蓮花國 속 사람이 된다네.[188]

　　(도사가 부상처럼 분하여 학을 타고 퇴장한다.)

유씨, 나복

　　【미범서】

　　외쳐 불러도 끝내 알지 못하겠네.

　　세성歲星이 진辰과 사巳에 있고,[189]

187　문관은 여기에서는 문을 지키며 잡귀를 물리치는 문신(門神)을 말한다. 토지는 한 지역을 관장하고 수호하는 신으로 토지공(土地公)이라고도 한다.

188　삼천계는 소천세계(小千世界), 중천세계(中千世界), 대천세계(大千世界)를 아울러 이르는 삼천대천세계(三千大千世界)를 말하고, 연화국은 서방의 극락정토를 말한다.

189　후한 때의 학자 정현(鄭玄)이 꿈에 공자를 만났는데, 공자가 "올해는 세성(歲星)이 진(辰)에 있고 내년에는 세성이 사(巳)에 있도다"라고 말했다. 잠에서 깨어난 뒤에 참위서와 대조해 보고 자기 수명이 다했음을 알게 되었고, 얼마 후 과연 병이 들었다고 한다. 진위(辰位)와 사위(巳位)는 동남쪽을 가리킨다. 위진 남북조 송나라 범엽(范曄)의 『후한서(後漢書)』「정현

몸은 기성箕星과 미성尾星에 올라타셨으니,[190]

해가薤歌 소리 울려 퍼지네.[191]

태산이 무너지고 들보가 무너졌네.

슬프고도 답답하네,

부질없이 눈물이 다 흘러 말라 버리고,

헛되이 애간장이 부서지네.

(합) 이제부터 이승과 저승 두 곳에 떨어져 있게 되었으니,

다시 뵐 날이 언제일까요?

(금동과 옥녀가 부상을 부축하고 퇴장한다.)

나복

【옥포두玉包肚】

하늘이 무너지고 기둥이 넘어지니,

이 재앙이 어떻게 끝날까요?

이 생애에 봄볕 같은 은혜 갚기 어렵고,

이 마음은 그저 작은 풀만큼만 걸려 있습니다.[192]

(합) 근심이 마치 다듬이질하듯 하니,

나도 모르게 구슬 같은 눈물을 뿌린다네.

하늘이 내리신 재앙을 사람이 어찌 벗어나랴.

전(鄭玄傳)」에 나온다. 뒤에 이 말은 수명이 다하게 되었음을 비유하는 의미가 되었다.

190 은나라 사람 부열(傳說)이 죽은 뒤에 승천하여 기성과 미성 사이에서 부열성(傳說星)이 되었다고 한다. 따라서 역시 죽는 것을 뜻한다.

191 해가는 옛 만가(挽歌)인 「해로(薤露)」를 말한다.

192 당나라 맹교(孟郊)의 시 「유자음(遊子吟)」의 마지막 두 구절 "누가 말하랴, 작은 풀 같은 마음이 석 달 봄볕 같은 은혜를 갚을 수 있다고!(誰言寸草心, 報得三春暉)"에서 빌려 온 표현이다.

유씨

【전강】

나를 버리시다니,

우리 모자는 장차 누구에게 의지할까요?

익리,

관곽棺槨과 수의를 준비하고,

온 가족 모두 상복을 입게 해 주게.

(합) 근심이 마치 다듬이질하듯 하니,

나도 모르게 구슬 같은 눈물을 뿌린다네.

하늘이 내리신 재앙을 사람이 어찌 벗어나랴.

나복

부자가 하루아침에 영원히 이별하고,

유씨

부부가 도중에 뿔뿔이 헤어졌네.

함께

집에 돌아가서 차마 소리 높여 통곡하지 못하니,

이 소리 들으면 원숭이들도 애를 끊을까 걱정해서라네.

나복 익리는 가서 스님을 모셔 오게. (퇴장한다.)

익리 (걸어가며 말한다.)

불행하게도 주인님이 돌아가시니,

눈물이 강물처럼 흐르네.

강물은 마를 날이 있겠지만,

눈물 흔적은 늘 눈가에 있겠네.

이 산문山門에 도착했으니 들어가 보아야겠습니다.

(스님을 부른다. 스님과 제자가 등장한다.)

스님, 제자

산사山寺에 해가 높이 떴는데 고승은 아직 일어나지 않았네,

따져 보면 명예나 이익도 한가함만 못하지.

(익리를 만나서 묻는다.)

익리

【보보교步步嬌】

주인님이 불행히도 돌아가셨으니,

애통하여 간장이 부서지는 것 같습니다.

특별히 스님께 청하오니,

저희 집에 광림하여,

삼가 재를 올려 주셔서,

두루 대자비大慈悲에 의지하여,

천궁天宮 안으로 올라 들어가시게 해 주소서.

스님 슬프고 슬픕니다! 좋고도 좋으신 분이셨습니다!

【전강】

탄식하네, 덧없는 인생에 소란스럽게 명리를 다투고,

천년의 계획 세우려 하니.

어찌 알리요, 하루아침에 무상하게도,

모두 다 헛된 것이 될 줄을.

재공께서는 세상 사람들의 마음이 그릇되었음을 간파하셨으니,

풍도酆都 땅에 떨어지지 않으실 것입니다.

너는 역서^{曆書}를 들고 있어라, 날짜를 보자. (제자가 역서를 받는다.) 늙어서 눈이 침침하니, 네가 읽어 다오.

제자 재를 올릴 만한 길일은 갑갑일^{甲甲日}이 좋겠습니다.

스님 갑신일^{甲申日}도 모르느냐!

제자 저번에 스님께서 말씀하시기를, '갑^甲' 자에 대가리가 나오면 '신^申' 자라고 하셨는데, 이 글자는 대가리가 나오지 않았습니다.

스님 이것은 책을 새긴 사람이 글자 대가리를 좀 깎아 낸 것이니라. 생각을 해 보거라, 갑신일이지 어찌 갑갑일이 있단 말이냐? (때린다.) 다시 읽어 보거라!

제자 무우일^{戊牛日}이 길합니다.

스님 무오일^{戊午日}도 모르느냐!

제자 저번에 스님께서 말씀하시기를, '오^午' 자에 대가리가 나오면 '우^牛' 자라고 하셨는데, 이 글자는 대가리가 나와 있습니다.

스님 이것은 책을 찍어 낼 때 좀 번진 것이 아니냐! 생각을 해 보거라, 어찌 무우일이 있다는 말이냐? (때리려고 한다.)

제자 (울면서 말한다.) 저 대가리가 없는 글자 때문에 맞아야 하고 이 대가리를 내민 글자 때문에도 맞아야 한다면 세상에 누가 대가리를 내밀려고 하겠습니까?

스님 (웃는다.) 본래는 너를 때려 주어야 하지만 말을 잘해서 봐주는 것이니라.

제자 (웃는다.)

‘신’ 자에 대가리가 나오지 않았을 때는,

두들겨 맞아 하마터면 대가리가 깨질 뻔했지만,

‘오’ 자에 대가리가 나왔을 때는,

스님이 나를 때리지 않으셨네.

세상 사람들에게 권하노니,

그래도 대가리가 나오는 것이 좋다네.

스님 익리는 먼저 돌아가게. 내일 재를 올리러 가겠네.

익리 집안일이 바빠서 기다리지 못하고 물러갑니다.

스님

노승은 본래 사람들 건너게 해 주는 배이니,

삼천대천세계를 다 건너게 해 주네.

익리

고해苦海의 바닷가에서 건너게 해 달라고 부르는 사람과,

함께

상봉하면 전세의 인연이 있음을 믿어야 하리라.

제13척

부친 천도재
(修齋薦父)

생 … 나복
외, 정, 축 … 스님
말 … 익리
부 … 유씨
소 … 서동(書童)

나복

【칠낭자七娘子】

한스럽게도 춘부椿府에서 하루아침에 떠나가시고,

훤화萱花 바라보니 한없이 슬퍼하시네.[193]

아버님 은혜에 보답하려면,

부처님의 힘을 빌려,

소요궁逍遙宮으로 영접받아 올라가시게 해야겠네.

백일청천에 하늘 기둥이 부러지니,

하늘 바라보고 놀라며 슬픔을 이기지 못하네.

---

193 춘부는 부친이 계시는 집, 훤화는 모친을 뜻한다. 춘(椿)은 『장자』「소요유(逍遙遊)」에 나오는 오래 사는 참죽나무로 아버지를 이르는 말로 쓰였고, 훤(萱)은 『시경』「백혜(伯兮)」에 나오는 원추리 풀로, 효자가 북당(北堂)에 원추리를 심어 어머니의 시름을 잊게 하였다는 데에서 유래하여 어머니를 이르는 말로 쓰였다.

여와女媧가 고치려 하지만 전혀 도리가 없으니,

이 한은 이어져서 끊어질 날이 없으리.

소생은 아버님이 돌아가셔서 스님들을 모셔 와 재를 올려 추천追薦하고자 합니다. 글을 다 썼으니 스님들께서는 올라오십시오.

(스님 세 명이 등장한다.)

스님들

【생사자生査子】

우리 부처님은 서천西天에서 일어나셔서,

사람들을 초도超度하심이 끝이 없다네.

(나복을 만난다.)

스님 갑　글을 다 쓰셨으니 이곳에 펼쳐 놓으시지요.

(펼쳐 놓는다. 음악을 취타한다. 청정淸淨 의례194를 행한다.)

스님 을

나무진허공계南無盡虛空界,

일체제보살一切諸菩薩.

나무서방극락세계제보살南無西方極樂世界諸菩薩,

나무시방삼계일체제보살南無十方三界一切諸菩薩.

(염불한다.) 암 단다난다 사바하, 암 수리실리 사바하, 암 서미제서미제 사바하, 암 타나야타나야 사바하, 암 단다난다 수리실리 서미제 타나야 사바하.

194　불교와 도교에서 청정은 악행과 번뇌를 멀리함을 이르는 말이다. 청정 의례는 번뇌를 없애기 위한 의례이다.

스님 갑 올라오소서, 도량이 열리고 법사가 시작되었으니 먼 저 직부사자直符使者[195]를 보내셔서 여러 성령들을 영접하게 하소서. 차 한 잔과 술 석 잔을 올리오니, 직부사자는 속히 와 주소서.

【포로박등아鮑老撲燈蛾】

직부사자여,

천조天曹와 지부地府에 전하고,

수국水國의 원신元神들을 두루 찾아다니고,[196]

사부중四部衆에게 가서 제천諸天에 고하게 하여,[197]

제천의 신성神聖들이 모두 밝게 비추어 주시기를 바라옵니다.

(합) 용거龍車와 봉련鳳輦이여,[198] 모두 내려오소서.

함께 추천하시고 두루 내려 주셔서,

망혼을 소요궁에 인도하여 오르게 하소서.

나복

【전강】

아버님께서 구천九泉으로 가시니,

고아의 마음은 슬프고 그립습니다.

여러 성령들께서 슬프고 가련하게 여겨 주셔서,

고아가 추천을 이루고 소원을 이루게 해 주소서.

---

195 직부는 삼계 즉 천상, 지하, 지상을 오가며 소식을 전하는 사자이다.
196 천조, 지부, 수국은 여기에서 도교의 삼관 즉 천관, 지관, 수관이 있는 곳이다.
197 사부중은 비구, 비구니, 우바새(優婆塞, 재가 남성 신도), 우바이(優婆夷, 재가 여성 신도)를 말하고, 제천은 불법을 수호하는 여러 천신을 말한다.
198 용거와 봉련은 본래 임금의 수레를 말한다. 여기에서는 신령의 수레를 뜻한다.

(합) 용거와 봉련이여, 모두 내려오소서.

함께 추천하시고 두루 내려 주셔서,

망혼을 소요궁에 인도하여 오르게 하소서.

스님 갑 사로四路의 직부사자들이 이미 도착했고, 오정거천五淨
居天199의 진언도 이미 낭독하였으니, 추천문을 선독宣讀하겠습
니다.

스님 병

남야 왕사성의 효자 부나복이 모친 유씨와 가족 등을 모시고
말씀 올린 바에 따라서 기원하나이다. 불법은 끝이 없고 어버
이 은혜도 끝이 없습니다. 수많은 성령께 우러러 청하오니, 작
은 정성을 굽어살피소서. 현고顯考 부상傅相 부군府君이 홀연히
환화幻化하심에 그 노고에 보답하기 어려우니, 특별히 구유발
망사죄초생九幽拔亡救罪超生200의 도량을 세워 모두에게 옥립玉
粒201을 베풀고 금아金芽의 차茶202를 바치고, 물에는 오룡五龍을
풀어 맑은 하늘에 비와 이슬이 가득하게 하고 번幡에는 삼봉三
鳳을 날려 탁한 세상의 찌꺼기를 치워, 아버님을 천도하여 조
속히 천부天府에 오르시게 하고자 하나이다. 더욱이 나무는 뿌
리가 있고 물은 원천源泉이 있음을 생각하면 조상의 공덕을 갚
아야 하고, 추위에 옷이 없고 굶주림에 음식이 없는 이들을 생

---

199 성자가 사는 다섯 세계로 무번천(無煩天), 무열천(無熱天), 선현천(善現天), 선견천(善見
天), 색구경천(色究竟天)을 뜻한다.
200 저승에서 망자를 뽑아 죄를 사하고 환생하게 한다는 뜻이다.
201 불로장생한다는 선약이다.
202 최상등품의 차를 말한다.

각하면 고혼야귀孤魂野鬼를 불쌍히 여겨야 합니다. 두루 자비를 베푸셔서 함께 탈화脫化하고자 하오니, 위로 임금님의 만수무강을 빌고 아래로 자친慈親의 백세무강을 기원하나이다. 무릇 기거함에 모두 감싸 보호해 주심에 의지하나이다.

나무진허공계,

일체제보살.

나무서방극락세계제보살,

나무시방삼계일체제보살.

(취타한다.)

스님들

【적류자滴溜子】

하늘이 밝게 살피시니, (첩)

경건하고 정성스럽게 절하고 기도합니다.

부상은, (첩)

평생 낙도樂道하였습니다.

엎드려 바라옵건대 자비의 빛을 두루 비추셔서,

맞이하여 봉래로 인도하시고,

소요하며 즐기게 하여,

불법의 끝없음과,

천은天恩의 넓디넓음을 드러내어 주소서.

익리　스님들께서는 후당으로 가셔서 재식齋食을 드십시오.

(스님들이 퇴장한다.)

마님께서는 향을 사르십시오.

(유씨가 영궤靈几를 마주하고 노래한다.)

유씨

【일봉서一封書】

남편과 아내가,

봉새와 황새가,

하루아침에 갈라져 날아가니 슬픔에 애가 끊어지네.

아이는 고자孤子가 되었지만 아직 어리고,

나는 귀밑털이 희끗희끗하네.

당신이 이제 우리 모자를 버리고 떠나가시니,

누가 모자를 보살펴 주겠나요?

황혼에 달이 있어도 옛 생각 부질없고,

대낮에 하늘이 없으니 절로 슬픕니다.

(예불을 올린다.)

(합) 부처님 무량無量하시고,

불법이 무량하시니,

그분을 높이 쾌락당快樂堂으로 초도해 주소서.

나복

【전강】

금사자 향로 안에,

귀한 향을 사르니,

아버님께서 하루아침에 돌아가심을 슬퍼하네.

근심은 천 갈래이고,

눈물은 만 줄기이니,

망극하신 은혜 깊은데 다 갚지도 못하였네.

흰 구름 아득한데 아버님은 어디에 계십니까?

푸른 바다는 망망한데 한은 더욱 크다네.

(합) 부처님 무량하시고,

불법이 무량하시니,

그분을 높이 쾌락당으로 초도해 주소서.

익리

【전강】

구름 자욱한데,

촛불 빛이 밝아서,

휘황하게 온 도량에 가득하네.

하늘에 기도하오니,

불광佛光을 내리셔서,

산 자와 죽은 자들 두루 비추셔서 복이 절로 창대하게 해 주소서.

나리,

나리의 삼혼三魂203은 아득하게 어디로 가셨습니까?

저는 두 줄기 눈물을 줄줄 흘리며 석양을 바라봅니다.

(합) 부처님 무량하시고,

불법이 무량하시니,

그분을 높이 쾌락당으로 초도해 주소서.

(서동書童이 등장한다.)

---

203 사람의 몸속에 있다는 세 가지 정혼(精魂)으로 태광(胎光), 상령(爽靈), 유정(幽精)을 말한다.

서동

　　윗분이 다녀오라고 명하시면,

　　감히 거스르지 못한다네.

소인은 조^曹 나리 댁의 서동입니다. 나리께 따님이 있으신데 부씨 댁에 허혼하였습니다. 사돈 어르신이 작고하셨다는 소식을 들으시고 특별히 소인을 보내셔서 예를 갖추어 조문하라고 하셨습니다. 이곳에 와 보니 오지 번^幡만이 천 척^尺 무지개처럼 걸려 있고 우레 같은 북소리만 쉬지 않고 울립니다. 재를 올리는 것 같으니 들어가 보아야겠습니다.

익리　서동이 왔구나.

（서동을 만난다.）

서동

　　【**향류낭**^{香柳娘}】

　　저희 나리께서는 조정에 계시면서, （첩）

　　갑작스러운 부고를 받았습니다.

　　어르신 돌아가신 것 애통하여 마땅히 직접 조문하셔야 하는데,

　　공무에 매어 계셔서 함부로 직무를 떠나실 수 없는 까닭에,

　　소인을 보내 절을 올리고 기도하도록 하셨습니다. （첩）

　　나리께서는,

　　멀리서 성의를 갖추어 찾아뵈온 것을 살펴 주소서.

　　마님께서는,

　　너무 괴롭게 슬퍼하시지 마십시오.

　　저희 나리께서 말씀하시기를, 비록 사돈 집안이지만 조정에

계셔서,

　(합) 헤어져 있는 때가 많고 만나는 기회 적은 것을 안타까워하

셨습니다. (첩)

이제부터 갈라져 떠나가시니,

길이 슬픔이 된다고 하셨습니다.

유씨, 나복

　【전강】

사돈 어르신의 높으신 은정에 감사합니다, (첩)

저희 모자는 은혜에 감복함이 작지 않습니다.

저희 모자는 말할 것도 없고,

망혼이 지하에서 영광이 더하실 것입니다.

서동은,

더욱 노고가 많네. (첩)

서동　회신을 내려 주시면 소인은 곧바로 돌아가겠습니다.

나복

틈을 내어 잠시만 머물러 주게,

천천히 답신을 쓰겠네.

　(합) 헤어져 있는 때가 많고 만나는 기회 적은 것이 안타깝습니

다. (첩)

이제부터 갈라져 떠나가시니,

길이 슬픔이 됩니다.

나복　익리는 서동을 모셔다가 서관書館에서 며칠 묵게 하게.

(서동과 익리가 퇴장한다. 스님들이 등장한다.)

스님 을   두타頭陀204가 고혼孤魂들을 제도하겠습니다.

모두

【불잠佛贊】

왕사성에 슬픈 바람이 휘잉 불어오니,

좋은 집의 남녀들이 도적이 되러 갔네.

일이 일어나자 관가에 고발하여,

감옥 안에서 죽게 되니,

이들이 바로 갇혀 죽은 고혼이라,

(합) 감로회甘露會205에 온다네.

(한 바퀴 돈다.)

【전강】

왕사성에 슬픈 바람이 휘잉 불어오니,

며느리가 시어머니의 등쌀을 이겨 내지 못했다네.

억울해하면서 하늘을 부르다가,

높다란 들보 아래 목을 매니,

이 사람이 바로 매달려 죽은 고혼이라,

(합) 감로회에 온다네.

(한 바퀴 돈다.)

【전강】

왕사성에 슬픈 바람이 휘잉 불어오니,

---

204 번뇌의 티끌을 떨어 버리고 청정하게 불도(佛道)를 닦는 일을 말한다. 여기에서는 불도
를 닦는 스님을 뜻한다.
205 부처와 보살의 가호를 입은 감로 음식을 망자의 혼령에게 베풀어 주는 수륙재를 가리
킨다.

좋은 집의 딸이 구란句欄206에 팔렸다네.

기둥서방의 등쌀을 이겨 내지 못하여,

장강長江에 몸을 던지니,

이 사람이 바로 물에 빠져 죽은 고혼이라,

(합) 감로회에 온다네.

(한 바퀴 돈다.)

【전강】

왕사성에 슬픈 바람이 휘잉 불어오니,

환과고독鰥寡孤獨207이 옷과 음식이 없었다네.

사방으로 가서 애걸하다가,

길 위에서 쓰러지니,

이들이 바로 굶어 죽은 고혼이라,

(합) 감로회에 온다네.

(한 바퀴 돈다.)

【전강】

왕사성에 슬픈 바람이 휘잉 불어오니,

농사꾼이 나무 베고 밭을 갈았네.

저 나쁜 범과 독사를 만나,

깊은 산속에서 부상을 당하니,

이 사람이 바로 물려 죽은 고혼이라,

---

206 연극을 공연하는 극장을 말한다.

207 환은 홀아비, 과는 과부, 고는 고아, 독은 자식이 없는 사람을 가리킨다. 외롭고 의지할 데 없는 사람을 두루 이른다.

(합) 감로회에 온다네.

(한 바퀴 돈다.)

모두 (걸으면서 노래한다.)

　【적류자】

　가련하구나, (첩)

　고혼야귀들이여.

　번幡을 높이 걸고, (첩)

　특별히 불러 모았네.

　바라건대 모두 불회佛會에 오시게.

　추운 자에게는 옷을 더 드리고,

　주린 자에게는 음식을 충분히 드릴 것이니,

　이 좋은 인연을 타고,

　함께 낙토樂土에서 태어나시게. (첩)

스님 을 두타가 꽃을 뿌리겠습니다.

스님 갑 두타, 효자가 선친을 천도함은 오로지 맑은 마음과 묵도默禱에 있습니다. 제천諸天이 내려오시면 오직 성의만을 바라봅니다. 지금 꽃을 뿌리려 하는 것은 무슨 까닭인지요?

스님 병 두타, 천도天道에는 음양이 있습니다. 따뜻한 볕에는 꽃이 피고 그늘지면 사람을 떨어뜨립니다. 누군들 기쁨과 슬픔이 없겠습니까. 기쁘면 꽃을 감상하지만 슬플 때는 그런 일이 없습니다. 반드시 사계의 이름난 꽃들을 뿌려서 하늘과 사람이 함께 기뻐함을 드러내야 하겠습니다.

스님 갑 아, 반드시 꽃을 뿌려야겠군요. 그러면 계절마다 백화

百花 중에 어떤 꽃을 뿌리는 것이 좋겠습니까?

스님 병　봄에는 모란꽃을 뿌리니 그것이 꽃 중의 왕이기 때문입니다. 여름에는 연꽃을 뿌리니 그것이 꽃 중의 군자이기 때문입니다. 가을에는 국화를 뿌리니 그것이 꽃 중의 걸사傑士이기 때문입니다. 겨울에는 매화를 뿌리니 그것이 꽃 중의 으뜸이기 때문입니다.

스님 갑　아, 봄에는 모란, 여름에는 연꽃, 가을에는 국화라는 말씀에는 이견이 없습니다. 다만 겨울에는 모든 꽃들이 다 떨어지고 오직 푸른 소나무와 대나무만 굳세고도 고고하니 이를 여러 신선들께 바치면 족히 정병淨甁에 쓸 수 있을 터인데, 어찌 반드시 매화만 된다는 것인지요?

스님 병　이런 시가 있습니다.

　　군자가 마음을 비우고 대부에게 묻네,

　　매화는 왜 칭호가 없는가?

　　매화가 소나무와 대나무에게 물어보네,

　　나는 국에 간을 맞추는 수단이 있지 않은가?[208]

이러니 매화를 취하는 것입니다.

모두

　　【도각아掉角兒】

　　봄날에는 모란이 참 예쁘고,

208　이상 네 구절은 원말 명초 유소(劉紹)의 시 「세한삼우(歲寒三友)」와 비슷하다. 『(정덕[正德])신성현지(新城縣志)』권 8 「유소전(劉紹傳)」에 나온다. 국의 간을 맞춘다는 말은 국정을 다스림을 비유한다. 염매는 짠맛을 내는 소금과 시큼한 맛을 내는 매실을 뜻하는데 모두 맛을 내는 조미료로 쓰이고, 국가에 필요한 현재(賢才)를 비유하기도 한다.

여름날에는 연꽃이 산뜻하며,

가을날에는 국화가 향이 맑고,

겨울날에는 매화가 맑고 굳세다네.

일 년 사계절이 돌아가니,

온갖 꽃들이 순서대로 두루 피어나네.

아름다운 꽃을 뿌려 신선들께 바치오니,

바라건대 신신들께서는 모두 힘께 기뻐해 주소서.

(합) 오늘 아침의 법연法筵209을 바라보니,

사람과 신령이 모두 기뻐하네.

하늘도 돌고 땅도 돌아,

망혼을 맞이하여 소요의 궁전에 오르게 하시리라.

【전강】

꽃을 뿌린 곳에서 사람들이 웃고 떠들고,

꽃을 뿌린 곳에서 하늘이 밝게 살피시고,

꽃을 뿌린 곳에서 지옥의 문이 열리고,

꽃을 뿌린 곳에서 천당의 길이 보이고,

꽃을 뿌린 곳에서 금수강산으로 단장되고,

꽃을 뿌린 곳에서 예궁蕊宮210의 신선들을 이끌어서 움직이게
하네.

(합) 오늘 아침의 법연을 바라보니,

사람과 신령이 모두 기뻐하네.

---

209 천도재를 가리킨다.
210 도교의 사당이다.

하늘도 돌고 땅도 돌아,

망혼을 맞이하여 소요의 궁전에 오르게 하시리라.

【미尾】

도량에서 이미 추천追薦을 다하고,

지전紙錢을 태워 성현들께 바치니,

바라옵건대 망혼을 인도하여 구천에 오르게 해 주소서.

(나복이 스님들에게 사의를 표한다.)

나복

아버님의 망극하신 은혜에 보답하기 위해,

재를 닦아 추천하여 하늘에 오르시게 하네.

스님들

이제부터 고해苦海의 문중객門中客211은,

모두 영산회靈山會212의 사람이 되시겠네.

(퇴장한다.)

211　문중은 친척 중 죽은 사람에 대한 칭호이다.
212　본래 석가모니가 영산 즉 영취산에서 설법할 때의 모임을 뜻하였다. 뒤에 도량(道場)을 두루 이르는 말로 쓰였다.

부상의 승천

(傅相升天)

말 … 성황
단 … 옥녀
외 … 부상
정 … 염라
축 … 관주(關主)
소 … 부하

성황, 부하

【우미인虞美人】

천당은 멀지도 가깝지도 않다네,

다만 사람의 마음속에 있는 것.

존심存心하면 절로 하늘이 아시게 되니,

하루아침에 선택받아,

하늘나라 계단에 오르게 된다네.

나는 성황입니다. 오늘은 선인善人 부상이 승천하는데 그의 참
배를 받게 될 것이니 귀사鬼使들은 기다리고 있거라.

(옥녀가 학을 탄 부상을 이끌고 등장한다.)

부상

【옥부용玉芙蓉】

훨훨 학이 날아오르는데,

아스라이 구름 길이 아득하구나.

게다가 주번珠幡과 보개寶蓋도 휘날리네.

나는 이제 떠나가니 비록 영광을 얻지만,

아직도 처자식을 생각하며 차마 버리지 못하겠네.

옥녀

하늘은 눈이 있어 가장 잘 보시니,

(합) 선인이 되면 선한 응보가 있어,

조금도 틀리지 않을 것입니다.

옥녀　여기가 성황전 앞이니 참배하러 가야 합니다.

(만난다.)

성황　선인에게 축하하니, 과연 선한 보응을 얻었다오.

【전강】

음양의 두 기운이 교차하니,

삶과 죽음의 순환의 도는,

예와 지금, 현자와 어리석은 자, 귀한 자와 천한 자 모두 피하기 어렵다네.

당신은 살아서 선행을 닦았으니,

오늘 천조天曹에서 영접하네,

인간 세상 한 바퀴 다닌 것이 헛되지 않았구나.

하늘은 귀가 있어 가장 높이 들으시니,

(합) 선인이 되면 선한 응보가 있어,

조금도 틀리지 않을 것이라네.

성황 관문閼文213이 여기 있으니 가는 길에 증서로 삼으시오. 곧

장 천당에 오르리니 막히는 일이 없을 것이라오.

부상

【전강】

은혜를 입어 표창을 내리시니,

은덕에 감사함이 가볍지 않습니다.

바라옵건대 존신尊神께서는 앞으로도 저의 아이를 보살펴 주소서.

집안이 평안하고 마음이 늘 즐거울 것이고,

모자가 단란하고 복이 절로 넘칠 것입니다.

하늘은 성性이 있어 가장 잘 기억하시니,

(합) 선인이 되면 선한 응보가 있어,

조금도 틀리지 않는다네.

성황 선학仙鶴에 오르시오.

모두

【미성】

상서로운 구름이 선학을 떠받쳐,

편안하게 날아올라 구소九霄에 오르니,

신령과 하늘이 선인을 보우하심이 드러났네.

(성황이 퇴장한다.)

옥녀 선인은 구름 길에 오르시지요.

모두

【칠현과관七賢過關】

---

213 관청 사이에 주고받는 공문서이다.

구름 길 아득하고,

선악仙樂 소리 낭랑하네.

초목이 모두 빛나고,

귀신들이 모두 공경하며 물러서네.

부상   이곳은 어디입니까?

옥녀

이곳은 만 길의 금산이요,

만 길의 은산입니다.

부상   어찌하여 금산과 은산이라고 합니까?

옥녀   한 번에 만들어 내면 금전이 되고 두 번 만에 만들어 내면 은전이 되는데, 음사陰司에서 받아 쌓아서 이 산이 된 것입니다.

선인에게 이곳을 지나가게 하니 구경할 만합니다.

부상   저기에도 산이 하나 있습니다.

옥녀

저것은 바로 파전破錢이 쌓여 이루어진 험준한 바위 같은 모습입니다.

부상   어찌하여 파전산이라고 부르는지요?

옥녀   지전 중에 제대로 만들어지지 않고 태워지지도 않는 것이 파전인데, 그것이 쌓여 이 산이 된 것입니다.

악한 사람에게 이곳을 달려가게 하니 고초를 당합니다.

부상   저 누대는 어떤 곳이지요?

옥녀

이곳은 바로 망향대望鄕臺 옆입니다.

부상 어찌하여 망향대라고 부르는지요?

옥녀 보통 사람이 하루아침에 죽으면 골육을 잊지 못하여, 이런 까닭에 망향의 누대가 자연히 생겨났습니다.

망자에게 이곳으로 와서 고향을 바라보게 합니다.

부상 그렇다면 번거로우시겠지만 저도 누대에 올라가 보게 해주십시오.

옥녀

바로 당신을 이끌어 대에 올라 고향을 바라보시게 하겠습니다.

(올라간다.)

부상 처와 자식이 울면서 재를 올려 추천하고 있구나!

옥녀 장자長者님, 선을 행한 사람이,

누대에 오르면 고향의 모습이 보입니다.

그러나 악을 행한 사람이 누대에 올라 바라보면,

그는 고향을 보지 못해 애가 끊어집니다.

(걸어간다.)

다시 활유산滑油山 옆에 도착했습니다.

부상 어찌하여 활유산이라고 부르는지요?

옥녀 사람들이 살아 있을 때 마음씨가 밝지 못한 데다가 또 혼유昏油[214]로 부처님 앞의 등불을 밝혔고, 그 남은 기름이 이곳에 쏟아져 있게 되었습니다.

그가 이곳에 오면 고난을 만나,

214 밝은 불빛을 내지 못하는 나쁜 기름을 뜻한다.

가는 길 내내 캄캄하여 빛을 보지 못할 것입니다.

부상　등불을 켠 사람이 켜지 않은 사람보다 훨씬 나은데도 죄가 된다니, 어찌 법망이 이리도 촘촘하단 말입니까?

옥녀

법망이 촘촘한 것과는 상관없습니다.

듣지 못하셨습니까,

자비로운 마음은 천 번 염불하는 것보다 낫고,

악한 행동은 향 만 개를 태워도 헛일이라는 말을.[215] (첩)

(부하가 다시 등장하여 노래한다.)

부하

【곤종滾終】

귀문관鬼門關의 주인이 보내시니,

이곳에 와서 마중하네.

지행선地行仙[216]을 재촉하니,

속히 천부天府에 오르시기를.

옥녀

【칠현과관】

앞에 있는 관문에서 사자를 보내 맞이하니,

길가에 기뻐하는 소리가 크구나.

구만 리 길 붕정鵬程을,

215　당시의 속담으로, 명나라 범수익(范受益)의 희곡 「심친기(尋親記)」 등에도 나온다.
216　본래 지상에 사는 신선이라는 뜻인데, 여기에서는 먼 길을 여행하는 사람을 비유하는 말이다.

가는 길 내내 향거香車가 옹위하네.

부상 이곳은 어떤 장소입니까?

옥녀

여기는 바로 금하金河의 물이 용솟음치고,

은하銀河의 물이 용솟음치는 곳입니다.

금하 위에는 금교가 있고, 은하 위에는 은교가 있습니다.

다리 높이에는 창룡동蒼龍洞이 있습니다.

착한 사람이 강에 도착하면,

절로 교두자사橋頭刺史217가 영접하고 전송합니다.

부상 저기에도 다리가 하나 있군요.

옥녀

저것은 애하교愛河橋218인데,

다리 밑에는 물결이 세차게 흐릅니다.

악한 이가 있으면,

그를 저 다리 가운데로 지나가게 하여,

파도치는 곳에 떨어뜨립니다.

구리 뱀이 마구 물어뜯고,

쇠 개가 마구 공격하니,

혼비백산하여 종적도 찾을 수가 없습니다.

(걸어간다.)

다시 귀문관 앞에 도착했습니다.

---

217 뒤에는 교량자사(橋梁刺史)로 나온다.
218 뒤에는 내하교(耐河橋)로 나온다.

부상　무슨 경치가 있습니까?

옥녀　왼쪽은 승천문으로, 선인은 이곳으로 가서 천당에 오르게
　　됩니다. 오른쪽은 귀문관으로, 악인은 이곳으로 가서 지옥에
　　떨어지게 됩니다.

　　　선인과 악인이 동쪽과 서쪽으로 갈라집니다.

　　　안타깝게도 사람들은 성찰하지 못하고,

　　　모두 귓가의 바람처럼 흘려듣습니다.

　　　평생 수행의 길을 가지 않다가,

　　　때가 되어 후회해도 길이 통하지 않습니다. (첩)

　　(조장을 한다.)

　　(생生219과 염라가 등장한다.)

염라

　　【수저어아水底魚兒】

　　하늘의 심부름을 삼가 받들어,

　　직접 옥지玉旨를 지니고 왔네.

　　귀문관 앞에 이르니,

　　선재善哉로다, 선재로다.

　　(관주關主가 등장한다.)

관주

　　【전강】

　　비재非才를 부끄러워하니,

　　어찌 감히 관문을 함부로 열겠습니까!

219　염라의 부하인 듯하다. 대사는 없다.

염군閻君께서 내려오시니,

공경하고 또 공경합니다.

귀문관리鬼門關吏가 영접하옵니다.

염라 일어나라!

(옥녀가 부상을 이끌고 대열을 뚫고 등장한다.)

옥녀, 부상

【전강】

오는 길 내내 배회하며,

아름다운 경색을 둘러보았네.

여기가 귀문관이구나.

천당이 가까워졌으니,

쾌재로다, 쾌재로다.

염라 옥지가 이미 당도했으니 무릎 꿇고 선독을 들으라. 옥제
께서 조령을 내리시기를,

"무릇 사람의 본성은 선이 있고 악이 없으며, 사람의 마음은 선
을 좋아하고 악을 미워하느니라. 이런 까닭에 선자는 천당에
오르고 악자는 지옥에 떨어지나니, 지금 부상은 품성이 온화하
고 마음이 광대하여 진실로 크고 큰 선비요 독실한 군자로다.
이 사람을 천조天曹의 지령지성권선대사至靈至聖勸善大師로 봉하
노니, 즉시 천궁에 들어와 영원한 쾌락을 누리도록 하라. 머리
를 조아리고 성은에 감사하라!"

부상 성은이 망극하옵니다!

(머리를 조아린다.)

염라　여봐라, 술을 올려라!

【산화자山花子】

삶과 죽음이 있어 거울과도 같은데,

개탄스럽도다, 사람들의 마음이 혼미함이.

다행히도 당신만이 홀로 맑고 깨어서,

오늘에 이르러 수행이 헛되지 않았도다.

(합) 감사하게도 옥황께서 옥언을 내려 주셔서,

풍도鄷都 지옥을 그대는 면하였네.

만 리 길 천당을 하루아침에 올라가니,

존심하여 선을 행함은 산을 오르는 것 같음을 알겠네.

부상

【전강】

감사하게도 당신께서 뽑아 주셔서 선경仙境에 오르도록 해 주시니,

부끄럽게도 못난 재주로 높은 영광을 넘치게 받았습니다.

애통하게도 처자식과 하루아침에 헤어졌으니,

저도 모르게 눈물이 비처럼 수건을 적십니다.

(합) 감사하옵게도 옥황께서 옥언을 내려 주셔서,

풍도 지옥을 나는 면하였네.

만 리 길 천당을 하루아침에 올라가니,

존심하여 선을 행함은 산을 오르는 것 같음을 알겠네.

염라

【홍수혜紅繡鞋】

신사神司는 나의 당부를 들어주오,

당부를.

길을 따라 반드시 지켜서 가시오,

지켜서 가시오.

하늘에 태운泰運220이 열리고 선인이 흥하니,

모두 천정天庭으로 호위하여 오르게 하시오.

(합) 소요하고 즐기나니,

즐기면서 황은에 감사드리네.

(퇴장한다.)

부상, 옥녀

【전강】

상서로운 구름이 오색으로 선명하네,

선명하네.

휘황한 빛이 천문天門에 비치네,

천문에.

천가天街 열두 거리에서 향진香塵을 에워싸고,

선사善士를 맞이하며 흔연히 기뻐하네.

(합) 소요하고 즐기나니,

즐기면서 황은에 감사드리네.

(퇴장한다.)

---

220 좋은 운수를 뜻한다.

비구니의 하산
(尼姑下山)

단 … 비구니

비구니

【아랑아娥郎兒】

해가 꽃 그림자를 움직여 주랑走廊을 지나게 하고,

나무.

바람이 꽃향기를 날려 계방戒房에 들여보내네,

나무아미타불.

쇠바늘로 창호지를 찔러서,

나무.

봄바람 한 줄기 길게 끌어들이네,

나무아미타불.

벌들은 쌍쌍이 앵앵거리고,

개미들은 줄줄이 바쁘구나,

나무.

꽃잎 조각을 거꾸로 끌고 담장을 올라가네,

나무아미타불.

삼천 선각禪覺[221] 중에,

열여덟 살 여자 사미沙彌[222]라네.

아마도 신선의 자식 같아서,

회궁花宮[223]에서 이직 시집가지 않은 듯하네.

저는 암문庵門[224]에 들어온 뒤로 부처님의 가르침을 삼가 따르
며 날마다 경을 읽고 염불하며 감히 한가롭게 지내지 못했습
니다. 오늘은 사부님과 사형들이 모두 하산하여 재를 올리러
가고 저 혼자만 여기에서 집을 지키고 있으니, 잠시 절문 밖에
나가 돌아보려고 합니다. (걸어간다.) 봄 경치가 좋구나!

【동천춘洞天春】

초록빛 나무에 꾀꼬리 울음소리가 아름답고,

온 땅에 꽃 떨어졌는데 아직 쓸지 않았네.

이슬은 진주처럼 방초芳草에 점점이 내려 있으니,

바로 산문山門의 이른 아침이네.

차츰차츰 흘러가는 세월에 늙기 쉬우니,

또다시 청명이 지났구나.

제비와 나비는 가벼이 날고,

---

221 수행하는 승려를 말한다.
222 여자 사미는 갓 출가한 젊은 비구니인 사미니(沙彌尼)를 뜻한다.
223 절을 말한다.
224 불가를 말한다.

버들가지 어지러이 흔들리니,

춘심春心이 얼마나 많은가.[225]

이 아름다운 경치를 보니 정말 마음이 아파지는구나.

【신수령新水令】

산문을 지키며 온종일 아미타불을 외니,

어찌 알았으랴, 가을 달 봄꽃을.

법문法門은 물과 같이 맑은데,

마음은 삼타래처럼 어지럽네.

말없이 탄식하며,

엄마 아버지만 원망하네.

【주마청駐馬聽】

우리 부모는,

바라밀波羅密[226] 외기를 좋아하셨다네.

나를 낳으셨는데 나는 병이 많았네.

더욱 다나哆哪[227]를 외우시면서,

암문에 보내 나를 보우하셨네.

암문에 들어온 뒤로,

온종일 사바하娑婆訶[228]를 외고,

---

225 이상의 세 구절은 송나라 구양수의 사(詞) 「통천춘(洞天春)」의 일부와 같다.

226 바라밀다(波羅密多)라고도 한다. 바라밀다는 범어 파라미타(pāramitā)의 음역어로, 생사 (生死)의 언덕인 차안(此岸)에서 열반의 언덕인 피안(彼岸)으로 건너감을 말하고, 이를 이루 기 위해 바라밀을 반복해 염송한다.

227 다라니(陀羅尼)를 뜻한다. 다라니는 범어 다라니(dhāraṇī)의 음역어로 선법(善法)을 지 니고 악법(惡法)을 막는 능력이나 작용 또는 그러한 주문을 뜻한다.

228 범어 스바하(svāhā)의 음역어로, 길상(吉祥), 식재(息災)의 뜻이다. 주문의 끝에 붙여 쓴다.

온종일 마하살摩訶薩229을 외웠네.

사부님은 잔소리만 하시면서,

온종일 아프게 매질하시고,

우리에게 불경 여러 책을 다 닳게 하라고 핍박하셨네.

우리 청춘이 다시 오지 않는 것은 생각하지도 않고,

"너희들은 항상 대낮에 한가하게 지내지 말라"고 하셨네.

【득승령得勝令】

염불할 때는 반드시 염주를 손안에 들고 돌려야만 하니,

어찌 알리요, 눈물이 가슴팍에 떨어지는 것을.

날마다 멋진 사내들 몇 명이 와서 희롱하면서,

보살에게 참배하고 기도하러 왔다고 핑계 대며 말했지.

그들은 저쪽에서 눈길 돌리는 것을 참지 못하고,

나는 이쪽에서 마음을 떨쳐 버리지 못했다네.

【수선자水仙子】

나는 본래 길가의 버드나무와 담장 아래의 꽃이 아니거늘,

어쩌다 풍류를 발산하는 원수를 만나게 되었을까.

그의 눈길 오가는 것을 따라,

나의 마음은 원숭이나 말처럼 뛰었다네.

차라리 암문을 버리고 보살을 떠나,

선희仙姬처럼 벽도碧桃 앞에서 기쁨 이루고 짝 이루고,230

---

229 마하살타(摩訶薩埵)라고도 한다. 마하살타는 범어 마하사트바(Mahāsattva)의 음역어로, 큰 보살을 이르는 말이다.

230 이 구절의 유래는 두 가지로 생각할 수 있다. 첫 번째는 서왕모(西王母)와 관련된 고사로, 벽도는 선희 즉 서왕모가 한나라 무제(武帝)에게 주었다는 선도(仙桃)로 볼 수 있다. 서왕모는

신녀神女처럼 양대陽臺 아래에서 구름 되고 비 되고,[231]

운영雲英처럼 경장瓊漿과 옥저구玉杵臼 들고서 저 남교藍橋로 갈 거나.[232]

말은 이렇게 하지만 산문에 들어온 뒤로 사부님 덕에 입고 먹으며 염불도 가르쳐 주시고 글씨 쓰는 것도 가르쳐 주셨지.

【절계령折桂令】

우리 사부님이 가르치고 길러 주신 뜻은 무엇일까?

어찌 차마 배은망덕하게,

그분들의 등촉을 끄고 향을 꺼뜨릴 수 있겠는가

아! 갈 수 없네, 갈 수가 없네!

나는 문득 산 아래에서 시끄럽게 울리는 북소리를 듣네. (첩)

알고 보니 인가에서 혼인을 하는 소리였구나. 신랑이 앞에 있고 신부가 뒤에 있는데, 부부 한 쌍이 함께 집 안으로 들어가는구나.

오늘 밤 신방에서는 원앙이 짝을 맺고,

화촉 아래에서 난새와 봉새가 화목하겠네.

7월 7일 밤에 무제의 궁전에 강림하여 무제를 만나 선도 일곱 개를 주었다고 한다. 이 이야기는 위진 남북조 때의 소설 「한무내전(漢武內傳)」에 나온다. 두 번째는 후한 때 사람 유신(劉晨)과 완조(阮肇)의 고사로, 두 사람이 함께 천태산(天台山)에 들어가 선녀들을 만나 복숭아를 받아 부부의 인연을 맺고 반년 동안 놀다가 귀가해 보니 이미 10대(代)가 지난 세상이 되어 버렸다고 한다. 위진 남북조 송나라 유의경의 소설집 『유명록(幽明錄)』에 나온다.

231 초나라 양왕(襄王)이 고당관(高唐觀)에서 낮잠을 자다가 꿈속에서 무산(巫山)의 신녀 (神女)를 만나 동침하였는데, 헤어질 무렵에 신녀가 왕에게 아침저녁으로 구름과 비가 되어 왕을 그리워할 것이라고 말하였다. 전국 시대 초나라 송옥(宋玉)의 「고당부(高唐賦)」, 「신녀부 (神女賦)」에 나온다.

232 당나라 때 배항(裴航)이 남교를 지나다가 선녀 운영을 만나 신선이 마시는 음료수인 경장을 얻어 마시고 옥으로 만든 절굿공이와 절구인 옥저구를 예물로 주어 혼인했다는 고사가 있다. 당나라 배형(裴鉶)의 소설집 『전기(傳奇)』 「배항」에 나온다.

나는 혼백이 날아올라 묶어 두기 어렵고,

몸에 힘이 빠져 부지하기 어렵고,

마음이 가려우니 긁기가 어렵구나.

다행히 오늘 사부님이 안 계시고, 장작 패는 불목하니도 출타했으니,

나는 아무도 없는 사이에 절을 떠나갈 것이네.

예전에 어떤 비구니가 하산할 때 요발鐃鈸[233]을 깨고 불경을 땅에 묻고 가사를 찢어 버렸다고 했지만, 이는 모두 배은망덕한 일이지.

아,

내가 지금 떠나기는 떠나지만,

무슨 요발을 깨고,

가기는 가지만,

무슨 불경을 땅에 묻고,

나가기는 나가지만,

무슨 가사를 찢는다는 말인가!

【미성】

이런 사람들을,

모두 마음이 좁은 것이라고 비웃어 주겠네.

사부님,

저는 비록 떠나가지만 마음은 여전히 사부님께 걸려 있습니다.

아이고!

---

233 불교의 법회 때 쓰는 타악기로 동반(銅盤), 자바라(啫哱囉)라고도 한다.

이 직녀가 오작교를 놓았으니,

원컨대 우랑牛郞이 얼른 은하수를 건너오면 좋겠네.

(조장을 한다.)

스님의 하산

（和尙下山）

소 … 스님
단 … 비구니

스님

【아랑아娥郞兒】

청산 그늘 속에 탑들이 겹겹이 서 있고,

나무.

십 리 뻗은 길에는 소나무가 끝없이 서 있네,

나무아미타불.

봄이 올 때는 온통 자줏빛과 붉은빛이더니,

나무.

봄이 갈 때는 원림園林에 밤새도록 바람이 부네,

나무아미타불.

전에는 어린아이였는데,

오늘은 늙은이가 되었구나,

나무.

사람이 풍류가 없으면 모두가 헛된 것이라네,

나무아미타불.

숲에서 옷을 말리니 햇볕이 약해 원망스럽고,

못에서 발을 씻는데 물고기 비린내가 싫구나.

영산회 열리는 절 삼천 곳에,

천축天竺에서 불경을 만 권이나 구해 왔네.

저는 사문沙門[234]에 들어온 뒤로 사부님의 가르침을 공경하며
따랐습니다. 날마다 종 치고 북 두드리고 마당 쓸고 향 사르고
염불하고 불경 읽고 과범科範[235]을 배우고 글씨를 쓰면서 정말
이지 고생하며 지냈습니다. 오늘은 사부님과 사형들이 마을에
재를 올리러 가시고, 저 혼자 여기에서 절집을 지키고 있으니
한번 놀아 보려고 합니다. (걸어간다.) 아! 봄 경치가 과연 좋
구나!

〔서강월西江月〕

노란 꾀꼬리들이 짝을 이루어 교태로운 소리를 보내고,

자줏빛 제비들이 쌍쌍이 진흙을 나누어 나르는구나.

나비들은 꽃 사이로 오가며 날고,

벌들은 꽃술 위에 앉아 꿀을 빚는구나.

낙화는 끊임없이 물 따라 흘러가고,

---

234 범어 슈라마나(śramaṇa)의 음역어이다. 본래는 가족을 버리고 수도하는 사람을 이르는
말이었으나 뒤에는 불교의 승려를 뜻하는 말로 썼다. 여기에서는 불문(佛門)의 뜻으로 쓰고
있다.
235 의식이나 규범을 뜻한다.

두견새 울어 대며 돌아가라고 재촉하네.[236]

돌아가는 것이 좋음은 내 일찍이 알지만,

어찌하리요, 돌아가고 싶어도 못 가고 있는 것을.

【강두금계江頭金桂】

한스러워라, 나는 태어난 뒤로 박복하여,

강보 안에서부터 끊임없이 병이 많았으니,

이런 까닭에 부모님은 근심이 크셨다네.

나의 팔자를 따져 보더니,

그 점쟁이는 내 운명에 액운이 끼었다고 말했다네.

세 살, 여섯 살, 아홉 살을 넘기기 어려울 것이라고 하니, 부모
님은 어찌할 도리가 없어서,

천지신명에 의지하여,

나를 출가시키실 수밖에 없었네.

나는 공문空門에 들어와 부처님을 모신 뒤로,

오계五戒[237]를 삼가 지켜 주색酒色을 가까이하지 않았다네.

붉은 누각의 맛난 술은 내 몫이 없고,

붉게 단장한 가인佳人은 쳐다보지도 못했네.

눈 내리는 밤에 홀로 잠들며 추위에 떨고,

서리 내린 날에 머리 깎으니 차갑기만 했다네.

천신만고의,

---

236 두견새의 울음소리를 '불여귀(不如歸, 돌아가리라)'로 표현한다.

237 살생, 절도, 음행, 망언, 음주를 하지 않는 것을 말한다. 북제(北齊) 위수(魏收)의 『위서
(魏書)』「석로지(釋老志)」에 나온다.

수많은 시련을 다 겪었다네.

　얼마 전 사부님을 모시고 산을 내려가 재를 올릴 때,

　젊은 처자 몇 명을 보았는데,

　정말로 아름다웠다네.

정말이지 얼굴은 복숭아 살구 같고, 귀밑머리는 까마귀 쌓아 놓은 듯하고, 열 손가락은 가느다랗고, 금련金蓮은 세 치이니, 경국지색이 따로 없었습니다.[238] 보통 여인들은 말할 것도 없고,

　달 속의 항아嫦娥도 그들만은 못하다네.

　그래서 내 마음은 이끌려,

　아침저녁으로 그들을 잊지 못했다네.

　아미타불 외며 목어木魚를 두드려 울려도,

　생각은 그들을 향해 달려만 가니 이를 어쩌랴.

오늘은 다행히 사부님이 절에 계시지 않고, 불목하니도 장작을 패러 갔습니다.

【전강】

　나는 곧바로 보살님께 하직 인사 올리고,

　산을 내려가 좋은 짝을 찾아보려네.

가기는 가지만, 뒷일을 생각해 두어야겠습니다.

　사부님 대신 승방 문을 봉하고,

　가사를 벗고,

---

238 까마귀를 쌓아 놓은 듯하다는 것은 여인의 머리칼이 까만 것을 비유할 때 쓴다. 금련은 여인의 발이다.

이제부터 삼매다三昧哆239를 버리겠네.

사부님,

　저는 의를 배반하고 몰래 도망가는 것이 아닙니다.

스님은 처자식이 없으니,

　결국 후손이 없게 될까 두려울 뿐입니다.

승당僧堂과 도원道院은 정말이지 사람을 구덩이에 빠뜨리는 곳
이니,

　나는 이 사람을 구속하는 담장을,

　이제 깨뜨려 버리려네.

　우리와 새장을 어서 벗어나려 하네.

　안타깝게도 인생은 쉬이 늙기 때문이니, (첩)

　늦지 않게 즐겨야 한다네.

(걸어간다.)

　옛날의 유랑劉郎처럼,

　약초 캐러 도원桃源으로 가지만,

　선녀를 만날 수 있을지는 모르겠네.240

【미성尾聲】

　사려闍黎241는 모두 고매한 사람이 하는 것이라네.

스님들은 자신을 속이지 말아야 하네.

239　범어 사마디(samādhi)의 음역어이다. 삼매, 삼매경(三昧境)이라고도 한다. 잡념 없이 한
가지 일에만 집중하는 일심불란의 경지를 말한다. 여기에서는 불도를 닦는 것을 말한다.

240　유랑은 앞에 나온 후한 때 사람 유신(劉晨)이다.

241　범어 아차리아(āchārya)의 음역어이다. 아사려(阿闍黎), 아사리(阿闍梨) 등으로도 쓴다.
지혜를 갖춘 스승의 뜻이다. 여기에서는 스님에 대한 존칭으로 쓰고 있다.

맑은 마음 지니고 꽃을 탐하지 않는 사람이 몇이나 되겠는가?

오늘 이 못난 놈은,

다만 꽃에 이끌려 떠나갑니다.

저 멀리에서 한 비구니가 오는데, 여기 잠시 앉아 저 사람이 올 때까지 기다려야겠다.

비구니

　　【보보교步步嬌】

　　암자를 떠나 산 아래로 오는데,

　　내내 몸을 숨기기 어렵구나.

　　앞을 보고 뒤를 돌아보아도 인가는 없고,

　　문득 까치 우는 소리 들리고,

　　또 까마귀 우는 소리도 들리네.

옛말에 까치가 울면 희소식이고 까마귀가 울면 안 좋은 소식이라고 했는데, 오늘은 까치와 까마귀가 한꺼번에 울어 대니,

　　앞으로 일이 어떻게 될지,

　　나는 놀라고 두렵기만 하네.

　(스님을 만난다.)

스님　반니潘尼[242]는 어디에서 오십니까?

비구니　소니小尼는 선도암仙桃庵에서 오는 길입니다.

스님　어디로 가십니까?

비구니　모친 댁에 갑니다.

스님　나나 당신이나 모두 출가인이라 친족과는 인연을 끊었는

242　비구니를 높여 부르는 말이다.

데 어찌 모친 댁을 간다고 합니까?

비구니 아, 사람들은 우리 불자佛者들이 겸애兼愛한다고 비방하는데, 제가 지금 모친을 찾아뵙는 것은 바로 차등 없이 자애를 베푸는 것을 가까운 사람부터 시작하고자 하는 뜻입니다. 상인上人께서는 저를 나무라지 마소서.

스님 일리가 있는 말이로군요.

비구니 그런데 상인께서는 어디에서 오시는 길인지요?

스님 소승은 벽도산碧桃山에서 오는 길입니다.

비구니 어디로 가십니까?

스님 산 아래 인가에 탁발하러 갑니다.

비구니 사람들은 우리 불자들이 빈손으로 돌아다니면서 얻어먹는다고 비방하는데, 상인께서는 산에서 스스로의 힘으로 먹을 것을 해결하는 것이 좋지, 어찌 구걸해서 먹는다는 말입니까!

스님 아, 옛말에 "자식을 키워 늙을 때를 대비하고, 곡식을 쌓아 굶주릴 때를 대비한다"[243]고 했습니다. 나는 지금 사부님이 병환에 들어 산에서 내려와 탁발하는 것이니, 바로 "자로子路가 쌀을 지고 가는 것"[244]과 같은 뜻입니다. 반니는 저를 나무라지 마십시오.

비구니 일리 있는 말씀입니다.

---

243 명대(明代)의 계몽서 『증광현문』에 나오는 말이다.

244 공자의 제자가 지었고 삼국(三國) 위나라 왕숙(王肅)이 발견하여 주석을 달았다고 전해지는 『공자가어(孔子家語)』 「치사(致思)」에 공자의 제자인 자로가 부모님을 섬기며 쌀을 백 리 밖에서 직접 져서 날랐다는 일화가 나온다.

(시를 읊는다.)

스님

화상은 사부님을 위해 하산하고,

비구니

비구니는 모친을 위해 하산하네.

함께 바로,

만나서 말에서 내리지도 않고,

각자 앞길을 간다네.

(각자 목어를 두드리며 작별한다. 서로 바라본다.)

비구니 상인께서는 무얼 바라보십니까?

스님 당신을 바라보는 것이 아니라, 뒤에 작은 스님 한 분이 오고 있어 바라보고 가는 것입니다.

(길을 떠나다가 서로 다시 바라본다.)

스님 반니는 무얼 바라보시는지요?

비구니 당신을 바라보는 것이 아니라, 뒤에 작은 비구니 한 분이 오고 있어 발걸음을 늦춘 것입니다.

(스님이 퇴장한다.)

비구니 스님이 가 버렸구나. 아이고!

〔서강월〕

홀연히 멋있는 스님을 만났는데,

총명하고 준수하고 온화하셨네.

손에는 목어를 두드렸지만,

입에서는 경문經文을 엉터리로 말했네.

온갖 모양으로 몸을 비비 꼬며,

멋진 두 눈을 몰래 바라보았네.

우랑牛郎은 금사金梭를 놀리고 싶어 했지만,[245]

감히 분명하게 말하지는 못했네.

여기는 낡은 사당이구나. 이곳에서 향을 사르면서 그분이 돌아오기를 믿어 보자.

스님 아!

〔서강월〕

홀연히 비구니의 용모를 보니,

나라와 도성을 기울게 할 만큼 대단하구나.

갑자기 온몸에 맥이 다 풀리고,

가슴이 가렵지만 긁지도 못하겠네.

바다 위 섬의 관음도 비기기 어렵고,

월궁의 선녀와 다름이 없구나.

아쉽게도 가 버렸네. 만약 가지 않았다면 그를 산속 굴에 끌고 가서 넘어뜨려 되는대로 한바탕 즐겨 보았을 텐데. 그를 쫓아가서 붙잡고 잠시 이야기를 해도 즐겁겠지. (쫓아간다.) 우니優尼, 우니, 여기 계셨군요!

(비구니가 등장하여 말한다.)

비구니 왜 또 부르시는지요?

스님 뒤에 있던 작은 비구니가 아주 바쁘게 가던데, 당신한테

---

245 금사는 베 짜는 데 쓰는 북을 말한다. 우랑이 금사를 놀리고 싶어 한다는 것은 우랑이 직녀와 함께하고 싶어 한다는 뜻이다. 여기에서는 우랑은 스님, 직녀는 비구니를 비유한다.

갔나요?

비구니 그런 사람은 없을 텐데요.

스님 작은 비구니가 뒤에 있다고 했잖아요. 그런데 어찌 없다고 하나요?

비구니 아, 제가 있다고 하면 있다는 말인가요?

스님 그것이 아니라면 어찌 된 일인가요?

비구니 내 이 작은 비구니가 스님 당신을 꾀려고 한 것이었어요.

스님 내 이 작은 스님이 큰 스님이신 당신을 희롱한 것이지요.

비구니 흥! 나를 꾀려면 나를 꾄다고 할 것이지, 무슨 큰 스님을 희롱한다는 말인가!

스님 쳇, 당신의 작은 비구니는 이 중을 꾈 수 있고, 내 작은 스님은 당신 우니를 희롱할 수 없다는 말인가?[246]

비구니 계율을 지키는 분이 이렇게 말하면 안 되오!

스님 스님, 스님, 나는 산에서 도망 내려온 화상이오.

비구니 스님, 스님, 나도 산에서 도망 내려온 비구니입니다.

스님 모친 댁에 가는 길이라고 하지 않았소?

비구니 나는 선도암에서 왔다고 했지요. 당신은 탁발하러 간다면서요?

스님 나는 벽도산에서 왔다고 했지요.

비구니 선도도 복숭아이고 벽도도 복숭아이니, 비구니와 스님이 모두 '복숭아나무가 싱싱한' 것입니다.

---

246 작은 스님과 작은 비구니는 각각 성적인 비유로 쓰였다.

스님 복숭아나무가 싱싱한 것을 아시니 '잎새가 무성하다'는 말도 알겠군요. 당신이 '아가씨가 시집가듯' 하면, 나와 당신은 '온 집안이 화목하게', 온 집안이 화목해질 것입니다.[247]

(비구니에게 입을 맞춘다.)

비구니 지방地方,[248] 지방!

스님 이곳은 낡은 사당인데 어디에 지방이 있겠는가!

비구니

【일강풍一江風】

멋대로 경솔하고 방탕하게,

감히 춘심을 발동하다니!

정말이지 간담이 하늘만큼 크구나!

나는 당신이 말은 묵가처럼 하지만 행실은 유가 같다[249]고만 알았지, 어찌 당신이 인면수심이라는 것을 알았겠는가!

당신은 인면수심이라네!

삼광三光을 두려워하지 않고,

사지四知도 겁내지 않고,[250]

오계五戒도 신경 쓰지 않았구나!

---

247 『시경』「도요(桃天)」의 일부를 이용한 것이다. 이 시는 결혼을 축하하는 뜻을 표현한 것으로, 전체는 3장으로 되어 있는데 위의 내용은 제3장으로 내용은 다음과 같다. "복숭아나무 싱싱하고 그 잎새 무성하구나. 이 아가씨 시집가니 그 집안이 화목하리라(桃之夭夭, 其葉蓁蓁, 之子於歸, 宜其家人)."

248 지방(地防)과 같다. 마을의 치안을 맡은 사람이다.

249 말과 행실이 다르다는 뜻으로, 구밀복검(口蜜腹劍), 양두구육(羊頭狗肉) 등과 비슷한 뜻이다.

250 삼광은 해, 달, 별을 말한다. 사지는 "하늘이 알고, 신이 알고, 내가 알고, 당신이 안다(天知, 神知, 我知, 子知)"는 것으로, 『후한서』「양진전(楊震傳)」에 나온다.

우습다, 당신은 깊이 생각하지 않는구나. (첩)

생각해 보면 이 폭행을 어찌 용납하겠는가.

시주施主가 왔구나. (스님이 놀란다.)

이 못된 화상아, 부끄러운 줄 알아라!

스님　(무릎을 꿇는다.)

【전강】

아리따운 여인을 만나니,

홀연히 내가 정신을 잃었소.

비구니　당신도 좋은 사람이 아니군요.

스님

신선들도 옛날부터 정情이 얽힌 일이 많았지요.

비구니　어디에 그런 신선이 있단 말이오?

스님

저 양왕襄王과 신녀神女는,

아침저녁마다 서로 만나서,

양대陽臺에서 구름이 되고 비가 되었지요.

비구니　좋은 명성이 있는 것도 아니거늘.

스님

그들은 지금은 이름을 날리고 있지요. (첩)

당신은 어찌하여 꼭 스스로를 방어하려고만 하시나요!

비구니　보살님이 당신을 용서하지 않을까 걱정입니다.

스님

저 보살님도 모두 부모님이 길러 주셨지요.

무대 안 장작을 패야겠네, 장작을 패자!

비구니 불목하니가 와요!

스님 누가 물어보면 부부라고 합시다.

비구니 우리 두 사람 모두 민머리인데 누가 스님하고 비구니인 줄을 모르겠나요? 당신은 사당 앞쪽으로 가서 개울 건너 탁발하러 간다고 말하세요. 나는 사당 뒤로 가서 산 너머 모친 댁에 간다고 말하겠습니다. 석양이 질 무렵에 이곳에 다시 와서 만나면 됩니다.

스님 산 넘고 물 건너 갈라지면 다시 만나기 어려울까 걱정이오.

비구니

【미성】

사내가 마음이 있고,

여인이 마음이 있으니,

어찌 산 높고 물 깊은 것을 두려워하겠습니까.

함께

석양이 진 뒤에 만나기로 약속하니,

마음 있는 사람들끼리 서로 만난다네.

개훈 권유
(勸姐開葷)

축 … 금노
정 … 유가(劉賈)
부 … 유씨

금노

【반천비半天飛】

매일 새벽에,

전당前堂과 후청後廳에 물 뿌리고 비질하네.

먼저 물을 뿌려 먼지를 적시고,

이어서 비를 들어 꽃무늬 바닥 벽돌을 깨끗이 쓰네.

아!

삽시간에 깨끗하게 씻어 내니,

깨끗하게 반짝이네.

겹문을 활짝 열었는데,

바람은 자고 주렴은 멈추어 있고,

향기가 은은하니,

정말이지 신선의 거처라네.

마나님께서 영화를 누리며 일생을 보내시기 좋다네. (우)

(유가가 등장한다.)

유가

【전강】

한탄스럽구나, 나는,

골육이 애초부터 두 사람밖에 없었다네.

유가의 누님은 부상에게 시집갔는데,

요 며칠

다른 고을에 다니느라,

누님네

안부를 잘 묻지 못했네.

아!

어제 집으로 돌아와서,

자형이 돌아가셨음을 알게 되었네.

불쌍도 해라, 우리 누님,

모자가 하루아침에 외톨이가 되었구나.

누님 댁에 한번 가 보아야겠네. (우)

(금노를 만난다.)

금노 외숙 오셨어요?

유가 마나님은 건강하시냐?

금노 덕분에요. 오늘은 아직 일어나지 않으셨어요. 잠시 앉아
주세요. 부탁드릴 일이 하나 있지요.

유가 무슨 일이지? 아, 네 나이가 찼으니 어디로 시집가도록 좀 도와 달라는 것이냐?

금노 아니에요.

　【전강】

　왜냐하면 마님께서,

　소식素食하고 불경을 보며 스스로 돌보지 않으시기 때문이에요.

　원외님께서도,

　소식만 하다가 병이 드시고도,

　부질없이 불경 이야기만 하셨지요.

　아!

　외숙께서 마님께 하루빨리 개훈하시라고 충고해 주세요.

　"맛난 술 석 잔에,

　막 피어난 꽃 한 송이"251라 하였으니,

　흥을 돋우어 성정을 닦고,

　즐기면서 천수를 누리시는 것이 좋다고요.

　어찌 미련하게 불경이나 읽고 계셔야 하겠나요! (첩)

유가 알겠다.

　(금노가 유씨에게 아뢴다. 유씨가 등장한다.)

유씨

　【전강】

251　송나라 주돈유(朱敦儒)의 사(詞)「서강월(西江月)」중에 "다행히 맛난 술 석 잔 있고, 또 막 피어난 꽃 한 송이 있구나. 잠시 기뻐하며 서로 가까이 지낼지니, 내일이면 흐릴지 맑을지 모르니까(幸遇三杯酒美, 況逢一朵花新. 片時歡笑且相親, 明日陰晴未定)"라는 구절이 있다.

동생이 문을 열고 들어오니,

두 줄기 눈물이 줄줄 흐르는 것을 멈추지 못하겠네.

(유가를 만난다.)

동생, 예전에 왔을 때는 자형이 맞이했는데,

오늘은 그분의 모습을 볼 수가 없네.

유가 누님, 마음을 좀 편안히 가지세요.

유씨

어찌 근심을 풀 수 있을까.

유가 누님, 들어 보세요.

애통해하지 말고 마음을 편안하게 가지시라고 말씀드립니다.

옛말에 모이고 흩어지는 것은 하늘에 달린 것이고,

삶과 죽음도 모두 하늘에 달린 것이라고 했습니다.

울지 마세요, 울지 마세요. 세상일이 울어서 되돌이킬 것 같으면 저도 천 가지 시름에 만 줄기 눈물을 흘렸을 것입니다.

한번 죽으면 다시 살 수 없음을 아셔야 합니다. (첩)

(유가가 부상의 신위에 절을 올린다.)

누님, 우리가 한바탕 울었는데도 조카는 왜 나오지 않는지요?

유씨 아이는 저번에 재를 올릴 때 마을 분들이 도와주셔서 오늘 고맙다는 인사를 드리러 나갔다.

유가 아! 누님, 누님, 팔자가 좋으면 착하지 않아도 되고, 마음이 좋으면 재를 올리지 않아도 됩니다. 누님 댁에서만 자형 생전에 재식齋食을 하시고 돌아가신 뒤에도 재를 올리니 언제나 '재' 자를 떠나지 못하는군요. 재는 좋지 않습니다.

유씨 어찌 좋지 않다는 말이냐?

유가 저 행각하는

스님과 비구니들은 모두 재식을 하는데,

뼈가 마치 장작같이 앙상하고,

하루아침에 길 위에서 쓰러져,

관도 없이 흙 속에 묻힌답니다.

유씨 동생이 틀렸네! 불가의 말씀에 이르기를,

수행해야 할 때 얼른 수행할지니,

재식하는 것이 출발이라네.

살아서 온갖 맛을 다 보면,

죽은 뒤에 기름만 더할 뿐.[252]

이라 했으니, 재식이 좋다네.

유가 재식이 좋으면 육식은 안 좋다는 것인가요? 옛날이나 지금을 둘러보아도 육식하지 않는 헌걸찬 사내가 어디 있던가요? 누님, 제 말씀을 들어 보세요.

【홍납오紅衲襖】

사람은 만물의 영장이면서도,

사람은 만물에 의지하여 살아갑니다.

"살은 입으로 들어오는 것이다"[253]는 말을 새겨들을 만하니,

---

252 육식을 하면 죽은 뒤에 유과지옥(油鍋地獄)에 떨어져 기름 솥에 삶아진다는 뜻이다. 청나라 장사성(張師誠)의 『경중경우경(徑中徑又徑)』에 눈은 색(色)에 이끌려 다니다가 아귀도로 돌아가고, 귀는 소리를 따라가다가 죽은 뒤에 아비지옥에 떨어지고, 입은 산해진미를 맛보고 나서 죽은 뒤에 기름 몇 방울 늘린다는 내용이 나온다.

253 송나라 이방(李昉) 등의 『태평어람(太平御覽)』 권 367에 "병은 입으로 들어오고, 화는 입에서 나간다(病從口入, 禍從口出)"라는 구절이 있다. 병은 먹는 음식에서 비롯된다는 뜻이다.

사람에게는 뿌리가 없고 음식이 뿌리입니다.

저 소와 양은 본래 하늘이 우리 사람들을 낳아 기르기 위함이었습니다.

문왕文王의 정치는 백성들에게 암탉 다섯 마리와 암퇘지 두 마리로 한 것이었으니,

저 닭과 돼지는 성인이 노인을 봉양하기 위한 정치였습니다.[254]

맹자가 이르기를, "물고기는 내가 원하는 것이고 곰 발바닥도 내가 원하는 것이다"[255]라고 하였으니,

물고기와 곰을 모두 지녀 두고 있기를 원하는 것입니다.

이런 까닭에 공자는 생선이나 고기가 상한 것은 드시지 않았고, 장이 적당하지 않아도 드시지 않았으니,[256]

생선과 고기도 장으로 간이 잘 맞아야 합니다.

이런 까닭에 증자曾子는 증석曾晳을 봉양하면서 끼니마다 반드시 술과 고기가 있었고, 증원曾元이 증자를 봉양하면서 끼니마다 역시 반드시 술과 고기가 있었습니다.[257]

본문에서는 살찌는 것은 음식에서 비롯된다는 표현으로 바꾸어 썼다.

254 『맹자』「진심 상」에 나오는 내용이다. 맹자는 담 밑에 뽕나무를 기르고 부녀자들이 누에를 치게 하면 노인들은 비단옷을 입을 수 있고, 암탉 다섯 마리와 암퇘지 두 마리를 길러 번식시키면 노인들이 고기를 먹을 수 있으며, 1백 무(畝)의 밭을 농사지으면 여덟 식구가 굶주리지 않을 것이라고 말하면서, 문왕이 그렇게 하여 노인을 잘 봉양했다고 말하고 있다.

255 『맹자』「고자 상」에 나오는 내용이다. 원문은 다음과 같다. "맹자가 말하기를, '물고기는 내가 좋아하고 곰 발바닥도 내가 좋아하는데, 이 두 가지를 함께 먹을 수 없다면 물고기를 포기하고 곰 발바닥을 택하겠다. 삶도 내가 원하고 의(義) 또한 내가 원하는데, 이 두 가지를 함께 이룰 수 없다면 삶을 포기하고 의를 취하겠다.'"

256 『논어』「향당」에 나오는 내용이다. 의식주와 언행을 모두 예에 맞게 행하였다는 서술을 하는 가운데 나오는 한 대목이다.

257 『맹자』「이루 상(離婁上)」에 나오는 내용이다. 증자, 즉 증삼이 그의 부친 증석을 봉양할 때 밥상에 반드시 술과 고기를 올렸고, 훗날 증자의 아들 증원이 증자를 봉양할 때에도 역시 밥

비록 증원이 증삼⁂만큼 훌륭하지는 못했지만,

모두 술과 고기와 맛있는 음식으로 양친을 봉양하였습니다.

유씨 동생,

【전강】

가축들로는 몸을 기를 수 있지만,

재계로는 마음을 기를 수 있다네.

옛사람이 이르기를 "재계하여 그 덕을 신명하게 한다"[258]라고

하였으니,

재계하면 신명과 나란히 설 수 있고,

맹자가 이르기를 "추한 사람도 목욕재계하면 상제께 제사 지

낼 수 있다"[259]라고 하였으니,

재계하면 상제께 제사를 바칠 수 있다네.

사람들은 입과 배만 채우려는 자를 업신여기니,[260]

입과 배만 채우면 사람들은 가볍게 보고,

소체小體를 따르면 소인이 되고 대체大體를 따르면 대인이 된

다고 했으니,[261]

상에 반드시 술과 고기를 올렸으니, 부모를 섬기는 것은 증자처럼 하면 된다고 하였다. 이상은
모두 경전을 왜곡하여 인용하면서 육식의 정당성을 강조하고 있다.

258 『주역』「계사」에 나오는 내용이다.

259 『맹자』「이루 하」에 "맹자께서 말씀하셨다. '서시(西施)도 불결한 것을 뒤집어쓰고 있으
면 사람들은 모두 코를 막고 지나간다. 추한 사람도 목욕재계하면 상제께 제사를 지낼 수 있
다'(西子蒙不潔, 則人皆掩鼻而過之. 雖有惡人, 齊戒沐浴, 則可以祀上帝)"라는 구절이 있다.

260 『맹자』「고자 상」에 "작은 것을 위해 큰 것을 해치지 말아야 하고, 덜 귀중한 것을 위해 더
귀중한 것을 해치지 말아야 한다(無以小害大, 無以賤害貴). (…) 먹고 마시는 것만 추구하는 사
람은 다른 사람들이 업신여길 것이다. 그가 작은 것을 보양하느라 더 큰 것을 잃어버렸기 때문
이다(飲食之人, 則人賤之矣, 爲其養小以失大也)"라는 구절이 있다.

261 『맹자』「고자 상」에 나오는 내용이다. 공도자(公都子)가 대인과 소인의 차이를 물으니 맹
자가 위와 같이 대답하였다. 이에 공도자가 다시 대체를 따르고 소체를 따르는 것의 차이를 물

심지心志를 기르면 사람들이 존경한다네.

"사람이 굶주림과 목마름의 고통을 마음의 고통이 되지 않게 할 수 있다면 남에 미치지 못할까 걱정하지 않는다"[262]라고 하였으니,

　사람이 굶주림과 목마름을 마음의 병으로 삼지 않는다면,

　어찌 나의 삶이 남에게 미치지 못하는 것을 걱정하겠는가?

유가　아, 누님의 말씀은 모두 옛사람들이 재계한 것이니 어찌 지금 사람에게 비할 수 있겠습니까!

유씨　그럼 무슨 다른 것이 있다는 말이지?

유가

　【전강】

　재계는 지금이나 옛날이나 이름은 하나로 똑같지만,

　근원을 따져 보면 옛날과 지금이 실질은 다릅니다.

　옛사람은 재계할 때 성신誠信을 간직했지만,

　요즘에는 재식을 오래 하면서 귀신에게 아첨하지요.

옛사람은 성신을 간직하여 귀신을 경원敬遠하였으니,

　평정을 깨달아 마음은 절로 편안하였습니다.

으니 맹자는 귀와 눈 같은 기관은 사고(思考)할 수 없는 데 비해 마음은 사고할 수 있으니 마음을 따르는 것이 대체(大體)를 따르는 것이고 그러한 사람이 대인이라는 요지로 대답하였다.
262 『맹자』「진심 상」에 "맹자께서 말씀하셨다. '굶주린 사람은 무엇이든 맛있게 먹고 목마른 사람은 무엇이든 달게 마신다. 이것은 음식의 제맛을 알지 못하는 것으로, 굶주림과 목마름이 그를 해쳤기 때문이다. 어찌 오직 입과 배에만 굶주림과 목마름의 해가 있겠는가? 사람의 마음에도 역시 그러한 해가 있다. 만일 굶주림과 목마름으로 인한 해가 마음의 해가 되지 않게 할 수 있다면 다른 사람에 미치지 못하는 것을 근심하지 않게 될 것이다(孟子曰, 飢者甘食, 渴者甘飮, 是未得飮食之正也, 飢渴害之也. 豈惟口腹有飢渴之害? 人心亦皆有害, 人能無以飢渴之害爲心害, 則不及人不爲憂矣)"라는 구절이 있다. 이상은 모두 유씨가 동생처럼 경전을 인용하여 동생의 주장을 반박한 것이다.

요즘 사람들은 오로지 귀신에게 아첨하면서 빠져 있으니 행실이 위험하면서도 요행만 바라니,

    복은 아직 오지 않고, 화는 이미 다가왔습니다.

자형은 온종일 재식만 하다가 예순도 되지 않아 돌아가셨으니 주지육림이 있다고 해도 무슨 소용이겠습니까? 누님,

    지금부터 술을 드시고 훈채葷菜263를 잡수세요,

    재식만 오래 하는 어리석은 사람이 되지 마시고요.

유씨 동생 말에 일리가 있네.

【전강】

    동생의 말을 들으니 취했다가 깨어나는 듯하여,

    처음에 잠들어 깨어나지 못했음을 탄식하네.

    이제부터 사람을 미혹시키는 술수를 간파하고,

    이제부터 부처님을 모시는 마음을 없애 버리겠네.

다만 자형께서 유언으로 당부하시기를 예전처럼 재식을 하라고 하셨으니,

    지아비의 말씀을 어기는 것은 차마 하기 어렵고,

    아이도 따르지 않을까 걱정이네.

일시에 급히 바꾸기는 어렵다네.

    차차 이야기하여 아이가 따르도록 말하겠네.

유가 개훈하라는 말을 제가 했다고 말해서는 절대 안 됩니다.

유씨 그것을 어찌 모르겠는가? 그저 이렇게 말하겠네. "애야,

---

263 좁게는 파, 마늘, 부추 등과 같이 매운맛이 나는 채소를 가리킨다. 넓게는 생선이나 육류로 만든 음식을 가리키기도 한다.

옛말에 '입과 배는 몸과 목숨에 관계된다'[264]라고 했으니, 늙은 이는 고기가 아니면 배부르지 않구나,

너는 맛난 음식으로 늙은 나를 봉양하거라"라고.

유가　누님, 조카가 말을 잘 듣거든 집에서 함께 음식을 드시고, 만약 말을 듣지 않으면 집에서 내보내 장사를 하게 하세요. 그러면 마음대로 할 수 있지 않겠나요?

유씨　잘 알겠네.

유씨

아이가 돌아오면 사연을 말하리라,

재식을 그만두고 술을 마시고 훈채를 먹겠다고.

유가

사람을 만나면 조금만 말해야지,

온 마음을 다 내보여서는 안 됩니다.

264　『맹자』 「고자 상」의 주희(朱熹) 집주(集注)에 "입과 배를 보양하는 것은 사람의 몸과 목숨에 관계되는 것이다(專口腹之養, 軀命所關)"라는 구절이 있다.

제18척

외지로 떠나는 나복
(遣子經商)

생 … 나복
부 … 유씨
말 … 익리

나복

【일전매一剪梅】

아버님께서 남가일몽南柯一夢[265] 세상 살고 떠나가시니,

아침에 눈물이 줄줄 흐르고,

저녁에 눈물이 줄줄 흐르네.

임종할 때 남기신 말씀이 어떠했던가,

아미타불을 읊으라고 당부하셨으니,

그 말씀 좇아 아미타불을 읊네.

불행하게도 아버님께서 구천으로 돌아가시니,

---

[265] 당나라 이공좌(李公佐)의 「남가태수전(南柯太守傳)」에 나온 말로, 덧없는 꿈과 같은 인생을 비유한다. 순우분(淳于棼)이 홰나무 밑에서 낮잠을 자던 중 꿈에 괴안국(槐安國) 왕의 사위가 되어 20년 동안 남가군(南柯郡)을 다스리면서 온갖 영화를 누리다가 깨어났다는 내용이다.

소슬한 바람이 나무에 불어오고 한은 끝이 없네.

고아가 선대의 뜻을 잇고자 하여,

염불하고 불경 읽으며 참선하네.

나복은 선친이 돌아가신 뒤로 상사^{喪事} 때문에 오랫동안 염불을 하지 못했으니 지금 부처님 앞에서 향을 사르며 염불하려고 합니다.

【마불행^{馬不行}】

향이 금사자 향로에 가득한데,

둥근 부들방석 위에 앉았네.

아미타불,

수리사바,

삼매다나^{三昧哆哪}를 몇 차례 읊네.

목어를 두드려서 만령^{萬靈}을 일으켜 부축하고,

진경^{眞經}을 읊어서 신선들이 보호하니,

재난이 없어지리라. (첩)

문을 나서면 바로 깨달음의 길이라네.

유씨

【전강】

애통하게 남편을 그리다가,

피눈물이 흐른 나머지 두 눈이 메말랐네.

가련하게도 나는 모습이 초췌하고,

근력이 쇠미하고,

머리칼이 성글어졌네.

애야, 염불을 잠시 멈추거라. 내가 너에게 할 말이 있느니라.

(나복에게 다가가서 묻는다.)

애야, 아버지는 온종일 염불을 했는데 지금 무슨 소용이 있느냐? 이 어미가 보기에는,

소식素食을 맛난 고기 음식으로 바꾸어서,

내가 늘그막을 헛되이 보내지 않게 해 주면 좋겠다.

나복 어머니는 그런 말씀을 마옵소서!

유씨 애야, 너는 산 사람도 못 모시면서 어찌 귀신을 모실 수 있겠느냐?[266]

주저하지 말지니, (첩)

저 진시황과 한 무제도 틀렸다.[267]

나복

【전강】

아버님께서 돌아가시기 전에,

유언을 써서 제게 부탁하셨습니다.

경전을 읽고 염불하고,

술을 삼가고 훈채를 먹지 말고,

재식을 하여 채소를 먹으라고 하셨습니다.

유씨 이 말은 옳지 않은 듯하다.

나복

아버님 말씀을 옳지 않다고 하지 마소서,

---

266 『논어』「선진(先進)」에 있는 구절을 빌려 왔다.
267 두 사람 모두 신선술에 빠져 육식을 하지 않았는데, 이는 잘못이라는 뜻이다.

모자가 계속 유훈을 받들어야 할 것입니다.

아버님께서 훌륭한 계획을 가지셨으니, (첩)

옛 말씀에,

삼 년 동안 아버님의 가르침을 바꾸지 말라고 했습니다.[268]

유씨 애야, 너는 삼 년 동안 바꾸지 말아야 한다는 것만 알지, 도에 맞으면 종신토록 바꾸지 않는 것이 좋겠지만 도가 아니면 삼 년을 기다릴 필요가 없다는 말[269]은 듣지 못했느냐!

【전강】

아버지는 부도浮屠를 모셨는데,[270]

그 부처는 어찌하여 아버지를 구하지 않았더냐?

나는 이제 훈채와 술을 시작할 것이니,

여생 동안,

스스로 즐겨 볼 것이니라.

나복 어머님, 초심을 변치 마시고 계속 재식을 드십시오.

유씨

내가 처음처럼 계속 재식을 한다면,

쇠 절굿공이에 꽃이 피고, 양자강에서 연뿌리가 뻗을 것이다.

나복 어머님이 이런 말씀을 하시니 소자는 근심을 이길 수가 없습니다.

유씨 애야,

---

268 『논어』「이인(里仁)」에 있는 구절을 빌려 왔다.
269 『논어』의 「학이」의 주희(朱熹) 집주(集注)에 인용된 송나라 학자 윤돈(尹焞)의 말이다.
270 부도는 범어 붓다(Buddha)의 음역어로 부처를 뜻하고, 불도(佛道), 불탑 등을 뜻하기도 한다. 여기에서는 불교의 가르침을 따랐다는 뜻이다.

너무 근심할 것 없다. (첩)

어미가 한 일은 어미가 감당할 것이니라.

나복

【황앵아黃鶯兒】

말씀을 들으니 눈물이 줄줄 흐르고,

나도 모르게 원망이 생겨나네.

외숙,

외숙은 어찌하여 어머님께 개훈을 권하였습니까?

어머님은 일찍이 맹세를 하셨고,

아버님은 일찍이 당부를 하셨지요.

오늘 개훈을 하셔서,

하늘이 재앙을 내린다면 어찌 구원하겠나요?

어머니,

간곡히 부탁드리오니 아들의 말씀을 받아 주셔서,

저 치후郗后처럼 되지는 말아 주십시오.

유씨 치후는 무슨 이야기이더냐?

나복 옛날 양梁 무제武帝의 황후 치씨가 신명을 믿지 않아서 죽은 뒤에 구렁이로 변하였습니다. 그래서 무제가 대신 참회하여 비로소 다시 사람의 몸으로 돌아왔습니다.[271]

---

271 당나라 이연수(李延壽)의 『남사(南史)』 「양본기(梁本紀)」에 나오는 이야기로, 치후가 사후에 용이 되어 후궁 처소의 우물에 들어가 있다가 자주 황제의 꿈에 나타났는데, 황제는 우물가에 궁전을 짓고 안에 그가 입던 옷을 놓아두고 은 도르래에 금병을 매달아 각종 진미 음식을 담아 내려보내 제사를 지냈다고 한다. 황제는 또 고승들에게 명하여 치후를 초도(超度)하기 위해 「자비도량참법(慈悲道場懺法)」을 짓게 했다는 전설도 전해진다.

유씨 무제가 그 처를 구할 수 있었다면 우리 아들도 필시 그 어미를 구할 수 있을 것인데, 내가 무슨 근심을 하겠느냐! (생각에 잠긴다.) 아들의 뜻을 돌릴 수가 없구나. 애야, 어미가 지금까지 한 말은 너의 도심道心이 어떤지를 시험해 보려는 것이었다.

나복 감읍합니다.

유씨 그런데 이번에 스님들을 공양하고 보시하면서 비용을 많이 썼으니 네가 외지로 나가 장사를 좀 해서 돈을 좀 벌어 오면 선업을 계속 이어 갈 수 있겠구나.

나복 어머님이 연로하시니 감히 멀리 나가지 못하겠습니다.

유씨 나는 지금 다행히도 몸이 아직 쇠하지 않으니 지금 다녀올 만하다. 익리는 어디에 있느냐?

(익리가 등장한다.)

익리

부처님 앞 향을 사르는 일이 아직 끝나지 않았는데,

고당高堂에서 부르시니 바삐 달려오네.

마님, 무슨 분부이신지요?

유씨

【전강】

불사佛事를 잘하기 어려우니,

내가 관인官人[272]을 바깥 고을로 내보내어,

재산을 불리면 오래 할 수 있는 방도가 생길 것이리라.

---

272 남자에 대한 경칭이다. 여기에서는 나복을 가리킨다.

너는 행낭을 얼른 꾸려서,

저이와 함께 멀리 가서,

장사가 다른 사람들보다 뒤떨어지지 않기를 바란다.

가을이 되면 허리에 만 관貫을 차고,

뜻을 이루고 일찍 돌아오기를 바란다.

익리 마님께서 연로하시고 도련님은 장사에 익숙하지 못하니,

엎드려 바라옵건대 헤아리셔서 멀리 보내지 마옵소서.

유씨 이미 마음을 정했는데 누가 감히 거스르겠느냐!

나복 익리, 어머님께서 노하시니 말씀을 따르는 수밖에 없겠

네. 어머님, 제가 멀리 나가기가 마음에 걸립니다.

유씨 애야, 마음 놓고 다녀오너라!

나복

【읍안회泣顔回】

하루아침에 어머님을 떠나자니,

저도 모르게 마음이 아프고 슬픕니다.

제게는 형도 없고 동생도 없으니,

어머님이 노쇠하시면 누가 부축해 드리리까?

마음속에 생각하오니,

바라옵건대 어머님께서는 일념으로 자비를 지키시고,

금전을 뿌려 스님들을 널리 구제하시고,

경전을 낭송하시고 아미타불을 외우소서.

유씨

【전강】

우리 아들에게 부탁하노니,

마음 놓고 가면서 걱정이나 의심은 하지 말거라.

재승과 보시하는 일은,

내가 전처럼 일일이 베풀 것이니라.

마음속에 걱정이 있으니,

도중에 아침저녁으로 조리하기 어려울까 하는 것이다.

익리,

네가 세심하게 보살피거라.

어머니의 손에 있던 실로,

길 떠나는 아들의 옷을 꿰매네.

떠날 무렵 촘촘히 꿰매는 것은,

늦게 돌아올까 걱정해서라네.[273]

어미가 문에 기대어 돌아올 날 손꼽게 하지 말거라.

(익리가 짐을 지고 등장한다.)

익리

【전강】

행낭을 지고 말 달려서,

풍찬노숙하는 것을,

어찌 감히 사양하겠습니까.

유씨　내내 주인을 잘 모시거라.

익리

주인님을 모시는 일은 응당 온 힘을 다하겠습니다,

273　이상 네 구절은 당나라 맹교의 시 「유자음」의 일부이다.

내년에 재물을 한가득 싣고 돌아오겠습니다.

(혼잣말로 노래한다.)

어리석은 마음으로 몰래 의심하고 염려하니,

마님은 마음과 입이 서로 어긋나는 듯하네.

만약 마님이 음덕을 널리 베푸신다면,

멀리 하늘 끝까지 가는 것도 헛되지 않으리라.

나복

【미성】

총총히 하직 인사 올리고 길을 떠나네.

어머님,

오로지 바라옵건대 건강하고 무탈하소서.

유씨

더욱 바라나니 너는 돈을 많이 벌어 일찍 돌아오너라.

유씨

예로부터 인생은 이별이 많았으니,

우리 아들은 너무 슬퍼하지 말거라.

나복

내일 아침에 고개 돌려 고향 쪽 산길을 바라보면,

익리

흰 구름 한 조각만 홀로 떠 있겠네.[274]

---

274 후진(後晉) 유후(劉昫) 등의 『구당서(舊唐書)』 「적인걸전(狄仁傑傳)」에 무측천(武則天) 때의 명신 적인걸이 젊었을 때 관직을 제수받고 병주(幷州)로 가는 길에 태항산(太行山)에 올라 남쪽에 흰 구름 한 조각이 떠 있는 모습을 보고 그 구름 아래가 부모님이 계신 하양(河陽) 땅이라고 말하면서 한참을 바라보다 구름이 움직이자 그제야 길을 다시 떠났다는 일화가 나온다.

사기꾼들의 모의

(拐子相邀)

정 … 장언유(張焉有)

축 … 가이인(段以人)

장언유

【삼봉고三棒鼓】

평생의 수단이 하늘만큼 높아서,

사람들을 죽도록 속여 먹어도 전혀 모른다네.

어리석은 사람을 나는 바로 속이고,

영리한 사람을 나는 혼미하게 만들지.

아무리 염라대왕이나,

판관判官, 소귀小鬼라도,[275]

내 올가미 안에 떨어지고 말지.

　나는 장언유올시다. 태생이 영리하여 천지를 둘러쌀 마음을 품었고 일마다 민첩하여 용호龍虎를 붙잡을 수완을 가졌지요.

---

[275] 염라대왕, 판관, 소귀는 모두 지옥을 다스리는 귀신들이다.

저들의 마음이 해와 달처럼 밝다고 해도 덮어 가리는 것은 어려움이 없고, 나의 재주는 바람과 우레처럼 빨라서 손을 쓰는 방도가 있지요. 지금 소문에 부나복이 보시를 베풀기 좋아한다 하고, 또 황사도黃沙渡 다리가 아직 완공되지 않았으니, 내가 지금 가짜 화연化緣 장부[276]를 써서 아무개 대인은 얼마를 희사하고 아무개 재주財主는 얼마를 내놓았다면서 그에게 은자 몇백 냥을 내놓으라고 해야겠소. 또 가이인이라는 친구가 있는데 가짜 은을 잘 만드니 그와 상의해서 가짜 은 백 냥을 가지고 가서 그의 문은紋銀[277]과 바꾸면 어찌 소소하게 재물을 벌 수 있지 않겠는가? 가 형을 만나 보러 가야겠습니다.

(걸어간다.)

가 형은 집에 계시는가?

가이인

【보현가普賢歌】

어젯밤 술을 마시고 진탕 취했다가,

해가 중천에 뜨도록 일어나지 않았네.

문득 나지막이 부르는 소리 듣고,

황망히 일어나 옷을 입는데,

누가 여기까지 왔는지 모르겠구나.

(장언유를 만난다. 장언유가 찾아온 이유를 말한다.)

---

276 화연은 중생들에게 보시하도록 요구하는 것을 말한다.
277 명청 대에 통용된 표준 은화의 일종으로, 순도가 가장 높다. 말굽 모양에 주름이 있어서 마제은(馬蹄銀)이라고도 한다.

가이인   이 계책은 훌륭하지만 부 재공은 독경하고 염불하는 사
    람이라 속여서는 안 될 것이네.

장언유

    【조라포 皂羅袍】

    온 세상이 취한 듯 꿈꾸는 듯 흐리멍덩한데,

    독경하고 염불하여 무슨 음덕을 쌓는다는 말인가?

    어찌 알겠는가,

    하늘은 저 높이 있어서 멀리 보이고 희미하게 들리니,

    하늘 때문에 전혀 마음 흔들리지 않으리라는 것을.[278]

    (합) 저 사기꾼은 부자가 되고,

    분수를 지키는 이는 가난해지고,

    총명한 자는 요절하고,

    간사한 자는 장수한다네.

    구구하게 분수를 지키는 것이 무슨 소용이랴!

가이인   나는 생각이 형과 다르다네.

장언유   어떻게 다르다는 것인가?

가이인

    【전강】

    나는 잘못된 마음이 있으면 늘 자신을 꾸짖는다네.[279]

장언유   그만두게! 나는 잘못하고도 자신을 꾸짖는 자를 본 적

---

278 사람들의 선악을 살필 하늘이 멀리 있으므로 하늘 때문에 계책을 세운 마음이 흔들리지
는 않을 것이라는 뜻이다.
279 『논어』「공야장(公冶長)」에 "나는 아직 자기 잘못을 알아서 안으로 자신을 책망하는 사
람을 보지 못했다(吾未見能見其過而內自訟者也)"라는 구절이 있다.

이 없는데 형은 어찌하여 자신을 꾸짖는가?

가이인

　　조상님이 만드신 가풍을 욕보였다고 남들이 말할까 두렵다네.

장언유　쳇! 자네 조상은 본받을 만하지 못하고, 남들의 말도 걱
　　정할 필요가 없지.

가이인　이런 좋은 말이 있지 않은가. "사기꾼, 사기꾼아, 하늘의
　　우레가 쳐서 죽을 것이다"라고 말일세.

　　하늘이 변고를 내려 용서하지 않을까 두렵다네.

장언유　흥! 하늘의 변고도 두려워할 필요 없지.

가이인　좋네. 오늘 형이 '삼부족三不足'²⁸⁰의 말을 하여 나의 어
　　리석음을 깨뜨려 주었네.

　　나는 이제부터 놀라고 두려운 마음을 갖지 않으리라.

　　(합) 저 사기꾼은 부자가 되고,

　　분수를 지키는 이는 가난해지고,

　　총명한 자는 요절하고,

　　간사한 자는 장수한다네.

　　구구하게 분수를 지키는 것이 무슨 소용이랴!

장언유　내가 먼저 갈 테니 형이 뒤에 따라오소.

가이인　알겠네.

장언유

280　조상을 본받을 만하지 못하고 남들의 말을 두려워할 필요가 없고 하늘의 변고를 두려워
할 필요가 없다는 구절을 가리킨다. 원문에서 각각 '본받을 만하지 못하다(不足法)', '걱정할 만
하지 못하다(不足恤)', '두려워할 만하지 못하다(不足畏)'라고 표현하였으므로 삼부족이라고
말한 것이다.

상의하여 나쁜 마음 쓰는 것을 비웃지 말지니,

세태는 가짜를 옳게 여기고 진짜를 옳게 여기지 않지.

가이인

두세 번 직접 부탁하지 않아도 되니,

생각해 보면 모두가 한통속이기 때문이지.

사기꾼에게 속는 나복

(行路施金)

생 … 나복
말 … 익리
정 … 장언유
축 … 가이인

나복

【촌촌호寸寸好】

시골 객점에서 닭 울고 하늘이 막 밝아 오는데,

사람은 장안長安 향해 길을 가네.

무거운 이슬이 옷을 적시는데,

안개가 점차 걷히고,

붉은 해가 떠올라 비추네.

고개 돌려 보면 흰 구름만 높이 떠 있구나,

바람을 맞으니 구슬 같은 눈물이 떨어지네.

여름 해가 괴롭도록 뜨거우니,

멀리 가려면 시원할 때 나서야겠네.

익리

대숲 소리 맑고 바람은 시원하고,

연꽃 깨끗하고 이슬에서 향이 퍼지네.[281]

나복　익리, 모친의 엄명을 받들어 바깥에 장사하러 나왔는데, 몸은 비록 집을 떠나 있지만 마음은 늘 어머님의 무릎맡에 있네. 그리움이 그치지 않으니 어쩌면 좋겠는가?

익리　관인官人께서 이번에 이익을 얻어 귀가하시면, 지금은 비록 이별의 근심이 있지만 결국은 즐겁게 될 것입니다. 지금은 길을 가는 중이니 걸음을 서두르셔야겠습니다.

나복

【쌍조雙調·신수령新水令】

녹음 점차 짙어지고 길은 멀기만 한데,

가지 끝에서 노란 꾀꼬리가 지저귀는 소리 들리네.

석류꽃이 온 눈에 가득 차니 아름답고,

매실을 깨물어 입속에 튀니 시큼하구나.

고개 돌려 고향 산을 바라보니,

근심이 끝없이 일어나는구나.

【주마청駐馬聽】

참죽나무가 꺾여 허물어졌는데,

남기신 뜻을 이루지 못하니 마음이 절로 두렵다네.

원추리꽃은 세월에 저물어 가는데,

281　이상 두 구절은 송나라 임희일(林希逸)의 시 「숙서흥도작(宿西興渡作)」 중의 "대숲은 환한데 바람 불어 그림자 흔들리고, 연꽃은 깨끗한데 이슬에서 향이 퍼지네(竹明風弄影, 荷淨露生香)"와 비슷하다.

장사하느라 멀리 떠나왔으니 어찌 편안하리요?[282]

나의 한은 이슬 맺힌 풀들이 길게 자라 무성하듯 하고,

생각은 버들개지 따라 어지러이 날리는구나.

마음 절로 어리석고도 멍해져서,

눈을 들어 외로운 구름을 쳐다보네.

(구름을 바라본다.)

익리

【천발도川撥棹】

우리 주인님께서,

구름 멈춘 곳을 바라보며 마음 함께 돌아가더니,

구름 흩어진 뒤에도 넋이 아직 돌아오지 않았네.

주인님,

고향집이 멀리 있으니 그리워해도 소용없고,

나그넷길 머나머니 한탄해도 소용없습니다.

부모님 모시고 효도하는 길은 여러 가지이니,

효도는 "그것을 놓아두면 천지를 채울 수 있고, 그것을 펴뜨리면 사해四海를 덮을 수 있다"[283]라고 하였으니, 크고도 아름다워 한 가지로 다하는 것은 아닙니다.

지금 어머님의 마음을 좇아 어머님을 이별하고 떠나왔으니,

또한 어찌 무릎맡에서 어머님을 섬기겠습니까?

하물며 헤어져 있지만 다시 만날 날이 있지 않겠습니까?

---

282 참죽나무와 원추리꽃은 각각 부친과 모친을 비유한다.
283 『예기』「제의(祭義)」의 한 구절이다.

나복

【안아락雁兒樂】

익리,

다시 만날 날이 있을 것임은 잘 알고 있지만,

괴로워도 어찌할 수 없어 이렇게 슬프다네.

오는 길 내내,

물길에서는 이별의 혼이 따라오며 나를 향해 슬퍼하고,

산길에서는 이별의 한을 이끌고 다니면서 연신 애가 끊겼다네.

【득승령得勝令】

아!

마음 아파하며 경치 바라보니 그 마음 천 가지 만 가지인데,

어찌 길을 빨리 갈 수 있을까.

익리   주인님, 보세요,

산승이 죽림 아래에서 더위를 피하며 배회하고 있네요.

나복   익리,

조정의 신하는 추위 속에 오경五更을 기다리고,

갑옷 입은 장수는 한밤중에 관문을 넘어가네.

산사에 해 높이 떴는데 고승은 일어나지 않았으니,

아마도 명리名利는 한적閑寂보다 못한가 보다.²⁸⁴

라고 했지만,

어찌 산승처럼 마음대로 한적하게 지낼 수 있겠는가.

(걸어간다.)

---

284   이상 네 구절은 원나라 고명의 희곡 「비파기」 제16출에 나오는 구절과 비슷하다.

익리   주인님,

　　저 어부가 버드나무 그늘 아래 낚싯대를 드리우고 있네요.

나복   저 어부는,

　　낚싯줄과 낚싯대를 드리운 채,

　　이름도 탐하지 않고, 이익도 탐하지 않네.

　　취해 모래밭에 누워 불러도 깨지 않고,

　　꿈속에서 늘 강산을 바라보네.

　　라지만,

　　내 어찌 어부처럼 한가하고 자유로울 수 있겠는가.

　　(걸어간다.)

익리

　　목동이 소 등에 타고 구성지게 피리 부는 모습도 보이네요.

나복   이 목동과 산승, 어부는 모두 같다네.

　　이들은 명예나 이익은 전혀 상관하지 않는다네.

　　나는 파리 대가리 같은 이익을 위해,

　　내달리며 풍찬노숙한다네.

　　저 사람들을 보니 어찌 부끄럽지 않겠는가!

익리

　　【괘옥구掛玉鉤】

　　주인님,

　　사람이 티끌 많은 세상에 잠시 의탁하는 것은,

　　모두 이익에 갇히고 이름에 이끌려서이니,

　　굶주림을 당하고 추위에 빠져 있게 됩니다.

누가 능히 저 생각을 풀어 깨뜨릴 수 있겠습니까?

그것은 바로 세속을 초탈한 신선 같은 당신이십니다.

나복

돌들이 어지럽게 널려 있으면,

자네는 그것을 주워 평탄하게 만들어야 하네.

(동작을 한다.)

가시밭이 펼쳐져 있으면,

자네는 그것을 잘라 내어 막은 것을 치워야 하네.

가는 길에 불사佛寺나 도관道觀이 무너져 있고 불상이 썩어 있

으면 반드시 재물을 베풀어 새롭게 만들어 주어야 하네.

익리   주인님,

이것이 바로 보리심菩提心285이라 용천龍天들286이 밝게 살피실

것이니,

방편方便의 일287이 하늘과 세상에 가득할 것이고,

절로 지음知音이 있어 다르게 보아 줄 것입니다.

나복   이곳에 오니 정자가 하나 있군. 잠시 쉬었다 가세.

익리   저 앞에 도인 두 사람이 옵니다.

사기꾼들

【염불잠念佛賺】

---

285 불도의 깨달음을 얻고 그 깨달음으로써 널리 중생을 교화하려는 마음이다.

286 불법(佛法)을 수호하는 여덟 신장(神將) 즉 팔부천룡(八部天龍)을 말한다. 천(天), 용
(龍), 야차(夜叉), 건달바(乾闥婆), 아수라(阿修羅), 가루라(迦樓羅), 긴나라(緊那羅), 마후라
가(摩睺羅迦)이다.

287 방편은 사람의 형편에 따라 융통성 있게 가르침을 베풀어 불법의 진리를 깨닫게 하는 것
을 말한다.

급급수急急修라 급급수,[288]

망망한 땅과 바다에서 몇 번이나 부침浮沈하였던가,

나무.

모두 명리를 미끼로 삼아,

낚싯바늘에 끼워 사람들을 끌어들이네,

나무.

낚싯바늘이라 낚싯바늘,

사람들 마음 낚는 것을 언제 그만두겠는가.

온 세상이 모두 바쁘게 지내면서,

아무도 죽기 전에 거두려고 하지를 않네,

나무아미타불.

(노래한다.)

【전강】

당신이 거두지 않는데 어찌 그만두겠는가,

당신이 그만두지 않는데 어찌 수행하겠는가,

나무.

내가 당신에게 권하노니 수행할 때 그만두고,

내가 당신에게 권하노니 그만둘 때 거두시게.

거두면 바로 그만두고,

그만두면 바로 수행이라네.

---

288 뜻은 '서둘러 수행한다'로 풀이할 수 있다. 한나라 때 공문을 쓸 때 말미에 '급급여령(急急如令)' 또는 '급급여율령(急急如律令)'이라는 말을 써서 당장 명령대로 시행하라는 뜻을 나타냈는데, 후에 흔히 도교의 주문이나 부적에서 잡귀에게 빨리 물러갈 것을 지시하는 말로 쓰였다. 여기에서도 비슷한 표현을 써서 사기꾼들이 도사를 가장하고 주문을 외는 것이다.

수행하다 그만두고, 그만두어 거두고,

당신께 옛 소보(巢父)와 허유(許由)에 대해 여쭈어 본다네,[289]

나무.

소보와 허유는 거두고 그만두는 법을 알아,

수행하여 신선이 되어 세상 밖에서 노닐었다네,[290]

나무아미타불.

(나복 일행을 만난다.)

시주님께 머리를 조아립니다.

나복 도인들께서는 고개를 드시지요.

가이인 시주님의 함자는 어떻게 되시는지요?

나복 소생은 성은 부, 이름은 나복이라고 합니다.

가이인 아, 바로 나복 관인이셨군요. 눈이 있어도 태산을 알아 보지 못했습니다.

나복 무슨 말씀이신지요?

장언유 귀댁에서 선행을 좋아하고 보시를 즐겨 하신다는 소식 을 오래전부터 들었습니다. 지금 황사도 다리를 완공하지 못 했는데, 시주님 댁에 가서 탁발하여 인연을 맺고자 하고 있었 습니다. 다행히도 이처럼 우연히 만나게 되니, 이는 분명 하늘 이 좋은 인연을 내려 주신 것입니다. 기꺼이 도와주시기를 바

---

289 소보와 허유는 모두 요임금 때 살았다는 전설 속의 은사(隱士)이다. 벼슬을 하지 않고 은 거하는 사람의 대명사로 쓰인다.

290 이상은 '수(修, 수행하다)', '수(收, 거두다)', '휴(休, 그만두다)' 등의 비슷한 음을 가진 글 자들을 활용하여 금방 알아듣기 어렵게 설교하고 있다. 사기꾼이 말솜씨로 상대를 현혹하는 장 면이다.

라옵니다.

나복 그렇다면 장부를 가져오시지요. (장부에 적는다.) "왕사성의 부나복이 백금 일백 냥을 희사하오니 모친 유씨께서 다복하시고 장수하시고 강녕하시기를 기원합니다."

가이인 아미타불! 복을 받으실 것입니다.

나복 이 은자로 먼저 오십 냥을 드리고, 나머지 절반은 돈을 벌어 채우겠습니다.

장언유 정말 좋습니다. 그런데 어제 대원보大元寶291를 하나 얻었는데 쪼개어 쓰기가 어려우니 시주님께서 은 조각으로 바꾸어 주시기를 바랍니다. 옛말에 "돈을 바꾸어도 줄어들지는 않는다"라는 말이 있지요.

나복 말씀대로 하시지요.

(은자를 교환한다.)

나복

나는 오늘 백금 일백 냥을 시주하여,

익리

다리가 완공되도록 흔쾌히 도왔다네.

이를 보고 들은 사람이 있다면,

가이인

모두 보리심을 내시기를.

(나복과 익리가 퇴장한다.)

장언유 주거니 받거니 하면서 작정한 대로 해치웠네. 우리가

---

291 마제은의 다른 이름이다.

그를 찾아가려고 할 때 그가 마침 이곳에 와서 선뜻 도와주며 장부에 오십 냥을 적고 또 가짜 은 오십 냥을 바꿨으니, 훌륭하도다, 훌륭해! 묘책이 아니었다면 어디에서 이렇게 횡재할 수 있었으랴!

장언유

　　만 길 깊은 물 같은 계교를 쓰지 않고서,

가이인

　　어찌 흑룡黑龍 목 아래의 진주를 얻겠는가!

　　(퇴장한다.)

제수 고기를 사다
(遣買犧牲)

부 … 유씨
축 … 금노/상인
소 … 안동(安童)
정 … 거간꾼

유씨

【완랑귀阮郎歸】

홰나무 그늘 드리운 마당에 낮이 길어지고,

제비들은 화려한 들보를 돌면서 지저귀네.

새끼들을 둥지에서 꺼내어 함께 날아오르는데,

나에게 근심을 불러일으키네.

금노 어미 제비가 새끼들을 둥지에서 꺼내도 참새가 깡충거리며 마음대로 다니는 것만 못하네요. 마님은 무슨 일로 괴로워하고 슬퍼하며 이런 말씀을 하시나요?

유씨

【이범방장대二犯傍妝臺】

내 마음속에는 할 말이 있지만 꺼내지는 못하겠다.

만약 그래도 꺼내려 한다면,

말을 하기도 전에 눈물이 먼저 떨어지려 하는구나.

금노 무슨 일 때문에 그러세요?

유씨

외숙이 내게 육식과 술을 권했는데,

내가 그 말을 듣고,

주인과 하인을 장사하러 내보내어,

하루아침에 우리 모자가 헤어지게 되었느니라.

지금 제비를 보니,

어미가 자식을 부르고,

자식이 어미를 따르니,

나는 시절을 느껴서 이들을 보니 절로 슬퍼지는구나.[292]

금노 그 일 때문이셨군요!

【전강】

마님은 슬퍼하지 마세요,

이 제비 모자도 헤어질 때가 있습니다.

저 어미 제비는,

진흙을 물어다가 새끼를 먹이느라 몸이 고생하고,

먹이를 나누어 새끼를 먹이고, 스스로는 배고픔을 참지요.

저 새끼 제비는,

어미가 그토록 고생한 것을 모르고,

---

292 당나라 두보의 시 「춘망(春望)」 중에 "시절을 느끼니 꽃을 보아도 눈물이 난다(感時花濺淚)"라는 구절이 있다.

다 자라서 털이 마른 뒤에는 제각기 맘대로 날아가 버립니다.

마님은 어리석게 생각하지 마시고,

세 번 깊이 생각하세요.

인생은 즐기는 것이 마땅합니다.

마님께 권하오니 개훈하여 즐기세요. 불사佛事는 모두 허무한

것입니다.

유씨

　　【괄고령刮鼓令】

　금노야,

　　나는 매번 스스로 의심한다,

　　부도浮屠를 섬기는 것이 결국은 헛된 것이 아닐까 하고.

　　하지만 원외님이 돌아가실 때 말씀을 남겨서,

　　우리 모자가 재식을 지켜 어기지 말라 하였고,

　　우리는 맹세하여 따르겠다고 했었지.

　　이제 개훈이라는 작은 일 때문에,

　　아이에게 바람 서리의 고통을 당하게 하고,

　　어미만 홀로 기름진 음식을 맛보고 있으니,

　애야!

　　나도 모르게 후회가 되고 눈물이 옷을 적시는구나!

금노　마님,

　　【전강】

　　저는 식견이 짧아서인지,

　　재식은 어리석은 것이라고 비웃습니다.

저 동가東街의 장씨 마님과 서가西街의 이씨 마님이 모두 허약
병이 들었는데, 의원이 매일 아침에 돼지 족발, 점심에 양고기,
저녁에 닭고기를 먹게 했더니 병이 모두 다 나았답니다!

　　고기를 먹어야 병이 낫는다는 말은 들었지만,

　　재식을 오래 해서 병이 낫는다는 말은 어디에 있습니까?

　　자식은 떠났지만 돌아올 때가 있습니다.

마님께 권하오니,

　　삼관도三官圖[293]를 높이 말아 올리고,

　　여러 가지 기름지고 맛난 음식을 얼른 익혀 드세요,

　　세월은 한번 가면 다시는 돌아오지 않을 것이니까요.

유씨

　　【곤종滾終】

　　세월은 다시 오지 않는다니,

　　그 말이 정말 옳구나.

　　자식은 떠났지만 돌아올 때가 있으니,

　　내가 또 무엇을 걱정하랴!

금노　　마님,

　　옳으신 말씀입니다.

　　지난 일은 이미 흘러가 버렸으니,

　　안동을 불러 얼른 희생犧牲[294]을 사러 보내세요.

(금동이 안동을 부른다. 안동이 등장한다.)

293　삼관의 모습을 그린 그림이다.
294　여기에서는 고기로 쓸 살아 있는 가축을 말한다.

안동

온종일 재식을 하니 좋은 음식 맛보기가 어려워라,

언제 술이 생겨 회포를 풀 수 있을까.

금노 마님께서 개훈하기로 하셨으니 얼른 오너라!

(안동이 유씨를 만난다.)

유씨

【전강】

불사佛事가 그릇됨을 분명히 알았으니,

그래서 개훈의 뜻을 가졌다네.

너는 저자에 가 희생을 사서,

속히 집으로 돌아오너라.

금노

잔칫상을 마련하여,

맛난 음식을 차려 놓으리니,

인생에 술이 있으면 마땅히 취해야 한다네.[295]

(안동에게 은을 준다.)

안동

【전강】

몇 년 동안 귀신에 들려 미혹되어 있다가,

오늘 하늘이 활짝 열렸네.

마님,

옳고 그름이 이미 분명해졌으니,

---

[295] 송나라 고저(高翥)의 시 「청명(淸明)」의 마지막 부분에 있는 구절을 빌려 썼다.

다시 그것에 가려지지는 마세요.

(합) 술 마시고 노래 부르고,

때맞추어 놀고 즐기며,

불경 읽는 것이 천년지계가 되지 못함을 비웃으리라.

금노 돼지와 양을 사 오되 재살宰殺²⁹⁶하지는 말아야 해. 돼지는 기둥에 묶어 놓고 몽둥이로 때려서 죽이고, 양은 쇠 울타리에 가두어 놓고 불로 태워 죽여서 피가 염통과 간에서 빠져나오지 못하게 해야 술안주로 좋아. 저 닭과 거위도 그냥 죽이지 말아야 해. 닭은 독 안에 넣어 물을 채워 죽이고, 거위는 불벽돌 위에 가두어 놓고 뛰다가 죽게 하면 거위 발과 닭 염통의 맛이 아주 좋아. 잘 기억해서 어긋남이 없도록 해라!

유씨

안동은 얼른 가서 돼지와 양을 사 오너라.

금노, 안동

잔칫상을 마련해 놓고 고당高堂²⁹⁷을 모시겠네.

모두

설사 백 년 동안 온통 취한다 해도,

삼만 육천 마당 잔치를 펼치리라.

(유씨와 금노가 퇴장한다.)

안동

【척은등剔銀燈】

---

296 법도에 맞게 도살하는 것을 말한다.
297 여기에서는 유씨를 가리킨다.

마님의 명은 어길 수가 없으니,

희생을 사서 맛난 음식을 올려야겠네.

마님은 알아보셨지,

저 부처는 혹세무민하고,

저 장재長齋[298]는 마음과 뜻을 잃게 만들지.

거리를 바라보니 사람들이 많이 모여 있구나,

먼저 거간꾼을 찾아 물어보아야겠네.

(거간꾼을 부른다. 정淨이 거간꾼으로 분하여 등장한다.)

거간꾼

중노미, 짐꾼, 사공, 기생 어미는 하나같이,

북 잘 치고 비파 잘 놀리지.[299]

옛사람이 남긴 말을 비웃지 마시게,

마음으로 남을 속이지 못하면 거간을 하지 말라고 했다네.

안동　나리가 바로 경기經紀[300]이신가요? 성함이 어떻게 되시는 지요?

거간꾼　나는 성은 여呂씨이고 이름은 품기品器라고 하네. 거간 일을 하고 있지. 날 때부터 이름에 '입 구口' 자가 많아서 종일 토록 입을 놀리고 있다네. 본래 희생을 다루는 거간이라서 사 람들이 축생경기畜生經紀[301]라고 불렀지. 마누라가 그걸 듣고

298　장기간의 재식을 뜻한다.

299　농간을 잘 부림을 비유한다.

300　거간꾼을 높여 부르는 말이다.

301　축생은 짐승, 가축이라는 뜻이지만 동시에 '짐승 같은 놈'이라는 경멸의 뜻을 나타내는 비속어로도 쓰였다.

좋아하지 않으며 크게 화를 냈지. 그래서 마누라에게 쓸데없는 소리는 귀담아듣지 말고 방귀나 뀌어 주라고 했지.

안동　소인이 희생을 좀 사려는데 나리께서 잘 알려 주시기를 부탁드립니다.

거간꾼　알겠네. 이리 오게.

(걸어가서 사람을 부른다. 상인이 등장한다.)

상인

이 몸은 거리에 살고 있어서,

강호로 나가기는 귀찮다네.

희생을 몇 마리 기르면서 세월을 보내는데,

하나같이 물러 터진 모습이라네.

(안동을 만난다.)

형씨는 어느 집 사람이오?

거간꾼　저이는 부씨 댁 사람이라네.

상인　그 집은 두부만 먹는데, 돼지와 양도 사는가?

안동　이제는 마님이 개훈을 하셔서 경기님께 부탁하여 희생을 좀 사려고 합니다.

(거간꾼이 희생들을 보면서 흥정을 붙인다.)

안동

【조라포 皂羅袍】

물건을 사고팔려면 시세에 따라야 하는데,

당신은 하늘을 속이며 값을 말하니 어인 일인지요?

상인　너는 되는대로 흥정하면서 도리어 내가 하늘을 속이고 값을 말한다고 하다니!

안동

　소인은 감히 싸게 달라고는 못 하겠고,

　거간이 공정하게 교역을 이루면 될 뿐입니다.

（거간꾼이 값을 정하여 양쪽에 말한다.）

안동　물건이 안 좋으니 안 사겠어요!

상인　값을 손해 보니 안 팔겠네!

거간꾼

　(합) 당신은 이제 사고 나면 물건이 안 좋다는 말은 말고,

　당신은 이제 팔고 나면 값을 손해 보았다는 말은 마시오.

　있고 없는 것을 따져서 서로 도와야지 서로 사납게 해서는 안

　된다네.

상인

　【전강】

　시장에서는 값을 두 개로 한 적이 없었으니,

　시장의 삼척동자도 속이지 않는다네.

　이익이 없는 것은 괜찮지만, 본전을 손해 보면서 팔기는 어렵

　다네.

　만약 본전을 손해 보라고 해도 따르기 어렵다네.

　경기,

　잘 생각해서 경솔하게 하지는 말게.

거간꾼

　(합) 당신은 이제 사고 나면 물건이 안 좋다는 말은 말고,

당신은 이제 팔고 나면 값을 손해 보았다는 말은 마시오.

있고 없는 것을 따져서 서로 도와야지 서로 사납게 해서는 안 된다네.

【전강】

옛날에는 한낮에 사고팔았으니,[302]

아행牙行[303]을 두어 공정함을 지켰다네.

옛말에, "징군의 김이요, 아행의 입이로다"라는 말이 있거늘,

황천皇天과 후토后土가 사익私益을 용납하지 않으니,[304]

한마디로 판정하면 다시 바꾸는 일은 없으리라.

(합) 당신은 이제 사고 나면 물건이 안 좋다는 말은 말고,

당신은 이제 팔고 나면 값을 손해 보았다는 말은 마시오.

있고 없는 것을 따져서 서로 도와야지 서로 사납게 해서는 안 된다네.

값을 정했으니 은자를 주게.

안동　은자 열 냥입니다. 달아 볼 필요는 없어요.

거간꾼　돼지와 양을 끌고 가게. 물고기와 소고기는 내일 와서 가져가게.

안동　부탁드립니다.

세상의 만물은,

302　원문은 '일중위시(日中爲市)'로 『주역』 「계사」에 나오는 구절이다. '한낮에 장을 열어 교역을 하였다'는 뜻으로, 여기에서는 한낮에 그림자가 한쪽으로 치우치지 않는 것처럼 공정하게 교역한다는 뜻이다.

303　거간꾼을 말한다.

304　황천은 천제(天帝)를 가리키고, 후토는 지기(地祇)의 주신(主神)을 말한다.

돈으로만 구할 수 있다네.

거간꾼

사람은 공정하면 말이 없고,

물은 평평하면 흐르지 않는다네.

(안동이 퇴장한다.)

구전을 주게.

상인 한 냥에 서 푼씩이네.

거간꾼 보통은 한 냥에 서 푼이지만, 이번에는 값을 많이 쳤으니 한 냥에 일 전씩 주게.[305]

상인 나를 속이는 것인가?

거간꾼 속이는 것이 아니라 값을 많이 쳤으니 너무 욕심내지 말게!

상인 나도 당신 몫을 탐내는 것은 아니네.

거간꾼 '탐貪' 자와 '빈貧' 자는 모양이 별 차이가 없지.

상인 당신의 '아丫' 자를 돌려놓으면 '무无' 자가 되지.[306]

(거간꾼이 생각에 잠긴다.)

거간꾼

'탐' 자와 '빈' 자가 비슷하다고 말했는데,

'아' 자를 '무' 자로 돌려놓을 줄은 생각도 못 했네.

상인

---

305 한 냥은 10전이고, 1전은 열 푼이다.
306 이상의 두 구절에서 앞 구절은 모두 욕심을 지나치게 부리다가는 무일푼이 되고 만다는 뜻이고, 뒤의 구절은 중개를 잘못하면 빈털터리가 된다는 뜻이다. '무(无)'는 '무(無)'와 같다. 모두 상대방을 공격하여 지나친 욕심을 부리지 말라며 입씨름하는 것이다.

만사는 모두 전생에 이미 정해져 있음을 알아야 하니,

봄바람 맞으며 술이나 한 병 마시고 취해야겠네.

(거간꾼의 어깨를 두드리고 퇴장한다.)

제22척

뇌공과 전모
(雷公電母)

단 … 전모(電母)
외 … 뇌공(雷公)
소 … 사령(社令)**307**

전모

구름 속의 전모를 세상에서 칭송하고,

뇌공

하늘 위의 뇌공은 예로부터 유명했지.

전모

번개 한 번 칠 때 우레 한 번 울리니,

뇌공

천지의 가르침은 이로부터 행해지네.

전모　뇌공께 머리를 조아립니다.

뇌공　전모는 고개를 드시지요.

307　전모는 번개의 신, 뇌공은 우레의 신, 사령은 천상의 명령을 전해 주는 전령(傳令)의 신이다.

전모

금빛 뱀이 번쩍이는 빛을 쏘아,

세상 사람들의 간담을 비출 수 있다네.

뇌공

불타는 북이 커다란 소리를 울려,

만물의 정신을 깨우칠 수 있다네.

전모

사람들이 하늘의 위력을 두려워한다면,

하늘의 형벌을 면할 수 있으리라.

뇌공

유비劉備는 밥 먹을 때 젓가락을 떨어뜨렸고,[308]

공자님은 밤중에도 반드시 일어나 앉으셨네.[309]

보이지 않는 곳에서 경계하고 삼가야 하고, 들리지 않는 곳에서 두려워해야 할 것이리라.[310] 이런 까닭에 옛사람의 말에 "사람들 사이의 사사로운 말을 하늘은 우레처럼 듣고, 어두운 방안에서 품는 나쁜 마음을 신령은 번개처럼 알아본다"라고 하였다네. 말이 아직 끝나지 않았는데, 천사가 오는구나.

(사령이 등장한다.)

---

308 명나라 소설 『삼국지연의(三國志演義)』 제21회에서 유비가 조조의 초청을 받아 연회에 갔을 때 조조가 진정한 영웅은 조조 자신과 유비뿐이라고 말하자, 유비는 젓가락을 떨어뜨리고 마침 벼락이 쳐서 놀란 때문이라고 변명하여 조조의 경계를 푼다.

309 『예기』 「옥조(玉藻)」에 "군자가 집에 있을 때에는 항상 남쪽을 향해 앉고, 누울 때에는 항상 동쪽으로 머리를 둔다. 만약 질풍, 우레, 폭우가 있으면 반드시 얼굴빛을 바꾸어 하늘을 공경하고, 비록 밤중이라도 반드시 일어나서 의관을 갖추고 앉아 있는다(君子之居恒戶, 寢恒東首. 若有疾風迅雷甚雨, 則必變, 雖夜必興, 衣服冠而坐)"라는 구절이 있다.

310 『중용』의 구절을 빌려 왔다.

사령

　　단봉丹鳳의 조서 한 통이,

　　자줏빛 구름 끝에서 내려왔네.

　옥제玉帝의 교지敎旨가 당도했으니 무릎을 꿇고 선독을 들으라. 옥제의 조서에 이르기를,

　　"하늘이 사람을 낳았을 때에는 본성이 서로 비슷했는데, 사람이 하늘을 섬기면서 습속이 서로 멀어졌다.[311] 그러한즉 착한 자는 하늘이 보우하고, 악한 자는 하늘이 멸망케 하노라. 지금 사명司命[312]의 상주上奏에 따라 특별히 교지를 내려 너희 전모와 뇌공을 보내노니, 사령이 붉은 깃발을 꽂은 바에 따라 일일이 타격하라. 공경하여 받들지니, 방자하지 말고 헛되이 하지도 말라. 성은에 감사하라!"

전모, 뇌공　만수무강하옵소서!

　（옥제의 교지를 받아서 놓는다.）

뇌공　사령이 붉은 깃발을 꽂아 뇌공이 쳐서 죽일 자로는 어떤 사람들이 있습니까?

사령　첫 번째는 불효하고 공손하지 않은 자를 치고, 두 번째는 불량하고 불충한 자를 치고, 세 번째는 양심을 속이고 도적질하는 자를 치고, 네 번째는 사람들을 두루 속여 먹는 자를 치고, 다섯 번째는 관아에서 법도를 지키지 않는 자를 치고, 여섯

311　송나라 왕응린(王應麟)의 『삼자경(三字經)』 첫머리에 "사람은 태어날 때 성품이 본래 선하였다. 성품은 본래 가까운데 습속에 따라 멀어진다(人之初, 性本善. 性相近, 習相遠)"라는 구절이 있다.

312　여러 뜻이 있는데, 여기에서는 사람의 생명을 관장하는 성황(城隍)을 가리킨다.

번째는 불공정한 거간꾼을 치고, 일곱 번째는 입을 함부로 놀리는 자를 치고, 여덟 번째는 물건을 훔치는 버릇이 있는 자를 치고, 아홉 번째는 외간 남자를 둔 부녀자를 치고, 열 번째는 경박한 사내를 친다오. 이는 대략을 말한 것이고, 나머지는 이 사령이 하나하나 자세히 살펴 줄 것이오.

사령

저 맑고 푸른 하늘을 속일 수 없으니,

전모

마음이 일어나자마자 귀신이 바로 알아차리네.

뇌공

나쁜 마음 먹은 일을 하지 말아야 할지니,

모두

전모와 뇌공이 누구를 놓아주겠는가!

제23척

붉은 깃발과 푸른 깃발
(社令揷旗)

소 … 사령
축 … 장언유/악부(惡婦)
정 … 가이인
단 … 효부/전모
생 … 나복
말 … 익리
외 … 뇌공

(사령이 등장한다.)

사령

세상의 선과 악은 줄기가 다르니,

화와 복은 모두 자기가 구하는 것.

하늘은 악인을 몇 명 주살誅殺하여,

사람들을 반성하고 회개하게 하신다네.

나는 사령이오. 얼마 전 옥제께서 성황에게 칙령을 내리셨는
데, 본관에게는 한 곳의 선과 악을 살피는 일을 맡기셔서, 선한
자에게는 푸른 깃발을 꽂아 하늘이 그를 보우하게 하고, 악한
자에게는 붉은 깃발을 꽂아 천뢰天雷가 그를 치게 하셨소. 마음
을 다해 하나하나 잘 살피려고 하오.

(멈추어 선다.)

장언유, 가이인

【금전화金錢花】

이번 장사는 정말 대단했지,

정말 대단했어.

갑자기 그 멍청이를 만났지,

멍청이를.

은 백 냥을 쉽게도 넘겨받고서,

친구끼리,

히히 웃었다네.

어서어서 가세,

집으로 들어가세.

(사령이 붉은 깃발을 꽂는다.)

장언유　양경兩京313의 대건달 장언유올시다.

가이인　사기꾼의 선봉장 가이인이오. 우리 둘이 나복을 찾으러 가는데 그가 우리 그물망에 걸려들었으니 정말 기쁘기 짝이 없었소. 이제 집에 가서 좀 즐겨 볼거나!

장언유

사람이 불량하지 않으면 몸이 귀해지지 않지,

가이인

불이 산을 태우지 않으면 땅이 어찌 비옥해지랴?

(퇴장한다.)

효부

313　장안(長安)과 낙양(洛陽)을 말한다.

【전강】

부군은 멀리 변성에 수자리를 살러 가고,

변성에,

시어머니는 병이 들어 깊어지셨네.

깊어지셨네.

영산靈山의 사당에서 신령님께 머리 조아려,

보우해 달라고 기도드리네,

시어머니를.

재앙과 질병이 물러가고,

하루빨리 안녕을 찾게 해 달라고.

마음은 황망한데 오는 길은 멀고,

일이 급하니 집을 나서기 바빴다네.

저는 남편이 종군하여 가고 시어머니는 병이 들어 정말 위중하여 영산에 가서 향을 살라 시어머니를 보우해 주시기를 기원하려고 합니다.

까마귀의 반포지효反哺之孝의 뜻을 본받으니,

부처님께서 인연 있는 사람을 구원해 주시기만을 기원하네.

(사령이 푸른 깃발을 꽂고 퇴장한다.)

악부

【전강】

나는 용모가 항아嫦娥와 다툴 만하지,

항아와.

입은 칼처럼 날카롭다네,

칼처럼.

온종일 두 다리로 바쁘게 다니면서,

나를 먹여 주면,

호호 웃어 주지.

먹여 주지 못하면,

그를 어찌할까.

살인은 용서할 수 있지만,

마음이 어긋나면 용납하기 어렵네.

어제 동쪽 이웃집의 장張 낭자 집에 가서 술과 음식을 좀 얻으려 했는데, 음식을 주지 않은 것은 말할 것도 없거니와 내가 종일 쓸데없이 다닌다고 말하면서 남의 폐부를 찌르지 뭡니까. 그래서 오늘은 그 시어머니를 찾아가 며느리가 외간 남자를 두었고 시어머니 욕을 한다고 일러바쳐 시어머니한테 한바탕 두들겨 맞게 해서 요절을 내야 내 직성이 풀리겠습니다! 장씨, 장씨, 문을 닫고 집 안에 앉아 있어도 화가 하늘에서 내려올 것이네!

(사령이 붉은 깃발을 꽂고 퇴장한다.)

나복, 익리

【전강】

하늘에서 번쩍번쩍 우레가 울고,

우레가 울고,

사방의 산에는 자욱하게 구름이 서려 있네,

구름이 서려 있네.

공중에서는 번개가 자주색 뱀 모양으로 번쩍이고,

바람은 나무들을 흔들고,

땅에서는 먼지가 피어오르네.

어서어서 가서,

산과 언덕을 넘어야겠네.

집에서는 천 일 동안도 평안하더니,

길을 나서니 한시조차 어렵구나.

이 길에 당도하니 홀연 날씨가 변하여, 서둘러 쉴 곳을 찾아보아야겠네. 정말이지,

집이 가난한 것은 가난한 것도 아니라네,

길에서 가난한 것이야말로 근심겨워 죽을 지경이라네.

(사령이 푸른 깃발을 꽂고 퇴장한다.)

사령

사람의 마음은 선과 악으로 나누어지고,

깃발은 붉은색과 푸른색으로 나누어지지.

나쁜 짓 한 자를 벼락 쳐서 죽이고,

착한 일을 쌓은 사람을 평안하게 보우하리라.

(사령이 퇴장하고, 장언유와 가이인이 등장한다.)

장언유, 가이인 비바람이 세구나, 얼른 가세, 얼른 가!

(뇌공과 전모가 등장하여 두 사람을 타격하고 퇴장한다. 장언유와 가이인이 얼굴에 회칠을 하고 옷을 벗고 머리를 풀어 헤치고 무릎을 꿇는다.[314] 나복과 익리가 등장한다.)

---

314 두 사람이 우레와 번개에 맞아 죽었음을 나타낸다.

나복, 익리

【전강】

황망하게 산속 숲을 걸어서 넘어가네,

산속 숲을.

하늘에는 헤아릴 수 없는 풍운風雲이 가득하네,

풍운이.

허공에는 번갯불이 사람들을 밝게 비추는데,

두 사람이 앞에서 무릎을 꿇고 있구나.

얼른 가서 보니,

마음이 정말 아프구나.

나복   두 사람의 등에 글자가 쓰여 있는데, '사기꾼 장언유, 가짜 은銀 가이인'이로구나. 아! 바로 탁발하던 사람들인데, 오늘 벼락을 맞아 죽었구나. 두 사람이 가지고 있던 은자銀子는 모두 여기에 있네.

익리   알고 보니 부처님 핑계 대며 먹을 것을 구하고, 가짜 은으로 사기를 친 자들입니다!

함께

【반천비半天飛】

크나큰 하늘의 위력을,

안타깝게도 요즘 사람들은 전혀 알지 못하네.

속이는 일을 생계로 삼고,

가짜를 만들어 이익을 탐한다네.

아!

자중자애하여 옳게 행할 것이니,

하늘의 눈은 낮게 드리워 있다네.

어제 재물을 구하여 많지 않음을 한탄했다면,

오늘 재물이 많아져도 자신을 해칠 것이라네.

여생을 잃고,

옷도 다 벗겨지고,

머리카락이 그슬리고,

피부가 문드러진다네.

거짓말쟁이, 사기꾼, 해를 끼치는 자가,

이렇게 된다면 어찌 구제할 수 있으랴?

하늘을 속일 수 없음을 믿을지니. (첩)

나복 익리, 은자 닷 냥을 내어 이곳 사람에게 부탁해 관재棺材를 사서 두 사람의 시신을 거두도록 하게.

(장언유와 가이인이 퇴장한다.)

나복 돌풍이 불어 두 사람의 시신이 호수 속으로 쓸려 들어가 버렸구나!

익리 분명 하늘이 용서하지 않으신 것입니다!

무대 안 아, 앞에 산 아래 한 여자가 벼락을 맞아 죽어 있는데, 등에는 '입을 함부로 놀린 자'라는 글씨가 적혀 있구나. 돌풍이 불어 호수 속으로 쓸려 들어가 버렸네!

나복 모두 하늘이 용서하지 않으신 것이로다!

사람을 속이는 일은 그물로 바람을 일으키는 것 같은데도,[315]

---

315 사기를 치는 일은 천벌을 받게 되니 결국 헛되거나 불가능함을 말한다.

궁해질 것 같으면 먼저 돈을 쫓아가네.

익리

오늘 뇌공이 모두 쳐서 죽이니,

정말이지 천도天道가 용납하지 않음을 알겠네.

제24척

유씨의 개훈
(劉氏開葷)

소 … 안동/도사
축 … 금노
부 … 유씨
정 … 광대/거지
말 … 광대
외 … 스님
단 … 비구니

안동

마님께서 오랫동안 소식을 하여 물리셨으니,

오늘 화당華堂에서 잔치가 열린다네.

술에 취하여 세월 가는 것을 잊으니,

뭐 하러 부처님 모시며 봉래산을 찾을까.

어제 마님의 엄명을 받들어 술자리를 잘 준비해야 하니 금노를 불러서 함께 차려야겠습니다.

(금노를 부른다.)

금노

마님은 성정이 조용하고 고상하신데,性靜情逸316

---

316 이하는 『천자문』의 구절을 이용한 말장난이다. 참고를 위해 옆에 『천자문』의 해당 구절을 각각 표시했다.

어찌 알았으랴, 외물外物을 좇아 뜻을 바꾸실 줄을.逐物意移

오늘 잔치를 열어 자리를 마련하시니,肆筵設席

나는 그저 들어가서 마님을 잘 모셔야겠네.入奉母儀

안동

우리 두 사람이 술잔을 받아 들면,接杯擧觴

바로 서로 그리워하는 형제 같겠네.孔懷兄弟

음식과 안주를 첩첩이 쌓으면,具膳飱飯

마치 남편과 아내가 함께 노래하는 것 같겠네.夫唱婦隨

금노

나는 본래 정절을 중시하는 여자이니,女慕貞烈

어찌 마음 흔들리고 정신 피곤해지겠는가.心動神疲

너는 사대오상四大五常[317]도 모르는구나,四大五常

내가 낮에 자고 밤에 깨어 뒤척이기를 바라느냐!晝眠夕寐

안동

당신은 내 덕택에 동산에 잡풀 우거지듯 하고,園莽抽條

내가 쉬지 않고 흐르듯 하였지.川流不息

친자식을 낳았으니,猶子比兒

어찌 첫걸음 힘써 떼어 아름답지 않았던가?篤初誠美

금노

너는 금수와도 같으니,圖寫禽獸

어찌 알리요, 윗사람과 아랫사람의 예법이 다름을.禮別尊卑

---

317 사대는 인체를 구성하는 지(地), 수(水), 풍(風), 화(火)의 기본 물질로, 사람의 몸을 뜻하기도 한다. 오상은 여기에서는 유가의 도덕적 규범인 인, 의, 예, 지, 신을 뜻한다.

만약에 내가 여덟 고을 다스리는 사람으로 봉해진다면,戶封八縣

너를 잡아다가 백성 위로하고 죄인 벌하듯 하겠다!弔民伐罪

유씨 흠! 너희 두 사람이 여기서 무슨 이야기를 하고 있느냐?

금노 아무것도 아닙니다요.

유씨 아무것도 아니라고?『천자문』한 권을 다 얘기했으면서!

금노

놀라워 송구하고 황망하오니,悚懼恐惶

앞으로는 잘못하면 반드시 고치겠습니다.知過必改

(안동이 퇴장한다.)

유씨

〔완계사浣溪沙〕

새벽에 이슬비가 남쪽 못에 지나갔는데,

또다시 보이나니 해바라기가 태양을 마중하고,

금빛으로 매달린 매실들이 연노란색으로 잇닿아 있네.

금노

갯버들은 용천검龍泉劍처럼 춤추며 얕은 물에 쓸리고,

대나무는 봉황 꼬리를 흔들며 그윽한 창을 쓸어 주니,318

사람을 노곤하게 하는 날씨에 해는 조금 길어졌네.

잔치 자리가 다 마련되었사오니 마님께서는 즐겁게 한바탕 술

을 드세요.

모두

318　용천검은 전국 시대 명검의 이름이다. 또 봉미죽(鳳尾竹)이라는 대나무는 가지가 가늘고
유연하여 흔들리는 모양이 봉황의 꼬리와 같다고 한다.

【감주가甘酒歌】

바람 맑고 하늘 밝으니,

주렴을 걷어 올리네.

연못 옆의 집은 시원하고,

해바라기와 석류가 다투어 터지네.

뜨거운 여름날이 길기도 하다.

한가롭게 노래하는 번소樊素처럼 붉은 화장을 뽐내고,

소만小蠻처럼 가는 허리로 춤추면서 자줏빛 술잔을 띄우네.[319]

풍광이 좋고,

주흥이 가득하고,

난간 옆의 마름꽃과 연꽃의 향기는 십 리에 퍼지네.

　(광대 두 사람이 등장한다.)

광대들

【솔지금당率地錦襠】

포로鮑老가 그 시절 곽랑郭郎을 비웃었으니,

그가 춤출 때 옷소매가 너무 길다고 비웃었다네.

만약 포로더러 긴 소매 춤을 추게 했다면,

소매 더욱 길고도 길었을 것이라네.[320]

광대 갑

곳곳에서 놀이마당을 만나는데,

319　번소와 소만은 모두 당나라 백거이(白居易)의 가기(家妓) 이름으로, 뒤에 기녀를 뜻하는
말로 자주 쓰였다.
320　이상 네 구절은 송나라 진사도(陳師道)의 『후산시화(後山詩話)』에 인용된 송나라 양억
(楊億)의 시 「영괴뢰(咏傀儡)」와 같다. 포로와 곽랑은 모두 우스개 연기를 하는 배역 이름이다.

눈앞의 꼭두각시는 누구를 위해 바쁜 것일까.

몇 사람이 한가로움의 정취를 알아서,

바쁜 중에도 여유를 훔쳐 한 마당 논다네.

광대 을　우리는 늘 놀이를 하니, 놀이를 펼칠 만한 곳이면 바로 갑니다. 그러나 놀이를 알아보지 못하는 사람에게는 우리도 함부로 가지 않지요.

(금노를 만난다.)

금노　마침 잘 오셨소. 마님께서 당상^{堂上}에서 술과 음식을 드시고 있으니 내가 가서 알려 드리리다.

(유씨에게 알린다.)

유씨　너희들은 무슨 놀이를 하는 자들이냐?

광대 을　악기를 불고 타고 노래하고 춤추는 것 모두 못 하는 것이 없습니다.

유씨　그럼 한번 해 보거라.

(광대들이 익살 연기를 하며 놀다가 꼭두각시를 들어 올려 놀이를 펼친다. 광대들에게 상을 준다.)

광대들

술을 만나면 석 잔을 마시고,

꽃을 만나면 한 가지를 꽂는다네.

고금의 일을 생각해 보면,

편안하고 즐거운 것이 가장 좋다네.

(퇴장한다.)

금노　마님, 술을 드세요.

【감주가】

금까마귀와 옥토끼는 바쁘지만,[321]

풍월을 즐기며,

술잔 잡고 실컷 드세요.

저는 조금만 따라 마시며 나지막이 노래하겠사오니,

마음을 열고 경치 대하며 소요逍遙하세요.

둥근 부채 가벼이 부치면 반첩여班婕妤[322] 같으시니,

웃으며 장육랑張六郎[323] 같은 연꽃을 바라보시네요.

홰나무 그늘은 빈틈이 없고,

설함雪檻[324]은 차갑고,

누대 그림자는 연못에 거꾸로 비치네요.

(정淨이 다시 거지로 분하여 등장한다.)

거지

【솔지금당】

왕년에는 부유하여 사치를 부리다가,

지금은 가난하니 한탄해도 소용없네.

그저 집집마다 다니면서 곡曲을 팔아 생계를 이어 간다네.

곡 사세요, 곡 사세요!

---

321 금까마귀와 옥토끼는 각각 해와 달을 비유한다. 시간이 빨리 흐른다는 뜻이다.

322 반첩여는 한나라 때 후비(后妃)로, 한때 성제(成帝)의 총애를 받았지만 뒤에 조비연(趙飛燕)에 밀려나자 자신의 신세를 쓸모가 없어진 가을 부채처럼 처량하다고 한탄하였다.

323 장육랑은 당나라 장창종(張昌宗)이다. 그는 뛰어난 외모로 형 장이지(張易之)와 함께 무측천(武則天)의 총애를 받았는데 당시에 재상 양재사가 그를 연꽃에 비유하면서 아첨하였다고 한다. 『구당서』 「양재사전(楊再思傳)」 참고.

324 송나라 맹원로(孟元老)의 『동경몽화록(東京夢華錄)』 권 8에 무더위를 식히기 위한 방법 가운데 하나로 '설함빙반(雪檻冰盤)'이 나온다. 얼음을 채운 상자와 쟁반을 뜻하는 듯하다.

금노 수주水酒의 국麴이오, 아니면 소주燒酒의 국이오?[325]

거지 나는 시곡時曲을 팔지요.

　리리 연꽃이라네 연꽃.

금노 알고 보니 빌어먹는 거지였군. 노래를 해 보게.

거지

　【전강】

　구걸하는 아이는 비록 하등 사람이지만,

　노래를 하면 들으실 만하답니다.

　리리 연꽃이라네, 리리 연꽃이 떨어지네.[326]

　아,

　전당前唐과 후한後漢은 노래하지 않고,

　다만 사람들의 열 가지 친하지 않는 것만 노래한다네.

　하하하하 연꽃이 떨어지네.

금노 열 가지 친하지 않은 것이 무엇인가?

거지

　【전강】

　하늘이 친하다고 해도 친한 것이 아니니,

　하늘로 말하자면 은정恩情이 없다네.

　세상만사는 하늘이 정하니,

---

325 수주는 물을 탄 듯한 질 낮은 술이고, 소주는 증류한 고급술이다. 국(麴)은 누룩이다. 곡(曲)과 국(麴)의 음이 같아 두 사람이 말장난을 주고받는 것이다. 아래의 시곡은 유행하는 노래라는 뜻이다.

326 원문은 '연화락(蓮花落)'이다. 연화락은 송나라 때부터 유행하기 시작하여 명청 대에 여러 지역에 널리 퍼진 거지 타령 양식이다. 여기에서는 '십불친연화락(十不親蓮花落)'을 부르고 있는데, 청대에는 '십불한연화락(十不閑蓮花落)'이라는 이름이 널리 퍼졌다.

어찌하여 빈부가 공평하지 않다는 말인가?

(합) 리리 연꽃이라네, 리리 연꽃이 떨어지네.

흠.

【전강】

땅이 친하다고 해도 친한 것이 아니니,

땅으로 말하자면 은정이 없다네.

장강의 뒷물결이 앞 물결을 밀어내고,

황토 한 겹이 사람들을 덮어 버린다네.

(합) 하하하하 연꽃이 떨어지네.

【전강】

부모가 친하다고 해도 친한 것이 아니니,

부모로 말하자면 은정이 없다네.

만약 자식이 봉양하지 않으면,

이런저런 불평을 하니 편안하지 못하다네.

(합) 리리 연꽃이라네, 리리 연꽃이 떨어지네.

【전강】

형제가 친하다고 해도 친한 것이 아니니,

형제로 말하자면 은정이 없다네.

어렸을 때는 형제이지만,

장성하여 분가한 뒤에는 작은 일도 다툰다네.

(합) 하하하하 연꽃이 떨어지네.

【전강】

마누라가 친하다고 해도 친한 것이 아니니,

마누라로 말하자면 은정이 없다네.

만약 남편이 죽고 나면,

머리 빗고 기름칠하고 다른 이에게 시집간다네.

(합) 리리 연꽃이라네, 리리 연꽃이 떨어지네.

【전강】

아들이 친하다고 해도 친한 것이 아니니,

아들로 말하자면 은정이 없다네.

부모님을 남산 아래 묻은 뒤에,

일 년에 몇 차례나 성묘를 가는가?

(합) 하하하하 연꽃이 떨어지네.

【전강】

딸이 친하다고 해도 친한 것이 아니니,

딸로 말하자면 은정이 없다네.

시집갈 때 혼수가 적으면,

가슴을 치고 발을 구르며 문을 나가려 하지 않는다네.

(합) 리리 연꽃이라네, 리리 연꽃이 떨어지네.

【전강】

며느리가 친하다고 해도 친한 것이 아니니,

며느리로 말하자면 은정이 없다네.

시부모가 며느리를 친딸처럼 대해 주어도,

며느리는 시부모를 남처럼 여긴다네.

(합) 하하하하 연꽃이 떨어지네.

【전강】

백모와 숙모가 친하다고 해도 친한 것이 아니니,

백모와 숙모로 말하자면 은정이 없다네.

면전에서는 거짓으로 화목한 척하지만,

뒤돌아서서는 입을 놀리며 각자 살림을 꾸린다네.

(합) 리리 연꽃이라네, 리리 연꽃이 떨어지네.

【전강】

친구가 친하다고 해도 친한 것이 아니니,

친구로 말하자면 은정이 없다네.

술이 있고 돈이 있으면 형님 동생이 많지만,

급난을 당하면 한 사람이라도 보이던가?

(합) 하하하하 연꽃이 떨어지네.

【전강】

열 가지 불친不親은 정말이지 친함이 아니니,

내가 이제 세상 사람들께 들려주겠네.

세상에서 사람들과 사이좋게 지내려면,

돈과 재산이 있어야만 친해진다네.

(합) 리리 연꽃이라네, 리리 연꽃이 떨어지네.

금노　돈과 재산이 있어야만 친해진다는 것을 어떻게 알 수 있는가?

거지

【전강】

하늘은 돈이 있으면 친해질 수 있으니,

지전紙錢을 태워 복도 얻고 마음도 돌린다네.

땅은 돈이 있으면 친해질 수 있으니,

돈을 가지고 땅을 사면 당신 마음대로 하게 해 준다네.

(합) 하하하하 연꽃이 떨어지네.

【전강】

부모님은 돈이 있으면 친해질 수 있으니,

따뜻한 옷과 배부른 음식으로 절로 기뻐한다네.

형제는 돈이 있으면 친해질 수 있으니,

밭을 쉽게 구하고 싸우지 않는다네

(합) 리리 연꽃이라네, 리리 연꽃이 떨어지네.

【전강】

마누라는 돈 때문에 남편을 공경하고,

아들은 돈 때문에 아버지를 공경하네.

딸은 돈이 있으면 기뻐하며 시집가고,

며느리는 돈이 있으면 화를 내지 않는다네.

(합) 하하하하 연꽃이 떨어지네.

【전강】

백모와 숙모는 돈이 있으면 모두 화목하고,

친구는 돈이 있으면 모두 마음을 알아준다네.

돈은 골육과도 같음을 알겠고,

돈은 목숨의 뿌리임을 알겠네.

(합) 리리 연꽃이라네, 리리 연꽃이 떨어지네.

【전강】

만약 돈이 있다면 세력이 생겨나니,

친하지 않아도 될 자들이 억지로 와서 친해지려 한다네.

믿지 못한다면 잔치 자리의 술을 보시게,

모두가 술잔 들어 돈 있는 사람에게 권한다네.

(합) 하하하하 연꽃이 떨어지네.

(거지에게 상을 준다.)

거지

마님, 고맙습니다,

제게 쌀과 은을 내려 주시니.

천 리 밖에서 온 나그네를 잘 봐주셨으니,

만 리 길을 가서도 이름을 전하리다.

(퇴장한다.)

(도사와 스님이 등장하여 말한다.)

도사, 스님

하늘은 헤아릴 수 있고 땅도 헤아릴 수 있건만,

오직 사람의 마음만은 예비할 수가 없다네.

재공께서 벽곡辟穀327하신 지가 이제 겨우 한 해인데,

안인安人께서는 경솔하게 개훈을 하였구나.

우리가 가서 권고하고자 하니, 하나는 재공이 당부하신 은혜를 저버리지 않고자 함이고, 둘은 안인이 음식을 베푸신 후의를 저버리지 않고자 함이라네.

(문을 두드린다. 금노가 묻는다.)

---

327 본래는 오곡을 먹지 않는 도교의 수련법을 말하지만, 여기에서는 부상이 세상을 떠난 것을 뜻한다.

도사, 스님 안인께서 개훈과 음주를 하신다는 말씀을 듣고 황망한 마음에 우리 두 사람이 일부러 와서 충언을 드리고자 합니다.

(유씨가 노한다.)

유씨 원외님이 이미 잘못되셨는데 이 늙은이가 어찌 다시 잘못되는 것을 받아들이겠는가? 얼른 쫓아내거라!

(두 사람을 쫓아낸다.)

도사 내가 하고 싶은 말이 있으니 안인께 잘 전해 드리시오.

　　권하노니 입에 기름진 음식을 탐하지 마시기를,

　　악업惡業과 원한 맺힌 사람들이 걸음걸음 따르리.

　　당신이 그들을 먹으면 다른 이들이 당신을 먹을 것이니,

　　어찌 부처가 될 수 있겠는가?

나는 분명히 평탄한 길을 가르쳐 주었는데, 도리어 충언을 악언으로 여기는구나.

(퇴장한다. 금노가 들어가서 말을 전한다.)

유씨

　　【황앵아黃鶯兒】

　　중과 도사가 정말 아는 것도 없이,

　　미친 말을 내뱉으며 나를 나무라니,

　　나도 모르게 노기怒氣가 가슴을 채우는구나.

금노 아, 중과 도사의 말은,

　　선해도 기뻐할 것이 못 되고,

　　악해도 걱정할 것이 못 되니,

마님께서는 쓸데없는 근심에 매달리지 마세요.

(합) 가슴을 열고 소리 높여 노래하며 술 마실지니,

쓸데없는 의론은 그만두세요.

(비구니가 등장한다.)

비구니

길이 멀면 말의 힘을 알 수 있고,

일이 오래가면 사람의 마음을 볼 수 있다네.

소니小尼는 안인의 대접을 후하게 받았는데, 지금 개훈과 음주의 나쁜 소식을 들어 서둘러 가서 몇 마디 말씀을 드려 마음을 움직이게 해 보고자 합니다. 안인이 제 말씀을 듣고 어떻게 하실지 보아야겠습니다. (금노를 만난다.) 안인께서 개훈과 음주를 하시고 노래 잘 부르는 사람을 모은다는 소식을 들었습니다. 소니가 새 노래 몇 마디를 배웠는데 일부러 와서 권주의 노래를 들려 드리고자 하니 안에 알려 주시기를 바랍니다.

(유씨를 만난다.)

유씨 스님, 앉으세요. 지난번에 만나서 사제지간이 되었지요. 나는 이제 부처님이 모두 헛된 것임을 알게 되었으니, 앞으로 만나면 주인과 손님 사이의 예로만 하겠어요.

금노 노래를 잘 부른다고 했으니 좋은 소리를 좀 들려주세요.

비구니 안인께서는 무슨 가사를 좋아하시는지요?

유씨 옛날에 원외님은 신도神圖와 불상 그림을 걸어 두었는데, 전날에 이 늙은이가 안동에게 그림을 바꾸라고 하여 사계절 경치 그림을 걸어 놓았으니 이것으로 불러 보시지요.

비구니 그렇게 하겠습니다.

　　【이범도금령二犯淘金令】

　　안개는 얕은 물을 덮고,

　　버들가지에는 푸른 실이 가늘게 물들었네.

　　하늘에는 해가 걸려 있고,

　　꽃들은 아름다운 모습을 뽐내네.

　　나비는 쌍쌍이 날고,

　　벌들도 짝지어 날면서,

　　온갖 꽃들 속에서 떠나지 못하네.

　　저 버들가지 아래 꾀꼬리는,

　　위로 높이 날아오르려 하네.

유씨 저 꾀꼬리는 날아가지 못하지요.

비구니 몸은 비록 움직이기 어렵지만, 실은 떠나고 싶은 마음이 있습니다.

유씨 이 여인을 아세요?

비구니

　　이 사람은 술에 흠뻑 취하였는데,

　　양귀비가 향락에 빠져 밤에도 돌아가지 않는 모습입니다.

　　(합) 그 누가 알아보랴,

　　그림에 고아한 뜻이 담겼음을?

　　안인께서는 봄 술을 한잔 드시지요.

유씨 봄 경치는 이제 됐고, 여름 경치에 대해 이야기해 보세요.

비구니

【전강】

괴나무 그늘 무성하여,

이끼 낀 푸른 섬돌을 다 덮었네.

새로 자란 대숲 빽빽하여,

푸른 난간을 가렸네.

물에는 연꽃이 나왔는데,

씻은 듯 깨끗하여,

원앙이 쌍쌍으로 노니네.

안타까워라, 해바라기는,

부질없이 단심丹心 지니고 해를 향해 빛나네.

유씨   해바라기가 해를 향하는 것은 그것의 본성인데 어찌 부질
없다고 말하는지?

비구니   해바라기는 비록 해를 향하고 싶은 마음이 있지만, 해
는 도리어 해바라기를 생각하는 마음이 없으니, 이 때문에 부
질없다고 한 것입니다.

유씨   그러거나 말거나. 이 여인은 누군지 아시오?

비구니

이 사람은 묘음妙音328이 연꽃 핀 못에 있는 것으로,

천만억 가지 모습으로 변할 수 있습니다.

(합) 그 누가 알아보랴,

---

328   문수보살의 다른 이름이다. 부친은 장왕(莊王), 모친은 보덕(寶德)으로, 묘음은 이들의
둘째 딸이다. 묘음의 동생 묘선(妙善)이 수행하여 천수천안관음보살(千手千眼觀音菩薩)이 된
뒤에 장왕은 묘음에게도 수행을 권하여 뒤에 문수보살이 되었다고 한다.

그림에 고아한 뜻이 담겼음을?

(술을 권한다.)

유씨 여름 경치는 이제 됐고, 가을 경치를 이야기해 보시오.

비구니

【전강】

구름 떠 있는 푸른 하늘은 아득하고,

먼 길 가는 제비는 맞바람 뚫으며 날아가네.

남녘 땅은 물이 얕고,

멀리 날아가는 기러기 떼는 갈대를 입에 물고 가네.

하나는 가고 하나는 오는데,

둘이 서로 피하니

이 또한 각자 자기 뜻에 따르는 것이라네.

유씨 저 제비가 가고 기러기가 오는 것은 천시天時가 그렇게 만드는 것이지, 뜻에 따라 하는 것은 아닌 듯하오.

비구니 저들이 비록 뜻은 없지만, 기실은 때에 순응하여 낌새를 보아 움직이는 것입니다.

새들도 기미를 파악함을 알아야 할지니,

"기색을 살펴 날아오른다"329라고 하지 않았던가요!

유씨 그러거나 말거나. 이 여인을 아시오?

비구니

이것은 서왕모西王母가 요지瑤池에서,

---

329 『논어』「향당」의 "[꿩들이] 기색을 느끼고 날아올랐다가 모여들었다(色斯擧矣, 翔而後集)"에서 빌려 왔다.

반도蟠桃를 주고 술잔을 올리는 것입니다. 330

(합) 그 누가 알아보랴,

그림에 고아한 뜻이 담겼음을?

(술을 권한다.)

유씨   가을 경치는 이제 됐고, 겨울 경치를 이야기해 보시오.

비구니

【전강】

산 구름이 장막처럼 드리우고,

암담하게 삭풍이 일어나네.

강가의 매화는 하얀 꽃망울을 터뜨렸는데,

어지럽게 하늘 꽃331이 떨어지네.

온 길에는 사람 드물고,

온 산에는 새가 끊기고,

외딴 배에 삿갓 쓰고 도롱이 입은 노인 하나 있네. 332

강의 물고기를 욕심내며,

풍파 맞아 죽어도 후회하지 않네.

유씨   그러거나 말거나. 이 여인을 아시오?

비구니

이것은 맹강녀孟姜女가 겨울옷을 가지고,

---

330 서왕모가 요지에서 신선들에게 3천 년에 한 번 열매 맺는 복숭아인 반도를 맛보이려고
     잔치를 베풀었다고 전해진다.

331 눈[雪]을 말한다.

332 이상 세 구절은 당나라 유종원(柳宗元)의 시 「강설(江雪)」과 비슷하다.

장성 향해 십만 리 길을 가는 것입니다.³³³

(합) 그 누가 알아보랴,

그림에 고아한 뜻이 담겼음을?

(술을 권한다.)

유씨 이 여인 네 명 가운데 누구를 좋다고 생각하오?

비구니 안인의 뜻은 어떠하신지 모르겠습니다.

유씨 나는 양귀비가 가장 훌륭하오. 종일토록 술을 마시며 즐기니 얼마나 좋은가!

비구니 안인께서는 잘못 생각하셨습니다!

【**방장대**傍妝臺】

저 양귀비는,

몹시 취하여 온종일 니충泥蟲³³⁴처럼 취했습니다.

그는 음란한 후궁으로 큰 화를 불러일으켰고, 안록산安祿山이 난을 일으키자 제 명에 죽지 못했습니다.

음란을 탐하고 남의 화禍를 즐기고 행실에 거리낌이 없었으니,

나라가 망하고 자신은 죽으니 후회해도 늦었습니다.

정말이지 술이 사람을 취하게 하는 것이 아니라 사람 스스로 취하는 것이고,

색이 사람을 미혹시키는 것이 아니라 사람 스스로 미혹에 빠지는 것입니다.

---

333 맹강녀는 진시황이 장성을 짓는 일에 징발되어 간 남편을 위해 겨울옷을 지어 지니고 찾아갔으나 남편이 이미 죽었다는 말을 듣고 성벽에 쓰러져 울고 있으니 성벽이 무너져 남편의 유골이 나타났다는 이야기의 주인공이다. 당대 무렵부터 민간에 널리 퍼져 전해졌다.
334 물속에 있으면 살고, 물 밖으로 나오면 비틀거린다는 물벌레이다.

유씨 양귀비가 좋은 사람이 아니라면 원외께서 이 그림을 남겨 놓지 말았어야 했을 것이오.

비구니 선한 것을 보면 사람은 착한 마음을 가질 수 있고, 악한 것을 보면 사람은 나쁜 뜻을 경계할 수 있다는 말을 듣지 못하셨는지요?

> 단청 그림은 권선징악의 비석이니,
>
> 마땅히 그것을 계율로 삼아야 할 것입니다.

유씨 이 여인이 좋지 않다면 나머지 세 여인은 무슨 좋은 점이 있소?

비구니

> 【황앵아】
>
> 저 묘음은 대자비를 베풀어,
>
> 고난에서 구해 내니 천하가 의지합니다.
>
> 저 서왕모는 요지에서,
>
> 오랫동안 반도회蟠桃會를 열었습니다.

저 맹강녀는 겨울옷을 가지고 장성까지 갔는데 남편 기량杞梁이 이미 죽어 맹강녀가 통곡하니 장성이 무너졌습니다.

> 맹강녀가 옷을 가지고 간 것 같은,
>
> 선녀의 자취는 찾아보기 어렵습니다.

원외님이 이 그림 세 폭을 걸어 두신 것은 아무런 뜻이 없었던 것이 아닙니다. 이 그림 세 폭의 뜻을 알면 수신修身할 이유를 알게 되는 것입니다.

> 당신께서 현인들을 보시고 항상 본받고자 하는 뜻을 갖게 하시

려 했던 것입니다.

유씨 이 세 사람이 좋다고 하지만 양귀비도 나쁘지 않지.

비구니

저 양귀비는 산꽃이며 들풀이니,

어찌 이 영지靈芝에 비기겠습니까?

유씨 음, 비구니의 말이 정말 괴상하구나. 저 세 여인을 높이 쳐주고 양귀비를 낮게 치니 분명 나를 나무라는 뜻이 있는 듯하다. 알고 보니 그림을 보며 이야기한 것이 모두 다른 마음이 있었구나!

비구니 다른 마음이 있었다니요?

유씨 꾀꼬리가 높이 날아가고자 한다는 것이나, 제비와 기러기가 각자 자기 뜻에 따라 날아간다는 것은 모두 네가 나를 싫어해서 다른 곳으로 가고 싶다는 뜻이고, 또 해바라기가 부질없이 해를 바라본다거나, 낚시하는 늙은이가 죽어도 후회하지 않는다는 것은 모두 내가 술을 마시면서 너의 말을 듣지 않음을 나무라는 것이지. 너는 입을 벌려 혀를 놀렸으니, 괘씸하구나, 괘씸해!

유씨

【반천비半天飛】

발칙한 중 년 같으니라고,

수다스럽게 무슨 말을 하였더냐?

내가 설령 잔치 자리를 마련했기로서니,

너와 무슨 상관이라는 말이냐?

너는 어찌하여 생각할 줄 모르느냐?

너의 밥과 옷은,

모두 내가 마련해서,

때맞추어 준 것인데,

도리어 미친 말을 쏟아 내며 시비를 걸다니!

내가 설마 어리석어,

너의 뜻을 알아듣지 못하겠느냐!

금노야,

너는 이 중을 당장 문밖으로 쫓아내거라. (첩)

(유씨가 퇴장한다.)

금노　나가시오, 나가!

비구니

【전강】

금노는 위세를 부리지 마오,

나는 사람이 착해서 남들이 나를 속일지라도 하늘은 나를 속이
지 않는다오.

옛말에 충언은 귀에 거슬리고 양약良藥은 입에 쓰다고 하였
으니,

입에 쓰면 모두 좋은 약이고,

귀에 거슬리면 모두 올바른 말이라네.

아!

나를 나쁘다고 말하는 사람이 나의 스승이라는 말을 듣지 못했
는가.

일찍이 푸른 하늘을 바라보고,

맹세하며 말하여,

소식하고 재식하며,

결코 어기지 않겠다고 하였는데,

오늘은 남편이 죽은 지 한 해도 되지 않아서,

하루아침에 어기고 저버렸다네.

두려워라,

배가 강 가운데에 이르렀을 때는 구멍을 메워도 늦을 것이라네.

금노 흥! 오늘부터 양식을 주지 않겠다!

너야말로 배가 강 가운데에 이르렀을 때는 구멍을 메워도 늦을 것이다!

(비구니가 퇴장한다.)

금노 괘씸하다, 괘씸해! "범들은 서로 잘 몰라도 가까이하는데, 사람은 잘 알아도 가까이할 만하지 못하다"[335]라고 했지. 중과 도사와 비구니를 우리 집에서는 후하게 대해 주었는데, 마님께서 개훈을 하시니 어찌하여 모두 달려와 나무라는 말을 하는 것인가? (생각에 잠긴다.) 음, 내게 계책이 떠올랐으니 마님께 상의드려야겠다. 내일은 승려들에게 공양하는 날이니 오늘 저녁에 개를 한 마리 잡아다가 독 안에 집어넣고 끓는 물을 부어 죽인 다음에 고기를 발라내어 완자를 만들어 만두소로 넣었다가 그들에게 모두 먹게 해야겠다. 계책에 걸려들게 한 뒤에 실상을 말해 주면 좋지 않겠는가! 정말이지,

---

335 명대(明代)의 계몽서 『증광현문』의 구절이다.

물고기가 낚싯바늘을 삼킨 뒤에는 후회해도 헛일이요,

새가 그물에 걸려든 뒤에는 어찌 날아갈 수 있으랴.

고기만두 사건
(肉饅齋僧)

정 ··· 감재(監齋)
외 ··· 스님
말 ··· 도사
단 ··· 비구니
축 ··· 금노
소 ··· 안동

감재

【망원행望遠行】

어리석은 여인은 정신이 흐리니 가엾고,

푸른 하늘은 맑고 깨끗하니 속이기 어렵다네.

간밤에 개를 잡아 만두를 만들어,

오늘 재장齋場에 보시하는구나,

귀신이 아는 것도 두려워하지 않고서!

물고기는 물속에 있어 물을 보지 못하고,

용은 돌 속에 있어 돌을 보지 못하네.

사람은 속세에 있어 속세를 보지 못하고,

귀신은 땅속에 있어 땅을 보지 못하네.

나는 감재사자監齋使者336입니다. 본래는 양세에 살면서 소식素食을 하며 마음을 닦았다가 뒤에 음사로 가서 재식을 하여 명성이 높아졌습니다. 그래서 옥황의 칙지를 받들어 명양회상구천운주사자冥陽會上九天雲廚使者, 감재규찰대신監齋糾察大神으로 봉해졌습니다. 부씨 댁은 삼대가 재식을 해 왔는데 유씨가 하루아침에 갑자기 바꾸어 버렸습니다. 스님과 비구니들이 바친 긴언을 싫어하고 금노의 말을 믿어 간밤에 개를 잡아 고기를 잘라 만두소로 써서 재장에 보내 스님, 도사, 비구니에게 먹이고 비웃어 주려 하였습니다. 이를 사명司命을 통해 옥황께 상주하였으니, 나는 이제 미친 도사로 변하여 회연교 앞에 가서 재식하는 이들을 깨우치고 금노를 꾸짖어 주어야 좋겠습니다. 정말이지,

　　신선이 분명하게 말하지 않는다면,

　　속세의 많은 사람을 그르치겠네.

(걸어간다.)

아, 이곳 회연교 앞에 도착하니 스님, 도사, 비구니가 각자 재방에 앉아 있구나. 아! 재의齋儀337를 바치는 이가 도착했으니 공양을 드세요, 공양을 들어요!

(웃으면서 춤을 춘다.)

스님

【전강】

---

336 사찰이나 도관의 주방에서 받드는 신이다.
337 본래는 재회(齋會)의 의례를 가리키지만, 여기에서는 음식을 뜻한다.

고해는 망망하여 끝이 없고,

도사

부생^{浮生}은 어지러우니 슬프도다.

비구니

충언을 도리어 악언으로 듣고,

호의를 뒤집어 악의로 만드네.

함께

후회해도 늦을까 두렵구나.

(감재를 만난다.)

도사　도사께서는 어디에서 오셨습니까?

감재

【혼강룡^{混江龍}】

나는 저기,

저기 봉래산 섬에서 왔습니다.

스님　이곳에는 무슨 일로 오셨습니까?

감재

나는 특별히,

특별히 여러분께 알려 드리러 왔습니다.

스님　무슨 일을 알려 주시려고요?

감재

그것은 유청제^{劉靑提}가 금노의 계교를 믿고,

간밤에 개를 잡아 만두를 만들어,

오늘 가져오려고 합니다.

스님 도사께서는 어떻게 그 일을 아십니까?

감재

나는 어젯밤 그 집 주방에 누워 있었는데,

그래서 알게 되었습니다.

스님 그렇다면 어떻게 해야 좋겠습니까?

감재

여러분께 권하오니,

먼저 채소 만두를 각자 한 개씩 덮어 두었다가,

공양하는 때가 되면,

몰래 고기만두와 바꾸십시오.

저들이 손뼉을 치면서 조롱할 때,

그때 고기만두를 꺼내 그들에게 보여 주고,

고기소를 모두 나한테 던져 주면,

내가 그릇에 모아,

배불리 먹어 치우겠습니다.

스님 알고 보니 당신은 고기만두를 먹으려는 것이었군! 상관없소, 만약 그 말이 진짜라면 모두 당신에게 드리리다.

감재 나는 그것을 바라지도 않을뿐더러, 그렇게 하지도 않을 것이오.

(금노와 안동이 등장한다.)

금노, 안동

간밤에 열심히 만두를 만들었으니,

저 물고기들을 꾀어 낚아야겠네.

회연교 앞에 들고 가서,

그들이 모두 모르는 사이에 걸려들게 해야겠네.

【불시로不是路】

재회가 있는 이른 새벽에,

특별히 재의를 법문法門에 바칩니다.

스님, 도사, 비구니

부끄럽게도 무능하여,

여러 차례 보내 주시는 훌륭한 하사품을 받듭니다.

금노, 안동

노마님께서,

재의가 보잘것없으니 비웃지 마시라 말씀하셨습니다,

여러 가지가 아니라 만두 한 가지입니다.

스님, 도사, 비구니

깊은 은혜를 입으니,

삼가 마땅히 절을 올립니다.

모두 함께 받아 드오니,

사양하지 않겠습니다. (첩)

(먹는다.)

금노, 안동

【마불행馬不行】

잘난 척하는 자들을 비웃어 주겠네,

어리석어 분별할 줄도 모르는구나.

어제는 착한 모습으로 가장하여,

모두 우리 집에 와서는,

개훈을 비난했는데,

고기만두를 다 먹고도 의심하지 않으니,

가죽 씌운 등롱燈籠에 빛이 완전히 없어져 버린 꼴이구나.[338]

나쁜 자들에게 권하노니, (첩)

이제부터 자랑은 마시게나.

스님, 도사, 비구니

【전강】

이 일은 슬프구나,

말을 하려니 눈물이 얼굴에 가득해지네.

모질게도 개를 물에 빠뜨려 죽여,

고기로 만두를 만들어,

오늘 가지고 왔네.

우리는 이미 알고 있었네.

채소 만두를 먼저 소매 속에 넣어 두었다가,

채소 만두를 먹었으니,

당신네 고기만두는 모두 아직 그대로라네.

(감재가 등장한다.)

감재 아, 저들이 고기만두를 당신들에게 주었군요!

스님 그렇습니다. 우리가 그에게 개훈하지 말라고 충고했더니

그는 나쁜 마음을 품고 고의로 고기만두를 우리에게 먹으라고

---

338 가죽을 씌워 빛이 새어 나오지 않는 등롱은 올바른 생각이 모두 사라진 어리석은 사람을 비유한다.

주었습니다.

　이런 못된 짓을 꾸며서, (첩)

　우리의 깨끗한 이름을 무너뜨리려 하였구나!

금노

　【전강】

　일이 잘못되었구나!

　어떻게 나의 계획을 알았을까?

안동

　분명히 누군가 알아채서,

　비밀을 누설하여,

　당신들에게 알려 주었겠지.

　당신들은 고기만두를 먹지 않았으니, 평소에 닭을 훔치고 물
　고기를 훔쳐 먹었겠지.

스님　왜 훔쳤다고 생각하시오?

금노, 안동

　당신들은 물고기를 훔쳐다가 수사화水梭花라 부르고,

　닭을 훔쳐다가 찬리채鑽籬菜라고 부르지.[339]

　도적질하면서 이름은 그럴싸하구나. (첩)

　이제부터는 자랑하지 말게나.

감재

339　수사화와 찬리채는 각각 물고기와 닭을 뜻하는 은어이다. 물속에서 물고기가 베를 짜는
북처럼 오간다고 하여 수사화라 하고, 닭이 울타리를 쪼아 대는 모습을 보고 찬리채라고 하였
다. 송나라 소식의 『동파지림』 권 2에 나온다.

【전강】

나쁜 여인이로다!

뱀과 전갈 같은 마음이 정말이지 비뚤어졌구나.

여러분,

저자의 만두를 쪼개고,

고기소를 털어 내어,

무더기로 쌓으시오.

(모두 고기소를 털어 낸다.)

감재

이것이 화의 씨앗임을 알아야 하리라.

(감재가 물을 뿜자, 모두 놀라며 말한다.)

모두 고기소가 개로 변했다!

감재

개로 변하여 사람들이 놀라는구나.

천안天眼은 넓고도 크니, (첩)

너는 언젠가 개로 변하여 빚을 갚아야 하리라.

금노 우리 계획을 저 사람이 간파했으니 돌아가서 마님께 권하여 재방을 불태워 버려야겠다. 그래야 저 사람이 이가 가지런해도 말을 하지 못하고, 날개를 달아도 날아오르기 어려울 것이다.

(금노와 안동이 퇴장한다.)

감재 금노가 돌아가서 유씨에게 권하여 재방을 불태우라고 한다는구나. 하지만 좋은 새는 나무를 골라 깃들이고 군자는 낌새를 보아 움직인다고 했네. 이런 까닭에 여악^{女樂}을 받으니 공자께서는 쌀을 건져 들고 바로 떠나가셨고,[340] 주나라의 덕이 쇠미해지니 노담^{老聃}은 소를 타고 떠나갔지. 당신들은 "기색을 살펴 떠나가는 것"[341]이 바로 지금이니, 짐을 챙겨 바로 다른 곳으로 떠나가지 않겠소?

모두 옳습니다, 옳아요.

감재

세상만사 남에게 권하는 것은 바쁘게 하지 말지니,

고개 들면 바로 앞에 신명이 계시기 때문이지.

(퇴장한다.)

모두 도사의 말씀이 정말 옳습니다. 우리는 바로 다른 곳으로 떠납시다.

도사 시를 한 수 적어 여기 탑에 적어 놓아 동인^{東人}이 돌아온 뒤에 우리가 떠나간 이유를 아시게 해야겠습니다.

탑 아래 왕래한 것이 몇 해이던가,

꼭대기에 올라갈 길이 없어서 한스러웠네.

이곳에 머무르는 것은 정말 위험해 보이니,

차라리 평지에서 돌아다니는 것이 낫겠네.

---

340 『논어』「미자(微子)」의 "제나라에서 여악을 보내자 계환자가 이를 받고 사흘 동안 조회에 참석하지 않으니 공자께서 떠나가셨다(齊人歸女樂, 季桓子受之, 三日不朝, 孔子行)"와 『맹자』「만장 하」의 "공자께서 제나라를 떠나가실 때는 밥 지으려고 물에 담갔던 쌀을 건져 들고 떠나가셨다(孔子之去齊, 接淅而行)"에서 빌려 왔다.
341 『논어』「향당」의 "[꿩들이] 기색을 느끼고 날아올랐다가 모여들었다(色斯擧矣, 翔而後集)"에서 빌려 왔다.

스님 ‘머무르는 것’342이라는 말이 아주 좋습니다! 두 가지 뜻을 지니고 있으니 절묘합니다, 절묘해요! 노승도 몇 마디 남겨야겠습니다.

절집 앞에는 짚신이 걸려 있으니,

떠나고 머무는 것은 마음대로 정한다네.

노승의 발밑은 늘 넓으니,

해골이 꼭 이곳에 묻히지는 않으리라.

도사 ‘해골이 꼭 이곳에 묻히지는 않으리라’라는 구절이 아주 좋습니다! 사대부가 이것을 보면 깊이 오래 생각할 만합니다.

비구니 소니도 몇 구절 쓰겠습니다.

흰 구름이 뜻 없이 청산을 지나가다가,

청산이 바라봐 주니 고마워하네.

오래 머물러도 산은 싫증 내지 않고,

표연히 날아가도 절로 마음 평안하네.

스님 훌륭합니다! 이것은 시인의 비체比體343라고 하겠습니다.

【낭도사浪淘沙】

신을 신고 바로 길을 떠나,

천천히 걸어가네.

유씨 안인安人이 가련하니,

이승에서의 자신이 꿈인 것을 모르고,

온종일 어리석구나.

---

342 원문은 ‘유시(留是)’로, ‘유씨(劉氏)’와 음이 같다.
343 본래는 『시경』의 표현 수법 중 하나로, 비유하는 표현을 뜻한다.

도사

【전강】

부씨 댁을 막 떠나와서,

역로驛路와 산길을 가네.

비스듬한 대숲 길에 대낮 바람이 맑은데,

어떻게 하면 이 바람이 잔치 자리로 가서,

사람의 마음을 깨우칠 수 있을까.

(작별한다.)

비구니

【전강】

세 갈래 길에서 각자 헤어져,

냇물처럼 구름처럼 떠나가네.

여울로 내려가든 꼭대기를 지나가든 본래 무심한 것이니,

모이고 흩어지는 것은 무상하니 탄식하지 말며,

봉래蓬萊와 영주瀛洲에서 다시 만나기를.

【미성】

살면서 헤어지고 만나는 것은 부평초와도 같아서,

늘 천지 안에서 다니는 것이지.

"서쪽으로 양관陽關을 나서면 친구가 없으리라"344는 말은 틀렸다네!

해와 달은 새장 속의 새요,

하늘과 땅은 물 위에 뜬 부평초라네.

---

344 당나라 왕유의 시 「송원이사안서(送元二使安西)」의 한 구절이다.

알아야 한다네, 고상한 사람은,

아무 곳에서나 마음대로 훨훨 떠다닌다는 것을.

스님과 도사를 쫓아내다
(議逐僧道)

부 … 유씨
정 … 유가
축, 말, 소 … 소작인

유씨

【금롱총金瓏璁】

이상한 종자들이 제멋대로 광분하네.

정말이지 은덕이 많으면 불만이 된다더니,

쫓아내어 근심거리를 없애야겠네.

불어나기 쉽고 줄기도 쉬운 것은 산골짜기의 물이요,

뒤집어지기 쉽고 엎어지기 쉬운 것은 소인의 마음이라네.

처음에는 내가 스님, 도사, 비구니를 후하게 대해 주었는데, 며칠 전에는 광언을 내뱉으며 비난하니 어찌 이를 용납하랴! 어제 고기만두 비밀이 탄로 나서 그들이 알게 되었는데, 사람을 보내 동생을 불러다가 이자들을 모두 쫓아내는 일을 의논하려고 합니다. 지금쯤 올 때가 되었구나.

유가

【전강】

천천히 걸어 앞의 냇물을 건너,

부씨 댁 마당에 도착했네.

누님께서 어떤 말씀을 하실지 궁금하구나.

(유씨를 만난다. 유씨가 사연을 이야기한다.)

유가 누님, 이자들은 불충불효하여 사발하고 임금님과 부모님을 떠나고, 유수유식遊手遊食하며 이상한 옷을 입고 세금 내는 일을 피합니다.[345] 성현들께서는 이들을 오랑캐와 나란히 보시면서 금수 같다고 꾸짖으셨습니다. 옛날에는 그들의 어리석고 미혹된 말을 듣고 공연히 장생長生을 바랐는데, 오늘은 제멋대로 광언을 지껄이며 스스로 얕은꾀를 펼치고 있습니다. 집 안 사람들에게 분부하여 각 장원의 소작인들을 시켜 각자 땔나무를 한 움큼씩 가져가서 재방을 불태워 버리고, 각자 큰 쇠꼬챙이를 하나씩 들고 가서 다리를 헐어 버리게 하세요. 나무를 넘어뜨리면 까마귀들이 절로 흩어지듯이, 거처를 불태우면 이들은 절로 도망갈 것입니다. 이렇게 함이 마땅하니 머뭇거리실 것 없습니다!

유씨 동생의 말이 바로 내 뜻과 들어맞네.

【잔봉아剗鋒兒】

음란한 말이 넘쳐 인의를 가리니,

지금 마땅히 쫓아내는 것을 어찌 머뭇거리랴?

---

[345] 당나라 부혁(傅奕)의 불교 반대 상소문 「청제석교소(淸除釋敎疏)」에서 빌려 왔다.

사이四夷의 땅으로 흩어지게 하니,

어찌 중국中國에서 함께하랴?³⁴⁶

(합) 옛말에,

"자기네 귀신이 아닌데 제사를 지내는 것은,

아첨일 것이요,

의로운 일을 보고서도 하지 않는 것은,

용기가 없는 것"³⁴⁷이라고 했네.

유가

【전강】

성현의 도는 해와 별처럼 빛나는데,

저 이단은 금수와 무엇이 다른가?

주공周公을 본받아 맹수를 쫓아내야,

이 마음이 비로소 편안하리라.

(합) 옛말에,

"자기네 귀신이 아닌데 제사를 지내는 것은,

아첨일 것이요,

의로운 일을 보고서도 하지 않는 것은,

용기가 없는 것"이라고 했네.

유씨

【전강】

---

346 『대학(大學)』의 "사이의 땅으로 흩어지게 하여 중국에서 함께 살지 못하게 한다(迸諸四夷, 不與同中國)"에서 빌려 왔다.

347 『논어』 「위정(爲政)」에 나오는 말이다.

전날에 화가 마음에서 일어나,

지금도 마음이 아직 식지 않았는데,

고맙게도 동생의 묘책을 얻었네!

다리를 허물고 거처를 불태우면,

삿된 자들이 멀리 떨어지겠네.

(합) 온갖 강물이 동쪽으로 흘러가면서,

삿된 물줄기는 절로 사라지니,

만대가 우러러 의지할지는,

이번 거동에 달려 있네.[348]

유가

【전강】

강줄기 한가운데의 기둥이 천지를 떠받치시니,[349]

거센 파도의 만 겹 물결도 회복시킬 수 있다네.[350]

우임금이 옛날 홍수를 막으신 것과,

오늘의 이 공덕이 비할 만하다네.

(합) 온갖 강물이 동쪽으로 흘러가면서,

삿된 물줄기는 절로 사라지니,

만대가 우러러 의지할지는,

---

348 이번에 불승과 도사들을 모두 쫓아내어 후세의 존경을 받고자 한다는 말이다.

349 당나라 장고(張固)의 시 「독수산(獨秀山)」 중 "건곤의 풀어지고 뭉친 뜻을 모아서, 하늘을 떠받치는 기둥 하나가 남쪽 땅에 있구나(會得乾坤融結意, 擎天一柱在南州)"에서 빌려 왔다.

350 당나라 한유(韓愈)의 「진학해(進學解)」 중 "온갖 냇물을 막아 동쪽으로 흐르게 하고, 이미 엎어진 데서 세찬 물결을 회복시켰다(障百川而東之, 廻狂瀾於既倒)"라는 구절에서 빌려 왔다. 이상 두 구절은 모두 유씨가 불승과 도사를 쫓아내는 일을 아부하며 칭송하는 것이다.

이번 거동에 달려 있네.

유씨

【사변정四邊靜】

생각해 보면 우리 집에서는 끝없이 베풀었는데,

너희는 어찌하여 어기고 등졌는가?

오늘 거처를 불태우니,

후회해도 어찌 돌이킬 수 있으랴!

(합) 이단을 이미 없앴으니,

정도가 바로 열릴 것이라네.

비록 성인이 다시 나오신다 해도,

내 말을 어찌 바꿀 수 있으랴?

유가

【전강】

이단은 일도 없이 남의 밥을 먹으니,

마땅히 은덕에 감사해야 할 것인데,

너희는 어찌하여 깊이 생각하지 않고,

배불리 먹고도 도리어 젓가락질을 하는가?

(합) 이단을 이미 없앴으니,

정도가 바로 열릴 것이라네.

비록 성인이 나오신다 해도,

내 말을 어찌 바꿀 수 있으랴?

【미성】

탄식하나니, 저 혀 놀리고 입술 놀리는 자들은,

정말이지 창을 잡고 방에 쳐들어온 셈이니,[351]

누님은 화禍가 병풍 뒤에서 일어날 줄을 어찌 알았으리요![352]

유씨 번거롭겠지만 동생이 좀 가 보게.

유가 알겠습니다.

유씨

승려와 도사들은 마음이 아주 비뚤어졌으니,

유가

광언이 화의 씨앗이 되네.

유씨

문을 닫고 집 안에 앉아 있어도,

유가

화는 하늘에서 내려온다네.

(유씨가 퇴장한다.)

유가

원한이 작으면 군자가 아니요,

독이 없으면 대장부가 아니라네.

유가는 이제 누님의 명을 받들어 소작인들을 불러내야겠습니다.

---

351 남의 주장을 깊이 연구하여 그 잘못을 지적함을 말한다. 『후한서』「정현전」에, 동한(東漢)의 학자 정현이 동시대 학자 하휴(何休)의 글을 비판하니 하휴가 탄식하면서 "정현이 내 집에 들어와 내 창을 놀려 나를 치는구나!"라고 말했다는 기록이 있다.

352 『논어』「계씨(季氏)」에 "나는 계손(季孫)의 근심이 전유에 있지 않고 병풍 뒤에 있을까 두렵다(吾恐季孫之憂, 不在顓臾, 而在蕭牆之內也)"라는 구절이 있다. 전유(顓臾)는 노나라 인근의 소국이고, 소장(蕭牆)은 임금과 신하가 회견하는 병풍 뒤를 말한다. 계손씨는 외부보다는 내부를 걱정했는데, 결국 계손씨의 가신 양호(陽虎)가 난을 일으켰다.

(소작인들을 부른다. 소작인 세 명이 등장한다.)

소작인들

사람은 나쁜 짓을 하지 않으면 부귀해지지 않고,

산은 불태우지 않으면 땅이 비옥해지지 않는다네.

(유가를 만난다.)

유가

【표자령豹子令】

자네들은 내 말을 잘 듣게,

내 말을.

한 사람이 마른 땔나무를 한 움큼씩 가져오게,

마른 땔나무를.

대포 소리가 한 번 울리면 모두 불을 놓아,

재방은 금방 재로 변할 것이라네.

재로 변할 것이라네.

(걸어간다.)

(합) 앞으로 걸어가면서,

각자 마음을 써서 열심히 하면,

저들이 도망가려 해도 나설 문이 없을 것이네.

【전강】

우리 호령을 다시 듣게,

호령을.

각자 쇠꼬챙이를 들고 다리 앞 정자로 가게,

다리 앞 정자로 가게.

저 다리를 모두 찔러 허물어서,

이상한 종자들이 다시는 머무르지 못하도록 하게,

다시는 머무르지 못하게.

(합) 앞으로 걸어가면서,

각자 마음을 써서 열심히 하면,

저들이 도망가려 해도 나설 문이 없을 것이네.

(무대 안에서 호령 소리를 낸다.)

소작인 갑

재방을 불태우고 다리를 허물어뜨리니,

유가

무정한 물과 불이 용서하지 않는구나.

소작인 을

삽시간에 이상한 종자들이 모두 별처럼 흩어지니,

유가

잘 짜낸 이 계책의 훌륭함이 드러나는구나.

제27척

이웃의 충고
(李公勸善)

부 … 유씨
축 … 금노
외 … 이 공(李公)

유씨

【임강선인臨江仙引】

남편이 세상을 버린 뒤로,

스님들에게 공양하고 소식하며 마음이 재가 되었네.

아이가 이미 집을 떠났으니,

때에 맞추어 즐거움을 다해야 하리라,

일흔 살은 예로부터 드물었으니.

백 년 세월이 베 짜는 북처럼 지나가니,

정말이지 맞는구나, '인생이 얼마나 되랴'는 말이.

술 마실 때를 만나면 술을 마시고,

소리 높이 노래 부르는 곳에 가면 높이 노래 부르리.

이 늙은이는 아이가 멀리 떠난 뒤로 연일 즐겁게 지내고 있습니다. 지금 듣기로, 이웃집의 이후덕李厚德 공이 남편과 가깝게 지냈는데 일부러 이 늙은이를 찾아와 안부를 묻겠다고 하는군요. 금노야.

금노 여기 있습니다요.

유씨 문밖에서 기다리다 누가 오거든 알려 다오.

(이 공이 등장한다.)

이 공

산속에는 곧은 나무 있지만,

세상에는 곧은 사람 없다네.

이 늙은이는 이후덕이라고 합니다. 어려서부터 부상 장자와 알고 지냈지요. 그의 초상을 치르고 나서 나복은 바깥으로 나갔는데, 이제 듣자니 안인이 오훈채五葷菜를 먹기 시작하고 여러 가지 악업을 쌓는다고 합니다. 정말이지,

호랑이를 그릴 때 가죽은 그려도 뼈는 그리기 어렵듯이,

사람을 알 때 얼굴은 알아도 마음속은 알 수 없다네.

제가 가서 한번 권고해 보려고 합니다.

(걸어간다. 유씨를 만난다.)

이 공 부인의 덕은 '세 가지 따르는 것'보다 큰 것이 없다고 합니다. 집에서는 아버지를 따르고, 출가해서는 남편을 따르고, 지아비가 죽은 뒤에는 아들을 따른다는 것입니다. 지금 안인께서는 남편의 유지를 받고도 따르지 않고, 아들의 선한 말이 있는데도 듣지 않으시니, 제가 이웃에 있는 까닭에 이렇게 와서 권고를 올립니다.

【계지향桂枝香】

안인께서는 들어주시기를,

제가 어리석게 직언을 드립니다.

부씨 댁은 삼 대 동안 재식을 하였고,

남기신 말씀이 아직도 귓가에 남아 있습니다.

듣기로 안인께서 근래에, (첩)

유언과 어긋나게도,

오훈채를 시작했다고 합니다.

한번 생각해 보십시오,

절벽 끝에서는 말을 붙잡으려고 고삐를 잡아도 늦고,

배가 강물 가운데로 가면 구멍을 메워도 늦지 않을까 두렵습니다.

유씨 후의에 감사합니다. 다만 저의 동생 유가도 전날에 이곳에 와서 말한 적이 있습니다.

이 공 그가 무슨 말을 했나요?

유씨

【전강】

그가 일부러 와서는,

권고하였는데 사뭇 옳은 말이었습니다.

저의 남편이 부처님을 여러 해 모셨는데,

예순도 안 되어 세상을 떠났으니,

부처가 허망함을 알겠다고 했습니다. (첩)

그에게 기망을 당했으니,

마땅히 기름지고 맛난 것을 먹어야 한다고 했습니다.

잘 생각해 보세요,

각자 자기 집 문 앞의 눈을 쓸면 되지,

남의 집 기와의 서리는 상관할 일이 없습니다.

이 공　그래도 수행을 하셔야 합니다.

유씨　그래도 잘 먹으려고 합니다.

이 공　불경의 말씀을 듣지 못하셨는지요.

올 때도 빈손, 갈 때도 빈손이요,

가난하거나 부자이거나 삼계三界[353]에서 벗어나지 못한다네.

권하노니 하루빨리 수행의 길에 올라,

때가 되었을 때 길이 막히지 않게 해야 한다네.

그래도 수행을 하셔야 합니다.

유씨　이런 말을 듣지 못했는지요.

바람은 기운을 따르고 기운은 바람을 따르니,[354]

한 조각 누런 가죽이 냄새나는 고름을 둘러쌌다네.[355]

믿지 못하겠다면 복숭아나무와 오얏나무를 보시게,

꽃이 피면 얼마 동안이나 붉을 수 있다는 말인가?

그래도 잘 먹으려고 합니다.

이 공　부처님 말씀을 듣지 못했는지요.

353　모든 중생이 생사윤회하는 욕계(欲界), 색계(色界), 무색계(無色界)를 통칭하는 말로, 윤회와 고뇌에 가득 찬 이 세계를 뜻하기도 한다.

354　기운이 생겨 바람이 뒤따라오고 기운이 바람 따라 흩어진다는 것으로, 각각 태어나는 것과 죽는 것을 뜻한다.

355　사람을 묘사한 말로, 사람의 삶이 유한하고 보잘것없는 것을 뜻한다.

사람들은 모두 내년이 있다는 것을 알아서,

집집마다 모두 내년의 곡물을 심는다네.

사람들은 모두 내생이 있다는 것을 아는데,

어찌하여 내생의 복을 위해 씨앗을 뿌리지 않겠는가?

그래도 수행을 해야 합니다.

유씨 부처님 말씀에 이런 것도 있지요.

모란이 다 떨어져 나뭇가지가 휑해져도,

이듬해 가지 위에는 예전처럼 붉은 꽃이 핀다네.

어째서 사람은 꽃가지처럼 늙는데,

홍안紅顔은 한번 가면 되돌아오지 않는가.

그래도 잘 먹으려고 합니다.

이공 안인께서는 말씀마다 잘 먹겠다고 하는데, 살생하면 안 된다는 것을 모르십니까!

유씨 어째서 안 된다는 것이지요?

이공 부처님 말씀을 듣지 못했는지요.

비늘과 껍데기와 깃과 털은 무수히 많으니,

물성物性은 모두 같음을 깨닫네.

칼로 벗겨 내어 붉은 피가 튀어 오르고,

부수고 자르고 익히고 지지니 마음이 아프도다.

세상 사람들에게 권하노니 성찰하고 깨달아서,

염라대왕을 화나게 하지 말거나.

윤회가 삽시간에 바뀌는 동안,

하나같이 그대의 몸이 고통스러울 것이니.

그래도 수행해야 합니다.

유씨 나도 옛말을 하나 기억합니다.

세상일은 춘몽처럼 짧고,

사람 마음은 가을 구름처럼 얇다네.

어찌 꼭 괴롭게 노심초사하는가,

만사는 예로부터 명이 정해져 있는 것을.

맛난 술 석 잔 즐겁게 마시고,

새로 핀 꽃 한 떨기 기쁘게 만나서,

잠시 기뻐하고 웃으며 서로 가깝게 지내리라,

내일은 흐릴지 맑을지 정해져 있지 않으니.[356]

그래도 잘 먹으려고 합니다.

이 공 안인은 틀렸습니다!

【**쇄남지**鎖南枝】

일찍이 맹세를 하고,

하늘에 고했을 때는,

부군과 아들이 모두 앞에 있었습니다.

오늘 갑자기 어기시니,

어떻게 부군의 얼굴을 보시렵니까?

만약 전생의 인연을 묻는다면,

이번 생에 받은 것이요,

만약 후생의 인연을 묻는다면,

---

356 송나라 주돈유의 사(詞)「서강월(西江月)·세사단여춘몽(世事短如春夢)」이다.

이번 생에 하는 것이라네.

안인, 맹세를 어기시면 하늘에 죄를 짓는 것입니다!

하늘의 신령이 재앙을 내리시면 당신이 어떻게 면하겠는가?

얼른 나의 말을 들어,

저승에 가서 꾸짖음을 당하는 일을 면하시기를. (첩)

유씨

【전강】

치우쳐서 보지 말고,

아무렇게나 말하지 마시오,

천당과 지옥을 누가 볼 수 있단 말이오?

재식한 그 많은 사람 중에,

그 누가 염라를 만나고 돌아왔는가?

하물며 사람은 한번 죽으면 형체가 썩고 혼도 흩어지니,

자르고 태우고 찧고 갈아 댈 수가 없다네

금노야,

저 사람을 문 앞으로 밀어내어,

제멋대로 떠들어 대지 않게 해라. (첩)

이 공 내 말을 듣지 않으면 그만이지 어찌하여 문밖까지 밀어

내는가!

유씨

늙은 개가 정말이지 아는 것도 없으면서,

수다스럽게 시비를 가리는구나.

이 공 나의 마음은 사람을 저버리지 않으니 얼굴에 부끄러운

기색이 없다네.

　내뱉는 말이 어찌 그리도 쉬운가,

　개로 변하여 후회해도 늦으리라.

제28척

도인들이 나복의 물건을 사다
(招財買貨)

축 … 한산(寒山)
소 … 습득(拾得)
정 … 객점 주인
생 … 나복
외, 말 … 도인

한산

【금섬가金蟾歌】

나는 쑥대머리에 맨발의 신선,

맨발의 신선이라네.

자유롭고 자유롭게 금두꺼비를,

금두꺼비를 희롱하지.

세상 사람들이 정성껏 받들어 주면,

반드시 새해가 묵은해보다 낫게,

묵은해보다 낫게 해 주지.

습득

【전강】

나는 재물을 부르고 이득을 남겨 주는 신선,

이득을 남겨 주는 신선이라네.

발걸음 걸음마다 금전을 밟는다네,

금전을 밟는다네.

만약에 착한 사람이 나를 받들어 주면,

반드시 이득이 샘처럼 솟게,

샘처럼 솟게 해 주지.

우리는 한산과 습득이올시다.[357] 본래는 인간 세상에 살면서 열심히 재산을 모아 백 배로 불렸는데, 지금은 천궁에 있으면서 사해四海에 신통神通을 두루 드러내고 있지요. 사람들이 쑥 대머리에 맨발로 가는 사람을 보면 이득을 얻고 재물을 부르는 사람이라 부르지만, 이들이 보현普賢과 문수文殊가 한산과 습득으로 변한 것이라는 것을 어찌 알겠습니까? 고소성姑蘇城은 성가퀴가 삼만 개나 연이어져 있어 그 뛰어난 경치는 신선의 자취를 찾아볼 수 있을 것 같고, 한산사寒山寺는 세워진 지 수천 년이 되었으니 종소리와 염불 소리가 가득합니다.[358] 강가의 단풍나무 서 있는 다리 앞 풍경이 좋고, 수심愁心 속에 잠든 듯한 산 위에는 달빛이 차갑군요. 옛날 어느 군자가 시를 써서 이 경치를 적어 놓은 적이 있습니다.

달은 지고 까마귀 울고 서리는 천지에 가득한데,

강가 단풍나무와 고깃배 등불이 수심 겨워 조는 이를 마주하네.

---

357 한산은 당나라 시승(詩僧)으로 천태산(天台山) 한암(寒巖)에 살면서 게송(偈頌)을 3백 여 수 남겼다. 습득도 한산과 교분이 깊었던 시승이다.
358 고소성은 강소성(江蘇省) 소주(蘇州)의 옛 이름이고, 한산사는 한산이 살았다는 소주의 유명 사찰이다.

고소성 밖 한산사의,

깊은 밤 종소리가 객선客船에 들려오네.[359]

지금 자비교주이신 관음 낭낭께서 상인 부나복의 공덕이 천지에 가득하다고 말씀하시면서 우리로 하여금 속인으로 변한 뒤 그의 물건을 사들여 그를 일찍 귀향하게 하라는 엄명을 내리셔서 이를 받들게 되었습니다. 정말이지,

약은 죽지 않을 병을 고치고,

부처님은 인연 있는 사람을 인도하신다네.

의관을 갈아입고 상인으로 변장하여 가 보아야겠습니다.

(퇴장한다. 도인 두 사람이 등장한다.)

도인들

백운白雲은 본래 무심한 것인데,

청풍淸風에 이끌려 나왔다네.

우리 두 사람은 의관을 갈아입었으니 은자銀子를 만들어야 가 볼 수 있겠습니다. 천령령天靈靈 지령령地靈靈 태상노군太上老君! 황금과 백은은 본래 천지의 기운이요, 음양오행의 정기라. 내가 지금 너를 부르니 얼른 나타나거라! 착한 은자야, 착한 은자야!

도인 갑

【홍납오紅納襖】

은자야,

너는 본래 천지 안에서 세상을 구하는 단약이니,

---

[359] 당나라 장계(張繼)의 시 「풍교야박(楓橋夜泊)」이다.

사람들은 너 때문에 밤에 잠 못 자고 낮에 밥 못 먹고,

사람들은 너 때문에 동분서주하며 한 해 내내 얽매여 다니고,

사람들은 너 때문에 풍찬노숙하며 귀밑머리가 희끗희끗해지고,

사람들은 너 때문에 강호江湖의 교룡과 대합 있는 여울을 건너고,

사람들은 너 때문에 산속의 범과 표범 있는 관문을 들어간다네.

은자야,

몸 옆에 하루아침이라도 네가 없으면,

입을 열어 남들에게 구걸하기는 어려운 중에도 어려운 일이지!

도인 을 그뿐이 아닐세!

【전강】

부자지간의 은정도 너 때문에 상하는 사람이 많고,

형제지간의 우애도 너 때문에 벌어지는 사람이 많지.

좋은 친구도 너 때문에 두터운 사이가 되지 못하고,

훌륭한 선비도 너 때문에 청렴한 관리가 되지 못하지.

또 참한 규수도 너 때문에 어지러워지고,

충직한 군인도 너 때문에 반란을 일으키지.

은자야,

침상 머리에 하루라도 네가 없으면,

장사도 체면 깎이는 일을 거절하기 어렵지.

도인 갑 또 그뿐이 아닐세!

【전강】

만약에 너를 가지고 다니면 사람들은 마음이 불안하고,

너를 지니고 잠을 자면 사람들은 깊이 잠들지 못하지.

집안을 일구는 사람은 너를 목숨처럼 보고,

집안을 망치는 사람은 너를 썩은 흙처럼 여기지.

너를 하찮게 보는 것은 천물天物을 해치는 일이니 좋지 않고,

너를 목숨처럼 보는 것은 절의로 절제해야 하니 옳은 것이지.

마땅히 얻어도 되는 것을 얻었다면,

너를 편안하게 쓸 수 있고,

마땅히 사양해야 하는 것을 탐한다면,

너는 화를 부르는 실마리라네.

오직 부나복의 사람됨만이,

그는 절의에 따라 재물을 나누어 주니,

음덕이 우주에 가득하다네.

도인 을

【전강】

너의 득실이 운명에 관계되는 것임을 그 누가 알 것이며,

너의 거래가 하늘에서 관장하는 것임을 그 누가 알 것인가.

명운이 부유하다면 하늘은 너를 산처럼 쌓이게 해 줄 것이고,

명운이 궁핍하다면 하늘은 너를 쉽게 흩어 버릴 것이라네.

세상 사람들에게 권하노니,

정당하게 가는 것은 아낄 필요 없고,

부정하게 오는 것은 탐할 필요 없네.

부나복은,

그는 능히 의를 소중히 여기고 재물을 가벼이 여기니,

하늘이 몰래 백 배로 돌려줄 것이라네.

【미성尾聲】

돈과 재물은 사람들이 계산한다고 모이는 것은 아닌데,

온 세상은 재물을 다투며 간계를 있는 대로 부린다네.

어찌 알리요, 부자가 되는 근원은 오로지 마음에 달렸음을.

부나복이 계신 곳으로 가서 만나 보아야겠습니다. 주인장은

어디 계시오?

객점 주인

【자자쌍字字雙】

간밤에 술 마시고 잔뜩 취하여,

푹 자고 있는데,

갑자기 똑똑 문 두드리는 소리가 들려,

놀라 깨어났네.

누가 여기에 왔을까,

무엇 때문에 우리를 보러 왔을까?

알고 보니 두 분 대관인大官人이셨군요,

들어오십시오!

(두 사람을 만난다.)

나는 입속에 칼이 있어서,

사람을 죽이려면 얼굴을 마주 보아야 한다네.

얼굴 마주 보고 사람을 죽이면,

그 사람 죽으면서도 원망하지 않는다네.

도인 을   당신은 사람을 해칠 마음이 있군요!

객점 주인   옛말에 '장군의 검이요, 거간꾼의 입'이라고 했습니

상권

다. 어찌 '입속의 칼'이 아닙니까? 세상의 거간꾼들은 이부전^姨^{夫錢}360을 끌어다가 붙여 장부를 속이는데, 이것은 몰래 사람들을 해치는 일이니 누가 원망하지 않겠습니까? 나는 이부전을 끌어오지 않고 장부를 속이지 않으니, 어찌 '얼굴 마주 보고 사람을 죽이면 죽은 자도 원망이 없는' 것 아니겠습니까?

도인 을 알고 보니 당신은 좋은 분이시군!

객점 주인 두 분께서는 무슨 일로 왕림하셨는지요?

도인 을 부 관인이 여기에 물건을 두고 있다 들어서 물건을 사려고 왔습니다.

객점 주인 아, 그분을 나오시라고 할 테니 두 분이 직접 이야기하시지요.

(나복을 부른다.)

나복

　　천 리 길 가는 꿈에서 막 깨어나니,

　　서리 내린 오경이라 참 춥구나.

　　주인장은 무슨 일로 나를 부르시오?

　　(주인이 사연을 이야기한다. 두 도인을 만난다.)

도인 을 주인이 값을 정하면 그에 맞게 은자로 셈하여 치르면 되지요.

도인 갑 다행히 부 관인을 만났는데, 젊고 준수하시니 젊은 여인네 집에 가서 한번 노시면 어떨는지요?

360　돌려 가며 끌어다 쓸 수 있는 남의 돈을 말한다.

나복 "여색을 경계한다"³⁶¹고 하였으니 행실을 함부로 할 수 없습니다.

도인 을 그렇다면 주루酒樓에 가서 쉬는 것은 어떨는지요?

나복 저는 술을 안 하여 말씀을 받들기가 어렵습니다.

도인 을 그렇군요! 젊은 분이 성숙하시니 과객들 가운데 드문 분입니다.

객점 주인 후당으로 가서 은자를 치르시지요. 오늘 밤 쉬셨다가 내일 각자 길을 떠나시면 되겠습니다.

객점 주인

인의仁義는 천금의 값어치가 나가고,

돈과 재물은 가벼이 할 만한 것이라네.

도인 을

돈을 내야 사는 사람이고,

값을 흥정하면 거간꾼이라네.

---

361 『논어』 「계씨」에 나오는 말이다.

제29척

관음의 교화
(觀音勸善)

정, 소, 축 … 강도들
첩 … 관음

장우대

【복산자 卜算子】

금강산金剛山에 살고 있으니,

호걸들이 모두 귀의했네.

군사들 속에서 호령 소리가 눈서리처럼 날리는데,

향하는 곳마다 무적이기를 바라네.

이른 새벽에 맹수 같은 군사들이 부뚜막 연기를 만 줄기나 피

워 올리니,

깃발이 푸른 하늘을 가득 덮었도다.

장막 중에서 한가할 때는,

조용히 병부兵符를 몇 편 펼쳐 보네.

나는 장우대張佑大로소이다. 형제 이순원李純元 등 열 명과 이

금강산에서 결의를 맺고 인마人馬를 불러 모아 천하를 종횡하고 있지. 요즘 며칠은 별다른 일어 없이 한가하니 하산하여 사냥이나 한번 해 볼까 하오. 형제들은 어디에 있는가?

강도 갑, 강도 을

【전강】

범들이 강대한 위세를 길러,

포효하여 천지를 놀라게 하네.

언제 들판의 여우들을 다 먹어 치워,

영웅의 뜻을 이룰 수 있을까?

(장우대를 만난다.)

장우대　우리는 포악한 자를 없애고 약자를 도와주며 부자들에게서 취하여 가난한 사람들을 구제하니, 우리를 아는 사람들은 의병이라 여기고 모르는 자들은 강도라고 생각하지. 오늘 별다른 일이 없어 한가하니 하산하여 사냥이나 한번 하자.

강도 갑, 강도 을　말씀대로 따르겠습니다. 바로 출발하시지요.

장우대

【생강아生姜芽】

황금빛 투구는 햇빛을 받아 선명하고,

갑옷은 화려하고,

용마龍馬는 가랑이 아래에서 번개처럼 날아가네.

허리에는 도검刀劍과 활과 화살을 차고,

대포 소리 울리면 사람들은 놀라 벌벌 떨지.

형제들, 우리가 이번에 가서,

(합) 포악한 자를 없애고 부자들에게서 취하여 곤궁한 사람들을 구제하니,

부자라고 자랑하지 말고, 가난하다고 원망하지 말지어다.

강도 갑

【전강】

사내라면 세상에서,

뒤집어엎어야만,

비로소 이름이 드러나니,

만약 밤에 가면 비단옷을 입은들 어느 누가 알아보랴?

집을 버리고,

군권을 빌려 백성들에게 편의를 베푸니,

잠시 선과 악을 우리가 가려내지.

(합) 포악한 자를 없애고 부자들에게서 취하여 곤궁한 사람들을 구제하니,

부자라고 자랑하지 말고, 가난하다고 원망하지 말지어다.

강도 을

【전강】

가고 또 가며 천천히 채찍을 휘두르는데,

북소리가 진동하고,

깃발들이 만 길 높이 구름에 닿도록 말려 올라가네.

담력은 하늘과 같고,

계략은 샘과 같고,

사람은 새매와 같으니,

취한 가슴으로 온 곤륜산을 누비도다.

(합) 포악한 자를 없애고 부자들에게서 취하여 곤궁한 사람들을 구제하니,

부자라고 자랑하지 말고 가난하다고 원망하지 말지어다.

강도 갑, 강도 을   (군진을 어지럽게 움직인다.)

【금전화金錢花】

군중의 호령이 엄정,

엄정하고,

사람들은 용감하게 앞을 다투네,

앞을 다투네.

아!

함성이 천지를 진동시키니,

강포强暴한 자들은 한꺼번에 섬멸되고,

효자와 의인만이 모두 살아남았네. (첩)

(조장을 한다.)

관음

선재善哉라, 선재,

괴로운 일들을 견디기가 어렵도다.

내가 지금 구하지 아니하면,

누가 오기를 기다리리요?

나는 관음이라네. 살펴보니 부나복은 전생에 팔세八世를 수행하여 이번 생은 구세九世가 되는데, 이 사람은 본래 하늘에 있던 금강성金剛星이었으니 오랜 뒤에는 마침내 대업을 이루어

위로는 서른세 개의 하늘을 관장하고 아래로는 구천九泉의 열 개 지옥을 관장할 것이라네. 지금 금강산의 장우대와 이순원 등 형제 열 명이 칠세七世를 수행하였는데 살생의 마음이 아직 사라지지 않아서 다시 강도 노릇을 하고 있다네. 이들이 입산할 때 일찍이 철패鐵牌에 적힌 대로 적어 두었다네.

　금강산이 아직 열리지 않았으니,

　먼저 관음의 힘에 의지하네.

부나복이 장사를 마치고 귀향하면서 이 산을 지나다가 이 강도들에게 붙잡혀 산으로 끌려갈 것인데, 나는 열 명을 점화點化하여 나복과 형제를 맺고, 강도의 마음을 버리고 먼저 서천西天으로 가서 부처님을 뵙고 수행하여 후사를 준비하도록 할 것이라네. 도인으로 변장하여 그들이 오기를 기다려야겠구나. (옷을 갈아입는다.)

　【수저어아水底魚兒】

　입으로 아미타불과,

　사바삼매다娑婆三昧哆를 외우니,

　금강산 아래에서,

　강도들이 나를 어찌하리요.

(멈추어 선다.)

장우대, 강도 갑

　【전강】

　활과 화살을 허리에 차고,

　위세 가득한 명성이 세상의 호걸들을 덮었도다.

풀을 베듯 사람을 죽이고,

맞닥뜨리면 결코 용서하지 않는다네.

(관음과 시비한다. 관음이 법력을 써서 열 명이 자기들끼리 싸우게 한다.)

강도 갑, 강도 을 도인의 법력이 이렇듯 뛰어나니 그를 산채로 모셔서 군사軍師로 받들고 그의 재주를 써서 다시 계략을 짜 봅시다.

(관음을 군사로 모시고자 요청한다.)

관음 나를 군사로 받들었으니 내 말에 따라 다섯 가지 일을 하거라.

강도 갑 어떤 다섯 가지 일입니까?

관음 첫째는 사람들의 목숨을 해치지 말고, 둘째는 사람들의 집을 불태우지 말고, 셋째는 사람들의 자녀를 붙잡아 가지 말고, 넷째는 사람들의 재물을 약탈하지 말고, 다섯째는 재식을 하거라. 나의 명령을 따르면 모든 일이 창성하리라.

강도 갑 이 다섯 가지를 하지 않으면 어떻게 강도 노릇을 하겠습니까?

장우대 우선 말씀을 따른 뒤에 다시 계획을 짜 보자. (따르는 동작을 한다.) 군사의 엄명을 하나하나 따르겠습니다. 다만 입산하실 때 저희가 살길을 찾아 주십시오.

관음 우선 산으로 돌아간 뒤에 자세히 생각해 보자.

강도 갑, 강도 을

기쁘게도 산 앞에서 도사를 만나,

산채山寨로 모셔 군사로 받들었네.

모두

칠종칠금七縱七擒 맹획孟獲은 계략을 자랑하지 말고,[362]

육출기계六出奇計 진평陳平은 함부로 기이함을 과시하지 말지어다.[363]

---

362 삼국 시대에 제갈량이 맹획을 일곱 번 놓아주었다가 일곱 번 사로잡은 일을 말한다.
363 한나라 진평이 유방을 도와 여섯 차례 기묘한 계책을 생각해 낸 일을 말한다.

제30척

노인과 스님
(揷科)

외 … 노인
축 … 스님

노인

　【박등아撲燈蛾】
　　군사들이 갑자기 일어나니,
　　쇠북 소리가 연일 진동하는구나.
　할멈은 어디로 갔을까?
　　부부가 둘로 헤어져서,
　　깊은 산속으로 각자 목숨 건지려 도망가네.
　(합) 이런 말이 있다네,
　　차라리 무서운 범을 만날지언정,
　　착한 군사는 만나지 말며,
　　차라리 태평성대의 개가 될지언정,
　　나같이 난세의 사람이 되지는 말라고 했지.

문을 닫고 집 안에 앉아 있어도,

화는 하늘에서 떨어진다네.

금강산의 강도들이 산을 내려와서 노략질을 하는데, 할멈과 며느리가 어디로 갔는지 모르겠습니다. 이 늙은이는 장화를 신고 걸어오다 보니 피곤해졌는데, 풀이 우거진 비탈길 옆에 몸을 숨기고 잠시 쉬어야겠습니다. 정말이지,

도적을 소탕할 힘이 없으니,

풀숲에서 잠시 몸을 숨긴다네.

(조장을 한다.)

스님

【전강】

도적들이 마을을 공격하여,

금은을 모두 빼앗아 가네.

동쪽의 집과 서쪽 이웃들이,

삽시간에 흩어져 흔적도 없네.

(합) 이런 말이 있다네,

차라리 무서운 범을 만날지언정,

착한 군사는 만나지 말며,

차라리 태평성대의 개가 될지언정,

나같이 난세의 사람이 되지는 말라고 했지.

마음이 황망하여 멀리 떠나왔고,

일이 다급하여 바삐 절을 나섰네.

금강산의 강도들이 마을로 내려와 노략질을 하니 가사와 법

기法器364를 지고 산속으로 도피하는 수밖에 없겠습니다. 정말이지,

길 가다가 험난한 일을 만나 피해 가기 어려우니,

일이 끝내 내 마음대로 안 되는구나.

(조장을 한다.)

노인

사람을 만나면 삼분三分만 말해야지,

속마음을 모두 털어놓아서는 안 된다네.

저 멀리 스님이 오는 것이 보이는데, 내가 마침 할멈의 비단 치마를 가지고 있으니 이것을 입고 손수건으로 얼굴을 가려서 여인으로 변장하여 저 사람에게 업어 달라고 하면 좋지 않겠는가!

사람들은 말하기를 입을 놀리는 것이 스스로 걷는 것만 못하다고 하지만,

나는 말하기를 스스로 걷는 것이 입을 놀리는 것만 못하다고 한다네.

(여인으로 변장한다.)

스님

원숭이들이 고목에서 울어 대는데,

외딴 언덕길에는 행인이 적구나.

여기까지 왔으니 이제 별일 없겠지. 저 멀리 길에 한 사람이 서 있는 것이 보이는데 잘 살펴보아야겠다. 아, 젊은 처자로구

---

364 불가나 도가에서 의식을 거행할 때 사용하는 악기와 기물 등을 말한다.

나! 비키시오, 비켜!

노인 스님, 저는 몹시 두렵습니다.

스님 스님을 두려워하면서 어찌 비켜서지 않는가?

노인 아, 출가한 분은 자비를 근본으로 삼는다고 했습니다. 제
가 지금 걷지 못하게 되었으니 상인上人께서 저를 업고 가 주
시면 칠 층의 불탑을 쌓는 것보다 더 나은 일이 아니겠습니까?

스님 젊은 낭자, 사람을 구하는 것은 실로 자비의 본심이오만,
가사와 법기를 지고 가야 하니 부탁을 들어주기 어렵소.

노인 아, 상인께서 구해 주신다면 저는 부부의 연을 맺고자 하
옵니다. 봇짐을 버리고 혼수로 보낸 것으로 치시면 되지 않겠
습니까?

스님 젊은 낭자는 장난하는 것이오, 아니면 진심으로 하는 말
이오?

노인 아, 군자는 말장난을 하지 않는다고 했으니, 안심하고 안
심하십시오.

스님 그렇다면 내 기꺼이 행낭을 버리고 낭자를 업고 가겠소
이다!

(무대 안에서 함성 소리가 들린다.)

노인 강도들이 왔습니다!

(스님이 노인을 업고 간다.)

노인 도망가세요!

스님 도망갑시다!

노인

백 년의 은애가 무거우니,

빨리 달려서 멈추지 마세요.

(조장을 했다가 다시 등장한다.)

스님

외딴곳이라 인적이 드무니,

낭자는 이제 걱정 마시오.

(한숨 돌리는 동작을 한다.)

스님

【산파양山坡羊】

젊은 낭자, 어찌하여,

목소리가 늙은이처럼 쉬었소?

노인 하도 울어서 목이 막혔습니다.

스님 그렇군, 그래. 어찌하여,

손가락이 투박하고 크오?

노인 부모님이 돌아가시고 불목하니 노릇을 해서 그렇습니다.

스님 그렇군, 그래. 어찌하여,

내 목을 당신 수염이 찌르는 것 같소?

노인 머리칼이 날려서 그렇습니다.

스님 그렇군, 그래. 어찌하여,

발에 이런 신발을 신었소?

노인 황급히 나서다가 아버님의 신발을 신고 왔습니다.

스님 그렇군, 그래.

이런 까닭으로,

당신은 분명하게 내게 말해 주어,

마음속, 마음속에 의심이 생겨나지 않게 하는군요.

노인 얼른 가세요!

스님 나는 마땅히,

국궁진췌鞠躬盡瘁365하여 낭자를 업고 가서,

곧장 깊은 산속으로 들어가리다.

이곳에 오니 석굴이 하나 있고 사방은 무성한 수풀이라 성친成

親하기 좋겠습니다!

노인 잠깐만 기다리세요!

스님

그윽한 장소이니,

무산巫山의 열두 봉우리보다 낫다네.

물리치지 마시게,

양왕襄王의 운우의 기약을 저버리지 마시게.

노인

고맙게도 당신께서 곤궁한 처지에도 이렇게 도와주셨는데,

하늘이 내린 인연을 이루려거든 서두르지 마십시오.

제 몸을 한마디로 이미 허락하였으니,

군자라면 급히 서두르지 않으심이 좋을 것입니다.

저와 당신은 정말이지 천 리, 천 리나 떨어져 있어도 만나게 되

었을 인연입니다.

---

365 국궁진췌는 본래는 몸과 마음을 다하여 나라에 충성한다는 뜻으로, 여기에서는 스님이
과장하여 어려운 말로 표현한 것이다.

하지만 혼인의 일은 밤에 치르는 것이니 청천백일에 무슨 낯
으로 함께 따르겠습니까?

바라건대 가만히 잠시 기다리십시오,

해가 서산에 지면 감히 어기지 못할 것입니다.

스님 낭자가 이렇게 거절할 것이면 내게 가사와 법기를 버리게
하지는 말았어야 하오.

노인 가사와 법기를 버린 것은 토끼를 보고 매를 푼 꼴[366]이니
나와 무슨 상관입니까!

알아야 하리니,

내가 색으로 당신을 미혹시킨 것이 아니라 당신이 스스로 미혹
에 빠진 것이라네.

슬프도다,

마치 꿈속에서 만난 것이 아닐까 싶네.

(변장을 벗는 동작을 한다.)

스님 아, 알고 보니 털북숭이 사내였구나! 어찌하여 여인으로
꾸며 나를 꼬드겼는가?

노인 내가 당신을 꾀지 않으면 당신은 나를 업어 주지 않았을
것이지.

스님 아, 어찌하여 내게 많은 가사와 법기를 모두 버리게 했
는가?

---

366 본래는 선종(禪宗)에서 듣는 사람의 근기(根機)에 맞추어 설법하는 대기설법(對機說法)
을 뜻하는 말인데, 여기에서는 스님이 눈앞의 이익을 보고 급하게 좇아갔다고 비난하는 말로
쓰이고 있다.

노인 당신이 버린 것이지 나와 무슨 상관이라는 말인가?

스님 내 행낭 값을 물어내라! 내 발품 값을 내놓아라!

(잡아당긴다.)

노인

> 민머리 나귀[367]가 정욕이 발동하여,
>
> 나를 업고 산속에 왔네.
>
> 애초에 공空으로 색色을 탐했으니,
>
> 어찌 알았으랴, 색이 곧 공임을.[368]
>
> 그대가 죄 있음을 생각하지 않고,
>
> 도리어 내게 업어 준 값을 내놓으라고 하네.

당신은 기회를 틈타 노략질을 하고 길을 막고 강간하려고 하였지! 관가에 고소하여 군대에 보내 용서하지 않으리라!

스님 (무릎을 꿇고) 나리, 그만 가시구려!

노인

> 놓아주어야 할 때 놓아주어야 하고,
>
> 용서해 주어야 할 곳에서 용서해 주어야 하네.

(퇴장한다.)

스님 살인은 용서할 수 있어도 속이는 것은 용납할 수 없다고 했지. 이 개 같은 놈! 나는 행낭도 버리고 여기까지 그를 업어 주었건만 도리어 나를 고소하려 하다니! 하늘이시여, 하늘이시여! 천하의 사기꾼은 이 개놈이요, 천하의 멍청이는 이 민머

---

367 스님을 비하하는 말이다.

368 색(色)은 본래 불경에 나오는 말이지만, 여기에서는 색정을 뜻하는 말로 쓰이고 있다.

리 나귀라네!

　갑자기 강도들이 온다는 소식을 듣고,

　절을 떠나 도주하였네.

　힘들여 그를 업고 걸어와서,

　산을 몇 겹이나 지나왔던가.

　단지 분 바른 여인을 바랐는데,

　누가 생각했으랴, 흰머리 늙은이였을 줄을.

　비록 그의 마음이 나빴지만,

　내 운이 곤궁한 탓일세.

　【반천비半天飛】

　내 명이 곤궁했으니,

　청천백일에 귀신에 씌었다네.

　감언이설을 가벼이 듣고,

　덜컥 춘심을 일으켰네.

아!

　원망 또 원망스럽네, 간사한 늙은가!

내가 목소리가 쉬었다고 말하니 그는 울다가 쉬었다고 말했고, 내가 손가락이 투박하고 크다고 말하니 그는 불목하니 노릇을 했다고 말했지. 내가 수염이 목을 찌른다고 말하니 그는 머리칼이 날려 그렇다고 말했고, 내가 신발을 신은 이유를 물었더니 그는 바꾸어 신은 것이라고 말했지.

일문일답을 하니,

　그는 말솜씨가 바람처럼 빨라서,

변화무쌍하게,

사람을 가지고 놀았다네.

단지 산속으로 업고 와서,

부부의 연을 맺고,

백년해로하자고 말했건만,

어찌 알았으랴,

쥐 한 마리가 벼 광주리로 뛰어들어 하루아침에 텅 빈 줄을.

이 사기꾼 개놈 같으니라고!

내가 하늘에 기도하여,

뇌공雷公을 하나 사서 너를 쳐서 죽이리라! (우)

(퇴장한다.)

나복의 귀향길

(羅卜回家)

생 … 나복
말 … 익리
정 … 주인/강도
축 … 강도

나복

【억왕손憶王孫】

짙은 구름을 바람이 쓸고 가니 눈이 막 그치고,

하늘가 외로운 기러기가 두세 번 울어 대니,

나그네는 타향에서 그 소리 차마 듣기 어렵네.

생각해 보면 어머님께서는,

날아가는 기러기 하염없이 바라보며 문에 기대어 계시겠지.

매화는 새벽 추위를 뚫고 피어나는데,

오랑캐 피리 소리는 언제나 구슬프네.

삼 년 동안 장사하느라 귀가하지 못하였으니,

자식 된 마음이 어찌 차마 재가 되지 않으리요.

저는 모친의 엄명을 받들어 집을 떠난 지 삼 년이 되었습니다.

이제 다행히 물건을 모두 팔았으니 익리를 불러 주인께 작별

인사를 드리고 돌아가야겠습니다.

(익리를 부른다.)

익리

고향 꿈은 가끔씩 베갯머리에서 생겨나고,

나그네 마음은 온종일 미간眉間에 드러나네.

(나복을 만난다. 나복이 이야기한다.)

익리 그러하오면 제가 주인을 나오시도록 하겠습니다.

(주인을 부른다.)

주인

천년학千年鶴도 한이 있거늘,

삼 년 동안 이별한 사람이 어찌 그리움이 없으랴!369

(나복 등을 만난다. 나복이 이야기한다.)

주인 부 관인官人, 소인은 경기經紀 노릇을 하면서 사람들을 많

이 만났는데, 족하足下 같은 분은 정말 드물었습니다. 작별하는

마당에 드릴 것이 없어서 백은 닷 냥으로 성의를 표하고자 합

니다.

나복 폐를 끼칩니다.

(백은을 받는다.)

주인 소인이 배웅해 드리고자 합니다.

---

369 당나라 두목(杜牧)의 시 「팔월십이일득체후이거운계관(八月十二日得替後移居霅溪館),
인제장구사운(因題長句四韻) 중의 구절과 비슷하다. 요동(遼東) 사람 정령위(丁令威)가 천
년의 수련 끝에 선학(仙鶴)이 되었다가 고향이 그리워 돌아왔는데 친척과 친구들은 모두 세상
을 떠나고 아는 사람이 하나도 없자 크게 탄식하였다고 한다.

나복　폐를 끼칩니다.

(걸어간다.)

주인

다리 너머 서쪽 길에 눈이 막 그치고,

구름 따스하고 모래밭 마르니 말 발걸음이 가볍네.

해 떨어지는 천 개의 봉우리를 돌고 돌아가시니,

당신은 고개 돌려 높다란 성을 바라보시겠지요.[370]

나복

【팔성감주가八聲甘州歌】

고개 돌려 높다란 성을 바라보며,

탄식하노라, 인생사 만나고 헤어짐이,

물 위의 부평초 같구나.

고마워라, 당신께서 깊은 정으로,

마음을 다해 창문閶門[371]까지 배웅해 주시니.

장강의 깊이가 천 길이라지만,

당신이 나를 배웅해 주시는 정에는 미치지 못합니다.

(합) 올해가 저무는데,

어찌하여 헤어지는가,

언제 다시 인형仁兄을 만날 수 있을는지요?

주인

【전강】

370　당나라 이영(李郢)의 시 「송유곡(送劉谷)」 중의 구절과 같다.

371　소주성(蘇州城) 서쪽의 성문으로, 당나라 때부터 손님을 맞고 보내던 번화가로 이름났다.

당신은 후생後生이면서도 노성하시니,

술도 당신을 곤궁하게 하기 어렵고,

색도 당신을 음란하게 하기 어렵습니다.

내가 당신을 빨리 만나게 되어 다행이었는데,

어찌 기약하리요, 다시 작별하며 조심하라고 당부하게 될 때를.

당신은 그쪽에서,

귀향하는 마음이 시위 떠난 화살과도 같고,

나는 이쪽에서,

헤어지는 마음이 칼로 심장을 도려내는 것 같습니다.

(합) 올해가 저무는데,

어찌하여 헤어지는가,

언제 다시 인형을 만날 수 있을는지요?

나복

【미성尾聲】

손님과 주인이 서로 바라보며 네 줄기 눈물을 흘리니,

주인

당신은 언제 소주에 오시렵니까?

나복

석양이 지려 하나 아직 지지 않고,

주인

길 떠나는 사람의 천고의 근심을 훤히 비추네.[372]

(주인이 퇴장한다. 나복과 익리가 걸어간다.)

---

372 이상 두 구절은 송나라 유여즙(喩汝楫)의 시 「정부(征夫)」와 비슷하다.

나복 주인과 작별하였구나.

【전강】

길을 어서 가야지,

탄식하노니, 멀리 떠나와 삼 년이 되도록,

집 소식을 듣지 못했네.

북당北堂373께서는 흰머리에,

문에 기대어 몇 번이나 저물녘을 보내셨을까?

오늘 아침에 서둘러 귀향길 채찍을 챙겼으니,

머지않아 새 색동저고리 입고 즐거움을 드리리라.

(합) 산이 험준하고,

물이 깊어도,

귀향의 마음 화살 같아서 쉬지 않고 길을 가네.

익리

【전강】

광풍이 귀를 때려 울리고,

눈보라가 어지럽고,

빗물이 나무에 떨어져 얼음이 되는구나.

온 산에 새는 끊기고,

늙은 어부는 강가에서 홀로 낚시질하네.374

어깨에 소름이 돋도록 추위를 견디기 어렵고,

---

373 모친 유씨를 가리킨다.
374 이상 두 구절은 당나라 유종원의 시 「강설」과 비슷하다.

눈에 빛이 흔들리니 비문飛蚊이 어지럽게 생겨나네.[375]

(합) 산이 험준하고,

물이 깊어도,

귀향의 마음 화살 같아서 쉬지 않고 길을 가네.

무대 안　(외치는 소리가 난다.) 거기 길 가는 분, 이곳에는 강도

　가 있으니 조심해서 하산하시오!

　(무대 안에서 함성이 들린다. 나복과 익리가 놀라서 달린다.)

나복, 익리

　【홍수혜紅繡鞋】

　갑자기 북소리가 언덕에서 진동하네,

　언덕에서.

　나는 바로 걱정이 되니,

　멈추지 말고 서둘러 이곳을 지나야겠네.

　(강도 두 명이 등장하여 노래한다.)

강도들

　부귀해지려면 죽기를 각오하고 구해야 하니,

　우리를 만나면 우리가 어찌 그만두겠느냐! (첩)

　(나복과 익리를 붙잡아 산채로 간다.)

375　이상 두 구절은 송나라 소식의 시 「설후서북대벽(雪後書北臺壁)」과 비슷하다. 비문은 눈
이 혼탁해졌을 때 눈앞에 모기나 날파리가 떠다니는 것처럼 보이는 것을 말한다.

관음의 구조
(觀音救苦)

첩 … 관음
생 … 나복
축 … 강도
말 … 익리

(강도 여러 명이 등장하고 장우대가 관음을 모신다. 관음이 등
장한다.)

관음

【해당춘海棠春】

산채에서 군사軍師가 되니,

살리고 죽이고는 내 뜻에 달렸도다.

장우대 군사께 아뢰옵니다. 마침 방금 사내 둘을 붙잡았는데
생김새가 멀끔하여 제사상에 올리기가 좋겠습니다.

관음 잠시 늦추거라. 내가 확실하게 물어보겠노라. 너희 두 사
람은 천당은 길이 있는데도 그리 가질 않고 지옥에는 문도 없
는데 들어왔구나! 너희가 어디에 사는지 이실직고하거라!

나복

【오경전五更轉】

엎드려 아뢰오니 장군께서는 들어주소서,

집은 왕사성에 있을 줄로 아옵니다.

관음 성은 무엇이고, 이름은 무엇이냐?

나복

소인의 성은 부씨요, 이름은 나복이라고 하옵니다.

관음 저자는 누구냐?

나복

이름은 익리라 하고, 저의 의형이옵니다.

관음 어째서 이곳에 왔느냐?

나복

당상堂上의 엄친께서 명을 내리셨는데,

집안에 불사佛事가 많아서,

저에게 소주성에 가서 장사를 하라고 하셨기 때문입니다.

관음 집을 떠난 지는 몇 년이나 되었느냐?

나복

떠나온 지 삼 년이니 나그네 신세가 오래되었습니다.

관음 집안의 일은 알고 있느냐?

나복

고향 소식 담은 편지는 반 장도 없었고,

이번에 이곳을 지나 고향으로 돌아가는 길입니다.

하늘 같은 위엄을 범하였으니,

바라옵건대 대왕께서는,

너그러이 두 사람의 남은 목숨을 요, 용서해 주시옵소서. (첩)

장우대 (나복을 잡아끌며 말한다.) 이자를 제사상에 올릴 것이
니 데려가서 깨끗이 씻겨라!

익리

【산파양山坡羊】

저희 도련님은 평생 효도하시고,

저희 도련님은 평생 깨끗이 사셨습니다.

날마다 오로지 독경하고 염불하고,

재식하고 소식하며 청정하게 지내셨습니다.

장우대 청정한 사람이라니 제사상에 올리기 딱 좋구나!

익리

화, 황금 백 일鎰[376]을 바치오니,

저희 도련님 목숨을 사겠습니다, 사겠습니다.

장우대 제사상에 올릴 사람이 필요하다.

익리 대왕님,

바라옵건대 저를 제사상에 올리십시오.

동인님은 집에 노모가 계시니,

동인님을 놓아주셔서 모친을 봉양하게 해 주십시오.

동인님,

어찌 길바닥에서 목숨을 버리실 수 있겠습니까?

마님,

외롭고 고단하신 마님을 누가 봉양하겠습니까?

---

376 1일은 20냥 또는 24냥이다.

장우대　그렇다면 이자를 데려다가 제사상에 올리자!

（익리를 끌고 가려 한다.）

나복　（울면서 노래한다.）

【전강】

의형은 평생 충직하게 순종하였고,

의형은 평생 부지런하고 조심했습니다.

재사齋事를 모심에 어지럽지도 않고 태만하지도 않았고,

부처님을 받들 때에도 반드시 정성과 공경을 다했습니다.

장우대　흥, 네 목숨을 구해 준다고 하니 저놈도 구해 달라는 것이냐?

나복　대장님,

생명으로 말하자면,

사람은 말할 것도 없고 무릇 지각 있는 것이라면 개나 말이나 개미라고 해도,

그 누가 죽기를 두려워하는 마음이 없겠습니까!

대왕님,

제가 죽겠으니 의형을 놓아주셔서,

어머님께 소식을 전하게 해 주십시오.

익리는 돌아가서 노마님께 절을 많이 올리게.

나는 이제 운수가 다해 벗어나기 어려우니,

어머님의 여생을 봉양하여 눈물 흘리시지 않게 해 주게.

신산辛酸하도다,

우러러 푸른 하늘 바라보며 고통을 어찌 말하랴?

어머님,

노년에 누구에게 의지하실까요!

(불길이 타오른다. 관음이 퇴장한다. 모두 놀란다.)

장우대

청천백일에 우렛소리가 진동하더니,

활과 화살, 칼과 창이 모두 재가 되어 버렸네.

군사께서는 어디로 가셨는지 모르겠는데,

이 재이災異가 심히 괴상하도다.

(관음이 무대 안에서 큰 소리로 말한다.)

관음　모두들 나의 말을 들어라!

(모두 무릎을 꿇는다. 관음이 아래에서 솟아오른다.)

관음

【사변정四邊靜】

장우대야,

너희 형제 열 명은 내 말을 듣거라,

관음이 진결眞訣을 내리노라.

모두　알고 보니 군사께서 바로 관음보살이셨구나! 아미타불!

아미타불!

관음

너희 형제는 전생에,

이미 일곱 세상 동안 수행했느니라.

(합) 너의 강심强心이 아직 사라지지 않고,

살심殺心이 아직 없어지지 않았느니라.

너희를 회심回心하게 점화點化하노니,

서천西天으로 가서 활불活佛을 뵙거라.

장우대 낭낭, 오천이나 되는 인마人馬를 일시에 해산하기가 어
렵습니다.

관음

　【전강】

　오천 인마는 반드시 버려야 하나니,

　각자 돌아가 생업에 힘쓰게 해라.

　나복은 착한 마음을 지닌 사람이니,

　그와 의를 맺도록 해라.

　(합) 너의 강심이 아직 사라지지 않고,

　살심이 아직 없어지지 않았느니라.

　너희를 회심하게 점화하노니,

　서천으로 가서 활불을 뵙거라.

나복 아미타불! 아미타불!

관음

　【전강】

　나복은 본래 수행자이니,

　끝내 대업을 이루어야 하리라.

　얼른 집으로 돌아가거라.

너의 모친이 집에서 살생을 하여 목숨을 해치고 술을 마시고
고기를 먹고 있으니 이제부터,

　그에게는 곡절이 많이 생기리라.

(나복이 탄식한다.)

　(합) 너는 성내거나 한탄하지 말거라,

　나는 불생불멸하노라.

모름지기 알아야 하리라,

　맑은 밤하늘에 얼음같이 둥근 달이,

　바로 붉은 화로에 떨어지는 눈 한 송이임을.

열 명은 서천으로 기다가 큰 어려움을 만나면 다시 와서 서로
돕거라.

　신선이 분명히 말해 주지 않는다면,

　범계凡界의 사람들을 몇이나 그르칠까!

(퇴장한다.)

모두

　【전강】

　하늘에서 천기를 누설하신 말씀을 직접 들으니,

　서로 이어질 인연이 있었던 것이라네.

바로 형제의 의를 맺는다네!

(서로 절한다.)

　이제부터 동생과 형이니,

　모두 명예와 절의에 힘쓰세.

　(합) 너는 성내거나 한탄하지 말거라,

　나는 불생불멸하노라.

모름지기 알아야 하리라,

　맑은 밤하늘에 얼음같이 둥근 달이,

바로 붉은 화로에 떨어지는 눈 한 송이임을.

장우대 모든 군사는 각자 돌아가거라! 우리 형제 열 명은 서천
으로 수행을 떠날 것이다!

모두 아, 우리 모두 수행을 하게 되었네. 아미타불! 아미타불!

나복 여러분은 먼저 서천으로 가시고, 저는 집으로 돌아가 모
친을 봉양할 것이니, 이만 작별하겠습니다!

관음

오천 인마가 하루아침에 흩어지고,

장우대

곧장 세존을 뵈오러 서천으로 향한다네.

익리

오늘 여러분과 헤어지면,

모두

어디에서 다시 만날지 모르겠네.

아들 생각

(劉氏憶子)

부 … 유씨
축 … 금노
소 … 안동
말 … 익리

유씨

【파제진인破齊陣引】

낡은 화로에서는 침향 연기가 가늘게 휘돌며 올라오고,

성긴 주렴에 햇빛이 밝게 되비치네.

귀밑머리는 옥 빗으로 빗기가 겁나고,

금빛 거울에 비친 얼굴은 쇠약해졌네.

희끗희끗 흰 머리칼이 새로 늘었구나.

애야!

문에 기대어 하염없이 바라보는데,

촘촘하게 바느질해 주며 공연히 마음만 썼구나.[377]

어찌하여 소식이 없는 것이냐?

---

377 당나라 맹교의 시 「유자음」에서 빌려 왔다.

아이가 떠난 지 벌써 삼 년인데,

편지 한 장 전해 오지 않는다네.

하늘이 정이 있다면 늙을 것이고,

달이 한이 없다면 항상 둥글겠지.

그때 이 늙은이가 잘못하여 아이를 떠나보냈는데, 지금 생각해 보니 내 곁에 오기를 간절히 바란다네. 하늘이시여!

단계丹桂**378** 가지 하나가 마당 섬돌에 있어도,

수많은 나무들이 비할 수가 없다네.

떠난 뒤에 적막하게 소식 끊기니,

그때를 후회하며 혼자 안절부절못하네.

【사조원환두四朝元換頭**】**

가슴 아프니,

옛날에 옆 사람이 따지는 말을 듣고,

귀한 자식을 바깥으로 보냈다네.

아이는 가고 싶지 않아서 저쪽에서,

눈물 훔치고 슬픔을 품다가,

서둘러 하루아침에 떠나갔다네.

슬프게도 세월은 눈 깜빡하는 사이에 흘렀구나. (첩)

기러기 그림자도 날지 않고,

물고기 배 속의 편지도 끊겼다네.**379**

---

378 뛰어난 인재, 급제한 사람, 자식 등을 비유한다. 여기에서는 나복을 가리킨다.

379 한나라 때 악부시 「음마장성굴행(飮馬長城窟行)」에 나그네가 와서 잉어 두 마리를 주워 먹으려고 삶으니 배 속에서 편지가 나왔다는 구절이 있다.

나는 점을 치느라 돈도 다 써 버리고,

구슬 같은 눈물도 다 흘리고,

홀로 하염없이 문에 기대어 서 있다네.

아! 애야!

네가 바로 돌아온다면,

나는 재식을 할 것이다,

모자가 다시 만나면,

기름진 밥맛보다 나을 것이기에.

옛말에 자식 길러 늘그막을 대비한다고 했거늘, 우리 아이는
한번 가서는 돌아오지 않으니,

어미는 꼭 진흙 물어 오는 제비처럼 공연히 바빴는데,[380]

아이는 어찌 저 까마귀가 어미를 먹여 주는 정이 없다는 말이
냐![381]

앉으나 서나 그리움을 멈추지 못하니,

아침마다 저녁마다,

하릴없이 슬픔만 가득하네. (첩)

금노

멀리 떠난 자식이 여러 해 떨어져 있으니,

자친께서는 온종일 근심하시네.

눈 덮인 골짜기의 계곡물도,

---

380 당나라 두보의 시 「쌍연(雙燕)」 중에 "나그네가 제비 한 쌍 보고 놀라니, 진흙 물고서 이
집에 들어왔네(旅食驚雙燕, 啣泥入此堂)"라는 구절이 있다.
381 까마귀가 자란 뒤에 늙은 어미에게 먹이를 물어다 준다는 뜻의 '반포지효(反哺之孝)'에
서 빌려 왔다.

끝없는 한에는 비기지 못한다네.

(유씨를 만난다.)

노마님께서는 무슨 일 때문에 근심하시나요?

유씨 금노야, 나는 아침저녁으로 슬퍼해도 소용이 없구나, 아이가 고향으로 돌아오지 않으니. 신령님 앞에서 태만하여 모자가 이렇게 떨어져 있는가 보다.

【사조원四朝元】

너는,

삼관도三官圖를 내다 걸어 다오.

금노 아, 제가 바로,

삼관도를 내걸겠습니다.

유씨

아이가 떠나가서 돌아오지 않으니,

신령님께 기도드려,

옛날의 죄를 참회하면서,

널리 용서해 주시기를 바랄 뿐이네. (첩)

남몰래 움직이시고,

조용히 감싸 주시고,

아이를 보우해 주셔서,

얼른 고향으로 돌아와서,

모자가 다시 만날 수 있게 해 주소서.

아! 애야!

너는 촘촘하게 꿰매 준 옷을 기억하지 못하느냐?

금노 노마님, 처마 끝에 까치가 울고 있어요!

유씨 금노야,

지금은 까치도 영험하지 않을 것이다.

금노 어젯밤에는 등불에 불똥이 맺혔어요.[382]

유씨

그 불똥은 아무 이유 없이 심지가 맺힌 때문일 것이야.

애야! 너는,

삼 년 동안 집 생각 하지 않고 있지만,

이 어미는,

늘 너를 걱정하고 있단다.

안타깝게도 그때 잘못 생각하고서,

지금에 와서,

한탄하고 원망하며,

후회해도 소용이 없구나. (첩)

안동

막 거리에서 점을 치고 돌아와,

주렴 아래로 와서 점괘를 말씀드리네.

유씨 안동이냐? 그 점쟁이가 뭐라고 하더냐?

안동 점쟁이 말은 이랬습니다.

청룡이 복덕이 많아 천희天喜를 만나니,

반드시 행인이 즉일卽日로 돌아오리라.

유씨 오늘 집으로 온다고 말한 것이냐?

---

382 재물이 생길 징조로 여겨졌다. 여기에서는 희소식의 징조로 말하고 있다.

안동   그렇습니다요!

유씨

　【전강】

　　너의 전갈을 들으니,

　　마음속에서 기쁨이 절로 솟아나는구나.

　그 점쟁이는 용하더냐?

안동   그 점쟁이는 귀신도 봐요. 온다고 하면 정말 와요!

유씨   애야,

　　네 얼굴을 한 번 볼 수 있다면,

　　바로 미간이 펴지고,

　　점쟁이가 귀신처럼 용하다는 것을 믿겠다.

　하지만 점쟁이는 용하지 않은가 보다,

　　안타깝게도 올해가 곧 저물 것이다! (첩)

　　눈이 내려 길을 막고,

　　얼음이 강물에 이어져 있고,

　　온 길에는 사람이 드물고,

　　온 산에는 새도 끊겼다네.[383]

　　춥고도 추우니,

　　어찌 사람이 올 수 있을까!

　아!

　금노야,

　　사립문을 닫거라,

383　이상 두 구절은 당나라 유종원의 시 「강설」과 비슷하다.

내가 향로에 향을 더 놓고,

다시 신령님께 빌어야겠다,

우리 아이가 내년 일찍 돌아오게 해 달라고 말이다.

금노 혹시 장사를 밑져서 못 돌아오는 것이 아닐까요?

유씨 금노는 무슨 말을 하느냐! 소관인小官人이 돌아오기만 한

다면,

그가 천금을 모두 잃었더라도,

나는 한마음으로 기쁘기만 할 것이다.

어쩌랴,

관산關山384 만 리 길은,

멀고도 멀어,

금방 만나기가 어렵구나. (첩)

(익리가 등장한다.)

익리

【전강】

관산은 멀고,

돌아가는 마음은 날아갈 듯이 빠르다네.

그리하여 눈보라를 무릅쓰고 추위를 뚫고,

바람을 맞으며 물가에서 잠자면서,

밤낮으로 달려왔다네.

오늘 기쁘게도 기쁘게도 고향 마을에 도착했다네.

아,

---

384 관문이나 요새 주변에 있는 산을 말한다.

집의 문이 굳게 닫혀 있구나. (첩)

오는 길 내내 모두들 말하기를, 노마님이 집에서,

　　방종하며 고기를 드시고,

　　잔치를 베풀어,

　　있는 대로 다 즐기고,

　　취하지 않으면 돌아가지 않으며,

　　불사를 모두 망쳤다고 하네.

　　아! 문을 몇 번 두드려 보아야겠네.

금노　누구시오?

익리

　　익리가 먼 곳에서 돌아왔다.

　　금노야,

　　얼른 겹문을 열어 다오.

(금노가 문을 연다.)

익리　소인이 삼관과 보살께 절을 올리고 나서 노마님께 절을 올려야겠습니다.

　　소인이 순서대로 예를 올림을 허락해 주십시오.

유씨　소관인은 어찌하여 함께 오지 않았느냐?

익리

　　마님 생각에 괴롭고 슬퍼하여,

　　뒤에서 삼보일배하며,

　　마님을 위해 재앙을 쫓으면서 오고 있습니다.

　　기쁘게도 삼관당^{三官堂}은,

반듯하게 향등香燈385이 예전과 같네요. (첩)

유씨 아이가 정말 뒤에서 절을 하며 오고 있느냐?

익리 어찌 거짓을 고하오리까!

유씨

【미성尾聲】

좋구나!

아이가 돌아오니 기쁨이 하늘에서 내려오는구나.

금노 보세요, 노마님께서는 조금 전까지 얼마나 근심과 슬픔이 많으셨는데 이제 소관인께서 돌아오신다고 하니 기뻐서 눈꼬리가 올라가셨네요!

근심이 사라지는 것도 알지 못하시네.

(합) 하늘과 땅의 신령님들께 감사드리네.

익리 마님, 그런데 회연교는 어찌하여 무너졌는지 여쭈어도 괜찮을는지요?

유씨 홍수에 휩쓸려 그렇게 됐네.

익리 재방은 어찌하여 불타 버렸는지요?

유씨 살던 스님이 잘못하여 불타 버렸지.

익리 그랬군요! 그러면 어디에서 스님들께 공양하시는지요?

유씨 다행히 횡청橫廳이 넓어 잠시 공양을 드리는 곳으로 삼고 있다. 전에 복우산伏牛山386의 탁발승 삼백 명과 종남산終南山387

---

385 밤낮으로 밝혀 놓은 등불인 장명등(長明燈)을 말한다.
386 하남(河南) 남양(南陽)에 있는 산이다.
387 섬서(陝西) 서안(西安)의 남쪽에 있는 산이다.

의 전진全眞[388] 도사 백 명도 모두 이곳에서 공양해 드렸지.

익리　그러셨군요! 소인이 바로 나가서 소관인께 알려 드리겠습니다!

유씨　내가 갈 테니, 자네는 집에 들어와서 밥을 먹게!

유씨

아이가 오늘 돌아왔다고 들으니,

금노

기쁨이 하늘에서 내려와 얼굴에 웃음이 퍼지시네.

익리

도중에 쓸데없는 말은 듣지 말아야겠네,

돌아와 보니 향등이 예전처럼 걸려 있구나.

388　전진교는 금나라 때 생겨난 도교의 일파이다.

모자의 재회

(母子團圓)

생 … 나복
외 … 이 공
정 … 하인
부 … 유씨
말 … 익리
축 … 금노

나복

【반천비半天飛】

돌아간다네,

금강산을 지나오다 위험에 빠졌는데,

관음의 비호 덕택에,

어려움에서 벗어났다네.

아!

이 일은 아직 의심스러우니,

잘 생각해 보자.

자비로우신 아미타불께서,

말씀하시기를, 자친께,

곡절이 많아질 것이라고 하시면서,

나를 재촉하여,

얼른 집으로 돌아가라고 하셨지.

그래서,

삼보일배로 집에 돌아가면서, (첩)

어머님께 복을 내려 주시고 재앙을 없애 달라고 기도한다네.

(조장을 한다.)

(이 공이 등장한다.)

이 공

【전강】

세월은 나는 듯이 지나가니,

다시 한매寒梅가 네댓 가지에 피었구나.

눈 그치고 날이 개니,

청산에 본래 얼굴이 돌아오고,

마른 대나무는 오랫동안 접혔던 허리를 막 폈구나.[389]

눈 온 뒤의 경치가 아름답구나.

장안에는 가난한 사람들이 있으니,

상서로우면 그만이니 많이 내리지는 말아라.[390]

가난한 사람들은 입을 것과 먹을 것을 걱정한다네.

아!

(하인이 등장한다.)

하인 나리, 제가 나무하러 가다가 나복 관인이 삼보일배로 절

---

389 송나라 애성부(艾性夫)의 시 「설소(雪銷)」의 일부와 비슷하다.
390 당나라 나은(羅隱)의 시 「설(雪)」의 일부와 비슷하다.

하면서 돌아오는 모습을 보았습니다요!

이 공

갑자기 나무꾼이 소식을 전하여,

나복이 돌아온다고 하네.

내가 얼른,

둑을 지나가서,

그가 돌아오기를 기다렸다가,

그에게 권고하여,

모친을 뵙거든,

너그럽게 마음먹고,

쓸데없이 다투지 말라고 해야겠다.

하인　옛날에 마님에게 충고하시다가 욕을 들었으니 더는 상관

하지 마십시오!

이 공　이놈아! 모자지간은 남이 말하기 어려운 법이니라.[391]

내가 화목하게 해 주지 않는다면 또 누가 해 주겠는가! (첩)

(멈추어 선다.)

나복　(절을 하며 노래한다.)

【전강】

아미타불!

봄볕에 보답하기 어려우니,

안타깝게도 정성청온定省清溫[392]을 오랫동안 올리지 못했네.

391　한나라 반고(班固)의『한서(漢書)』「차천추전(車千秋傳)」에 나오는 말과 비슷하다.

392　저녁에는 잠자리를 보살피고, 아침에는 안부를 여쭈며, 겨울에는 따뜻하게, 여름에는 시

작은 풀 같은 마음 헛되이 매어 두고,

백배百拜를 올려도 몸이 어찌 고달프리요.

아미타불, 아!

이 공 조카님, 돌아오셨는가?

나복

갑자기 아버님의 친구분을 뵈오니,

마음이 북받치는구나!

이 공 조카님, 앞을 보아도 부처님이 안 계시고 뒤를 돌아보아
도 스님이 없는데 삼보일배는 누구에게 올리는 것인가?

나복

감사하게도 관음을 뵈었는데,

말씀하시기를, 저의 자친께서,

곡절이 많게 되실 것이라고 하셨습니다.

그래서 삼보일배로,

절을 올리며 집으로 가면서,

자친의 속세의 죄를 참회하느라,

한가로이 헤어져 있던 이야기를 할 겨를이 없습니다.

아미타불!

이 공

【전강】

잠시만 멈추어 서서,

내가 알려 주는 말을 한마디만 들어주시게.

원하게 부모님을 보살펴 드리는 도리를 말한다.

조카님이 떠난 뒤에, 자당께서는,

　참언謙言을 경솔하게 믿으시고,

　삼관도를 훼손하셨다네.

아!

나복 어쩌면 좋겠습니까!

이 공

　지금 권하노니 자네는 슬퍼하지 말고,

　집으로 돌아가,

　존당께 절을 올리고,

　간곡히 간언하시게.

　모자가 한마음을 이루면,

　서로 의지할 곳이 절로 생길 것이니,

　서둘러 시비를 가리려고 하지는 마시게. (첩)

나복

　【쇄남지鎖南枝】

　어르신 말씀을 들으니,

　절로 원망과 한탄이 나옵니다.

　한스럽게도 제가 자식 된 도리를 다하지 못하여,

　아버님이 제게 당부하신 일을 지키지 못했습니다.

　재식과 부처님 공양을,

　당신이 계실 때처럼 하라는 당부가,

　그 말씀이 귀에 쟁쟁합니다.

어머니!

오늘 갑자기 어기게 되었으니,

통탄하여 간장肝腸이 찢어집니다.

이 공 마음을 푸시게, 마음을 푸시게.

(나복이 졸도한다.)

이 공 이를 어쩌면 좋을까?

(유씨가 등장한다.)

유씨

　【전강】

　아이가 도착했다는 말을 들으니,

　기쁨에 눈썹이 치켜올라가네.

　그가 삼보일배로 어미를 위해 예를 올린다니,

　발걸음을 옮겨 둑으로 가서,

　아이의 소식을 알아보아야겠다.

(이 공을 만난다)

이 공께서는 저를 나무라지 마세요.

　아이가 무슨 일로,

　졸도하여 불러도 일어나지 않습니까?

이제 알겠다,

이 노인네야,

　네가 무슨 말을 늘어놓아서,

　우리 아들을 기가 막혀 죽게 만든 것이지?

하인 나리, 유씨 마님이 나리를 욕하니 얼른 돌아가시지요.

　입 닫고 혀를 깊이 감추면,

몸이 어디에 있어도 늘 편안하리라.[393]

(하인이 이 공을 이끌고 퇴장한다.)

나복

【전강】

나는 삼혼三魂이 아득해지고,

칠백七魄이 치달리는구나.[394]

어르신이 아니었으면 누가 내게 자세히 말해 주었을까?

유씨　아, 그 노인네가 무슨 말을 늘어놓은 것이로구나! 노인네야, 노인네야, 먼 사람이 사이가 가까운 사람들을 갈라놓게 하지 말라는 말을 듣지 못했느냐! 가까운 사람들로 하여금 그 가까운 사이를 잃지 않게 하라는 것 말이다.

오늘 당신이 우리 모자를 이간질했으니,

아이가 만약 나와 멀어진다면,

반드시 당신을 가만두지 않으리라!

애야!

어미가 와 보니 애통하여 구슬 같은 눈물이 떨어지는구나.

막 아들이 도착했다는 말을 들었을 때 얼마나 기뻤겠느냐! 그런데 지금 이런 모습을 보니,

내가 기뻐한 지 얼마 되지도 않았는데,

393　당나라 풍도(馮道)의 시 「설(舌)」의 일부이다.

394　삼혼은 사람 몸속에 있다는 세 가지 정혼으로 태광(胎光), 상령(爽靈), 유정(幽精)을 말한다. 또 칠백(七魄)도 사람 몸속에 있다는 일곱 가지 넋으로 시구(尸狗), 복시(伏矢), 작음(雀陰), 탄적(吞賊), 비독(非毒), 제예(除穢), 취폐(臭肺) 등을 말한다. 곧 삼혼칠백은 사람의 넋을 두루 일컫는 말이다.

또다시 슬프게 되었구나!

혹시 몸이 피곤해서 그랬느냐?

나복

　【전강】

　어머니,

　　몸이 피곤해서 그런 것이 아니옵니다.

유씨　그럼 본전을 다 잃어서 그랬느냐?

나복

　　본전을 잃어서 그런 것도 아니옵니다.

유씨　그럼 무엇 때문이냐?

나복

　　이 공께서 제게 분명히 얘기해 주셨습니다.

유씨　그가 무슨 얘기를 하더냐?

나복

　　그분은 저더러 어머님의 말씀과 마음에 순종하고,

　　서로 어긋나지 말라고 하셨습니다.

유씨　그가 그렇게 충고했는데 너는 어찌하여 졸도했느냐?

나복　아버님의 친구분을 뵈오니 아버님을 뵌 것만 같았습니다.

　　그래서 애통하고 슬퍼서,

　　길바닥에 졸도했습니다.

　(익리가 등장한다.)

익리

　　남의 말은 믿기 어렵고,

직접 보아야 진짜라네.

유씨 애야, 익리가 집에 다녀왔으니 물어보면 잘 알 것이다.

익리

【향류낭香柳娘】

도련님이 나를 보내셔서, (첩)

집에 도착하여 잘 알게 되었네.

(나복이 조용히 묻는다.)

나복 삼관은 없어졌던가?

익리

삼관의 성상聖像은 예전처럼 그대로 있었습니다.

나복 향등도 없던가?

익리

향등도 매달려 있었습니다. (첩)

나복 스님들께 공양도 안 하던가?

익리

예전처럼 스님들께 공양을 하고 있으니,

어찌 어지럽거나 태만하게 한 적이 있었겠습니까?

유씨 애야, 이제는 잘 알았느냐?

나복

(합) 뜬구름 같은 세태에, (첩)

내내 의심을 품었으니,

이 모두 나의 죄로다.

【전강】

자네의 말을 들으니, (첩)

근심이 금세 사라지네.

어머니,

사람들이 말을 잘못했지만 탓하지 마십시오,

얼른 집으로 돌아가시지요. (첩)

(금노가 등장한다.)

금노 동인님 오셨어요? 많이 장성하셨네요!

나복 금노는 향분香盆을 가져오너라!

연화대蓮花臺를 향해 머리를 조아리고,

향을 붙잡고 참배하리라.

(합) 뜬구름 같은 세태에, (첩)

내내 의심을 품었으니,

이 모두 나의 죄로다.

유씨

【전강】

내가 그때 재물 때문에, (첩)

아이를 바깥으로 내보낸 뒤로,

두 눈으로 뚫어지게 바라보며 미간을 찌푸렸었지.

장사는 어땠느냐?

나복 어머님께서 보우해 주셔서 이득을 몇 배로 얻었습니다.

유씨

다행히 이득을 몇 배 얻었구나. (첩)

재물을 불려 아이를 칭찬하니,

어미의 마음은 더욱 기쁘구나.

(합) 오늘 아침이 되니 기쁘도다. (첩)

모자가 얼굴에 웃음이 가득해지니,

하늘이 도와주심에 감사드리네.

나복

【전강】

안타깝게도 몇 년 동안 떠나 있었으니, (첩)

청온淸溫을 그 누가 대신 돌보아 드렸으랴?

돌아와 보니 다행히도 어머님은 강녕하시고,

온갖 일들도 잘되고 있으니, (첩)

이는 모두 어머님께서 잘 헤아리셔서,

잘못되지 않게 잘 지탱하신 덕택이라네.

(합) 오늘 아침이 되니 기쁘도다. (첩)

모자가 얼굴에 웃음이 가득해지니,

하늘이 도와주심에 감사드리네.

유씨

아이는 다행히 집에 돌아왔으니,

오는 길에 있었던 쓸데없는 말은 귀에 담지 말거라.

나복

모자가 예전처럼 선과善果를 닦으니,

희문戱文은 여기에서 소단원小團圓을 이루네.

중권

제35척

개장
(開場)

말 … 개장자

개장자

【서강월西江月】

옛 성현의 책 보따리는 심오하고 오묘하고,

황조皇朝의 법망은 엄격하고도 밝도다.

몇 사람이 책 읽고 몇 사람이 법 지키며,

성현과 황상의 가르침을 저버리지 않던가.

연기를 펼칠 때는 올바른 가르침을 조금이라도 받들고,

노래할 때는 사람들의 마음을 많이 움직이게 해야 하네.

만약 보시고도 마음이 움직이지 않는다면,

노닐던 물고기가 떠올라 들었던 음악395에 미치지 못함이 부끄

---

395 원문은 '유어출청(游魚出聽)'으로, 『순자(荀子)』「권학(勸學)」에 호파(瓠巴)라는 사람이 슬(瑟)을 연주하자 물속의 물고기들이 물 위로 떠올라 그 소리를 들었다는 이야기가 있다.

럽겠네.

무대 안에 계시는 자제들은 채비가 다 되었습니까?

무대 안 모두 준비되었습니다.

개장자 오늘 밤에는 누구네 집 이야기를 보여 주실 것인지요?

무대 안 「목련이 효도를 행하여 모친을 구하는 권선의 희문」

상중하 세 권 중에 오늘은 중권을 하겠습니다.

개장자 그렇군요, 잘 알겠습니다. 그럼 중권의 줄거리를 어러

군자님께 말씀드리겠으니, 잘 들어 보십시오.

　　유씨가 고기를 먹어 악업을 쌓으니,

　　저승에서는 책임을 물어 온갖 죄를 받았다네.

　　관음이 부나복을 점화點化하시니,

　　불경과 모친 초상을 지니고 서천으로 향한다네.

축수와 권선
(壽母勸善)

생 … 나복
말 … 익리
부 … 유씨
축 … 금노

나복

【서학선瑞鶴仙】

백 가지 행실 중에 효도가 으뜸인데,

슬프게도 아버님 계시던 방은 차갑기만 하고,

다행히도 어머님은 강건하시네.

또다시 봄빛이 아름다운 때가 되었으니,

모름지기 경치를 바라보며 즐거움을 받들고,

때에 맞추어 선심善心을 닦아야 하리라.

사람의 일이 두루 온전하면,

하늘의 이치에서 저절로 드러나는 것.

스스로 독경하고 염불하면,

따로 하늘에 보답을 바랄 수 있으리라.

천지에는 분명히 귀신이 있고,

인륜은 모름지기 군친君親을 중히 여겨야 하네.

만약 마음이 허령불매虛靈不昧396의 이치에 어둡다면,

어찌 스스로 충효인이 될 수 있으리요?

스님과 도사들에게 공양을 베풀고,

외롭고 가난한 이들을 구제하고,

재식하며 신명을 공경하네.

지엄하신 아버님의 가르침을 받든 이래로,

삼가 마음에 새겨 종일토록 정성을 다해 행한다네.

소생은 공경을 다해 마음에 두어 중니仲尼의 삼외三畏397를 확
고하게 지키고, 외물外物과 접촉하는 것을 살펴서, 그때마다 양
진楊震의 사지四知398를 마음에 두었습니다. 마시고 먹는 것을
줄여 귀신을 받들고, 입는 것을 아껴 부처님 꾸밈을 아름답게
하였습니다. 하늘은 아버님이고 땅은 어머님이니 천하를 한
집처럼 생각하고, 나를 버리고 남을 따라서 허리 굽고 등 솟은
이들을 내 몸처럼 여겼습니다. 효제孝悌를 두터이 하여 인仁의
근본으로 삼고, 자비에 전념하여 성인이 될 계기로 삼았습니
다. 불행하게도 아버님께서는 세상을 떠나셨고 지금은 어머님

---

396 '잡되지 않고 신령하여 어둡지 않다'는 뜻으로, 유가에서 명덕(明德)의 본령에 대한 설명
이다.

397 『논어』「계씨」에 "공자께서 말씀하셨다. '군자가 두려워해야 할 세 가지 일이 있는데, 천
명(天命)을 두려워하고 대인을 두려워하고 성인의 말씀을 두려워하는 것이다(孔子曰, 君子有
三畏, 畏天命, 畏大人, 畏聖人之言)'"라는 구절이 있다. 중니는 공자의 자(字)이다.

398 『후한서』「양진전」에 후한 때 사람 양진이 뇌물을 받지 않고 물리치면서, "하늘이 알고,
신이 알고, 내가 알고, 그대가 안다(天知, 神知, 我知, 子知)"고 말한 일화가 전한다.

께서 홀로 지내고 계시는데, 기쁘게도 이 봄빛 아름다운 때를
만났으니 술 한잔을 준비하여 어머님께 축수하고자 합니다.
어제 익리에게 분부해 두었는데, 나오도록 불러 보아야겠습
니다.

(익리를 부른다. 익리가 등장한다.)

익리

　　고운 햇빛 아래 비단 같은 꽃들이 동산을 향기롭게 하고,

　　부처님 하늘에 퉁소 같은 새 울음소리가 누대를 울리네.

(나복이 사정을 말한다. 유씨를 청한다.)

유씨

　　【알금문謁金門】

　　봄날 새벽에,

　　처마의 참새들이 짹짹짹 자주 울어 대네.

　　한가로운 집에서 주렴 장막 걷어 올리니,

　　동풍이 불어 보내네,

　　하늘거리는 화로 연기를.

금노

　　또한 들린다네, 버드나무 바깥의 꾀꼬리가,

　　마디마디 예쁘게 지저귀는 소리가.

　　해당화는 어젯밤에 모두 피었으니,

　　마땅히 때에 맞추어 즐겨야 한다네.

(유씨를 만난다.)

　　마님,

기쁘게도 봄빛이 좋은 날을 만나니,

붉은 꽃잎 날리고 연푸른 잎새들이 무성하네요.

유씨　금노야,

꽃이 말을 할 줄 안다면,

노인을 위해 피지는 않았다고 말할까 걱정이니라.

(유씨와 나복이 만난다.)

나복

【석노교惜奴嬌】

꽃과 버들이 아름다움을 다투고,

또 꾀꼬리가 버드나무 아래에서 지저귀고,

나비가 꽃 앞에서 춤추는 모습을 보았습니다.

안타깝게도 봄볕을 갚기 어려우니,

양춘陽春에 마디풀 같은 마음이 걸립니다.

삼가 술 한잔 받들어서,

진실하고 공경한 마음을 표하오니,

어머님의 강건함을 비옵니다.

(합) 창천에 고하오니,

원컨대 해마다 오늘과 같이,

화연華筵을 다시 펼칠 수 있게 해 주소서.

유씨

【전강환두前腔換頭】

부럽구나,

봄빛이 아름답고,

나뭇가지에 벌들이 꽃술을 안고 날고,

연못에 물고기가 물 위로 뻐끔거리는 모습을 보았네.

태평한 시절이라,

젊은 남녀들이 너도나도 놀러 나가는구나.

모름지기 인생이 즐거워야지,

그것이 바로 신선이 되는 길이라네.

(합) 창천에 고하오니,

원컨대 해마다 오늘과 같이,

화연을 다시 펼칠 수 있게 해 주소서.

금노, 익리

【흑마서환두黑麻序換頭】

기쁘고 즐거워라,

꽃은 향기롭고,

단지에는 술이 있고,

사람들은 한가롭다네.

마님,

이 좋은 계절을 만났으니,

마음을 열고 노닐기에 정말 좋습니다.

나복

생각해 보면,

선친께서 복전福田을 일구셨으니,

오늘 하늘의 보살핌을 받든다네.

(합) 유언을 받들어,

모름지기 닭 울면 일어나고,

부지런히 선행을 행해야 하네.

유씨

【전강】

내 얕은 생각으로는,

부유하고 가난한 것,

귀하고 천한 것,

오래 살고 단명하는 것,

모두가 옛 인연이라네.

한漢 무제武帝가 신선이 되고자 했는데,

이 일을 거울 삼을 수 있을 것이라네.[399]

나복 어머님,

말씀 올리는 것을 들어주소서,

이런 이야기가 있지 않습니까,

지척에 신명이 계시고,

한 번 생각하면 하늘이 감응한다고요.

(합) 유언을 받들어,

모름지기 닭 울면 일어나고,

부지런히 선행을 행해야 하네.

유씨

【미성尾聲】

---

[399] 한나라 무제가 신선이 되고자 노력했으나 결국 실패하고 말았던 것처럼, 어려운 목표를 이루기 위해 애쓰지 말고 안락을 즐기면 그만이라는 뜻이다.

안타깝게도 세월은 번개처럼 빠르다네.

나복

어머님은 하루빨리 선행하시도록 바꾸십시오.

(합) 사람이 늙으면 어찌 다시 젊어질 수 있으리요?

나복 어머님께 아뢰옵니다. 무릇 효는 그 뜻을 잘 잇고, 그 일을 잘 이어 가는 데 있습니다. 저는 지금 먼저 익리를 회연교 머리로 보내 일꾼을 사고 목재와 석재를 준비하여 예전과 같은 재승 건물을 짓고 돌을 쌓아 회연교를 복구하려 하는데, 어머님의 뜻은 어떠하신지요?

유씨 그렇게 하면 좋겠구나.

유씨

일가의 안락이 가장 값어치 있는 것이라네,

나복

만 냥의 황금은 자랑할 만하지 않습니다.

유씨 애야,

술을 앞에 두면 취하기를 사양하지 말아야 하느니라,

나복 어머님,

한가할 때는 그래도 염불을 해야 합니다.

제37척

십우의 서천행
(十友行路)

말, 소, 축 … 십우(十友)

모두

【보보교步步嬌**】**

금강산에 병마兵馬를 주둔했는데,

뜻은 패업을 도모하는 데 있었으니,

많은 사람 죽이는 일을 피하지 못했다네.

감사하게도 자비를 얻어,

관음께서 현신하여 점화點化해 주셨네.

산채를 버리고 서천으로 향하여,

부처님을 뵙고 공과功果를 이루리라.

사람들은 모두 마음속에 신명이 있으니,

바로 수행하지 않으면 이번 생을 그르치리라.

감사하게도 자비로운 관음께서 친히 점화해 주시니,

형제들은 힘을 모아 서천으로 달려가네.

우리는 장우대, 이순원 등입니다. 형제 열 명이 금강산 위에서 결의하여 풀을 베어 쌓고 병사를 주둔시켰는데, 감사하게도 관음 낭낭께서 우리가 일곱 세상 동안 수행하였다고 말씀해 주시고 부나복 형님과 의형제를 맺게 해 주셨으며, 우리가 먼저 서천에 가서 부처님을 뵙고 수행하여 훗날 형님을 도와 함께 대업을 이루라고 하셨습니다. 우리는 명을 받든 이래로 밤낮없이 힘써 행하였는데, 지금은 지나는 길에 날씨가 청명하니 몇 걸음이라도 더 서둘러 가야겠습니다.

이순원

【팔성감주八聲甘州】

형제들이 불도佛道를 흠모하니,

관산關山이 멀다 한들,

어찌 바삐 가며 애쓰는 것을 꺼리랴?

걱정하고 부지런하며 삼가고 힘쓰니,

산속 오솔길에 또다시 쑥과 띠풀 자랄까 걱정하네.[400]

사람들이 말하기를, 서천 가는 길이 십만 팔천 리라고 하는데, 형제들,

서천 길이 멀지만 끝내 당도해야 한다네.

관음 낭낭께서 말씀하시기를, 우리 형제들은 이미 일곱 세상을 수행하였다고 하니,

일곱 세상의 인연이 깊으니 어찌 포기할 수 있으랴?

---

400 예전의 나쁜 마음이 다시 싹트지 않기를 경계한다는 뜻이다.

(합) 형제들이여,

저녁과 아침으로,

한마음으로 오로지 아미타불을 외웁시다.

아미타불.

장우대

【전강】

봄날 교외의 경치가 무르익으니,

온갖 붉은빛 자줏빛 꽃들이,

아름다움을 다투네.

다만 걱정은 봄이 저물면,

물 흘러가고 꽃 져서 무료해질까 하는 것.

형제들,

어찌 서쪽 변방의 안락국安樂國이,

늘 천지가 금수강산인 것만 같겠는가.

(합) 형제들이여,

저녁과 아침으로,

한마음으로 오로지 아미타불을 외웁시다.

아미타불.

십우 갑   우리 형제는 금강산을 버리고 안락국으로 갑니다.

【전강】

새가 옛 둥지를 버리고,

표연히 멀리 날아올라,

곧장 푸른 하늘로 솟구치듯 하네.

차마 고개 돌리지 못하니,

그때 잘못한 일들을 후회해서라네.

옛말에 "선업을 쌓은 집은 반드시 뒤에 경사가 있고, 선업을
쌓지 못한 집은 반드시 뒤에 재앙이 있다"[401]라고 하였네.

알아야 하네, 선업을 쌓으면 하늘의 보살핌을 받는다는 것을,

우습도다, 강도 짓 하면 장래가 없다네.

(합) 형제들이여,

저녁과 아침으로,

한마음으로 오로지 아미타불을 외웁시다.

아미타불.

모두

【미尾】

돌아가고자 갈망하는 사람들은,

날이 저무니 배에 먼저 타려고 다투어 소란스럽네.

바람이 앞마을 술집의 깃발을 펄럭여 우리를 부르지만,

마시지 않으니 그 집 술값이 높아도 상관없다네.

온 세상이 명리名利를 얻고자 분주한데,

열 명은 몸과 마음을 닦고자 힘을 기울이네.

이번에 가서 서천의 부처님을 뵙고,

나무관세음에 두루 의지하려네.

---

401 『주역』「문언(文言)」에 나온다.

제38척

관음의 보우
(觀音渡厄)

첩 … 관음
단 … 철선공주(鐵扇公主)
외 … 운교도인(雲橋道人)
정 … 저백개(猪百介)

관음

【삼봉고三棒鼓】

천풍天風에 불려 보내 요대瑤臺를 내려와서,

사람 세상의 고난과 재액을 구제하노라.

효도하는 이는 품어 줄 만하고,

선업을 닦는 이는 더욱 아껴 줄 만하다네.

세상의 소리를 살필 때 하계의 소리를 들으니,

오로지 열 명이 여행 중에 고난을 만나서라네.

집안이 가난한 것은 가난한 것이 아니요,

길 위에서 가난한 것이 사람을 근심하게 한다네.

열 명이 길 위에서 고난을 겪으며,

말끝마다 관음을 부르는구나.

장우대 형제 열 명을 내가 금강산에서 점화해 주었는데, 이들에게 먼저 서천으로 가서 수행하여 훗날 나복을 도와 함께 대업을 이루라고 하였다네. 이들은 가는 도중에 화염산火燄山, 한빙지寒冰池, 난사하爛沙河에 도착할 것인데, 이 험한 곳들은 모두 천연으로 생겨나서 홍진 세상과 갈라놓아 범인凡人들이 함부로 부처님의 땅을 밟지 못하게 한 것이라네. 이제 철선공주를 불러 이들이 화염산을 지나갈 수 있게 하고, 운교도인을 불러 이들이 한빙지를 지나갈 수 있게 하며, 저백개를 불러 이들이 난사하를 지나갈 수 있게 하여 하루빨리 서천에 당도하여 함께 불과佛果를 이루게 하고자 한다네. 철선공주와 운교도인과 저백개는 얼른 올라오너라.

철선공주

【불시로不是路】

철선 여인이,

자비로우신 분의 부름을 받고 달려왔네.

운교도인

천가天街를 내려와서,

운교가 청천靑天 밖으로 수레 몰아 왔다네.

저백개

익살을 부리고 있었는데,

백련회白蓮會에서 백개를 부르셨으니,

사람들아, 나를 요괴라고 비웃지 마시게.

모두

하늘의 부르심을 받드니,

자비로우신 관음의 법력은 하늘만큼 크시다네,

앞으로 가서 참배를 올려야겠네.

(관음을 만난다. 관음이 이야기한다.)

관음   철선공주는 내 분부를 들어라,

【마불행馬不行】

철선의 풍채는,

하늘의 기교로 만들었으니 그 모습 매우 아름답도다.

지금 생각건대, 열 명은 고초를 겪으며,

만 리 먼 길에,

재난을 몇 번 만날 것인즉,

활활 타오르는 화염을 부채로 부쳐,

그들로 하여금 당당한 대로大路에 장애가 없게 해라.

철선공주

재주가 없음이 부끄럽사오나, (첩)

선과善果를 이루도록 힘써 부지런히 행하고자 하나이다.

관음   운교도인은 내 분부를 들어라,

【전강】

사람이 하늘 끝에 있으면,

구름 다리를 높이 두어 건너게 할 수 있도다.

지금 보건대, 연못의 얼음이 가득하고,

한기가 사람에게 스며들어,

뼈와 살을 얼어 터지게 하니,

구름 다리를 놓아 얼음 기슭을 건너게 하여,

따뜻하게 열 명을 초도超度하여 차가운 곳을 건너가게 해라.

운교도인

재주가 없음이 부끄럽사오나, (첩)

선과를 이루도록 힘써 부지런히 행하고자 하나이다.

관음　저백개는 내 분부를 들어라,

【전강】

너의 돼지 머리, 돼지 뺨에는,

어진 마음이 있어 온 땅을 두루 다니는도다.

이는 바로 뱀이 몸에 사람 머리나,

소 머리에 사람 몸과,

마찬가지 모습이라.

사하沙河의 막힌 곳에 구멍을 뚫어서,

그들로 하여금 아무 탈 없이 곧장 서쪽 변방의 경계에 도달하

게 해라.

저백개

재주가 없음이 부끄럽사오나, (첩)

선과를 이루도록 힘써 부지런히 행하고자 하나이다.

관음　지금 열 명이 곧 험지에 도착할 것이니, 너희들은 얼른 그

곳으로 가거라!

관음

부처님의 가르침과 인연이 있는 사람들인데,

공功을 혼자서 이룰 수는 없다네.

모두

  세 명이 분부를 받들어,

  각자 신령을 드러낸다네.

제39척

일꾼들의 자리다툼
(匠人爭席)

말 ⋯ 익리
축 ⋯ 석공
정 ⋯ 목공
소 ⋯ 미장이
생 ⋯ 나복

익리

기꺼이 집터를 닦고 집을 지어 선친의 덕을 잇는다네,

잘 이어받아 잘 펼치나니 효자의 마음이라네.

익리는 동인의 엄명을 받들어 회연교 머리에 왔습니다. 석공을 불러 모아 돌을 쌓아 다리를 놓고, 목공을 불러 모아 재방을 세우고, 미장이를 써서 잘 개어 발라 덮어서 원외님 계시던 때처럼 모든 것을 차질 없이 만들었습니다. 공사비가 이미 나왔으니 술 한잔을 마련하여 장인들을 격려하고 보내려 합니다. 술이 이미 준비되었으니 일꾼들은 모두 올라오시게.

(목공, 미장이, 석공이 등장한다.)

장인들

【출대자出隊子】

공사를 모두 마치고,

공사비를 받아 각자 돌아가려네.

이곳에 온 뒤로 줄곧 채식만 하였으니,

석 달 동안 어찌 고기 맛을 보았겠는가.[402]

일찌감치 집에 돌아가서,

훈채葷菜를 사서 먹으리라.

(익리를 만난다.)

익리 간소하게 술상을 마련하여 여러분을 전별하고자 하니 앉아서 마음껏 드시게.

석공 누가 상석에 앉을까요?

익리 여러분이 알아서 정하게.

(서로 다툰다.)

장인들 익리 형님 말씀대로 할 테니 누가 앉을까요?

익리 나도 뭐라고 말하기가 어려우니 동인님께 여쭈어 보아야겠네.

예의는 현자에게서 나오고,

자리는 주인을 기다려 나온다네.

(익리가 퇴장한다.)

석공 나오건 말건 이 석공이 상석에 앉겠소이다.

미장이 어째서 당신이 상석에 앉겠다는 것이오?

석공 석공의 내력을 한번 들어 보시오.

---

402 『논어』「술이(述而)」에 공자가 제나라에 있었을 때 순임금의 음악인 소(韶)를 듣고 석 달 동안 고기 맛을 잊었다는 구절이 있다.

〔서강월西江月〕

옛날 여와女媧가 돌을 갈아서,

날아올라 푸른 하늘을 기웠다네.

석공이 가장 높은 곳에 있었으니 지금까지 전해지고,

강 위에서 다리를 걷어 낼 수 있다네.

남북의 사람들이 건너다닐 수 있고,

막혔던 동서의 땅이 연결되네.

수레 타고 건너며 앞을 다투니,

상석은 마땅히 내가 차지해야 옳다네.

목공 새벽에 한밤 통행금지를 어긴 자를 붙잡은 것처럼 일찍 왔다네. 나 목공이 상석에 앉아야 하오.

석공 어째서 당신이 앉아야 하지?

목공

〔서강월〕

옛날 둥지 틀고 움막에서 살 때,

희황羲皇[403]께서 집을 지어 백성들을 살게 하셨지.

노반魯班[404]이 나와 법도가 더욱 정밀해졌으니,

그림쇠와 곱자로 가지런하고 바르게 하였지.

양쪽 기슭의 재방이 별처럼 많이 지어지니,

---

[403] 복희씨(伏羲氏)를 말한다. 복희씨는 사냥하는 법과 불을 사용하는 법을 가르쳤다고 전한다. 사람들에게 집 짓는 법, 옷 짜는 법을 가르치고 수레를 발명한 제왕은 황제(黃帝) 헌원씨(軒轅氏)였다고 하는데, 여기에서는 복희씨가 집을 지어 준 것으로 말하고 있다.

[404] 춘추 시대 노나라의 유명한 목공으로, 기술이 출중하고 발명품이 많아서 후세 장인의 시조로 추앙되었다.

사방의 뛰어난 선비들이 구름처럼 일어났네.

은덕을 베풀어 온 천하를 안정시켰으니,

상석은 내가 차지하기에 손색이 없다네.

미장이   왕부王府의 변소에라도 어찌 당신 몫이 있겠는가! 나 미

장이가 상석에 앉아야 하오.

목공   어째서 당신이 앉아야 하지?

미장이

〔서강월〕

요堯임금은 궁전의 띠풀을 자르지 않았고,[405]

순舜은 친히 황하黃河 가에서 도기陶器를 빚었다네.[406]

집집마다 지붕 위에 모두 먹구름 잔뜩 끼어,

비와 눈이 내린들 어찌 걱정하리요?

목석木石은 내가 가려 안 보이게 해 주고,

재방齋房은 내가 완성하지.

오늘 아침 자리는 다툴 필요가 없으니,

상석은 내가 차지해야 하네.

(자리에 앉다가 다툰다. 석공이 몰래 미장이를 끌어당겨 말한다.)

석공   미장이와 석공은 본래 하나였으니, 내가 자네에게 은자銀子

닷 전을 줄 테니 목공을 한 대 때려 주면 어떻겠는가?

(미장이가 목공을 때린다.)

---

405 『한비자(韓非子)』「오두(五蠹)」에 나오는 말로, 스스로 검소하게 생활하면서 백성들을
보살피는 데 힘썼다는 뜻으로 쓰고 있다.

406 『묵자(墨子)』「상현 하(尙賢下)」에 나오는 말로, 역시 검소하게 생활했다는 뜻으로 쓰고
있다.

목공 이 미장이가 분간을 못 하는구나! 나와 자네는 모두 상등

上等의 장인이고 저자는 하등下等의 사람이네. 내가 자네에게

은자 닷 전을 줄 테니 저 석공을 한 대 때려 주오!

미장이 그런 일은 하지 않겠소.

목공 간사한 자 같으니라고! 할 수 없지, 자네가 하지 않겠다면

이 주먹을 빌려다가 나 대신 한번 써 보게.

미장이 할 수 없지, 에잇!

(석공을 때린다.)

석공 미장이는 사기꾼이로군! 방금 내 은자 닷 전을 받았는데,

어찌하여 같은 편을 때리는가?

목공 저자가 당신 은자 닷 전을 받았다고?

석공 그렇지.

목공 내 은자도 닷 전을 받아 갔는데! 이 개자식 같으니라고!

양쪽에서 돈을 받아 놓고 우리 두 사람이 서로 원수가 되게 했

군. 우리 둘이 마음을 합쳐 저놈을 힘껏 때려 주세!

(때린다. 익리와 나복이 등장한다.)

석공, 목공

【반천비半天飛】

주인님께 아뢰옵니다,

어찌 참으리요, 이놈이,

무지한 귀신이 되어 일을 저지르고 만 것을.

저자는 석공의 은자를 받고 목공을 때렸고, 또 목공의 은자를

받고 석공을 때렸습니다.

석공은 그에게 꾐을 당했고,

목공은 그에게 속았다네.

아!

우리는 지금 두 사람이 화합하여,

함께 그를 치려고 하네.

그에게 주먹과 방망이를 먹여 주어,

그가 혀와 입술을 놀려,

몰래 남을 속이는 일이 없도록 해야겠네.

나복　오랫동안 잘 지내 왔으니 참아 주시게.

석공

사람이 용서해도 하늘이 용서하지 않을 것입니다.

나복　어찌하여 다투었는가?

미장이

【전강】

단지 상석을 정하기 어려워서,

그리하여 세 사람이 다투게 되었습니다.

이 석공은,

나를 매수하여 흥을 내었고,

이 목공은,

나를 매수하여 화를 삭였습니다.

아! 나는 그저,

양쪽으로 공평하게 그들을 도운 것뿐입니다.

석공　어디에 이와 같은 공평이 있다는 것이냐?

미장이

　어찌 알았으랴, 그들이 낯을 바꾸어 무정하게도,

　함께 계략을 도모하여,

　나를 이렇게 두들겨 팰 줄이야.

나 혼자 두 사람을 때려죽이면 한 사람만 목숨을 바쳐도 되지만, 저 두 사람이 한 사람을 때려죽이면 두 사람의 목숨을 다 바쳐야 합니다.

　엎드려 바라옵건대, 주인님께서는 증인이 되어 주소서.

나복

　【전강】

　예법은 존귀하고 비천한 데 따라 다르니,

　비록 인정에 바탕을 둔다 해도 만물의 이치를 갖추어야 한다네.

목공　만물의 이치를 갖추어야 한다는 것은 무슨 뜻인지요?

나복　쇠, 나무, 물, 불, 흙처럼,

　만물에는 천연의 순서가 있고,

　길례吉禮, 흉례凶禮, 군례軍禮, 빈례賓禮, 가례嘉禮에서,[407]

　사람은 조화를 귀하게 여긴다네.

　아!

　(모두 "용서할 수 없지"라고 서로 말한다.)

나복　옛말에 이르기를,

　남을 용서하는 일은 어리석은 것이 아니고 편의를 얻게 된다고

---

407 『주례(周禮)』「춘관대종백(春官大宗伯)」에 나오는 '오례(五禮)'로, 각각 제례, 상례, 훈련 및 정벌의 예법, 빈객 접대의 예법, 관혼례 등을 뜻한다.

했네.408

익리 동인님께 아룁니다, 소인에게 방법이 있습니다.

나복 무슨 방법이 있다는 말인가?

익리 저 세 사람에게 각자 큰 잔을 하나씩 들게 하고 제가 술을
따라 주겠습니다.

석 잔을 바로 마시게 하고,

순서에 따라 옮겨 가며 앉게 하면,

둥글게 둥글게 돌고 돌아,

화기애애하게 되어,

수레바퀴 모임이 될 것입니다.

(모두 웃으며 말한다.)

모두 좋습니다! 좋아요!

나복 이것을 마시면 화기애애해지겠구나.

뭐 하러 힘 겨루어 상석에 앉으려 할 것인가.

옛날의 군자는 천하에서 가장 높을 수 없다는 것을 알기에 아
래에 거처하고, 사람들 중에 가장 앞설 수 없다는 것을 알기에
뒤에 거처한다고 하였으니,409 이런 까닭에 힘센 자는 끝이 좋
지 못하고,410 이기기를 좋아하는 자는 반드시 그 적수를 만나
는 것이네.411 앞으로는 다투지 말게.

---

408 송나라 진원정(陳元靚)의 『사림광기(事林廣記)』「결교경어(結交警語)」에 나오는 말
이다.

409 『공자가어』「관주(觀周)」에 나온다. 『명심보감』「존심(存心)」에도 나온다.

410 『도덕경』제42장에 나온다.

411 송나라 임포(林逋)의 『성심록(省心錄)』에 나온다.

(모두 생각에 잠긴다.)

모두   맞는 말씀입니다.

(각자 후회한다.)

모두   각자 반성하고 깨달았습니다.

미장이   이 공사비를 저는 받지 않겠습니다.

석공   저도 안 받겠습니다.

목공   저도 안 받겠습니다. 함께 주인님께 돌려 드립시다.

나복   공사비는 여러분이 마땅히 받아야 할 것이니 내가 어찌 이것을 돌려받겠소!

모두

【전강】

밝으신 말씀에 크게 느낍니다,

장인들의 마음은 이미 환히 밝아졌습니다.

주인님께서 술을 내려 주신 것은 좋은 뜻이니 어찌 다툴 수 있겠습니까?

높고 큰 생각이 전혀 없었으니,

저희 소인들은 군자의 마당을 밟을 수 없습니다.

주인님의 얼굴을 뵙기가 부끄럽습니다.

아! 주인님이 은자를 받지 않으시겠다니,

우리 모두 이 돈을 좋은 인연을 맺어,

재공齋公들에게 주어,

향로와 소병小甁을 주조하게 하여,

신령님 앞에 바쳐서,

옛 죄를 참회하고자 합니다.

또 주인님은,

일꾼들을 감동시켜,

짧은 동안에,

일변하여 모두 선함을 따르게 되었습니다.

목공   옛말에 이르기를, 남을 주먹으로 한 대 때리면 사흘 동안 잠을 못 잔다고 했는데, 이제 화해했으니 각자,

귀가하여 편하게 잠을 잡시다.

미장이

장인들의 마음은 이미 환해졌으니,

나복

술 한 잔에 병권兵權 놓게 한 일[412]을 이제 알겠네.

석공

인생은 오로지 화목하게 지내는 것이 좋으니,

함께

서로 힘을 다투는 것은 한갓 꿈일 뿐이라네.

(석공, 목공, 미장이가 퇴장한다.)

나복   장인들이 해산했으니 익리는 깃발을 세우고 스님, 도사, 비구니에게 공양하는 일을 예전과 똑같이 하게. 쌀을 베풀고 은을 베풀고 베를 베푸는 일을 지난날과 똑같이 하게. 바라건

---

412   송나라 태조(太祖) 조광윤(趙匡胤)이 권력을 강화하기 위해 연회를 열어 협박과 회유를 병행하며 장수들에게 병권을 포기하게 했다는 일화에서 유래한 말로, 여기에서는 서로 싸우지 않게 된 것을 가리킨다.

대 위로는 아버님의 공업功業을 잇고 아래로는 어머님의 장수
를 빌고자 하네.

익리   알겠습니다. 동인님께서 재방에 드시면 소인이 일일이 따
라 행하겠습니다. 만약 사람이 찾아오면 마땅히 보고하겠습
니다. .

나복

방편方便이 되는 일을 널리 행하니,

음덕陰德이 천지에 가득하도다.

(퇴장한다.)

제40척

유씨의 탄식
(劉氏自歎)

부 … 유씨
축 … 금노
소 … 안동
말 … 토지신

유씨

【유초청柳稍靑】

봄빛은 사라지기 쉬우니,

피 토하듯 울어 대는 두견새 소리 듣기 두렵네.

마당 가득 동풍 불어오니,

해당화는 바닥에 떨어져 수를 놓고,

배꽃은 눈처럼 날리네.

금노　마님,

비 그친 뒤에 정향丁香 가지 처진 모습을 보니,

저 근심은 누구 때문에 마디마디 맺혔을까요?413

413　당나라 윤악(尹鶚)의 사(詞) 「발도자(拔櫂子)」 중에 "마음은 정향처럼 맺혀 있어서, 보고 또 보다가 하얀 가슴이 다 말라 버렸네(寸心恰似丁香結, 看看瘦盡胸前雪)"라는 구절이 있다.

모름지기 믿어야 하니, 인생은,

술이 있고 꽃이 있으니,

또 마땅히 즐겨야 한답니다.

유씨

〔사칠언四七言〕

궂은비는 꽃 떨어지기를 재촉하고,

거센 바람은 버들 솜을 날려 보내네.

비바람은 모두 근심이려니,

아득하여 줄곧 하늘만큼 끝이 없구나.

까치는 봄을 불러오고,

제비는 봄을 물어 가니,

오직 지저귀는 꾀꼬리만 봄을 저버리지 않고,

소리마다 봄을 머물라고 붙잡네.

금노야, 원외님이 돌아가신 뒤로 근심 걱정을 이기지 못하였는데, 소관인小官人이 회연교에 재방을 세우려고 갔으니 원외님이 만약 계셨다면 기뻐하셨을 것이다. 이 일을 만나니 슬퍼지는구나.

금노   고정하세요.

유씨

【황앵아黃鶯兒】

두견새 슬피 울어,

바람을 재촉하니 꽃잎들이 날리는구나.

새소리 듣고 광경을 보아도 모두 봄 가는 것이 슬플 뿐이라네.

시절이 바뀌어 가는 것을 느끼니,

서글프고 처량하여,

성글고 희끗한 머리가 더욱 초췌해지네.

(합) 소관인은,

아미타불 외우며 청담清淡을 지키느라,

늙은 어미가 쇠해 가는 것을 돌보지 않는다네.

금노

【전강】

세월이 쉬지 않고 달려가는 것이,

어렸을 때 죽마 타며 놀았던 생각이 나는데,

다시 보니 머리 센 늙은이가 되었다네.

마치 장강의 급류가 재촉하는 듯합니다.

젊음이 있으면 반드시 늙음이 있고, 삶이 있으면 반드시 죽음
이 있으니, 이는 당연한 이치입니다.

우습다네, 불경 읽고 염불하여 무엇을 구제할까?

마님,

탄식하지 마시고,

줏대를 가지세요.

양생을 논하자면,

그래도 기름진 음식이 좋습니다.

(합) 소관인은,

아미타불 외우며 청담을 지키느라,

늙으신 모친이 쇠해 가는 것을 돌보지 않는다네.

유씨　염불하고 채식하는 것이 잘못임을 분명히 알겠지만, 원외님이 이같이 당부하셨고 아이도 당부를 어기지 못하고 있구나. 전에 아이가 집에 없을 때 희생을 재살宰殺했는데, 그 뼈를 뒤쪽 헛간에 숨겨 두었지. 금노야, 너는 안동을 불러와서 함께 뼈를 뒤쪽 화원으로 가져가 땅에 묻어 버려라.

금노　알겠습니다요. 안동은 어디 있느냐?

안동

　당상에서 부르시는 소리를 듣고서,

　바삐 달려가 섬돌 앞에 이르네.

　(유씨와 금노를 만난다. 유씨가 사연을 이야기한다.)

유씨

　【사범황앵아四犯黃鶯兒】

　내 이야기를 잘 듣고,

　얼른 행하거라,

　꾸물거리지 말고.

　함께 헛간으로 가서,

　문을 열고,

　뼈를 자루에 담아서,

　얼른 화원으로 가져가거라.

　(합) 땅을 파서,

　땅속에 깊이 묻어라.

안동　마님, 묻지 않아도 됩니다요. 자식이 어머니를 이길 수는 없는 이치인데, 설마 소관인을 두려워하는 것은 아니시겠지요?

유씨 아이를 두려워하는 것이 아니라, 아이가 보면 좋아하지 않을 것이니 묻어 버려서,

  모자간에 화목을 상하는 일이 없도록 하려는 것이니라.

안동 잘 알겠습니다요.

  (유씨가 퇴장한다.)

안동 금노 누님, 전에 술과 고기는 누님이 먹었고, 그렇게 하자고 누님이 먼저 말을 꺼냈으니 혼자 가세요. 나는 빠지겠어요!

금노 흥! 돼지와 양은 네가 샀고 술상도 네가 차렸으니 너 혼자 가거라. 나는 절대 안 가겠다!

안동 이렇게 말씀하니 우리 두 사람이,

  함께 갑시다, 미루지 말고.

금노 그렇지,

  함께 가자, 미루지 말고.

  (안동이 웃으면서 말한다.)

안동 누님이 인정하니까 내가 함께 가겠어요.

금노 흥! 가서 어쩌려고? 마님께서 분부하시기를,

  헛간에 가서 뼈를 옮겨 놓으라고 하셨다.

  (걸어간다. 무대 안에서 귀신 소리를 낸다. 두 사람이 놀란다.)

금노

  귀신이 우는 것이 분명하니,

  놀랍고도 두렵구나.

안동 옛말에 "마음이 약하면 귀신이 생겨난다"고 하였으니, 청

천백일에 어디에 귀신이 있다는 말인가요!

금노   그래,

　　마음이 약하면,

　　귓가에 귀신 울음이 들리는 것이지.

안동   아, 우리 둘이,

　　꾸물대지 말고 뼈를 옮겨 놓읍시다.

　　(옮기는 동작을 한다.)

　　(합) 땅을 파서,

　　땅속에 깊이 묻어라.

안동

　　뼈를 묻어 마님께서 걱정하지 않으시게 하네,

금노

　　맛있는 것을 토지신께 바쳐 드시게 한다네.

　　(퇴장한다.)

토지신

　　토지신을 결코 속일 수 없음을 알아야 할지니,

　　무슨 계획을 세우기도 전에 내가 먼저 안다네.

　　뼈를 화원 안에 묻으면서,

　　오히려 신령을 놀리다니.

나는 화원의 토지신입니다. 유씨 사진四眞이 맹세를 어겨 살생을 하고 또 뼈를 이곳에 묻었으니, 조사廟司와 사령社令을 만나 이 일을 의논하여, 유씨를 이 화원으로 오게 한 뒤에 땅을 갈라 그 아들에게 함께 보고 놀라게 하여 신령함을 드러낼 것입니다.

　권하노니 만사를 대충대충 하지 말게나,

　고개 들어 보면 지척에 신명이 있으니.

(퇴장한다.)

빈민 구제

(齋僧濟貧)

말 … 익리	축 … 맹인/노파
외 … 도사	단 … 비구니
정 … 스님/어부	소 … 효자
생 … 나복	첩 … 기녀

익리

기다란 번幡의 그림자가 푸른 하늘 밖에 걸려 있고,

널리 보시한 공로는 뭍과 바다에 가득하네.

저 익리는 동인님의 엄명을 받들어 다리와 재방의 수리를 모두 마쳤습니다. 향촉香燭과 지찰紙札414이 온전하고 돈과 쌀, 베와 비단이 모두 갖추어졌습니다. 제 말이 아직 끝나지 않았는데 동인께서 올라오시는군요.

나복

【기생초奇生草】

음택蔭宅415에는 여러 군자가 계시고,

---

414 종이로 만든 명기(冥器)를 뜻한다.

415 음(蔭)은 조상의 공로로 후손이 벼슬을 얻거나 죄를 사면받는 것을 말하고, 음택은 공로

후문侯門에는 다섯 대부大夫가 있다네.416

공명功名은 물고기 잡는 낚싯바늘로는 걸려들지 않고,

청한淸閒함은 용 잡는 사람과는 절로 다르나니,417

소요하다가 난새 함께 탈 벗이나 찾아가려네.

홀로 덕을 이루기 어려움을 알아야 할지니,

어찌하면 여러 벗들을 한껏 모을까.

(익리가 나복을 만난다.)

나복

〔서강월西江月〕

세속은 어둑어둑 취한 듯 꿈꾸는 듯,

몇 사람이나 마음의 눈을 크게 뜨고 있는가.

봄날 산속 집의 창가에서 노곤하게 조는데,

새 우는 소리가 잠을 깨우네.418

복을 닦는 것은 보시에 달렸고,

현묘玄妙의 담론도 마음이 맑은가에 달렸다네.

어찌 도사와 스님을 크게 모아,

조용한 곳에서 강론을 한번 펼칠까.

익리는 도우道友가 찾아오면 들여보내게.

를 세운 조상이 있는 집안을 뜻한다.

416 후문은 부귀한 사람의 집을 뜻한다. 이상 두 구절은 나복이 훌륭한 조상을 둔 집안의 후손임을 말한다.

417 은자는 세속의 공명을 낚싯바늘로 낚아 올리지 않고, 청한함은 용을 잡으려는 야심가의 마음과는 다르다는 뜻으로, 모두 세속을 피하고 조용히 수행하고자 하는 나복의 마음을 나타낸 것이다.

418 이상 네 구절은 명나라 하언(夏言)의 사(詞) 「서강월(西江月)」 기오(其五)의 앞부분과 비슷하다.

익리 알겠습니다.

도사

【번복산番卜算】

단전으로 호흡하며 자줏빛 지초芝草를 기르고,

황금 솥에 붉은 해를 녹이네.[419]

팔극八極을 날며 온 세상을 좁게 여기고,

편안하게 푸른 소 타고 다니네.

붉은 봉황이 황금 솥 위를 날고,

푸른 용이 옥지玉池에서 노네.

소매 안에는 보검을 품고,

몸에는 하의霞衣[420]를 걸쳤네.

빈도는 사해를 두루 노닐고 세상을 정처 없이 돌아다닙니다. 지금 듣기로 왕사성의 재공齋公 부나복이 선행을 좋아하고 보시를 즐겨 하며 동도同道의 벗을 구한다는데 한번 물어보아야겠습니다. 도우道友는 올라오시지요.

스님

【전강】

하늘가 이슬이 옷을 적시고,

바다 밑 진흙이 신에 들러붙네.

행운유수처럼 마음대로 다니노라니,

모든 것이 무의無意함을 믿겠도다.

---

419 연단(鍊丹)을 비유한다.

420 도사가 입는 복장으로, 구름과 무지개 문양이 장식되어 있다.

본성은 가을 하늘의 달처럼 밝고,

마음은 오래된 우물 속의 얼음처럼 맑다네.

꽃은 하늘 바깥에 날리며 비처럼 뿌려지고,

용은 좌중의 독경 소리를 듣는다네.

빈승은 사해를 두루 노닐고 세상을 정처 없이 돌아다닙니다. 지금 듣기로 왕사성의 재공 부나복이 선행을 좋아하고 보시를 즐겨 하며 동도의 벗을 구한다는데 한번 물어보아야겠습니다. (도사와 스님이 익리를 만난다. 익리가 안에 알리고 도사와 스님이 들어가서 나복을 만난다.)

나복 두 분께서 왕림하신 줄을 몰라 영접하지 못했습니다.

도사, 스님 무슨 말씀을요.

온 세상 사람들이 뭍과 바다에서 치달리는데,

누가 알리요, 지난 일은 결국 헛된 것임을.

나복

어떻게 하면 청정하게 속세 밖으로 벗어나,

한밤에 중천에 뜬 아름다운 붉은 해만 하게 될까?

바라옵건대 우사羽師[421]의 보살핌을 받고자 하오니, 강론을 펼쳐 어리석은 마음을 열어 주십시오. 감히 여쭙건대 대도大道의 근원은 무엇인지요?

도사

【옥부용玉芙蓉】

대도의 근원을 알려거든,

---

421 도사에 대한 존칭이다.

힘써 공력을 쌓아야 한다네.

도를 따르는 것을 일로 삼으면, 그것이 바로 도사라네.

도사의 일을 논하자면,

모름지기 도를 따름에 치우침이 없어야 하네.

무릇 도사라면 모름지기 도덕을 아버지로 삼고 신명을 어머니로 삼고 청정을 스승으로 삼고 태화太和[422]를 친구로 삼아야 하네.

태화와 청정의 공이 두루 갖추어지면,

도덕과 신명의 뜻이 비로소 온전해진다네.

여섯 기운[423]를 먹으면,

현묘한 가운데 다시 현묘하리라.

능히 이러한 현묘함에 통달하면 만고의 천지를 짚신 한 켤레로 돌아다니고 백 년의 세월을 마의麻衣 하나로 지내리라.

마른 나무에 잎새들이 두루 생겨나고,

밝은 해가 푸른 하늘에 떠오르는 것을 보네.

나복 높으신 가르침을 삼가 받듭니다. 선사님께 감히 여쭙건대 부도浮屠의 법은 무엇입니까?

스님

【전강】

부도의 법문法門이 올바르면,

---

422 천지간의 조화로운 원기를 말한다.
423 기후 변화의 여섯 가지 현상을 말한다. 아침의 기운(朝霞), 낮의 기운(正陽), 저녁의 기운(飛泉), 밤의 기운(沆瀣), 하늘의 기운, 땅의 기운이다. 『장자』「소요유」에 "천지의 바른 기운을 타고 여섯 기운의 변화를 조종한다(乘天地之正, 而御六氣之辯)"는 구절이 있다.

깨달은 자가 비로소 들어갈 수 있다네.

부도는 부처요, 부처는 깨닫는다는 뜻이라. 깨달음은 부도의
법문이라.

부도를 논하자면,

그 법은 중생을 깨닫게 하는 데 있다네.

나복　부도 중에 여래의 법은 무엇인지요?

스님　여如는 불생不生이요, 래來는 불멸不滅이라.

불생불멸은,

여래의 근본이라.

나복　부도 중에 보살의 법은 어떠한지요?

스님　보는 보普요, 살은 제濟라.

중생을 널리 구제함이,

보살의 이름이라.

법안法眼을 갖추어 부도상승浮屠上乘을 깨닫는다네.

능히 상승을 깨달으면 절로 음양도야陰陽陶冶의 바깥으로 초월
하리라.

오직 보이나니, 그가 용을 항복시킨 바리때424를 씻고,

여기에서 풍진을 나선다네.

나복　높으신 가르침을 삼가 받듭니다.

(무대 안에서 말한다.)

424　독룡(毒龍)이 화염을 뿜어 석가모니를 공격하였는데 석가여래가 화광삼매(火光三昧)에
드시니 큰불이 난 듯했는데, 독룡은 석가여래가 앉았던 곳만 불이 나지 않았음을 보고 스스로
부처님을 찾아가 부처님의 바리때 속으로 뛰어들었다고 한다. 『불본행집경(佛本行集經)』「가
섭삼형제품(迦葉三兄弟品)」에 나오는 이야기이다.

무대 안 가난한 이들이 아뢰려고 옵니다.

나복 가난한 이들이 구제를 바라고 온다니, 두 분께서는 재방
으로 드시지요. 천천히 더 많은 가르침을 받고자 합니다.

도사, 스님

우선 잠시 헤어졌다가,

얼마 뒤에 다시 만나겠네.

(퇴장한다.)

맹인

【솔지금당率地錦襠】

눈멀어 종일토록 소리 지르며,

먹을 것 입을 것 찾아 여기저기 다니는데,

오직 전생에 수행하지 않아서라네.

익리 금생今生에서는 수행하기 좋다네.

맹인

그 말을 들으니 부끄럽기 짝이 없네.

재주財主님이시여, 눈먼 제가 전생에 수행하지 않아 금생에서
이 꼴이 되었습니다. 다행히도 재주님의 구제를 받는다면 정
말이지 부유하면서도 예를 좋아하시는 것이니, 눈먼 이들은
가난하지만 즐거울 것입니다.

나복 당신은 본래는 글을 알았지만 중년이 되어 눈이 멀게 된
것인가요?

맹인 그렇습니다.

〔서강월〕

눈이 먼 저는,

어려서는 총명하고 영리했지만,

자라서는 술주정에 미친 짓을 일삼고,

여색을 탐하고 도박을 좋아하여 전답을 탕진하고,

남들을 부추겨 송사를 일으키는 데만 힘썼다오.

부유한 사람을 보기만 하면,

내 마음속에는 칼과 창이 자라났다오.

우렛소리 울리며 번개가 번쩍하더니,

두 눈이 멀어 버리고 말았다오.

익리 그런 일이 있었군! 당신이 눈이 없을 때 하늘이 눈이 있었던 게요. 남들을 부추겨 송사를 일으키는 사람들이 경계로 삼을 만하겠네.

나복 백은 닷 전과 백미 서 말을 주어 보내게.

맹인 고맙습니다, 고맙습니다!

익리 다리를 조심해서 건너가오, 길 가다가 위험할 수 있으니.

맹인 재주님이시여, 가난뱅이가 눈이 멀었는데, 지팡이 짚고 조심조심 걸어가면 길이 험해도 넘어지지 않을 것입니다. 다만 애석하게도 세상에는 눈은 밝지만 마음이 어두운 사람들이 많아서, 착한 사람만 보면 해치려 하고 위험한 일만 하며 조심하지 않다가 한번 넘어지면 다시 일어나지 못합니다. 정말이지,

패왕霸王이 겹눈동자가 있었지만 헛일이었지,

눈이 있어도 언제 좋은 사람을 알아보았던가?[425]

---

[425] 초패왕 항우(項羽)가 한신(韓信), 팽월(彭越), 영포(英布) 등과 같은 훌륭한 인재들을 포

(퇴장한다. 나복이 조장을 한다.)

효자

　　지붕 뚫린 집에 밤마다 비가 내리고,

　　떠가는 배는 또다시 맞바람을 맞는다네.

저는 씻은 듯 가난할 뿐 아니라 흉년을 당하고 모친마저 돌아가셨으니 어찌하면 좋으리요?

　　【오엽아범梧葉兒犯**】**

　　어머님 돌아가셔서 통한스러운데,

　　관棺**과 수의를 마련할 힘도 없으니 부끄럽다네.**

　　하늘을 바라보아도 전혀 방도가 없으니,

　　그저 이 몸 팔아 노친 장례를 모시는 수밖에.

맹자께서 말씀하시기를, "무엇을 지키는 것이 가장 중요한가? 자신을 지키는 것이 가장 중요하다"[426]라고 하셨으니,

　　몸을 팔려고 하니 수치를 어찌 견디랴?

또 말씀하시기를, "누구를 섬기는 것이 가장 중요한가? 부모님을 모시는 것이 가장 중요하다"라고 하셨으니, 오늘 장례를 치르는 일이 중요하고 이 몸 있는 곳은 중요하지 않다네.

　　부끄러움을 생각하고 걱정할 겨를이 없다네. (첩)

나는 그저,

　　거리를 다니며 몸을 판다고 외치는 수밖에.

용하지 못하고 떠나가게 하여 결국 유방에게 패한 일을 말하고 있다.

426 『맹자』 「이루 상」에 나오는 구절이다. 바로 다음의 부모님을 섬기는 것이 가장 중요하다는 구절도 같은 곳에 나온다.

사람을 팝니다, 사람 팔아요!

(무대 안에서 말한다.)

무대 안　관승官升으로 파는가, 소승小升으로 파는가?[427]

효자　인신人身을 팝니다.

무대 안　인삼人蔘은 약방에서 수매하고 여기에서는 안 사오.

효자　장자長者시여,

지의 인신은 그 인삼이 아니올시다.

무대 안　당신의 몸을 왜 팔려고 하오?

효자

모친께서 돌아가셨는데 장례 치를 돈이 없어서,

내 몸을 팔아서라도,

낳아 주신 은혜에 보답하려고 합니다.

무대 안　안 사오.

효자　사지도 않으면서 왜 물어보았소?

무대 안　그냥 좀 물어보았는데 손해 본 것 있소?

효자

【전강】

앞쪽 거리로 가면서 몸을 파는 수밖에. (첩)

사람을 팝니다, 사람 팔아요.

목 놓아 외치다가 불쌍하게도 그만 목이 터져 버렸네.

427　앞의 사람을 판다는 뜻의 매신(賣身)을 매승(賣升)으로 잘못 알아듣고 관승 즉 관에서 공식적으로 기준을 매긴 되[升]인지 아니면 소승 즉 민간에서 비공식적으로 매긴 되인지를 물은 것이다.

거리의 누구도 사려고 하질 않는구나.

정말이지 가난하면 돈을 주는 고마운 사람도 없으니,

어느 누가 관심을 보여 자비심을 일으킬까?

어머님!

아들이 외치는 소리를 황천에서 들으십니까? (첩)

어머님은 비참하고 처량하여 차마 듣지 못하시겠지요.

제가 몸을 팔려고 해도 사는 사람이 없으니,

빈손으로 돌아가는 수밖에요.

(걸어간다. 생각에 잠긴다.)

아! 몸을 팔려고 해도 사는 사람이 없지만, 어쩌랴, 어머님이 지하로 돌아가셨으니 집에 돌아간다 해도 이 몸 말고는 팔 만한 물건이 하나도 없구나.

【곤하滾下】

하늘이시여,

저의 집은 티끌 하나 없이 가난합니다. (첩)

돈은 반 푼도 없고,

양식은 반 되도 없습니다.

이런데도 나가서,

이 몸을 사 달라고 간청하지 않는다면,

장례를 치를 수 없고,

제사를 모실 수 없고,

자애로우신 어머님의 은혜에 보답하지 못하고,

자식 된 도리를 다하지 못할 것이니,

저는 하늘과 땅 사이의 대죄인이 될 것입니다.

(넘어진다.)

　어찌하랴, 날마다 굶주리고 병까지 들어서,

　거꾸러지니 일어날 수 없다네.

어머님,

　제가 지금 죽은들 무엇이 애석하리이까,

　다만 어머님의 시신을 묻어 드리지 못했으니,

　제가 죽어 황천에서도 눈을 감지 못할 것입니다.

(무대 안에서 말한다.)

무대 안　여보게, 몸을 팔려면 회연교로 가 보게. 지금 부씨 댁에서 가난하고 곤궁한 사람들을 구제하고 있으니 자네를 사 줄지도 모르겠네.

효자　그런 일이 있었군요! 정말이지 목마를 때 매실을 먹게 된 격[428]이니 정신이 갑자기 맑아집니다. 장자시여,

　고맙게도 귀중한 말씀으로 가르쳐 주시니,

　마치 마른 나뭇가지가 다시 봄을 맞은 것 같습니다.

(걸어가서 익리를 만난다.)

익리　군자께서는 무슨 일로 오셨습니까?

효자　몸을 팔고자 합니다.

(사연을 이야기한다. 나복이 등장한다.)

428　삼국 시대 위나라의 조조가 더위와 갈증에 고생하며 행군하는 군사들에게 멀지 않은 곳에 매실나무 숲이 있다고 하여 갈증을 덜게 하였다는 고사에서 유래한 매림지갈(梅林止渴)이라는 성어가 있다.

나복

　　만백성은 자비가 근본이고,

　　백 가지 행실 중에 효도가 으뜸이라네.

　(효자를 만난다.)

　당신은 젊고 훌륭한데 어찌하여 몸을 팔려고 하시오?

효자

　　【사조원四朝元】

　　우러나오는 마음으로 말씀드리고자 하니,

　　말하기도 전에 눈물부터 흐릅니다.

나복　부모님은 계시오?

효자

　　애통하게도 아버님께서 일찍 돌아가시니,

　　어머님 홀로 지내시면서,

　　얼음 서리 같은 시련을 겪으시니 눈이 머리에 내려앉았고,[429]

　　게다가 기근의 시절을 만나셨습니다. (첩)

　　옷은 몸을 가리지 못하고,

　　음식이 입에 들어가기 어려워,

　　어머님은 황천으로 떠나시고,

　　자식 홀로 빈손으로 남았으니,

　　관곽棺槨과 의금衣衾[430]이 어디에 있으리요.

429　명나라 진전지(陳全之)의 『봉창일록(蓬窓日錄)』 권 7 '시담 일(詩談一)'에 인용된 장사
(長沙)의 진사로(陳思魯)라는 사람이 홀어머니를 위해 썼다는 시의 한 구절이다.

430　『관자(管子)』「금장(禁藏)」에 관곽은 내관(內棺)과 외곽(外槨)으로 뼈가 썩게 해 주고,
의금은 수의(壽衣)와 덮개로 살을 썩게 해 준다고 하였다.

아!

　　구할 수 있는 방법이 없으니,

　　그저 제 몸을 팔아서,

　　어머님을 무덤으로 돌아가시게 하려고 합니다.

　　군자님께서 거두어 주시기를,

　　못난 사람이 간곡하게 원하옵니다.

나복　가난한 사람을 보니 가슴이 아프구나! 자식이 부모의 은
혜에 보답함은 마땅히 이와 같아야 하리라! 익리는 관곽과 의
금 한 벌, 백은 두 냥, 백미 두 섬을 이 효자에게 주어 보내게.

효자

　　군자님이 구제해 주시니 고맙습니다. (첩)

소생뿐 아니라 노모께서도 구천 아래에서 감사드릴 것입니다!

　　살아서나 죽어서나,

　　영원히 감사드리리라.

나복　효자께서는 성함이 어떻게 되시오?

효자　저의 성은 제諸씨이고 이름은 자귀子貴이며, 노모는 유劉
씨로 바로 패방牌坊 아래 있는 유씨 댁 분입니다.

나복　그렇군요. 저의 노모도 패방 아래 유씨 댁 분이십니다. 친
척끼리 만났으니 마땅히 구제해 드려야지요.

효자

　　오늘 군자님이 일으켜 주시니,

　　과연 악양금岳陽金431을 주운 것보다도 낫습니다.

431　악양에서 나는 품질 좋은 금을 말한다.

(퇴장한다. 정淨이 어부로 분하여 등장한다.)

어부

【삼봉고三棒鼓】

봄이 오니 고둥 잡아 팔아 보세,

아침에 강에 나가고 저녁에도 강에 나가네.

오늘 아침에 한 구럭 줍고,

내일 아침에 한 구럭 주워,

팔아서 돈 벌어 마누라를 먹여 살려야지.

(익리를 만난다.)

익리 자기 집 마누라를 먹여 살리는 것이 옳고, 남의 집 마누라를 먹여 살리면 결실이 없을 것이라네.

어부

남의 집 마누라가 훨씬 좋다네,

결실이 없는 것은 팔자 탓이지.

(나복을 만난다.)

나복 고둥 구럭을 내게 파시오.

어부 이 고둥도 고기요. 당신은 재식을 하는데 이걸 뭐 하러 사려고 하오?

나복 내가 그것을 사서 방생하려고 하오.

어부 아, 이것을 사서 방생한다네!

나복

죽음을 두려워하고 살기를 바라는 것은 너나 나나 똑같으니,

어진 마음은 넓히고 채우는 데 있다네.

어부 훌륭한 분이로다, 훌륭해! 그가 고둥을 사서 방생하는데 내가 어찌 생명을 해치리요? 지금부터 나도 재식을 하며 마음을 닦고 더 이상 고둥을 줍지 않을 것이다.

(구럭에서 고둥을 꺼내 방생한다.)

강과 호수에 물고기와 자라가 얼마나 되는가?

모두 물안개 아득한 가운데 있구나.[432]

(퇴장한다. 나복이 조장을 한다.)

기녀

【청강인淸江引】

저는 박복한데 얼굴만 고와서,

구란句欄 속에 떨어져 있습니다.

안개 속의 꽃[433]을 사람들은 치켜올리지만,

이슬 맞은 버들[434]은 나의 뜻이 아니라네.

마마媽媽[435]가 사람을 괴롭히고 핍박하니 밉기만 하네.

마음이 황망하여 멀리 떠나왔고,

일이 급하니 집 나서기 바빴다네.

저는 새부용賽芙蓉입니다. 불행히도 구란에 떨어졌는데 건파虔婆[436]가 너무 핍박하여 할 수 없이 도망쳐 나와 머리 깎고 비구니가 되려 합니다.

---

432 `어부의 시 두 구절은 나복의 위 시 두 구절에 이어지는 것으로, 네 구절을 합하면 송나라 왕시붕(王十朋)의 시 「방생지(放生池)」와 거의 같다.

433 기녀의 별칭이다.

434 역시 기녀의 별칭이다.

435 기생 어미를 말한다.

436 기생 어미를 말한다.

부용꽃이 가을 강가에 자라는데,

봄바람을 원망 말고 스스로를 탓해야 하네.[437]

(퇴장한다.)

노파

【전강】

쾌씸하게도 계집이 도리에 안 맞는 나쁜 짓을 하니,

술 팔며 즐거워하더니 인정머리가 없구나.

어젯밤에 도망쳐 문을 나간 것을,

오늘 아침에야 알게 되었네.

얼른 가서,

쫓아가 몽땅 붙잡아야겠네.

바닷물이 마르면 바닥이 보이지만,

사람은 죽어도 마음을 모르겠네.

저는 이마李媽입니다. 기생 새부용을 잘 대접해 줬더니 이 집에 정 붙이지 않고 말끝마다 비구니가 되겠다고 하더니만 어젯밤 삼경三更에 도망쳐 버렸습니다. 그래서 쫓아 나와 소식을 알아 보았더니 이곳을 지나갔다고 하는군요.

야마천夜摩天[438]에 올라가라고 하라지,

발아래 구름 타고 쫓아가려다.

---

437 송나라 구양수의 시 「화왕개보명비곡(和王介甫明妃曲)」 중의 한 구절이다. 미인은 운명이 가혹한 것이니 남을 원망 말고 스스로의 탓이라고 할 수밖에 없다는 뜻으로, 「명비곡」으로 유명한 당시 문인 왕안석(자는 개보[介甫])을 미인에 비유하여 비평한 것이다.

438 욕계육천(欲界六天) 가운데 제3천의 이름이다. 육천은 사천왕천(四天王天), 도리천(忉利天), 야마천(夜摩天), 도솔천(兜率天), 낙변화천(樂變化天), 타화자재천(他化自在天) 등이다.

(퇴장한다.)

비구니

【전강】

선가仙家에서 청정하게 지내며 속세를 초탈하고,

발우로 생계를 이어 가네.

아득한 구름과 강물 흐르는 사이에,

넓디넓은 천지 안에서,

몸을 돌릴 때,

바로 반도회라네.

청춘에 규방을 떠나,

대낮에도 암자를 지킨다네.

저는 정각암靜覺庵의 비구니입니다. 부 재공께서 선행을 좋아하고 보시를 베푼다고 들었기에 가서 물어보려고 합니다. 정말이지,

자비로운 마음이 염불 천 번 올리는 것보다 낫고,

나쁜 짓을 하면 만 가닥 향 살라도 헛일이라네.

(퇴장한다. 기녀가 등장하여 달려간다.)

기녀

【전강】

부용꽃이 가을 강가에 자라는데,

봄바람을 원망 말고 스스로를 탓해야 하네.

(노파가 등장하여 기녀를 쫓아간다.)

노파

야마천에 올라가라고 하라지.

발아래 구름 타고 쫓아가려네.

(기녀를 붙잡는다. 비구니가 등장한다.)

비구니

자비로운 마음이 염불 천 번 올리는 것보다 낫고,

나쁜 짓을 하면 만 가닥 향 살라도 헛일이라네.

두 분은 어이하여 다투십니까?

(익리를 만난다. 나복이 등장한다.)

나복

옷을 갖추어 입지도 않고서,

밤마다 시끄러운 소리가 웬일인가!

무엇 때문에 이리 소란스러운가?

노파

【반천비 半天飛】

발칙한 년을,

생각만 해도 원한이 끝이 없다네.

나복　당신은 무엇 하는 사람이오?

노파

나는 화류 花柳 들 중의 우두머리라오.

익리　마마로구나.

나복　저 사람은 당신과 무슨 사이인가?

노파

저이는 기루의 기생이오.

익리   분두粉頭⁴³⁹로구나.

노파   쳇!

그년은 잘 먹고 잘 입어서,

훌륭한 풍채에도 풍류를 즐기려 하지 않아서,

손님이 들어와도,

쳐다보지도 않고 상대하지도 않았다오.

어젯밤 삼경에,

남몰래 도망쳤다오.

이 늙은이가 여기까지 쫓아와서 화가 치미는데, 다만 군자님 께서 예를 내리시어 좋은 말씀으로 돌아가라고 권해 주시기를 바랄 뿐입니다.

남에게 예를 차리는 것은 바라는 바가 있어서라네. (첩)

기녀

【전강】

눈물이 눈에 가득 차는데,

말씀드리려니 부끄럽고 부끄럽습니다.

저는 본래 양갓집 자손이었는데,

건파의 손에 떨어졌습니다.

아!

제가 전생에 수행하지 않아,

한이 크고도 크니,

그래서 운우雲雨의 정을 거두고자 합니다.

---

439 기녀의 별칭이다.

화류계를 떠나,

머리 깎고 비구니가 되어,

청빈함을 지키며 살아가고자 합니다.

다행히 재공을 뵙고 비구니도 뵙게 되었으니 바라옵건대 두 분께서 마마에게 충고해 주소서.

사람을 말이나 소로 만들지 말라고요. (첩)

나복

【전강】

당신은 너무 걱정 마시오,

마마는 손을 놓아야 할 때 손을 놓으시오.

(기녀에게 묻는다.)

당신은 진심으로 수행하겠소?

기녀　진심으로 수행하고자 합니다.

나복　(노파에게 묻는다.)

당신은 본래 은자 얼마로 이 여자를 샀소?

노파　일백 냥입니다.

나복　큰돈은 아니로군.

(기녀를 향해 노래한다.)

당신이 불문佛門에 들겠다니,

내가 당신을 대속代贖해 주겠소.

노파　저이를 첩으로 삼으려 하는 것이오?

나복　아!

저이를 이 비구니가 제자로 삼아 데려가게 하여,

재식을 하며,

염불하고 독경하며,

내생來生의 복을 맺게 해 주려고 한다오.

전생의 인과를 묻는다면,

금생에 받는 것이 그것이요,

내생의 인과를 묻는다면,

금생에 행하는 것이 그것이라.

마마도 수행할 수 있다면 내생에는 반드시 복을 누리고 결코 기생이 되지 않을 것이오.

수행하라고 내가 권할 때 당신도 얼른 수행하시오. (첩)

노파   이 늙은이가 전생에 수행을 하지 않아 금생에 기생이 되었구나. 아!

【전강】

후회해도 소용없네,

전생에 일을 잘하지 못한 것이 마냥 후회스럽네.

금생에 기생이 되어,

수많은 능욕을 다 당했다네.

아!

나는 이제 스스로 잘 생각하고 수행을 구하리니,

집으로 돌아가서,

기생들을 다 팔고,

돈을 거두어,

비구니께 부탁하여,

내게 독경하고 염불하는 것을 가르쳐 달라고 해야겠네.

재공께서 계시니 저 아이는 자기 뜻대로 비구니가 되라고 두 겠습니다. 재물도 필요하지 않습니다. 애야, 나도 수행하겠다!

너와 무슨 원수를 맺겠는가! (첩)

나복 이렇게 되니 무척 좋도다.

기녀 돌아갔다가 안 올까 걱정이오!

노파 꼭 돌아올 것이야!

나복

오늘 아침의 이 만남은 참으로 소중하다네,

기녀

원컨대 마음을 모아 비구니가 되고자 합니다.

노파 애야,

돌아가서 분두들을 모두 팔고,

돌아와서 너와 함께 염불을 하련다.

십우가 부처님을 뵙다
(十友見佛)

말 … 스님
외 … 활불
축, 소 … 십우

스님

청향淸香 한 가닥에 경전 한 권,

창 안에서는 등불이 빛나고 하늘에는 별이 빛나도다.

신선 세계의 개는 구름 속에서 연신 짖어 대고,

비쩍 마른 진흙 소는 바다 밑에서 쟁기질하네.[440]

저는 석가의 문하에 있는 보잘것없는 중입니다. 저의 스승님

은 주周나라 때 찰리왕利利王[441]의 가문에 태어나 나이 열여덟

에 득도하시고 서방의 활불活佛이 되셨습니다. 그 도가 하늘과

---

440 금나라 이순보(李純甫)의 시 「잡시(雜詩)」에 "진흙 소는 바다 밑에서 쟁기질하고, 천상
의 개는 구름 가에서 짖어 대네(泥牛耕海底, 玉犬吠雲邊)"라는 구절이 있다. 진흙으로 만든 소
가 바다로 들어가서 다시는 돌아오지 않고 소식도 알 수 없게 되었다는 이야기는 송나라 도원
(道原)의 『경덕전등록(景德傳燈錄)』 「담주용산화상(潭州龍山和尚)」에 나온다.
441 찰제리(刹帝利)의 다른 표현이다. 범어 크샤트리아(kṣatriya)의 음역어이다. 크샤트리아
는 군사적·정치적 권력을 가진 두 번째 카스트이다.

사람을 꿰뚫어 고금에 천인사天人師[442]라 불리시고, 대대로 존경과 믿음을 받으셔서 세존世尊이라고도 불리십니다. 계시는 곳은 극락국이라고 불리는데, 극락이란 어떤 곳이겠습니까? 음식으로 말하자면, 황금 바리때가 있고 백은 바리때가 있고 수정과 유리로 만든 바리때가 있고 호박琥珀과 산호로 만든 바리때가 있는데, 온갖 정결한 음식이 그 안에 가득하여 먹으려 하면 저절로 앞에 나타나고 그만 먹으려 하면 저절로 사라집니다. 의복으로 말하자면, 편삼偏衫이 있고 가사袈裟가 있고 납의衲衣가 있고 무구의無垢衣가 있고 인욕의忍辱衣가 있고 소수의消瘦衣가 있고 이진의離塵衣가 있는데,[443] 입으려 하면 마음에 따라 나타나고 입지 않으려 하면 마음을 좇아 사라집니다. 궁실宮室로 말하자면, 주옥珠玉으로 만든 누대樓臺들이 겹겹이 있고 유리로 만든 계단 길이 곳곳에 있어서 허공에 구름들이 뭉쳐 있는 듯하기도 하고 평지에 산들이 우뚝 솟아 있는 것 같기도 하여, 짓지도 않았는데 저절로 모습이 나타나고 생각만 하면 저절로 생겨납니다. 음악으로 말하자면, 해가 비추고 미풍이 일어 보수寶樹에 불어와 법음法音을 이루고 보엽寶葉에 불어와 묘악妙樂을 이루니 그 소리가 구슬을 뀐 듯 끊임없이 이어져 귓가에 한없이 가득합니다. 또한 못과 내로 말하자면, 일곱 연못에 법수法水가 흘러들고, 깊고 깊은 바닥에서 소리가 저절로

---

442 하늘과 사람의 스승이라는 뜻으로, 석가모니의 별호이다.
443 가사와 납의는 같은 뜻이고, 편삼은 가사 중에서 왼쪽 어깨에서 오른쪽 옆구리에 걸치는 옷이다. 그리고 무구의는 때가 없는 옷, 인욕의는 굴욕을 참는 옷, 소수의는 번뇌를 감소시키는 옷, 이진의는 출가하며 입는 옷이라는 뜻이다.

생겨납니다. 설불성說佛聲, 설거성說去聲, 설적막바라성說寂寞婆羅 聲을 내어 듣는 사람을 놀라게 하는가 하면, 무아성無我聲, 무이 성無異聲, 무기멸생식성無起滅生息聲을 내어 세상을 들썩이게 하 기도 합니다. 또한 꽃과 열매로 말하자면, 보리수菩提樹, 매송 향수梅松香樹, 길상과수吉祥菓樹가 있어서 가지마다 서로 향하고, 구모두화搆牟頭華, 분타리화芬陀利華, 우발라화優鉢羅華가 늘 피어 있고 꽃들이 서로 잘 어울립니다.444 무릇 음식은 즐길 만하고 의복은 더욱 즐길 만하며, 궁실도 즐길 만하고 음악은 더욱 즐 길 만합니다. 못과 꽃과 열매의 즐거움은 극락의 이름과 다르 지 않으니 어찌 거짓으로 칭송하는 것이겠습니까? 다만 나라 의 즐길 만한 것은 사물에 있지만, 즐길 수 있는 이유는 사람 에게 있는 것이니, 이는 군자가 바깥에 힘쓰지 않고 오로지 안 에 힘쓰며,445 자신에게서 구하고 남에게서 구하지 않는 것입 니다.446 말을 아직 마치지 않았는데 스승님께서 나오십니다.

(활불이 등장한다.)

활불

【홍납오紅衲襖**】**

태허太虛 중에,

---

444 구모두는 범어 쿠무다(kumuda)의 음역어로 백련(白蓮)으로 번역되고, 분타리는 푼다리
카(pundarika)의 음역어로 역시 백련으로 번역되며, 우발라는 우트팔라(utpala)의 음역어로
청련(靑蓮)으로 번역된다. 모두『불설무량수경(佛說無量壽經)』에 나온다.
445 『순자』「유효(儒效)」에 "군자는 그 안을 닦는 데 힘쓰고 밖으로는 사양하며, 덕을 몸에 쌓
는 데 힘쓰고 도를 따르는 데 거처한다(君子務修其內而讓之於外, 務積德於身而處之以遵道)"라
는 구절이 있다.
446 『논어』「위령공」에 "군자는 자신에게서 원인을 찾고 소인은 남에게서 원인을 찾는다(君
子求諸己, 小人求諸人)"라는 구절이 있다.

이 생을 맡기고,

태공太空 중에,

이 모습을 드러내도다.

호광毫光447이 무차경無遮境448을 널리 비추고,

오묘한 깨달음에 대소승大小乘을 온통 잊어버렸네.

따르는 것은,

모두 선善을 향하는 사람이요,

화창하는 것은,

모두 염불하는 소리로다.

정말이지,

나라에 극락만 있어서 끝이 없으니,

수만 건곤乾坤에 수만 년이라.

극락 서방의 땅은 오묘하니,

보리 세계의 보배로운 누대로다.

가련하도다, 속세의 양羊 잃은 자들이,449

힘이 다하여 포기하고 오려 하지 않는구나.

나는 석가모니로다. 이노담李老聃, 공중니孔仲尼450와 더불어 삼교三敎를 이루고 있도다. 중니는 유가의 스승이요 노담은 도가의 조상인데, 나는 석가의 조종祖宗이니 석가불로 봉해지고 사

---

447 가느다란 실처럼 사방으로 나가는 빛살을 말한다.
448 무차는 널리 포용하여 차단되는 것이 없음을 말하고, 무차경은 그러한 넓은 곳을 말한다.
449 장(臧)이라는 사람이 책에 빠져 있다가 양을 잃어버렸다는 고사에서 나온 말로, 당연히 해야 할 일에 전념하지 않아 일을 그르친 사람을 가리킨다.『장자』「변무(騈拇)」에 나온다.
450 이노담은 노자, 공중니는 공자를 말한다.

낭남^{娑曩喃}451이라고도 부르노라. 귀의하는 자에게는 미발원^{未發願}, 이발원^{已發願}, 금발원^{今發願}을 묻지 않고 널리 가르침을 펼쳐 이를 무량승^{無量僧}, 무량법^{無量法}, 무량불^{無量佛}이라고 말하노라. 지금 장우대 등이 관음의 점화를 받아 이곳에 와서 귀의할 것이니 제자는 잘 살펴보거라.

장우대

【복산자선^{卜算子先}】

오는 길 내내 고통을 받았지만,

기쁘게도 서천 땅에 당도했네.

이순원

【복산자후^{卜算子後}】

범왕^{梵王}의 궁전은 속세와 달라서,

갓을 털며 서로 경하하네.

장우대 동생, 이곳에 와 보니 경물이 비범하여 과연 극락의 나라일세. 의관을 정돈하고 앞으로 가서 참배하세.

(활불을 만난다.)

소생 장우대와 이순원 등 형제 열 명이 한마음으로 알현하옵니다.

활불 너희들이 한마음으로 내게 찾아오니, 부처는 마음 밖에 있지 않음을 알아야 한다. 부처마다 마음뿐이요, 마음마다 곧 부처로다. 여러 선사^{善士}들이 잡념을 멈추고 정신을 맑게 하여

---

451 주문(呪文)으로 쓰이는 표현이기도 하다.

회광반조回光返照452할 수 있다면, 죄는 진겁塵劫 동안 사라지고

정토淨土는 분명히 눈앞에 놓일 것이고, 복은 사하沙河처럼 많

아지고 정토는 결국 마음 바깥에 있지 않게 되리라.453

장우대 가르침을 받드옵니다.

활불

【계지향桂枝香】

모니가 가르침을 내리니,

두타는 잘 듣도록 하라.

평지에 삼태기로 쌓아 올리면,

마침내 아홉 길의 산을 만들 수 있음을 알아야 하리라.

기사굴산耆闍窟山454 안에서, (첩)

공空을 깨닫고 입정入定하면,

명심견성明心見性하리라.

(합) 공력이 깊은 데 이르면,

부들방석에 앉아서 천 봉우리에 뜬 달을 깨뜨리고,

손을 뻗어 육합六合455의 구름을 젖혀 내리라.

장우대, 이순원

【전강】

---

452 태양이 지기 직전 잠시 반짝이는 빛을 말하고, 비유적으로 자아 성찰을 뜻하기도 한다.

453 원나라 명본선사(明本禪師)의 『삼시계념법사전집(三時繫念法事全集)』에 "결국 마음 바깥에 있지 않으니, 분명히 눈앞에 있게 된다네(究竟不居心外, 分明祇在目前)"라는 구절이 있다.

454 기사굴산(耆闍崛山)이라고도 쓴다. 범어 그리드라쿠타(Gṛdhrakūṭa)의 음역어로, 의역하여 독수리가 있는 산이라는 뜻의 영취산(靈鷲山)이라고도 부른다. 인도 라지기르(Rajgir, 왕사성) 근처에 있는 불교의 성산이다.

455 천지와 사방을 가리킨다. 인간 세상 또는 천하를 뜻하는 말이다.

스승님의 존명尊命을 받드오니,

이 생이 얼마나 다행인가.

마치 먼지를 닦아 내고,

내게 명경明鏡을 돌려주신 것 같네.

기사굴산 안에서, (첩)

서로 경계하고 삼가며,

각자 청정함을 구하네.

(합) 공력이 깊은 데 이르면,

부들방석에 앉아서 천 봉우리에 뜬 달을 깨뜨리고,

손을 뻗어 육합의 구름을 젖혀 내리라.

활불   제자는 이 열 명의 머리를 깎아 주고 공恭, 총聰, 명明, 종從,

예睿, 숙肅, 의義, 철哲, 모謀, 성聖으로 법명을 지어 주거라.[456]

스님   알겠나이다. 장우대는 법공法恭이라 부르고 이순원은 법

총法聰이라 부르고, 나머지 형제들도 순서대로 이름을 정해 주

겠네.

(형제들이 감사의 표시를 한다.)

활불

이승二乘과 사제四諦[457]가 도가 아님이 없고,

---

456 십우들의 법명을 각각 법공, 법총, 법명, 법종, 법예, 법숙, 법의, 법철, 법모, 법성으로 지어
주었음을 말한다. 이들의 이름을 연결하여 해석하면 '공손하고 총명하게 예(睿, 깊음), 숙(肅,
엄숙함), 의(義, 옳음), 철(哲, 밝음)을 좋아 성(聖)을 도모하다'라고 풀이할 수 있다.

457 이승은 대승(大乘)과 소승(小乘)을 말한다. 대승은 일체 중생을 모두 제도해야 함을 주
장하여 이 마음이 마치 큰 수레를 탄 것과 같다고 하여 붙은 이름이고, 소승은 한 사람이라도
해탈의 이상에 들어가게 함을 중시하는 것으로 대승을 주장하는 사람들이 작은 수레라는 뜻으
로 다소 격하하여 붙인 이름이다. 사제는 영원히 변하지 않는 네 가지 진리인 고제(苦諦), 집제
(集諦), 멸제(滅諦), 도제(道諦)를 가리킨다.

만법^{萬法}과 천문^{天門}은 오로지 일심^{一心}이도다.

장우대

열 명이 오늘부터 일법^{一法}에 귀의하여,

기사굴산에서 함께 진리를 닦네.

옥황에게 보고하는 조신
(司命議事)

외 … 조사(竈司)
축 … 토지
말 … 사공(社公)
소 … 천신(天臣)

조사

【일전매一剪梅】

남방의 화덕성군火德星君이 신령한 위세를 드러내어,

본 대로 곧 적고,

들은 대로 곧 적는다네.

그믐날마다 하늘 궁궐에 올라가서,

선행도 널리 알리고,

악행도 널리 알린다네.

세상에 어느 누가 연기를 멈출 수 있으랴,

연기가 피어오르는 곳을 조사가 관장하나니.

사람 세상의 선과 악을 세세히 기록하여,

그믐날에 옥제玉帝 앞에서 아뢴다네.

나는 부씨 댁의 동주사명조군東廚司命竈君입니다. 양권陽權458을
홀로 관장하여 칠정력七政曆의 표에 들어 있고,459 화덕火德을
널리 펼쳐 오사五祀460 중에 붙어 있습니다. 사람들은 모두 마
시고 먹으므로 음식을 통해 사람 세상의 선과 악을 살피고, 사
람들은 모두 굶주리고 목마르기 때문에 굶주리고 목마름에 따
라 사람 마음의 존망存亡을 알 수 있습니다. 선남신녀善男信女들
은 하늘에 죄를 짓지만 않는다면 복을 모으고 재앙을 없앨 수
있으니 어찌 신주神主461에게 아첨할 필요가 있겠습니까? 그런
데 유씨는 신명을 공경하지 아니하고 일부러 맹세를 어기고
여러 가지 나쁜 짓을 범하였으니 보호해 주기가 어렵습니다.
이미 동자에게 분부하여 토지土地와 사령社令462을 모셔 오라고
하여 이 일을 상의하려 합니다. 곧 올 때가 되었구나.

토지

【전강】

문門과 집을 관장하는 토지는 비록 직책이 낮지만,

말도 먼저 알고,

---

458 양(陽)은 여기에서는 불을 뜻할 것이다. 양권은 불과 관련된 권한을 뜻한다.
459 칠정은 칠요(七曜)라고도 하며 일, 월, 금, 목, 수, 화, 토의 일곱 천체를 말한다. 칠정력은
일곱 천체의 위치를 24수(宿)와 결부시켜 나타낸 달력이며 표 형식으로 되어 있다. 칠정력은
일반 달력을 편찬하는 기준이 되었다.
460 다섯 종류의 제사를 뜻하는데, 제사의 내용은 책마다 조금씩 다르다. 『예기』 「월령(月
令)」에서는 오사를 문(門), 행(行), 호(戶), 조(竈), 중류(中霤)에 대한 제사라고 하였다.
461 조사 자신을 말한다.
462 토지와 사령(또는 사공)은 모두 땅을 맡은 신이다. 사(社)는 통상 25가구, 10가구, 5가구
등이 모인 향촌의 최소 조직인데, 사령은 이 조직을 맡은 신이고, 토지(土地)는 여러 사령들을
지휘하는 신이라고 할 수 있다. 앞에 나온 천상의 명을 전하는 역할을 하는 사령과는 다른 신격
으로 보는 것이 좋을 듯하다.

행동도 먼저 안다네.

사공

춘추春秋 제사에 모시는 사령은 땅의 신으로,

좋은 것도 속이기 어렵고,

나쁜 것도 속이기 어렵다네.

토지영군土地靈君! 오늘 사명司命의 초대를 받았는데, 짐작건대

필시 무슨 말씀이 있을 것이니 들어가 봅시다.

(조사를 만난다.)

조사   유씨가 일부러 맹세를 어기고 삼관三官을 공경하지 않고

오훈五葷463을 모두 먹고 있으니 악행이 많고 많습니다!

토지   희생의 뼈를 화원 안에 묻기도 했지요.

조사

【삼학사三學士】

나 동주사명은 집 안의 취사炊事를 관장하니,

모든 일을 덮어서 가려 줄 수 있다네.

어찌하리요, 아낙의 행실이 거리낌 없으니,

감히 거스를 수 없는 하늘의 위세를 범하지 않았을까 걱정이라

네.

(합) 지금 성신聖神들과 상의한 뒤,

반드시 옥황께 상주하여 알려 드리리라.

사공

【전강】

---

463 마늘, 달래, 무릇, 김장파, 실파 등 다섯 가지 매운맛 채소이다.

안타깝게도 세상 사람들은 깊은 생각 없이 일을 하여,

욕심을 좇아 가니 어찌 천리天理를 간직하리요!

어찌 알겠는가, 나의 천성은 조급하지 않아서,

기억은 하나하나 작은 것도 놓치지 않음을.

(합) 지금 성신들과 상의한 뒤,

반드시 옥황께 상주하여 알려 드리리라.

토지

【전강】

유청제의 일은 입에 올릴 만하지 못하다네,

말을 꺼내기만 해도 분노가 일어나네.

그의 죄과는,

남산의 대나무를 다 써도 이루 다 적기 어렵고,464

동해의 물이 마른 뒤에도 악은 여전히 남아 있으리라.

(합) 지금 성신들과 상의한 뒤,

반드시 옥황께 상주하여 알려 드리리라.

모두

【미尾】

신령들의 생각이 모두 이와 같도다.

악행이 뚜렷이 드러났는데도 스스로를 속일 뿐이라네,

배가 강물 가운데 이르렀으니 구멍을 메워도 늦으리라.

사공

---

464 '죽경남산(竹罄南山)', '경죽난서(罄竹難書)'라는 말에서 왔다. 죄악이 너무 많아 이루 다 열거할 수 없음을 이른다.

유씨의 악행이 훤히 드러나니,

조사

나는 마땅히 옥황께 상주해야겠네.

토지

고운 꽃이 밤새 비를 맞고,

함께

새로 자란 풀에 아침 이슬 맺혔네.

(토지와 사공이 퇴장한다.)

조사 여봐라, 옥간玉簡을 가져오너라. 바로 구름을 타고 가서 옥황께 상주해야겠다.

(구름을 타고 간다.)

황금 궁전 앞에는 범과 표범이 겹겹이 앉아 있고,

선인장仙人掌[465] 위에는 옥부용玉芙蓉이 얹혀 있네.

태평천자太平天子께서 원단元旦에 절을 올리려고,

오색구름 수레 타시니 육룡六龍이 이끄네.[466]

【투암순鬪鵪鶉】

달빛 장차 저물고,

별빛도 점차 희미해지네.

천가天街는 사람들이 다니지 않고,

옥우玉宇에는 먼지가 없구나.

---

465 본래는 한나라 무제 때 선인(仙人)이 손바닥에 쟁반을 들고 감로를 받는 모양을 본떠 만든 기물이다. 나중에는 이슬을 받고자 세워 둔 금동선인(金銅仙人)을 가리키는 말로 많이 썼다.
466 송나라 임홍(林洪)의 시 「궁사(宮詞)」와 비슷하다.

구슬 같은 이슬이 흠뻑 맺혔는데,

황금 바퀴가 천천히 떠오르네.

멀리 보이나니,

부상扶桑467 위로 빛이 올라와,

바다 섬 위에 높이 솟아오르네.

나는 조심스럽게,

의관을 정돈하네.

【자화아서紫花兒序】

하늘 문이 열리기를 기다리고 있다가,

나는 곧장 하늘의 조정朝廷에 다다르리라.

하늘에서 들어주시기를 무릅쓰며,

유씨의 도천지죄滔天之罪468를,

천궐 향해 널리 알리리라.

바라나니, 천신天臣을 보내셔서,

삼가 천벌을 내리시고,

저 하늘을 거역한 여인이 천형이 있음을 알게 해 주시기를.

하늘 감옥에 하옥하여 삼고육문三拷六問469을 행하셔서,

'너는 천명을 모르고,

천심을 속였느냐'라고 물으시기를.

(조정에 들어간다.)

---

467 해가 뜨는 곳을 말한다. 해가 부상나무 아래에서 나와 떠오른다고 하였다. 『초사(楚辭)』 「구가(九歌)」 등에 나온다.

468 물이 하늘까지 차고 넘칠 만한 것과 같이 큰 죄를 뜻한다.

469 여러 차례 반복하여 때리고 심문하는 것을 말한다.

【금초엽金蕉葉】

문득 고요한 하늘에 채찍 소리 울리니,

여러 천신들이 절을 하고 들어오네.

모두 '성수무강聖壽無彊하소서!'[470]라고 외치면서,

천계天階 아래에서 춤을 추며 먼지를 일으키네.

(무대 안에서 말한다.)

무대 안 일이 있는 자는 상주하고, 일이 없는 자는 퇴조하라.

조사

미신微臣에게 짧은 표表[471]가 있사오니, (첩)

천정天庭에 감히 상주하옵니다.

【조소령調笑令】

신은 본래 동주사명신이온데,

성은을 입어 미신이 녹위祿位에 들어,

화덕성군을 제수받았나이다.

가속을 대동하고 하계에 내려가서,

하계의 일들을 모두 들었사오니,

옳고 그름을 더욱 속이고 숨기기 어렵나이다.

신이 오늘 상주하는 것은 부나복 어미의 일 때문이옵나이다.

무대 안 그의 어미는 성명이 무엇인고?

조사

【소도홍小桃紅】

---

470 옥황의 장수를 기원하는 말이다.
471 상소문을 말한다.

유씨 청제이고 사진이라고도 하나이다.

아!

재식하며 영원히 고기를 먹지 않겠다고 맹세하였거늘,

고의로 맹세를 어겨,

희생을 살해하고,

다리를 끊어 생령生靈들을 해치고,

재방을 부수어 승인僧人들을 불태워 죽이고,

개를 잡아 만두를 만들어 고의로 승인들에게 먹였나이다.

희생의 뼈를 꽃그늘에 묻었다는데,

토지가 전한 말이오니 증험할 수 있나이다.

이는 모두 천지를 기만하고,

신명을 욕보인 것이옵나이다.

신은 감히 하늘의 성군을 우러러보지 못하고,

삼가 표를 바쳐 상주하여 아뢰옵나이다.

천신 옥지玉旨가 이미 당도하였으니 들으라. 옥제께서 조령詔令
을 내리셨도다.

"짐은 하늘과 사람 세상의 정사를 다스림에 매번 어짊과 용서
를 펼쳐 남기고자 하였노라. 오늘 그대가 유씨가 고의로 서원
을 어긴 일을 상주하였으니, 즉시 풍도酆都의 염라閻羅472에게
조사하게 하여 만일 서원을 어겼다면 가벼이 놓아주지 말지어
다. 이를 받들고 성은에 감사하라!"

---

472 염라대왕은 시왕(十王) 전승에서는 지옥의 제오전(第五殿)을 다스린다고 알려져 있는
데, 전설 속의 나풍산(羅酆山) 통천육궁(洞天六宮)을 이르는 풍도를 다스린다고도 믿었다.

조사 성수무강하소서!

천신 옥지를 몸에 지니도록 하라.

조사

유씨는 꿈속의 사람으로,

혼미하게 취하여 깨어나지를 못하였네.

염라가 조사하여 밝혀내면,

참회해도 소용이 없으리라.

제44척

옥황의 명을 받는 염라
(閻羅接旨)

말 … 판관
축 … 소귀
정 … 염왕(閻王)
외 … 조사

(판관과 소귀가 등장한다.)

판관, 소귀

　　사람의 마음이 생겨나기도 전에 귀신이 먼저 알고,

　　게다가 청천靑天은 더욱 속일 수 없다네.

　　선과 악은 결국 보응이 있는 것이니,

　　다만 일찍 오느냐 늦게 오느냐일 뿐.

　우리는 판관과 소귀입니다. 염군閻君께서 승전升殿하시기를 여기에서 기다리고 있습니다.

　(염왕이 등장한다.)

염왕

　　하늘을 다스리는 분은 옥황이요,

　　사람 세상을 다스리는 이는 군왕이라.

하늘과 사람 세상을 모두 함께 관장하는 일은,

지부地府의 염왕이 혼자 맡고 있도다.

나는 제오전第五殿을 맡고 있으면서 삼재三才를 다스리고 있지. 살리고 죽이는 일은 내가 맡고 있지만 옳고 그름은 본래 사람들이 행한 결과에 따르는 것. 천상과 인간 세상의 중대한 일들을 모두 알고 있으니, 그 실상에 따라 합당한 죄를 물을 때까지 철면鐵面으로 사사로움이 없지. 말을 아직 마치기도 전이지만, 마침 옥황의 칙지가 있다 하니 귀사鬼使들은 잘 살피고 있거라!

(조사가 등장한다.)

조사

【조라포皂羅袍】

삼가 옥황의 칙지를 받들어,

구름 타고 날아서 음사陰司에 다다랐네.

염군 전하께 사유를 말씀드리오니,

유씨의 행적을 진실되게 조사해 주십시오.

(합) 사람 세상의 소곤거리는 말도,

하늘에서는 우렛소리처럼 들린다네.

하늘을 향해 다짐했으면서,

너는 어찌하여 어겼더냐?

자기 마음은 속여도 하늘과 땅은 속이지 못한다네.

옥지가 도착했으니 무릎을 꿇고 들으시오! 옥제께서 조령을 내리셨도다.

"짐은 하늘과 사람 세상의 정사를 다스림에 매번 어짊과 용서를 펼쳐 남기고자 하였노라. 오늘 그대가 유씨가 고의로 서원을 어긴 일을 상주하였으니, 즉시 풍도의 염라에게 조사하게 하여 만일 서원을 어겼다면 가벼이 놓아주지 말지어다. 이를 받들고 성은에 감사하라!"

염왕　성수무강하소서!

(옥지를 받아서 놓는다.)

【전강】

천사가 천서를 반포해 주심을 받들어,

유씨 청제를 상세히 조사하리라.

인간 세상에서의 수명이 다해 돌아올 때가 되었으니,

당장 사자를 보내 늦어지지 않게 하리라.

(합) 사람 세상의 소곤거리는 말도,

하늘에서는 우렛소리처럼 들린다네.

하늘을 향해 다짐했으면서,

너는 어찌하여 어겼더냐?

자기 마음은 속여도 하늘과 땅은 속이지 못한다네.

사자는 문서를 받아 들고 왕사성에 가서 성황城隍473의 자리 아래에 떨어뜨려라.

소귀　알겠나이다.

조사

---

473 성황은 본래 성곽을 보호하는 직책을 맡은 신인데, 당나라 이후에는 명적(冥籍)의 일도 관장하는 것으로 믿어졌다.

삼가 천서를 받들어 지지地祇[474]에게 알리니,

염왕

유씨의 나쁜 행실들을 상세히 조사하네.

조사

그대들에게 권하노니 마음에 부끄러운 일은 하지 마시오,

염왕

검은 얼굴의 염왕이 누구를 풀어 주겠는가!

---

[474] 땅을 관장하는 신이라는 뜻이다. 여기에서는 성황을 가리킨다.

제45척

저승사자의 출행

（公作行路）

축, 소 … 귀사(鬼使)

귀사들

염왕께서 삼경에 죽도록 정하셨으니,

오경까지 살려 두어서는 안 될 것이라네.

우리는 염군의 엄명을 받들어 유씨를 붙잡아 가려고 하는데,

이미 성황전 아래 당도하여 호령號令을 내걸었으니, 이제 얼른

가면 되겠네.

귀사 갑

【사변정四邊靜】

염라천자께서 사자를 보내시니,

삼끈과 쇠줄을 가지고 가네.

부씨 집에 가서,

유씨의 진혼眞魂을 꽁꽁 묶으리라.

제45척　**449**

(합) 도망쳐 나갈 문이 없고,

돈이 있어도 벗어나기 어려우리라.

세상 사람들에게 삼가 권하노니,

착한 일을 하고 나쁜 일을 하지 말게나.

귀사 을

【전강】

세상 사람들은 많은 일들을 간교하게 하면서,

음사에서 어찌 알겠느냐고 말하는데,

어찌 알리요, 인간 세상에 흉악한 사람이 있으면,

음사에서 흉악한 보응이 있을 것임을.

(합) 도망쳐 나갈 문이 없고,

돈이 있어도 벗어나기 어려우리라.

세상 사람들에게 삼가 권하노니,

착한 일을 하고 나쁜 일을 하지 말게나.

귀사 갑

귀신은 모습도 없고 소리도 없으니,

귀사 을

세상 사람들은 보지 못하고 듣지도 못하네.

귀사 갑

악행에는 악보惡報가 있음을 알아야 할지니,

함께

결코 나쁜 마음을 쓰지 말아야 한다네.

제46척

유씨의 혼절
（花園捉鬼）

말 … 익리
부 … 유씨
생 … 나복
축, 소 … 귀사

익리

【야행선夜行船】

하늘거리는 향연香煙이 화당畵堂에 가득하고,

노곤한 날씨에 낮은 길어지네.

꾀꼬리와 제비가 번갈아 지저귀고,

해바라기와 석류꽃이 다투어 피어나니,

시절을 느껴 한없이 슬퍼지네.

봉鳳새와 황凰새는 같은 마음이라,

음양이 어울려 노래하니 마치 금슬琴瑟을 타는 듯하네.

봉새 떠나고 황새의 마음이 바뀌니,

쓰르라미와 암탉이 새벽을 알리는 소리.

노원외님과 노안인님은 동심동덕同心同德하여 재식하기로 약속했으나 불행하게도 원외님이 돌아가신 뒤에 안인께서는 오훈채를 드시기 시작했습니다. 지금 삼관당 안에 왔으니 먼지를 털어야겠습니다.

【강두금계江頭金桂】

당 안은 텅 비고 사람은 없고,

침향沈香과 단향檀香을 사르니 채색 연기가 흩어지네.

삼관의 금빛 얼굴에 앉은 먼지를 털어 내고,

그다음에 물을 먼지에 뿌려서,

이 마당과 섬돌을 깨끗이 쓸고 닦네.

(등불 기름을 보탠다.)

푸른 유리가 네 곳에서 빛을 내니,

정말이지 청허한 불경佛境이로다.

(유씨가 등장하여 듣는다.)

옛말에 이르기를, 사람으로 태어나 세상에 살면서

마음속의 불을 잘 끄고,

부처님 앞의 등불 심지를 잘 돋우라고 하였지.[475]

노안인님은,

일마다 모두 불같은 성질을 따라,

서원을 어기고도 반성하지 않으시네.

소관인을 집 떠나게 하시고는,

몰래 고기를 드시고,

생명을 죽이셨네.

---

[475] 이상 두 구절은 명대(明代)의 계몽서 『증광현문』에 나온다.

삼관보살이시여!

만약 제가 일찍 돌아오지 않았더라면,

유리에는 여전히 광채가 없고,

밤마다 대들보에 달빛만 밝았을 것입니다.

이러한 일들을 소관인께서는 말씀하지 않으시는데, 어찌하리요, 주변 사람들이 모두 쑥덕이는 것을. 안인님, 안인님, 정말이지

좋은 일은 문밖으로 퍼져 나오지 않아도,

유씨   흥! 무슨 놈의

나쁜 일이 천 리 밖까지 전해진다.[476]

라는 것이냐?

(익리가 무릎을 꿇는다.)

이놈이 화를 돋우는구나. 아이는 어디 있느냐?

(나복이 등장한다.)

나복

담 너머에도 귀가 있거늘,

창밖에 어찌 사람이 없으리요?

어머님은 무슨 일로 그리 화를 내십니까?

유씨

【전강】

이 늙은 놈이,

---

[476] "좋은 일은 문밖으로 나오지 않고, 나쁜 일은 천 리 밖까지 전해진다(好事不出門, 壞事傳千里)"라는 속담을 두 사람이 나누어 말하고 있다.

나 몰래 망령된 말을 늘어놓았다네.

익리   제가 어찌 감히!

나복   익리가 무슨 말을 했는지요?

유씨

　　내가 오직 불같은 성질을 따라 행한다고 말하고,

　　또 말하기를 내가 몰래 고기를 먹고,

　　생령들을 살해했다고 했느니라.

　　존비尊卑의 분별이 하나도 없었더니라.

짐승 같은 놈, 고양이를 기르는 것은 쥐를 잡으라는 것인데, 쥐가 없어서 잡을 일 없는 고양이는 기를 필요가 없고, 개를 기르는 것은 도적을 막으라는 것인데, 도적이 없어서 짖을 일 없는 개는 기를 필요가 없느니라. 잡지 않는 것은 괜찮으나 쥐를 잡지 않고 닭을 잡는 것은 심하지 않느냐! 짖지 않는 것은 괜찮으나 도적을 향해 짖지 않고 주인을 향해 짖는 것은 심하지 않느냐!477 지금 승려와 도사 같은 이류異類의 무리들은 성인에 비하면 금수와 같으니, 네놈은 저들의 잘못을 공격할 줄은 모르고 도리어 내 허물을 말하니, 정말이지 닭 잡는 고양이요 주인에게 짖는 개로다!

어찌 아니리요,

　　주인님이 길러 준 은혜를 저버린 것이!

짐승 같은 놈!

---

477 송나라 나대경의 소설 『학림옥로(鶴林玉露)』 병편(丙編) 권 5에 나온다. 저자가 소동파(蘇東坡)의 말을 인용하고 나서 자신의 생각을 덧붙여 표현한 구절이다.

너를 무엇 하러 길렀던가?

애야,

저놈이 이간질하여,

모자의 천륜을,

남처럼 바꾸어 버리려고 하는 말일랑 듣지 말거라.

나복 제가 어찌 감히!

유씨 가법家法[478]을 가져오너라!

너는 나 대신 저 나쁜 놈을 징계하거라. (우)

그를 지금부터 조심하게 만들지니,

집안의 옳고 그름을 가리는 말과 안팎으로 오가는 말이 문란하지 않고,

귀천과 존비의 분별이 자명해지기를 바라느니라.

나복

【효순가孝順歌】

아들이 머리를 조아리며,

어머님께서는 진노를 거두시기를 바라오니,

늙은 종 익리가 어리석은 말을 했다고 생각해 주십시오.

그의 불경죄는 징벌받아 마땅하오나,

참고 용서해 주시기를 아들이 간청하옵니다.

옛말에 이르기를, 옅은 안개가 하늘을 가려도 하늘의 광대함은 줄어들지 않고 작은 구름이 태양을 가려도 태양의 광명은

---

478 가장이 자녀나 노비를 꾸짖으며 때릴 때 쓰는 매나 채찍이다.

손상되지 않는다고 하였습니다.[479] 어머님, 어머님은 태양이시

고 어머님은 하늘이십니다. 익리의 허튼 말은,

　　정말이지 한낱 안개나 구름일 뿐이니,

　　하늘과 태양에 어찌 손상을 끼치겠습니까?

어리석은 자의 말은 좋은 말도 기뻐할 만하지 못하고 나쁜 말

도 화낼 필요가 없습니다.

　　부디 근심과 걱정을 푸시고,

　　마음 쓰지 마세요.

유씨　불충한 놈을 용서할 수 없느니라!

나복

　　(합) 그가 이전의 잘못을 고쳐서,

　　다시 충절을 도모하도록 허락해 주십시오. (우)

익리

　　【전강】

　　늙은 노비가,

　　나이 들어 터무니없는 말을 퍼뜨려서,

　　하늘 같은 위엄을 범했사오니 벌을 받아 마땅합니다.

유씨　너의 죄를 알렸다?

익리　저의 죄를 압니다.

　　안인님께서 바다와 같은 마음으로,

　　너그러이 보아주소서.

479　송나라 사마광의 『자치통감(資治通鑑)』 권 198에 나온다. 당나라 태종(太宗) 이세민(李
世民)이 자신을 태양에 비유하면서 한 말이다.

불쌍히 여겨 주옵소서,

이 늙은이의 어리석음을 불쌍히 여겨 주옵소서.

지금 섬돌 앞에서 머리를 찧으며,

안인님께서 진노를 거두시기를 바라옵니다.

나복

(합) 그가 이전의 잘못을 고쳐서,

다시 충절을 도모하도록 허락해 주십시오. (우)

유씨 내가 알겠다. 너희 두 사람은 모두 한통속으로 뒤에서 내가 잘못했다고 쓸데없는 말들을 하는데, 내가 도대체 무슨 잘못을 했단 말이냐?

이 마음은 하늘이 아실 것이니,

화원에 가서 맹세하리라.

(함께 조장을 한다.)

귀사들

참새는 먹이를 쪼면서도 늘 사방을 살피는데,

제비는 잠잘 때도 의심이 없다네.

도량이 크면 복도 크고,

비밀이 깊으면 화도 깊다네.[480]

우리는 염군閻君의 명을 받들어 성황 나리에게 와서 등록하여 유씨의 혼령을 붙잡아 가서 뵈려고 합니다. 그런데 향화香火[481]

---

480 청나라 저인확(褚人獲)의 『견호수집(堅瓠首集)』 권 2 「벽시사절(壁詩四絕)」에도 비슷한 시가 들어 있다.

481 신불(神佛)을 받드는 일, 제사를 올리는 일 또는 그 장소나 사람 등을 뜻한다.

의 사령社令들이 모두 말하기를, 그의 아들이 집 안에서 부처님을 모시니 붙잡기 어려울 것이라고 합니다. 그가 지금 이 화원 안에 왔으니 우리가 가서 유씨를 잡아가려 한다는 소식을 들을 것입니다. 말이 아직 끝나지 않았는데 저 멀리 유씨가 오는 것이 보이는군요.

가을바람이 불지 않을 때 매미는 먼저 알지만,

세월이 무상해도 사람은 죽는 줄 모른다네.[482]

(숨는다.)

유씨

【홍납오紅衲襖】

화원에 오니 근심 걱정이 얽히고,

꽃을 보니 부끄러움이 더해지네.

원외님이 그때 이 화대花臺를 지어 놓고,

부부가 백 살까지 함께 즐겁게 살기만을 바랐건만,

오늘 봉새는 떠나고 화대는 텅 비고 연무가 엉겨 있네.

고아를 기르느라 부모 된 마음을 다 썼다네.

애야, 거짓된 말을 듣지 말거라. 옛말에 이르기를,

거짓된 말을 듣지 말지니,

그것을 들으면 재앙이 생긴다네.

임금이 들으면 신하가 주살당하고,

아버지가 들으면 아들이 결딴난다네.

부부가 들으면 관계가 멀어지고,

---

482 남송(南宋) 이후 편찬된 『명현집(名賢集)』의 「칠언(七言)」에 비슷한 구절이 보인다.

친구가 들으면 헤어지게 된다네.[483]

당당한 칠 척의 체구로,

세 치 혀 놀리는 소리를 듣지 말아라.

혀끝에는 용천검이 있어서,

사람을 죽여도 피도 나지 않는다네.

애야!

골육의 정을 이간질하는 거짓말을 듣지 말거라.

해바라기 바라보며 내 충심을 말하고자 하네.

해바라기야, 해바라기야!

너는 부질없이 일편단심으로 해만 향해 기울어 있구나![484]

(무대 안에서 불을 놓아 불꽃이 퍼져 나온다.)

나복, 익리 아이고! 화염이 솟아오르고 땅이 갈라지는구나. 불
구덩이 안에는 희생들의 해골이 가득하여 이를 보니 오싹하네.

나복

【전강】

붉은 화염이 치솟아 오르고,

하얀 뼈들이 구덩이에 가득하네.

어느 누가 희생의 목숨을 앗았는가!

무슨 일로 거위와 오리 떼를 죽여,

백골을 땅속 깊이 묻었던가?

---

483 송나라 나대경의 『학림옥로』 권 6에 인용된 원작자 미상의 「청참시(聽讒詩)」의 일부와
같다.
484 나복이 익리의 말만 따르고 있음을 서운하게 생각한다는 뜻이다. 해바라기는 나복, 해는
익리를 비유한다.

어찌 알았으리요, 위에서 푸른 하늘이 굽어보시니,

이처럼 숨기려 해도 더욱 드러날 텐데,

어찌하여 애당초 나쁜 마음을 가졌던가!

유씨

【전강】

어느 누가 뱀과 전갈 같은 마음으로,

어느 누가 귀신 같은 짓을 저질렀는가!

생명을 죽인 일은 숨기기 어려우니,

백골이 꽃나무 그늘 아래 묻혀 있었구나.

그것을 보니 마음이 떨리고,

그것을 말하려니 마음이 평안하지 않네.

아들은 나를 의심하느냐?

나복 제가 어찌 감히!

유씨

어미가 굴욕을 당하니 억울하여,

죽어서도 황천에서 눈을 감지 못하리라.

(화를 낸다.)

아들은 의심을 풀지 않고,

익리의 그릇된 말은 더욱 막기 어렵네.

그저 흙을 모아 향을 만들어 간절히 비는 수밖에,

구천에 빌고 빌어 맹세를 들려 드리는 수밖에.

위로는 푸른 하늘이 있고 아래로는 황천이 있는데, 일월과 삼
관께서는 제 말씀을 들어주소서. 유씨 청제가 만약 아들 몰래

고기를 먹고 또 백골을 이곳에 묻었다면 일곱 구멍에서 피를 토하며 죽을 것이고 겹겹의 지옥에서 재난을 당할 것입니다. (나복과 익리가 놀란다.)

나복, 익리　어머님께서 어찌 잠시 혼절하셨을까?

(단旦이 미리 유씨와 같은 복장을 하고 유씨의 자리 아래에 숨어 있다. 이때 귀사들이 단을 묶어 끌고 퇴장한다. 유씨가 스스로를 때린다.)[485]

나복　어머님이 잠시 혼절하셨다.

익리　아, 안인님의 눈과 입, 귀와 코에서 모두 피가 흘러나오니 이를 어쩌면 좋겠습니까?

나복

【일강풍一江風】

어머님은 어찌하여 스스로 넘어져서,

일곱 구멍에서 선혈을 흘리실까?

놀랍고 무섭다네.

익리

눈과 입술이 비뚤어지고,

이가 굳어 말씀이 없고,

수족이 쇠처럼 차갑습니다.

나복

(합) 이 재앙은 막을 수가 없다네. (첩)

애통하여 간장이 찢어지네.

---

[485]　스스로를 때리는 것은 혼백이 나가서 깨어나려는 동작을 표현하는 듯하다.

어머니, 어머니!

목이 터져라 외친다네.

익리 안인님, 깨어나십시오!

유씨 원외님!

나복, 익리 천지신명이시여, 고맙습니다!

유씨

【전강】

스스로 슬퍼하고 탄식하나니,

어미가 잘못한 일이 많아서,

아들의 말을 듣지 않았던 일이 후회스럽네.

나복 어머님께서는 혼절하여 무엇을 보셨습니까?

유씨 애야,

너의 아버지를 뵈었단다.

나복 아버님이 무슨 말씀을 하셨습니까?

유씨

어미가 잘못한 일을 탓하시며,

지옥에서 고통을 당하리라고 하셨다.

내가 붙잡고서 구해 달라 하고 있었는데 네가 깨워서 그만 헤
어지고 말았다.

불쌍하게도 남편과 아내가,

몽롱한 가운데 이별하여,

공연히 내 마음만 칼로 도려내듯이 아프다네.

나복 익리, 나는 어머님을 부축하고 집으로 돌아갈 테니, 자네

는 얼른 의원을 찾아가서 모시고 오게.

유씨 정말 괴롭구나!

나복

병환 중에는 화를 내지 마시고,

마음을 너그럽게 하여 몸을 보존하소서.

(퇴장한다.)

익리

약은 죽지 않을 병만 고쳐 주고,

부처님은 인연 있는 사람만 교화해 주신다네.

(퇴장한다.)

제47척

유씨의 죽음

(請醫救母)

정 … 의원
축 … 제자
말 … 익리
생 … 나복
부 … 유씨

(등이 굽은 의원이 등장한다.)

의원

【솔지금당率地錦襠】

하늘에 활인성活人星[486]이 하나 생기더니,

신농神農의 경전 한 권을 받았네.

용은 눈동자를 그리면 창천을 날고,

범은 이빨을 고치려고 행림杏林으로 간다네.[487]

신농씨는 세상을 떠난 지 오래되었고,

---

486 사람을 살리는 별이라는 뜻으로, 의원을 비유한다.

487 범이 이빨을 고친다는 것은 당나라 때 명의 손사막(孫思邈)이 호랑이의 목에 낀 뼈다귀를 제거하여 고통을 없애 주었다는 전설을 약간 바꾼 것인 듯하다. 행림(杏林)은 훌륭한 의사가 있는 곳을 뜻한다. 삼국 시대 오나라 때 명의 동봉(童奉)이 여산(廬山)에 은거하면서 돈을 받지 않고 사람들을 치료해 주었는데, 다만 병을 고친 사람들로 하여금 살구나무를 심게 하여 몇 년 만에 울창한 숲을 이루게 되었다고 한다.

화타華佗는 다시 나타나지 않는다네.

백 리 안에 좋은 의원이 없어서,

병자 열 명 중 아홉이 골짜기에 버려지네.

나는 비록 등이 굽었지만,

마음은 자못 의약에 밝다네.

음덕이 천하에 가득하니,

사람들은 등 굽은 편작扁鵲이라 부른다네.

저는 의학에 꽤 밝아서 사방에서 부르는 사람이 많고 도제들도 많습니다. 오늘은 다행히 한가하니 제자를 불러다가 『난경難經』, 『소문素問』, 『맥결脈訣』 같은 책을 한번 강론해 볼까 합니다.[488] 정말이지,

학문은 근면해야 생기는 것이니,

근면하지 않으면 배가 고파진다네.

제자는 어디에 있느냐?

제자

【전강】

우리 스승님은 낭중郎中[489]이시니,

재상이 사람들을 구제하는 공적과 같으시다네.

앉아서 사해의 병을 없애시고,

---

488 『난경』은 전국 시대에 편작이 지었다는 의서이고, 『소문』은 당나라 왕빙(王氷)이 의서 『황제내경(黃帝內經)』의 「소문」 편을 주해한 『황제소문(黃帝素問)』을 말하며, 『맥결』은 남북조 시대 사람 고양생(高陽生)이 왕숙화(王叔和)에게 부탁하여 지었다는 의서이다.
489 낭중은 본래 벼슬 이름으로, 수당 대 이후에는 육부 각사(各司)의 장(長)을 가리키다가 송대 무렵부터는 의원을 가리키는 말로도 썼다.

천지조화의 공을 보완하실 수 있다네.

(의원을 뵙는다.)

스승님,

사방에서 모두 살구나무 숲의 바람을 우러르고,

백 리 안에서 모두 귤과 우물의 은덕을 입습니다.[490]

의원 제자여,

세상 사람들이 아프지 않기만을 바랄 뿐이니,

내 약이 영험하다고 자랑하지는 말아라.

제자 스승님, 말씀은 그렇게 하시지만 어제 거리에서 스승님이

앞서 가시고 제가 뒤따라갈 때 경박한 젊은이 몇 명이 뒤에서

입을 놀려 뭐라고 읊어 댔는데, 분명히 스승님을 놀리는 말이

었습니다.

의원 뭐라고 했길래 그러느냐?

제자

"굽어본들 지리를 보는 것도 아니고,

고개 들어 본들 천문을 보는 것도 아니거늘,[491]

등 굽은 것도 고치지 못하면서,

어떻게 남을 고쳐 준다는 것인가?"

라고 하였습니다. 그래서 저도 시 한 수로 대답해 주었습니다.

---

490 귤잎과 우물물은 양약을 뜻한다. 옛날에 전염병이 돌면 우물물과 처마 옆의 귤잎으로 사람을 치료하라고 권했다는 이야기에서 유래한다. 진(晉)나라 갈홍(葛洪)의 『신선전(神仙傳)』 「소선공(蘇仙公)」에 나온다.
491 『주역』 「계사」의 "고개 들어 천문을 살피고, 고개 숙여 지리를 살핀다(仰以觀於天文, 俯以察於地理)"라는 구절과 비슷하다.

의원 어떻게 대답해 주었느냐?

제자 우리 스승님은,

　　덕이 크셔서 등이 불룩 솟았고,[492]

　　너희는,

　　배우지 못했으니 문자 쓰지 말아라.

　　등 굽은 것을 곧게 펼 수는 있지만,

　　스승님만 고생시킬까 할까 한다.

의원 잘했다, 잘했어! 용장 밑에 약졸 없는 법이지.

　　(익리가 등장하여 듣는다.)

제자 또 한 가지가 있습니다. 공자님 말씀에 "사람은 태어나면서 곧느니라"[493]고 하셨고, 맹자님도 "곧지 않으면 도가 드러나지 않느니라"[494]고 하셨습니다. 스승님은 지금 천하에 의도醫道를 행하고자 하시는데, 몸을 펴서 다닐 수 없으면 바깥으로는 다른 사람들의 삶을 일으킬 수 없고 안으로는 스승님의 도를 드러낼 수 없을 터이니, 이를 어찌하면 좋겠습니까?

의원 아! 허튼소리로다, 허튼소리! 사람이 태어나면서 곧다는 말씀은 그 품성을 두고 하신 말씀이다. 나는 비록 몸은 곧지 못하지만 마음은 곧으니 천지에 참여할 수 있다. 또 곧지 않으면 도가 보이지 않는다는 말씀은 도를 행하는 것을 두고 하신

492　『맹자』「진심 상」의 인의예지(仁義禮智)가 마음속에 뿌리내리고 있는 사람은 그 기색이 "윤택하게 얼굴에 나타나고 등에도 넘쳐 흘러나며 사지(四肢)로 퍼져 나간다(睟然見於面 盎於背 施於四體)"라는 구절에서 빌려 온 말이다.
493　『논어』「옹야(雍也)」에 나온다.
494　『맹자』「등문공 상」에 나온다.

말씀이다. 나는 비록 형체는 곧지 못하지만 도는 곧으니 조화 造化를 보좌할 수 있다. 세상 사람들 가운데 몸이 곧은 자는 많지만 마음이 곧은 자는 매우 적다. 신하 된 사람이 아첨으로 임금을 섬기는 것은 굽은 것이요 곧은 것이 아니니라. 자식 된 사람이 아첨으로 아비를 섬기는 것은 굽은 것이요 곧은 것이 아니니라. 형제와 친구 사이에도 똑같으니라. 세상 사람들이 형체는 곧으면서 마음이 굽은 것은 내가 등은 굽었지만 마음이 곧은 것만 못한 것이니라! 그러므로 아버지가 양을 훔친 일을 고발하는 것은 일은 곧으나 그 마음은 곧지 않은 것이요,[495] 몰래 업고 도망가는 것은 등은 굽었지만 그 안은 곧은 것이니라.[496] 제자는 이제부터 사람을 살필 때는 마땅히 그 마음을 살펴야 하느니라. 그러므로 이런 말이 있느니라.

곧은 것 중의 곧은 것이라 해도 믿지 말고,

사람이 어질지 않을까 경계해야 한다.[497]

제자 가르침을 받드옵니다! 그런데 옛날 사람들이 재물을 구하는 일을 논할 때 차라리 곧은 가운데에서 얻어야지, 굽은 가운데에서 구하면 안 된다고 했습니다.[498] 스승님께서 돈을 취하

---

495 『논어』 「자로(子路)」에 나온다.

496 『맹자』 「진심 상」에 나온다. 순(舜)임금의 아버지 고수(瞽瞍)가 살인을 했다면 순임금이 어떻게 했겠느냐는 제자의 질문에, 맹자는 그는 법관이 아버지를 체포하는 직무를 수행하는 것을 막을 수는 없었을 것이니 차라리 임금의 자리를 헌신짝처럼 내버리고 아버지를 업고 물가에 가서 거처했을 것이라고 대답한다. 순임금의 효행을 말해 준다.

497 『명심보감』 「성심(省心)」과 계몽서 『증광현문』 등에 나오는 구절과 비슷하다.

498 강태공(姜太公)의 낚시에 관련된 고사에서 온 말이다. 강태공이 물가에서 곧은 낚싯바늘을 드리우고 있었는데, 이를 본 사람들이 그 이유를 묻자 "고기를 낚기 위한 것이 아니라 왕후(王侯)를 낚기 위한 것"이라고 대답했다고 한다. 『금강경』과는 상관없는 말이다.

시는 것은 굽은 가운데에서 취할 뿐, 곧은 가운데에서 취하기

는 어렵습니다.

의원 또 『금강경 金剛經』을 잘못 익혔구나!

익리 제자는 억지 부리지 마라, 스승님의 말씀이 옳으니.

제자 어찌 그렇습니까?

익리 이런 말을 듣지 못했는가?

　　산속에는 곧은 나무가 있지만,

　　세상에는 곧은 사람이 없다네.

　(웃는다.)

의원 익리 형, 여기에는 무슨 일로 오셨소?

익리 안인님께서 병환이 들었는데 아주 괴이하여 선생님을 모

셔 가서 고쳐 드리려고 왔습니다.

의원 마침 장씨 댁에서 불러 가 보아야 하니, 내일 오시오.

익리 큰 가뭄에 무지개를 바라고 있는 것과 같습니다.

의원 그렇다면 그리 먼저 가겠소. 장씨 댁은 그다음에 가지요.

　(걸어간다.)

익리 의원이 도착했으니 도련님께서는 나와 주십시오.

나복

　【상천효각 霜天曉角】

　어머님께서 병환이 드셨는데,

　길흉을 알 수가 없다네.

　인연이 있어 좋은 의원을 만나야,

　고칠 수 있을 텐데.

(의원을 만나 사연을 이야기한다. 나복이 유씨를 부축하고 등
장한다.)

유씨

　【전강】

　화가 하늘에서 떨어져,

　일곱 구멍에서 피가 흘러 멈추지 않는다네.

　옛날에 내가 잘못한 것을,

　오늘 후회해도 늦었구나!

　(진맥을 한다.)

의원　안인님은 가서 쉬십시오.

　(유씨가 퇴장한다.)

나복　노모의 병세는 어떠합니까?

의원

　【만패령蠻牌令】

　이 병세를 묻는다면,

　이 병은 매우 괴이합니다.

나복　연로하여 정신이 피로하고 혈기가 쇠미해지신 것인지요?

의원

　정신이 피로한 것도 아니요,

　혈기가 쇠미해진 것도 아닙니다.

나복　음식을 적게 드시고 일이 번잡하여 우울해지신 것인지요?

의원

　일이 번잡한 때문도 아니요,

음식을 적게 드셔서 우울해진 것도 아니라오.

아마도 원한을 산 듯하고,

아마도 귀신이 들린 듯합니다.

나복 선생님께서 마음을 다해 고쳐 주시기 바랍니다. 제가 크게 사례하겠습니다.

의원 옛말에 "묘약도 원한병을 고치기는 어렵다"고 했는데 바로 영당^{令堂}499이 그러하고, "횡재해도 운이 다한 사람을 부자로 만들지는 못한다"고 했는데 바로 제가 그렇습니다.

(합) 신선을 만난다 해도 고치기 어렵습니다.

나복 이를 어찌하면 좋겠습니까?

의원

【전강】

두 줄기 눈물 흘리지 마시고,

두 눈썹 찌푸리지 마시고,

긴 한숨 쉬지 마시고,

정신을 놓지 마십시오.

약은 초근목피라서 사람의 몸을 고칠 수 있을 뿐, 사람의 마음을 고칠 수는 없습니다.

천지에 절을 올리며,

죄와 잘못을 참회하십시오.

천지가 불쌍히 여기셔야만,

재앙을 물리칠 수 있을 것입니다.

---

499 상대방의 모친을 높여 부르는 말이다.

(합) 신선을 만난다 해도 고치기 어렵습니다.

나복　그래도 선생님께서 좋은 약을 하나 지어 주십시오.

의원　그렇다면 제가 가게로 돌아가서 제자에게 보내 드리겠습니다.

나복　기다리겠습니다.

의원

> 등 굽은 의원이 직설直說을 전하오니,
>
> 동인님께서는 숙고하시기 바랍니다.

나복

> 몇 푼 안 되지만 받아 주시기 바랍니다,

함께

> 팔을 세 번 부러뜨려야 양의良醫라네.[500]

(의원이 퇴장한다.)

나복　의원이 어머님의 병은 약으로 고치기 어렵다면서 내가 대신 참회하라고 하는구나. 마침 동쪽에서 달이 떠오르니 향을 살라 천지에 절을 올려야겠다.

(절을 올린다.)

> 자식 길러 늘그막을 대비하는 것은 무슨 뜻이던가요?
>
> 곡식 쌓아 기근에 대비하는 것이 지금입니다.
>
> 마음으로 향 한 가닥을 달빛 아래 살라서,
>
> 이 몸으로 어머님의 재앙을 대신 받기를 원합니다.

---

[500]　의사가 환자의 팔을 세 번 부러뜨려야 비로소 양의가 된다는 말에서 유래하였다. 『좌전』 「정공(定公) 13년」에 나온다.

【정호병征胡兵】

붉은 벼랑 위에 구름 걷히고 차가운 달이 떠오르고,

푸른 하늘이 굽어보시네.

어머님의 병이 깊어지니,

걱정하는 마음이 조마조마하여,

온 마음으로 향을 가득 사르네.

하늘이시여!

바라옵건대 제 몸으로 어머님의 재앙을 대신 받고자 하오니,

하늘이시여, 하늘이시여, 응답을 내려 주소서!

천지에 절을 올렸으니 삼관께도 절을 올려야겠다.

(걸어간다.)

【나장리좌羅帳裏坐】

삼관 성인이시여,

제가 아뢰는 말씀을 들어주소서.

이 향은,

노모가 위중한 병이 들어,

약으로 고치기가 어려워 바칩니다.

엎드려 바라옵건대 제 몸으로 어머님을 대신하여 어머님께서

병석에서 일어나게 해 주십시오.

(합) 비바람처럼 오셨다가 먼지처럼 떠나가소서,

팔부천룡八部天龍께 끝없이 감사하오리다.

익리

특효의 약을 먹었다 해도,

미리 알지 못하는 근심을 막기는 어렵다네.

　도련님께 아룁니다. 안인님께서 대몽大夢으로 돌아가셨습니다.

나복　뭐라고?

익리　안인님께서 돌아가셨다고요.

　(나복이 급히 간다. 통곡한다.)

나복　어머니, 어머니! 아들이 천신께 기도드려 제 몸으로 어머니의 병을 대신 앓도록 해 달라고 말씀드렸는데, 어찌하여 숨이 돌아오지 않고 영원히 떠나가셨단 말입니까! 애통하고 애통합니다!

　(혼절한다.)

익리　도련님, 깨어나십시오!

　(나복이 깨어난다.)

나복

　【옥교지玉交枝】

　간장이 아파 부서지고,

　놀라서 혼백을 기댈 데가 없네.

　불쌍하게도 일곱 구멍에서 피가 흐르시네.

　내가 불효한 탓이니,

　쇠칼로 간장과 비장을 갈가리 찢어 내는 듯,

　출렁이는 장강처럼 눈물이 줄줄 흐르는구나.

　(합) 이 한은 끊지 않으리니,

　언제 다할까?

익리

【전강】

백 년 모자의 인연이,

삽시간에 버려졌네.

지금 바로 스님들을 널리 모아,

망자를 위한 재칠齋七[501]을 올려,

땅의 그물에서 벗어나,

천부天府에 올라가서 소요하시게 해야겠네.

(합) 이 한은 끊이지 않으리니,

언제 다할까?

모두

【미성尾聲】

시린 바람이 하늘에서 불어오고,

별안간에 어머님이 운명하시니,

땅도 어둡고 하늘도 어두워 온통 슬픔뿐이라네.

---

501 사람이 죽은 뒤 49일 동안 7일마다 지내는 재를 말한다.

제48척

압송 명령
(城隍起解)

말 … 성황
생 … 수하
축 … 귀사
부 … 유씨
정, 소, 단 … 죄인

성황

【북점강순北點絳脣】

천지는 사사로움이 없고,

신령은 직분이 있어 음양을 다스리네.

인간 세상에서 잘못을 저지르면,

저승에서 도망갈 곳을 찾기 어렵다네.

산천에는 곳곳에 신령들이 있어,

인간 세상에서 어질게 살았는지를 살핀다네.

일 처리는 삼척법三尺法502에 의지할 뿐,

사람들에게는 조금이라도 마음 쓰지 않네.

나는 성황입니다. 음양을 다스리고, 사람과 귀신의 일도 함께

---

502 법률을 뜻한다. 법률을 석 자 길이의 죽간에 썼기 때문에 유래한 말이다.

맡고 있지요. 방문자는 모두 여기에서 등록해야 하는데, 수하

들은 어디에 있느냐?

수하

큰 소리로 부르시며 당상堂上으로 오시니,

두 다리로 바삐 뛰어 안전案前에 이르네.

(성황을 만난다.)

성황 문서를 들고 등록하러 오는 이가 있으면 들여보내거라.

수하 알겠습니다.

(귀사가 유씨와 죄인 세 명을 데리고 등장한다.)

죄인 갑

사람의 마음은 쇠와 같은 듯하나 쇠가 아니지만,

유씨

관가의 법은 화로 같은데 정말 화로라네.

죄인 을

세상 사람에게 권하노니 조심 또 조심하여,

죄인 병

세상에서 일을 함에 함부로 하지 마시게나.

귀사 성황 나리 전하, 이자들을 자세히 조사해 주십시오.

(보고한다. 들어간다.)

귀사 비문批文503을 살펴 주십시오.

(성황이 읽으며 말한다.)

성황 종과 북을 훔친 도둑 임조林기!

---

503 상급 관청에서 하급 관청에 회답하여 내리는 공문을 말한다.

죄인 갑 예!

성황 맹세를 어기고 고기를 먹은 여인 유씨!

유씨 예!

성황 청규淸規를 지키지 않은 음란한 비구니 정허靜虛!

죄인 병 예!

성황 비구니와 간통한 화상 본무本無!

죄인 을 예!

성황 너희는 모두 귀신을 공경하지 않아서 이곳에 오게 되었다!

죄인 갑 나리, 제가 귀신을 공경하지 않은 것은 맞습니다만, 귀신은 어디에 사시는지요?

성황 천조天曹의 신은 천궁에 살고, 지부地府의 신은 지하에 산다. 그러나 사람은 먼지 속에 살지만 먼지를 보지 못하는 것처럼, 귀신은 지하에 있지만 너희는 땅속을 보지 못한다. 지하의 귀신이 어디엔들 없겠느냐? 너희는 낡은 말을 따르느라 귀신을 믿을 만하지 못하다고 여기니, 이제삼왕二帝三王504이 하늘을 공경함으로써 백성을 근면하게 하였고, 주공周公과 공자가 제사를 만들어 조상에 보답하신 것이 바로 귀신의 덕이 성한 까닭임을 어찌 알겠느냐?

【염노교서念奴嬌序】

귀신의 덕이 성한 것을 논하자면,

성인이 예제禮制를 만들어,

---

504 이제는 요임금과 순임금을 말하고 삼왕은 우왕, 탕왕, 문왕, 무왕을 말한다. 문왕과 무왕은 부자(父子)이므로 하나로 친다.

사람들로 하여금 엄격하고 공정하고 엄숙하고 장중하게 삼가

받들게 하셨다.[505]

오로지 보이나니,

그가 양양하게 드러나고,

움직이는 곳이,

마치 위에 있는 듯, 마치 좌우에 있는 듯,

밝고 또 밝게 천지에 충만하다.

근본을 생각해 보면,

하늘이 베풀고 땅이 낳은 까닭에 교郊 제사와 사社 제사[506]를

지내 상제上帝를 모시고, 조상이 공덕을 쌓으신 까닭에 체禘 제

사와 상嘗 제사[507]를 지내 선조를 모셨다.

교 제사와 사 제사를 함께 모시고,

체 제사와 상 제사를 번갈아 올려서,

선조와 선왕께 바치는 것이 어찌 이유가 없으랴.

너는 어찌하여 믿지 못하겠다고 말하느냐?

죄인 갑 나리, 소인이 잘못을 저질렀사오니 엎드려 바라옵건대

붓끝으로 초생超生[508]하게 해 주시옵소서.

성황

---

505 『예기』「중용(中庸)」에 "천하의 사람들로 하여금 재계하여 깨끗이 하고 옷을 갖추어 입고 제사를 받들게 한다(使天下之人齊明盛服, 以承祭祀)"라는 구절이 있다.

506 천지에 제사를 지내는 것으로, 동지 때 하늘에 지내는 제사를 교, 하지 때 땅에 지내는 제사를 사라고 하였다.

507 천자나 제후가 철마다 조상에게 올리는 큰 제사로, 여름 제사를 체, 가을 제사를 상이라고 하였다.

508 불교에서는 죽은 뒤의 영혼이 다른 사람으로 환생함을 이르는 말이다. 도교에서는 득도하여 신선이 됨을 이르는 말로도 썼다.

(합) 이제 와서는,

바로 강물 한가운데에서 구멍을 메우는 것이니,

무슨 붓끝으로 초생해 주기를 바란다는 말인가!

유씨　　나리, 유씨는 생전에 소식素食을 하며 귀신을 공경했습니다.

성황

【전강환두前腔換頭】

우습도다,

너는 마음가짐이 굳건하지 않도다.

소식을 하겠다고 약속했지만,

말만 내뱉은 꼴에 그치고 말았다.

남편을 잃자마자,

고기를 먹느라 수많은 생명을 죽였다.

게다가,

맹세를 어기고 고기를 먹더니, 다시 화원에 가서도 맹세를 했지.

자신을 속이고 마음을 속이며,

천지에 맹세하니,

신명이 들으시고 진노하셨다.

(합) 이제 와서는,

바로 강물 한가운데에서 구멍을 메우는 것이니,

무슨 붓끝으로 초생해 주기를 바란다는 말인가!

죄인 병　　소니小尼가 초생을 엎드려 바라옵니다.

죄인 을　　화상和尙이 초생을 엎드려 바라옵니다.

성황

【전강】

자세히 살펴보니,

너는 비구니가 되어,

청규를 지키지 않았고,

너는 화상이 되어,

불행佛行을 따르지 않았다.

모두 스승을 버리고 산문을 내려가서,

제멋대로 황음荒淫을 일삼고,

천지신명이 밝힐 것을 하나도 두려워하지 않았다.

생각해 보거라,

남해의 관음과,

서천의 활불은,

한 분은 왕실의 딸이고 한 분은 왕실의 아들이었는데,[509]

이들은 청정을 달게 여기고 속심俗心을 끊고 불과佛果를 이루어,

만고에 이름을 날리신다.

(합) 이제 와서는,

바로 강물 한가운데에서 구멍을 메우는 것이니,

무슨 붓끝으로 초생해 주기를 바란다는 말인가!

모두 자백을 하거라.

(때린다.)

---

509 명나라 때 지어진 『향산보권』에서는 관음보살이 흥림국(興林國) 묘장왕(妙莊王)의 셋째 딸 묘선(妙善)이었다고 하고 있다. 또한 석가모니는 카필라성(城)의 슈도다나왕(정반왕[淨飯王])의 아들로 태어났다.

죄인 갑

【취태평환두醉太平換頭】

아뢰옵니다,

소인은 반성합니다.

지금부터 존경하고 믿겠습니다,

천지신명을.

마개로 병을 막듯이 입을 닫고서,

감히 망령된 말로 성인을 비난하지 않겠습니다.

유씨

들어주소서,

옛날 아들 몰래 고기 먹은 것을 참회하고,

옛날 서원을 지키지 않은 것을 참회합니다.

바라옵건대 자비를 베푸셔서,

널리 사면하셔서,

저의 몸과 목숨을 초생하게 해 주소서.

죄인 을

【전강】

불쌍히 여겨 주소서,

소인이 어리석었습니다.

내생에서는,

부처님의 가르침을 잘 따르고,

신명을 공경하겠습니다.

죄인 병

저는 이제야 취몽醉夢에서 깨어나,

옛날에 가르침을 지키지 않았음을 참회합니다.

모두

엎드려 바라옵건대 붓끝으로 초생하게 해 주시옵소서. (첩)

성황

너희는,

모두 스스로 화의 싹을 만들었다.

오늘에 이르러,

스스로 저지른 잘못을 스스로 받고,

스스로 말하고 스스로 인정했다.

조서를 완성했으니,

여봐라, 이들을,

풍도酆都로 압송하여,

거듭 고문을 받게 해라.

임조는 귀문관鬼門關으로 압송하여 지옥에 보내고, 화상과 비구니는 변성대왕變成大王[510] 전하께 보내어 화상은 대머리 나귀로 만들고 비구니는 암퇘지로 만들어라. 유씨는 스스로 벌을 받겠다며 겹겹의 지옥에서 재난을 당하겠다고 맹세했으니 지옥으로 보내어 겹겹의 고통을 당하게 해라.

성황, 귀사

【여문餘文】

밝디밝은 하늘의 도는 거울과도 밝아서,

---

510 명부(冥府)의 시왕전(十王殿) 가운데 제육전(第六殿)을 다스리는 왕이다.

너희 생전의 일을 모두 비추어 본다네.

모두

살아 있을 때 신명을 공경하지 못한 것을 후회하네.

귀사

유씨와 임조는 신명을 공경하지 않았고,

비구니와 화상은 서로 황음무도했다네.

모두

모두 함께 풍도로 압송되어,

지옥에서 겹겹의 고통을 당하겠네.

제49척

유씨의 회살

(劉氏回煞)

생 … 나복

소, 정 … 귀사

축 … 문신(門神)

부 … 유씨

나복

【국화신인菊花新引】

슬프고 슬프도다, 어머님을 여의고,

멍하니 하늘의 밝은 달만 쳐다보네.

달빛 비출 때는 그림자가 나를 따르더니,

달이 지니 나 홀로이고 그림자도 없구나.

밤새 찬 바람이 북당北堂[511]에 불더니,

원추리꽃이 떨어지니 슬프기 한이 없네.

혼백은 아득히 어디에 계시는가?

근심과 고통이 온 하늘에 가득하네.

불행히도 부모님을 연이어 여의고 지금은 어머님의 위패 앞에

---

[511] 어머니가 계신 북쪽 방을 말한다. 어머니를 뜻하기도 한다.

홀로 앉아 있습니다. 밤은 깊고 등불만 빛나는데, 자식 된 마음으로 오직 향 한 가닥에 의지하여 부모님의 은혜에 보답하고자 합니다.

【향라대香羅帶】

부모님의 은혜를 생각하면,

하늘만큼 높고 바다만큼 깊다네.

이제라도 나의 작은 마음을 다하여,

부모님의 끝없이 깊은 은혜에 보답하고자 했지만,

누가 알았으랴, 아버님을 갑자기 여의게 될 줄을!

어머님 홀로 쓸쓸하게 황혼을 보내셨거늘,

누가 알았으랴, 또한 돌아가시게 될 줄을!

괴롭다네! 이는,

"나무가 가만히 있고자 하나 바람이 잦아들지 않는 것이요,

자식이 모시고자 하는 때에,

어이하리요, 부모님은 계시지 않네"[512]라는 것이네.

【전강】

부모님을 모시고자 하나 계시지 않으니,

이 한을 어이하리요!

듣기로 영춘靈椿은 일만 육천 년을 산다 하고,[513]

또 원추리 풀은 근심을 잊을 수 있다고 하건만,[514]

---

512 한나라 한영(韓嬰)의 『한시외전(韓詩外傳)』에 나오는 말이다.
513 영춘은 장수한다는 전설상의 나무이다. 『장자』「소요유」에 나온다. 아버지를 비유한다.
514 원추리는 어머니를 비유한다.

하늘이시여!

어찌하여 저의 부모님만은,

오래도록 살지 못하셨나요,

이 초가 녹으니 불꽃이 작아지고 눈물이 많아지네.

초는,

나의 고통과 아픔과도 같구나.

천 줄기 눈물만 흐르네.

아! 지금 생각해 보니 오늘이 어머님이 회살回煞[515]하시는 날이구나. 잿가루를 땅바닥에 뿌려 오시는지를 알아보아야겠다.

(재를 뿌린다.)

땅바닥의 재는 눈처럼 희고,

맑은 밤은 한 해처럼 길구나.

원컨대 어머님께서 굽어살피셔서,

돌아오셔서 한 번 다녀가 주시기를.

(나복이 앉아서 잠든다. 귀사 두 명이 유씨를 압송하여 등장한다.)

유씨

【촌촌호寸寸好】

저승으로 돌아가니 놀랍고도 두렵다네,

세상에서 살아간 일이 무슨 소용이겠는가!

내가 살아 있을 때는,

일찍이 듣기로 만사가 고개만 돌리면 헛것이라고 했었지.

---

515 회살은 죽은 이의 넋이 10~18일 만에 집으로 돌아오는 날에 나타나는 흉살(凶煞)이다.

오늘 여기에 오니 알겠네, 본래 살아 있을 때,

　고개를 돌리기 전이라도,

　모두가 일장춘몽이었음을.

　세상 사람들에게 권하노니,

　얼른 아미타불을 염송하기를.

귀사 갑

　【전강】

　세상 사람들은 어리석은 일을 많이 저지르면서도,

　아미타불을 모시려고 하지를 않는다네.

어찌 알리요,

　사람과 귀신의 이치는 같아서,

　살아서나 죽어서나 아문衙門은,

　모두 똑같이 다스린다는 것을.

다만 우리 귀신의 도는 해와 별처럼 밝으니, 그런 까닭에 주공과 공자가 제사를 만들어 모셨지.

　사람들로 하여금 만세토록 존중하고 숭배하도록 하였지.

만약 귀신이 없다면 주공과 공자 같은 성인들이,

　차마 사람들을 우롱했겠는가?

유씨　나리님, 바라옵건대 이 늙은이가 한 번만 집에 돌아갈 수 있게 해 주시오.

귀사 갑　문신門神이 허락할까 모르겠다.

귀사 을　형님, 우리가 함께 가면 문신이 겁날 것이 무엇이오? (걸어간다.)

유씨 괴로워라!

오는 길 내내 사람들은 그대로 있는데,

아이고!

불쌍도 해라, 나만 받아들여질 곳이 없구나!

(축丑이 문신으로 분하여 등장한다.)

문신

양쪽 세상을 열고 닫는 것을 내가 관장하니,

온갖 요기妖氣들은 나를 침범하지 못하지.

나는 부씨 집안의 문신인 신도神荼와 울루鬱壘로다.[516]

(유씨 일행을 만난다.)

어떤 귀신이 찾아왔느냐?

유씨 저는 유사진이라고 합니다. 문신님께서 문을 열어 주시기를 바라옵니다.

문신 흥! "살아서는 대문으로 들어가고 죽은 뒤에는 대문으로 나간다"라는 부처님 말씀도 듣지 못했느냐? 너는 대문으로 나갔는데 어찌 다시 들여보내겠느냐! 게다가 요즘에는 집안 귀신이 사람을 잡아가기도 하니 절대 열어 줄 수 없다!

유씨 제가 오늘 회살하는 날이니 열어 주시기를 간청하옵니다.

귀사 갑 아, 회살은 신사神司[517]에서 자비를 베풀어 주는 것이니 사자死者를 불쌍히 여겨 한 번 들여보내 주는 것이 안 될 것이

---

516 신도와 울루는 중국 민속에서 유명한 문신이다. 한나라 왕충(王充)의 『논형(論衡)』 「타귀(打鬼)」 등에 나온다. 여기서는 한 문신이 연기한다.

517 사(司)는 관청이다. 신사는 신령들의 관청이라는 뜻이다.

있겠습니까?

문신　지금은 세상에서 와전되어 그것을 자웅파사살雌雄破射煞이라고 부르지. 동쪽이나 서쪽에서 반드시 사람을 상하게 하고 위쪽이나 아래쪽에서 반드시 사물을 해친다고 하며, 생과 사가 사람들의 상사常事임을 생각하지 않는다. 어찌 한 사람을 회살하게 하여 또다시 여러 사람들을 상하게 하겠는가? 세상에서 와전된 까닭에 문을 열어 주지 않는 것이다.

유씨　제가 기억하기로 속담에 "문신이시여, 문신이시여, 위엄이 대단하시도다. 일 년에 한 번 바꾸어 드리니, 인정을 베풀어 주시오"라고 했습니다.

문신　흥! 그 말은 세상의 청관淸官들이 사람들의 마음을 따르지 않는 까닭에 인정을 말하는 자가 우리 문신들을 빌려다가 놀리는 것이다. 세상에서 우리 문신들이 인정을 따르지 않음을 알고 있으니, 어찌 오늘만 인정을 따르겠는가!

귀사 을　흥! 문을 열어 주시오!

문신　너희들이 염군閻君의 사자라 하지만 나는 상제의 명을 받은 몸이다. 각자 직분이 있으니 절대로 열어 줄 수 없다!

귀사 을　반드시 문을 열게 하겠다!

（싸운다. 귀사 을이 패하여 달아난다.）

귀사 갑　저자가 열어 주지 않으니 업풍業風518을 불게 하여 바람을 타고 올라가 공중에서 내려가 아들을 만나게 하면 되지 않겠는가?

518　지옥 등에서 일어나는 사나운 바람을 말한다.

유씨 고맙습니다, 고맙습니다!

(업풍을 부른다.)

귀사 갑

바람이 풀 속에서 생겨나,

망혼을 날려 보내네.

(날아간다.)

여기 옥루屋漏[519]로 내려가야겠다.

(도착한다.)

당신 아들이 잠을 자고 있으니 가서 보시오!

유씨

【산파양山坡羊】

집에 당도하니 내 평생의 자취가 많기도 하네,

우리 아들을 보니 두 줄기 눈물이 흐르는 것을 멈출 수가 없네.

애야, 어미가 널 보러 왔단다. 놀라지 말거라.

후회스럽네, 옛날에 아들의 말을 듣지, 듣지 않아서,

오늘은 풍도 땅에 압송, 압송당하게 되었네.

고통스럽고 슬프다네,

남편이여, 아버님이시여,

제가 이제 와서 후회해도 늦었습니다.

이번에 너를 보니 더욱 부끄럽구나.

애야,

내가 지금 집안을 버리고 가면,

---

519 신주를 모신 방의 북서쪽 모퉁이에 난 틈이다. 이곳으로 혼백이 출입한다고 믿었다.

언제 다시 돌아올 수 있겠느냐?

(합) 외롭고 적막하고,

간장이 끊어지고 비장이 부서지네.

잘 알겠네,

다시 만나려면,

꿈속 말고는 안 될 것임을.

【전강】

아들을 버려두고 멀리 떠나지 못하겠네,

우리 아들에게 부탁하니 잘 새겨 두거라.

애야,

너는 독경과 염불을 좋아하고,

스님들 공양과 보시를 좋아하지.

너는 네 몸을 잘 보살피고,

너는 어미를 위해 초생의 계획을 잘 세워 다오.

(무대 안에서 닭 우는 소리가 난다.)

꼬끼오 닭 우는 소리가 들리네.

귀사 을 날이 곧 밝아 오니 얼른 갑시다!

유씨

괴로워도 어쩔 수 없네,

이 사자가 날더러 버려두고 가라고 재촉, 재촉하네,

애야,

나는 이제 저승길에 오르니,

내내 처량해도 누구에게 말할까?

(합) 외롭고 적막하고,

간장이 끊어지고 비장이 부서지네.

잘 알겠네,

다시 만나려면,

꿈속 말고는 안 될 것임을·

귀사 갑

닭이 울어 오경五更을 알리니,

바삐 가야지 늦으면 안 된다네.

한바탕 바람이 땅에서 일어나더니,

옛집에서 허공으로 날아올라 나오네.

(퇴장한다.)

나복

【홍납오대산파양紅衲襖帶山坡羊】

어머니, 어머니!

꿈속에서 분명히 어머님을 뵈었는데,

무어라고 간절히 내게 말씀하셨네.

어머님을 뵈었는데 생전 모습 그대로이시구나.

나는 어머님께서 백 세 동안 오래 사시기를 바랐는데,

또 누가 알았으랴, 남가일몽南柯一夢에 그치고 말 줄을.

아, 비록 꿈이었지만 지금쯤이 어머님께서 회살하실 때이니

초를 들고 한번 살펴보아야겠다. 아!

땅바닥의 잿가루 위에 분명히 자취가 보이는구나.

이쪽으로 오셨다가 이쪽으로 가셨으니,

집 안에 분명히 당신이 오셨다 가셨네요.

(합) 슬프도다,

생각할 때마다 간장이 끊어지네.

슬프다네,

구슬 같은 눈물이 천 줄기 또 만 줄기로 흐르네.

【전강】

닭은 오경에 어찌 그리 바삐 울어 대는가?

자오慈烏520를 재촉하니 헤어져 날아감이 무척이나 황망하구나.

어머니! 여기에서는,

통곡하며 그리워해도 소용없습니다,

그곳에서는,

외로운 길의 고통을 어찌 견디십니까?

한은 끝이 없어 천지만큼 깁니다.

어머니, 꿈속에서 분명히 뵈었는데, 깨어나니 여전히 흔적도
없어,

고요하게 다만 별과 달만 밝게 떠 있습니다.

(합) 슬프도다,

생각할 때마다 간장이 끊어지네.

슬프다네,

구슬 같은 눈물이 천 줄기 또 만 줄기로 흐르네.

(닭이 다시 운다.)

【여문餘文】

---

520 자오는 인자한 까마귀라는 말로, 어머니를 비유한다.

은하수가 지고 닭이 울고,

풍경風磬이 울리고 이슬이 가득하네.

어머니,

제가 입으로 부르고 마음으로 생각해도,

어머니를 뵐 길이 없으니,

내일 아침에 초상을 그려서 만고에 드러내고자 한다네.

(퇴장한다.)

파전산, 금전산

(過金錢山)

죽, 소 … 귀사
부 … 유씨
이단 … 금동, 옥녀
외 … 선인(善人)
정 … 선녀(善女)

귀사들

【수저어아水底魚兒】

발칙한 여인아,

지금은 고통과 재난을 당해야 한다.

어찌하여 목을 뻣뻣이 하고,

끌어도 끌려오지 않느냐.

유씨

【전강】

사자님께 애원합니다,

제가 감히 안 가려는 것이 아닙니다.

제가 목숨을 사서,

제가 돌아가도록 허락해 주십시오.

귀사들

【전강】

생전에 사람들이 미련하여,

멍청하게 그저 재물만을 좋아했지.

저승은 법망이 엄밀하여,

돈이 있어도 벗어날 수가 없다.

유씨

【전강】

제가 감히 핑계 대며 늦추는 것이 아니라,

제 사정이 딱해서입니다.

귀사들 딱하다니, 누가 너더러 고기를 먹으라고 했느냐?

유씨

편의를 보아주시기를 바라오니,

제가 다시 소식素食을 하게 해 주십시오.

귀사 갑 너는 생각이 참 속 편하게도 얘기하는구나. 인간 세상
에서 이곳으로 왔는데도 네가 소식을 하게 놓아주겠느냐!

유씨 제가 돈 몇 푼을 사자님께 드리겠으니 받아 주세요.

귀사 갑 저승에는 돈이 산처럼 쌓여 있는데, 너의 이 돈 몇 푼을
귀하게 생각하겠느냐?

유씨 돈 산이 있다면 한번 보여 주십시오.

(걸어간다.)

귀사 갑 보아라, 이것이 금전산金錢山이고 이것이 은전산銀錢山
이고 이것은 파전산破錢山이다.

유씨 사자님, 어찌하여 이 세 산으로 나뉘어 있는지요?

귀사 갑 한 번에 만든 것이 금전이고, 두 번에 만든 것이 은전이고, 만들지도 못하고 태우지도 못하는 것이 파전이다.

유씨 돈은 종이로 만들면 인간 세상에서는 천한 물건인데, 이곳 음사에서는 금전, 은전으로 삼으니, 인간 세상과 음사의 땅이 다르니 귀천이 이렇게 차이가 나는군요! 더욱이 종이는 채륜蔡倫이 처음 만들었는데, 종이가 없던 때에는 귀신들은 무엇을 썼는지요?

귀사 을 귀신의 도는 천변만화하고, 감응의 기미는 사람의 마음에 있다. 사람이 귀신을 공경하는 마음이 있으면 종이는 불에 타 없어지고 돈은 사람의 마음을 따라 만들어지는 것이다.

유씨 돈이 마음을 따라 만들어진다면 어찌하여 쓰지 않고 쌓아 두어 산을 이루었습니까?

귀사 을 돈 '전錢' 자는 앞 '전前'이라는 뜻이다. 돈이 있으면 남들 앞에 있을 수 있고 없으면 남들 뒤에 떨어져 있게 된다. 이것이 옛사람이 '전錢'이라는 글자를 지은 뜻이다. '전錢'은 쇠금金 하나에 창 과戈 두 개로 되어 있는데, 이는 이롭다는 뜻의 황금과 해친다는 뜻의 창이 합쳐진 것이다. 이것이 옛사람이 이 글자를 만든 뜻이다. 세상 사람들은 이 뜻을 알지 못하고 돈 한 푼을 얻으면 늘어놓고 어떻게든 쓰려고 하지만, 이곳 음사는 청정무위清淨無爲하므로 쌓아 두어 산을 이루게 된 것이다.

유씨 세상 사람들은 쓸 돈이 없는 것만 걱정하지, 돈이 있어도 쓰지 않는 일이 어찌 있겠습니까!

귀사 을 돈이 있으면 반드시 쓰는 것은 인지상정이다. 그러나 전신錢神의 말도 깊이 생각해 볼 만하니,[521] 그런 까닭에 지공誌公 화상[522]이 돈에게 당부한 말이 있다.

"황금과 백은은,

내 말을 잘 듣거라.

인연이 있는 사람은,

그 집에 가서 앉거라.

인연이 없는 사람은,

그의 손안에서 지나가거라.

만약 놓아주지 않는다면,

문을 나가서 그에게 화를 가져다주어라."

유씨 일리 있는 말입니다. 이 세 갈래 길은 어떻게 구분됩니까?

귀사 을 선행을 좋아한 상등의 사람은 금전산을 지나간다. 선행을 행한 중등의 사람은 은전산을 지나가는데, 생전에 가난했어도 이제부터는 쓸 수 있는 돈이 생기지. 악행을 행한 하등의 사람은 파전산을 지나가는데, 생전에 부자였어도 여기에서는 돈이 있어도 쓸 수가 없지. 얼른 가자!

(걸어간다.)

---

521 진(晉)나라의 은사(隱士) 노포(魯褒)의 「전신론(錢神論)」에서 "돈은 수성(壽星)처럼 썩기 어렵고 길[道]처럼 끝이 없고(難朽象壽 , 不匱象道)", "날개가 없지만 날아가고 발이 없지만 달아난다(無翼而飛, 無足而走)"고 한 말, 즉 돈은 끊임없이 돌고 돌며 사라지지 않는다는 말을 가리키는 듯하다.

522 남조(南朝) 양나라의 승려 보지(寶誌)로, 관음보살의 화신으로 여겨졌다. 머리를 기르고 돌아다니면서 기행(奇行)을 보였는데 많은 사람들이 그를 따랐다고 한다.

유씨

【읍안회泣顔回】

길이 파전산에 접어드니,

갑자기 근심과 원한이 생겨나는구나.

나는 세상에서 공덕을 쌓아,

스님과 도사들을 공양하고 가난한 사람들을 많이도 구제했지.

어찌 알았으랴,

저승의 문서에는 사람들의 잘못만 적고,

사람들의 선행은 모두 지워 버렸음을.

금전산과 은전산 길을 못 가게 하여,

파전산을 지나며 온갖 어려움을 다 당하네.

귀사들

【전강환두前腔換頭】

너는 하늘을 향해 두세 번이나 맹세를 하였으니,

마땅히 지켜야 하고 어겨서는 안 될 것인데,

어찌하여 거동에 거리낌이 없느냐?

앞에 했던 말들은 전혀 생각하지도 않고서.

우리 신명들은 밝혀 살피나니,

너는 이제 마땅히 이 고통을 당해야 한다.

옛말에 이르기를 사람의 마음은 쇠와 같고, 관가의 법은 화로 와 같다고 했다. 세상에서도 그러한데 하물며 이 음사에서야 어떠하겠는가!

관가의 법이 화로와도 같음을 알겠고,

하늘의 눈을 속이기 어려움을 믿겠네.

유씨 하늘의 눈은 속이기 어렵겠지만, 사자님께서 크나큰 위력으로 좀 봐주시기를 바라옵니다.

귀사 갑 하늘은 속일 수 없고, 법은 돈으로 살 수 없고, 악은 자라게 둘 수 없고, 길은 바꿀 수 없다. 얼른 가자, 얼른 가!

(잡아당긴다.)

유씨

【고륜대古輪臺】

그만두자!

돌길은 들쑥날쑥하고,

찬 바람이 휙휙 불고 물이 줄줄 흐르고,

먹구름이 가득하고 까마귀 소리가 어지럽네.

구불구불한,

물길과 산길을 가며,

온갖 고통을 다 당하네!

하늘이시여! 제가 오늘 이곳에 왔는데 어느 누가 저를 불쌍히 여기겠나이까!

눈을 들어 바라보니 처량하고 쓸쓸하여,

근심스럽고 한탄스럽네.

귀사들

너는 일부러 서원을 어기고도 부끄러워하지 않았고,

입과 배에서 게걸스럽게 탐했으며,

셀 수 없이 많은 악업을 지었다.

너는 소식하겠다는 맹세를 하자마자 그것을 어기고 고기를 먹었고, 희생의 뼈를 묻고서는 화원에 가서도 맹세를 했다. 네가 저지른 나쁜 짓들을,

　　사람들에게 적어 보라고 하면 마음이 답답하고,

　　사람들이 그 악업을 보면 화가 치솟으니,

　　사람들의 마음이 이미 극에 달했거늘,

　　하늘의 이치는 또 어떻겠는가!

소인은 한가하면 나쁜 짓을 하여 이르지 않는 바가 없지만, 군자가 올바른 눈으로 보면,

　　너의 폐와 간을 환히 들여다볼 수 있다.

이제부터는,

파전산 아래에서 고통을 당할 뿐 아니라,

　　가는 길 내내 눈물이 마르기 어렵게 해 주겠다!

유씨

　　【미성尾聲】

　　파전산의 길이 너무도 험하구나.

귀사들

　　이 모두 너의 악업이 천만 가지이기 때문이다.

유씨　　이 길을 가기 어려우니 어쩌면 좋으랴?

귀사들

　　(합) 오늘 가는 길이 험하다고 탄식하지 말아라.

　　(퇴장한다.)

금동, 옥녀

【방장대傍妝臺】

당번幢幡을 들고,

착한 사람들을 인도하여 이곳에 와서 마음껏 노닐며 구경하네.

(앞에서와 같이 설명한다.)[523]

은산에는 저승에서 벗어나는 길이 있고,

금산에는 하늘로 통하는 길이 있네.

파전산 아래는 구절양장 같은 굽잇길이니,

악업을 지은 사람은 이 길로 가서 돌아오지 못하네.

세상에서 악업을 지은 사람은 파전산 아래를 지나가면서 수많은 고초를 겪고 수많은 수치를 당하지! 선업을 쌓은 여러분은 모두 금전산과 은전산 길을 지나가면서 많은 즐거움과 많은 영광을 누리소서!

(합) 영광과 치욕이 이 사이에서 나누어지니,

세상 사람들에게 권하노니 눈을 부릅뜨고 와서 보시오.

선남, 선녀

【전강】

즐겁게 돌아다니나니,

지란芝蘭 같은 향기가 나는 착한 사람들이라네.

금산에서 노닐다가 은산 아래 다다르니,

악한 사람들은 파전산을 어렵게 지나간다네.

우리는 여기에서,

---

523 선행을 좋아한 상등의 사람은 금전산을 지나가고, 선행을 행한 중등의 사람은 은전산을 지나가고, 악행을 행한 하등의 사람은 파전산을 지나간다는 앞의 설명을 말한다.

희희낙락하며 손쉽게 하늘로 올라가는데,

저들은 저기에서,

울며불며 험한 길을 가는구나.

(합) 영광과 치욕이 이 사이에서 나누어지니,

세상 사람들에게 권하노니 눈을 부릅뜨고 와서 보시오.

모친의 초상
(羅卜描容)

생 … 나복

나복

【호도련胡搗練】

근심은 끝이 없고,

한도 끝이 없어,

오래도록 미간과 마음에 머물러 있네.

근심과 한을 쓸어 내고 미간을 펴 보지만,

또다시 마음속에 슬픔이 맺힌다네.

밤새 잠 못 들어 오경이 되었는데,

눈물은 다 떨어졌고 물시계 소리만 잦구나.

집 앞에는 원추리꽃 그림자가 보이지 않고,

옷 위의 옛날 바느질해 주신 자리만 쳐다보네.

불행히도 부모님을 연이어 여의고, 지금은 어머님의 영구를 모시고 아버님의 묘 옆에 와서 잠시 모셔 두고 있습니다. 길일을 택해 이곳에 합장하는 것이 자식의 소원입니다. 다만 어머님이 생전에 신명을 믿지 않아 돌아가신 뒤에 지옥에 떨어지실까 걱정되어 이곳에서 낮에는 예불을 올리고 독경하며 어머님의 죄를 참회하고 밤에는 거적을 깔고 돌을 베고 누워 자식의 정을 조금 바치고 있습니다. 바람 소리가 처량하여 탄식 소리를 듣는 듯하고, 아침저녁으로 어머님의 모습을 그리워하지만 뵐 수가 없습니다. 어머니의 초상을 그려 아침저녁으로 모시고자 하여 문방사우를 꺼내 오려고 합니다.

〔서강월西江月〕

호치군好峙君은 옥처럼 깨끗하고,

관성자管城子는 칼처럼 뾰족하네.

석경후石卿侯는 갈고 또 갈아 만들었고,

오의공자烏衣公子는 명성이 자자하네.524

너희 문방사우를 빌려다가,

우리 어머님의 진용眞容을 그리련다.

효도를 다하지 못한 한은 끝이 없지만,

이제부터는 슬픈 마음을 가누고자 하네.

【신수령新水令】

어머님이 황량몽黃粱夢을 꾸신 뒤로,525

---

524 호치군, 관성자, 석경후, 오의공자는 각각 종이, 붓, 벼루, 먹의 별칭이다.
525 황량몽은 덧없는 부귀영화나 허황된 욕망을 비유하는 말이다. 당나라 심기제(沈旣濟)의
「침중기(枕中記)」에, 당나라 노생(盧生)이 한단(邯鄲)의 객점에서 잠이 들어 80세 동안 온갖
부귀영화를 누렸는데 깨어나 보니 주인이 짓고 있던 조(황량)로 만든 밥이 아직 익지 않았더라

고독하여 바라볼 데가 없었네.

고아가 여기 초막에 있는데, 날마다,

　추운 날의 구름이 준령을 가리고,

밤마다,

　차가운 달이 빈집을 비추네.

어머니,

　바라보며 절을 올릴 곳이 없어서,

　진용을 그리고자 합니다.

【호십팔胡十八】

　진용을 생각하니 마음이 아파 오네.

어머님의 진용을 그리려고 하니 어머님의 모습을 보는 것 같아,

　당신이 마치 앞에 나타나신 듯, 위에 임하신 듯하여,

　마음속으로 한없이 그리워하게 됩니다.

옛사람들을 생각해 보면, 상商나라 때 고종高宗은 꿈속에서 부열傅說을 만났는데 그 모습을 그림으로 그려 내니 틀림이 없었네.[526] 지금 아들이 어머님의 진용을 그리려고 하는데, 어찌하여 마음은 분명한데 붓끝에서 그려 내기 어려울까? 알겠다. 옛

는 고사에서 유래했다. 여기에서 황량몽을 꾸었다는 것은 세상을 떠났다는 뜻이다.

526 『사기』「은본기(殷本紀)」에는 고종(高宗, 무정[武丁])이 꿈속에서 열(說)이라는 성인을 만났는데 꿈에서 깨어난 뒤 부험(傅險)이라는 곳에서 노역을 하고 있는 사람이 꿈속에서 본 성인과 똑같이 생겼고 이야기를 나누어 보니 과연 성인이어서 부열(傅說)이라는 이름을 지어 주고 재상으로 삼아 나라를 훌륭하게 다스렸다는 내용이 있다. 다만 그림을 그렸다는 이야기는 보이지 않는데 후에 덧붙여진 것으로 생각된다.

말에 "그림을 그릴 때는 바탕을 먼저 그린다"[527]고 했지. 먼저 테두리를 그리고 나서 다음에 색을 입히면 될 것이야. 어머니,

　　먼저 당신의 모습을 단정하게 그립니다. (첩)

　　당신의 안색을 맑게 그리고,

　　당신의 두 귀밑머리를 서리처럼 그리고,

　　당신께서 기쁠 때 미간이 펴지신 모습을 그리고,

　　당신의 단정한 옷차림을 그립니다.

내 생각에 천하의 화공들은 꽃은 그릴 수 있으나 그 향기는 그리지 못하고, 달은 그릴 수 있으나 그 밝음은 그리지 못하며, 물은 그릴 수 있으나 그 소리는 그리지 못하고, 사람은 그릴 수 있으나 그 마음은 그리지 못하네.

【경동원慶東原】

어머니,

　　겨우 모습과 옷차림만 그렸습니다.

어머님이 아들을 기르심에 열 달 동안 품으시고 삼 년 동안 젖을 먹이셨는데, 이제 어디에 그려야 할까요?

　　당신이 자식을 키우면서 힘드셨던 모습은 그리지 못하고,

　　당신이 자애롭고 따듯하신 마음은 그리지 못하고,

　　당신이 평생 행하신 현숙하신 행실은 그리지 못하였습니다.

그림은,

　　그저 당신의 머리칼 성긴 노년의 모습과,

　　돌아가시던 때의 모습을 그렸을 뿐입니다.

527　『논어』「팔일(八佾)」에 나오는 구절이다.

부모님이 돌아가신 뒤에 끝없이 그리워한 옛날 사람이 있었지.

【침취동풍沈醉東風】

정난丁蘭이 부모님을 위해 나무 깎은 일을 생각하네.[528]

정난은 나무를 깎을 수는 있었지만, 어이하랴, 나무는 가만히 있고자 하나 바람이 그치지 않고, 자식이 모시고자 하나 부모님은 기다려 주시지 않는 것을.

고어皐魚가 바람과 나무에 느낀 바 있어 슬퍼했던 일을 생각하네.[529]

고어의 풍목지비風木之悲는 부모님이 돌아가시고 난 뒤라 슬퍼해도 소용없었으니, 어찌 숙수지환菽水之歡을 부모님 살아 계실 때 다하는 것만 같으리요![530]

맹종孟宗이 대숲에서 통곡한 일,[531]

채순蔡順이 오디를 나누어 담은 일,[532]

민손閔損이 수레를 민 일,[533]

---

528 후한(後漢) 때 정난이라는 사람이 어머니가 죽은 뒤에 어머니의 목상을 만들어 살아 계실 때와 같이 섬겼다고 한다. 당나라 이한(李翰)이 지은 『몽구(蒙求)』에 나온다.

529 공자가 길을 가다 곡소리를 듣고 그 까닭을 묻자 고어가 "나무는 가만히 있고자 하나 바람이 그치지 않고, 자식이 봉양하고자 하나 어버이는 기다려 주시지 않아서입니다(樹欲靜而風不止, 子欲養而親不待)"라고 대답하고는 그 자리에서 말라 죽었다고 한다. 한나라 한영의 『한시외전』에 나온다.

530 풍목지비는 나무가 가만히 있고자 하나 바람이 그치지 않는 것, 즉 자식이 부모를 모시고자 하나 부모는 기다려 주지 않는 것을 슬퍼하는 것이다. 그리고 숙수지환은 콩이나 물 같은 거친 음식을 먹는 가난한 처지에서도 부모에게 효도를 다하여 기쁘게 해 드리는 것을 뜻한다.

531 삼국 시대 오나라 사람 맹종이 겨울철에 어머니가 죽순을 먹고 싶다고 하여 대숲에 들어가 탄식하니 죽순이 돋아났는데 이를 맹종죽(孟宗竹)이라고 한다.

532 한나라 사람 채순은 전란에 어렵게 살면서 오디를 주웠는데, 까만 광주리에는 잘 익은 오디를 담고 붉은 광주리에는 덜 익은 오디를 담아 잘 익은 오디를 모친께 드렸다고 한다.

533 공자의 제자 민손(민자건)의 아버지가 겨울에 민손에게 수레를 밀게 하자 추위에 잘 밀지 못하여 이를 질책하다 보니 아들이 홑옷을 입은 것이었다. 이에 아버지가 후처를 질책하니

한백유韓伯兪가 매를 맞고 운 일534만 못할 것이라네.

또한 귤을 품은 육적陸績, 535

부채질하고 자리를 돌본 황향黄香, 536

쌀을 지고 간 자로子路, 537

얼음 위에 누운 왕상王祥도 있었지. 538

이들은 모두 생전에 효도를 다한 아들들로,

부끄럽게도 저는 모두 이렇게 하지 못하고,

초상을 바라보며 헛되이 그리워할 뿐이라네.

내 생각에 천하 사람들이 같은 인생을 살면 용모도 같아질 것
이니, 어찌 모습이 같은 사람이 없으리요? 하지만 모습이 우리
어머니와 같다고 해도 우리 어머니처럼 현숙하고 덕성 높은
사람이 어디에 있겠는가?

【안아락雁兒落】

저 구 척의 조교曹交539는 구 척의 탕湯 임금이 아니요,

민손이 아버지에게 울면서 계모가 계시면 한 사람이 춥지만 계시지 않으면 세 사람이 홑옷을
입게 된다고 말했다고 한다.

534 한나라 사람 한백유가 어머니에게 매를 맞고 모친의 기력이 쇠해졌음을 슬퍼하여 울었다
고 한다.

535 육적은 삼국 시대 오나라 사람으로, 6세 때 원술(袁術)이 귤을 내오자 어머니를 위해 몰
래 가슴에 품었다고 한다.

536 황향은 후한 때 사람으로, 여름에는 침상에서 부채질을 하여 시원하게 하고 겨울에는 자
기 몸으로 침상을 따뜻하게 덥혀 아버지를 섬겼다고 한다.

537 공자의 제자 자로는 부모를 봉양하기 위해 자주 백여 리나 떨어진 먼 곳에 나가 고된 일
을 했고 품삯을 받아 그곳에서 쌀을 사서 집에 돌아왔는데, 부모는 흰쌀밥을 보고 매우 기뻐했
다고 한다.

538 왕상은 삼국 시대 사람으로, 겨울에 계모가 먹고 싶어 하는 잉어를 잡으려고 강가에 가서
누워 얼음을 녹이자 얼음이 갈라지며 잉어가 튀어나왔다고 한다.

539 조교는 조(曹)나라 후실(侯室)의 후예로 키가 9척이 넘었다고 한다. 『맹자』「고자 하」에
나온다.

중동重瞳**의 순임금이 또 어찌 중동의 항우**項羽**이겠는가.**[540]

사람은 귀천이 있지만 용모가 같은 것을 싫어하지는 않지.

공자孔子**의 용모는 저 양호**陽虎**와 같았지만,**[541]

양호는 사람은 착하지 않고 용모가 뛰어났으나 취할 바는 거의 없었지. 하지만 용모가 본래 뛰어난데 초상이 잘못 그려진 사람은 한탄할 만하니,

한스럽도다, 모연수毛延壽**가 왕장**王嬙**을 잘못 그려 망쳐 놓았네.**[542]

진용을 다 그렸으니 당상에 걸어 놓고 어머님께 절을 올리자.

【득승령得勝令**】**

진용을 중당中堂**에 높이 걸고,**

향로에 명향名香**을 한 가닥 사르네.**

어머니,

그날 헤어진 뒤로,

제가 어느 날 그리워하지 않고, 어느 저녁 생각하지 않았겠습니까!

모습을 생각하며 밤낮으로 방황했습니다.

오늘 문방사우를 가져다가 어머님의 진용을 그려 당상에 걸어

---

540 순임금과 항우는 모두 눈 한쪽에 눈동자가 두 개씩 있는 중동(重瞳)이었다고 한다.

541 양호는 양화(陽貨)라고도 하며 공자와 동시대 사람으로 노나라의 권력을 농단하여 백성들에게도 큰 피해를 입혔는데, 용모가 공자와 비슷하여 공자를 양호로 오인한 백성들이 공자를 해치려고 한 일도 있었다. 양호에 대해서는 『논어』「자한(子罕)」,「양화(陽貨)」 등에 나온다.

542 한나라 유흠(劉歆)의 『서경잡기(西京雜記)』, 남북조 송나라 범엽의 『후한서』, 원나라 마치원(馬致遠)의 잡극(雜劇) 「한궁추(漢宮秋)」 등에는 한(漢) 원제(元帝) 때 화공이었던 모연수가 비빈(妃嬪)들의 초상을 그렸는데 뇌물을 주지 않은 미인 왕장을 추하게 그려 흉노에게 끌려가게 하였고, 이 일을 알게 된 황제는 모연수를 처형하였다는 이야기가 전해진다.

놓으니 어머님이 다시 살아나신 듯합니다!

　기쁘게도 오늘 다시 용안을 뵙니다.

어머니,

　영혼이 다시 내려와 주시기를 바라옵니다.

아들이 어머님을 뵈오면 기쁘기 짝이 없을 텐데 어이하여 눈물이 흘러내리고 슬픔을 이길 수 없을까?

　아들이 슬픔을 머금고,

　눈물을 훔치고,

　슬픔을 머금고 눈물을 닦으며,

　제단에 술잔을 올립니다.

아들이 술잔을 올리오니, 어머님은 한잔 드십시오.

【교쟁파攪箏琶】

　술잔을 올려도 당신이 친히 드시는 모습을 볼 수 없네요.

아들이 제사상에 음식을 준비하였사오니, 어머님은 한 순가락 드십시오.

　소식疏食을 바쳐도 당신이 친히 드시는 모습을 볼 수 없네요.

어머니, 어머니, 지난날 아들이 부르면 어머니께서 대답하셨는데, 오늘은 어이하여,

　제가 당신을 천 번 만 번 불러도, (첩)

어머니는,

　반 마디라도 대답하지 않으십니까,

　정말이지 애통하여 마디마디 간장이 부서집니다. (첩)

(제단 앞에 무릎을 꿇는다.)

어머니,

애통합니다, 당신이 살아 계실 때 반포지효反哺之孝를 배우지도 못하고,

오늘 어머님이 돌아가신 뒤에 헛되이 꿇어앉아 젖 먹는 숫양 모습을 하고 있으니.[543]

길러 주신 은혜가 하늘처럼 높고 땅처럼 넓어도 보답하지 못하고,

배 속 가득 할 말이 하늘만큼 땅만큼 많지만 다 말씀드리지 못하고,

천 줄기 눈물만 뚝뚝 흘러 멈추지 못합니다.

【살미煞尾】

까마귀 처량하게 우는 소리를 듣네.

까마귀야, 너는 하필 이렇게 애끊는 소리를 내어 이 애끊어지는 사람을 향해 우느냐,

더욱더 슬픔을 더하게 만드는구나!

이 까마귀는 이상하게 우는데, 혹시 어머님의 영혼이 아닐까? 아들 때문에 여기에 와서 우는 것이 아닐까? 아들이 여기에서 울고 있으니 당신께서 까마귀를 빌려 여기에 와서 우시는 것인가요? 까마귀야, 까마귀야, 만약 어머님의 영혼이라면 나를 향해 세 번 크게 울어 다오.

(무대 안에서 크게 세 번 운다.)

---

[543] 새끼 양이 무릎을 꿇고 젖을 먹는 것은 자식이 어버이에게 효도함을 비유한다. 『공양전(公羊傳)』「장공(莊公) 24년」하휴(何休) 주(注)에 나온다.

그렇구나! 분명 어머님의 영혼이구나! 생각해 보니 어머님은 사람으로 사실 때에는 태어나고자 하신 바 없었지만 계시게 되었고, 돌아가셔서 귀신이 되었지만 아직 죽음을 따라 사라지지 않으셨구나.544

　　오늘 진용을 보니 어머님이 살아 계신 듯하고,

　　까마귀 우는 소리를 들으니 어머님이 돌아가시지 않은 듯하네.

어머니, 아들이 알겠습니다. 까마귀는 다시 울면 안 되겠습니다. 당신이 이렇게 울면,

　　나는 눈물이 콸콸 흘러넘쳐 상강湘江에 가득하고,

　　한없는 원한이 천지에 가득할 것입니다.

　　어느 날 잊을 수 있으랴. (첩)

(나복이 놀란다.)

아, 까마귀에게 말하고 있는 동안 어머님의 진용이 어이하여 동쪽 문짝 쪽으로 넘어졌을까? 아,

　　서풍이 불어와 날려 간 것이었구나.

내가 말하는 동안에 문득,

　　몽롱한 가운데 우리 어머님께서,

　　아들을 생각하고 그리워하며 이 문에 기대어 바라보셨나 보다.

(종이를 태운다.)

　　【미尾】

544　송나라 소식의 문장 「조주한문공묘비(潮州韓文公廟碑)」에, 맹자가 말한 호연지기(浩然之氣)가 "생명에 의존하여 존재하는 것도 아니고, 죽음에 따라 없어지는 것도 아니다(不待生而存, 不隨死而亡者矣)"라고 말한 것에서 빌려 온 것이다.

종이를 태운 재가 나비처럼 날아오르니,

　　당신이 채폐綵幣545와 황금 상자를 받아 쓰시고,

　　천라지망天羅地網546을 벗어나시기를 바라옵니다.

어머님께 올리는 기도를 마쳤으니 향지香紙를 가져다가 아버님의 묘지에 가서 기도를 올려야겠다. 나중에 아버님의 진용도 그려서 함께 걸어 두어야겠네.

정말이지,

　　부모님의 수고로움은 본래 한 가지이고,

　　자식 된 마음으로 그리워하는 것은 끝이 없다네.

---

545 상으로 주는 재물과 비단을 말한다.
546 하늘과 땅에 빈틈없이 깔린 그물이라는 말로, 법망이 삼엄하여 빠져나가기 어려운 상태를 뜻한다.

선재와 용녀의 시험

(才女試節)

소 … 선재(善才)
생 … 나복
단 … 용녀
축 … 이정(里正)
정 … 차역(差役)

선재

【낭도사浪淘沙】

빈도貧道는 산을 내려와서,

내내 배회하고 있습니다.

사람을 만나면 익살과 우스개를 펼치다가,

만약 선남신녀善男信女를 만나면,

봉래산蓬萊山으로 데려 가려 한다오.

나는 선재입니다. 나복이 모친상을 치르고 있는데 모친이 지옥에 떨어질지 모른다고 합니다. 관음 낭낭께서 나더러 미친 도사로 변하여 그에게 가서 시험해 보라고 분부하셨습니다. 아, 이곳에 집이 한 채 있으니 들어가 보아야겠습니다. 주인장 계시오? 집에는 아무도 없고 미인도 한 폭만 당상에 걸려 있구나. 모친의 진용일 게야. 버들가지에 진흙을 묻혀다가 이 그림에 발라서 그가 어찌하는지를 살펴보자. 정말이지, "서시西施가 더러운 것을 뒤집어쓰니 사람들이 모두 코를 막고 지나가는"[547] 격이로구나.

(웃는다.)

나복

【생사자生査子】

아버님의 묘소로 막 갔다가,

나도 모르게 마음이 놀랍고 떨려서,

급히 가연家筵[548]으로 돌아왔네.

도사님께 절을 올리오! 아, 도사님은 어찌하여,

진용에 진흙을 발랐습니까?

선재 이 그림이 무슨 가치가 있길래 이리 요란을 떠는가!

나복

【보천락普天樂】

이것은 어머님의 진용으로 보통 그림과는 다릅니다.

선재 아, 당신 모친의 진용이었구면. 그럼 당상에 걸지 말았어야지.

나복 집 안에 엄군嚴君이 계시다는 것은 부모님을 두고 이르는

---

547 『맹자』「이루 하」에 나오는 말이다. 본래는 "서시 같은 미인이라도 더러운 옷을 입고 있으면 사람들이 모두 다 코를 가리고 지나갈 것이고, 얼굴이 추한 사람이라도 목욕재계하면 상제에게 제사 지낼 수 있다(西子蒙不潔, 則人皆掩鼻而過之. 雖有惡人, 齊戒沐浴, 則可以祀上帝)"고 하여 수신(修身)을 강조한 말이지만, 여기에서는 초상화에 더러운 것을 묻혔다는 것을 비유하기 위해 빌려 쓴 것이다.
548 시묘살이하는 곳의 여막(廬幕)을 말한다.

말인데,

　　가당家堂께서는 마땅히 고당에 앉아 계셔야 하거늘,

　　누가 알았으랴, 당신이 진흙을 발랐을 줄을,

　　나는 애통하여 눈물이 삼[麻]처럼 흐른다네!

선재　당신 모친 겉모습의 더러움만 알지, 어찌 그 마음속의 더러움을 알겠는가?

나복　무슨 말씀이온지?

선재　서원을 어기고 오훈채를 먹고, 개를 잡아 만두를 만든 것이 어찌 마음속이 더러운 것이 아니라는 말이냐?

(나복이 혼잣말을 한다.)

나복　이 일이 있었을 것 같기는 한데 저 사람이 어떻게 알았지? 정말이지, 좋은 일은 문밖으로 나가 퍼지지 않고,

　　좋지 않은 일만 퍼졌구나.

선재　지금 나를 욕하는 것인가?

나복　소인이 스스로를 원망하는 것입니다.

　　어찌 감히 가벼운 말을 내어,

　　도사님을 욕하겠습니까?

　　모친의 모습은 본래 백옥처럼 흠이 없으신데,

　　어찌 더러운 진흙을 뒤집어쓰셨는가,

　　쇠칼로 도려내는 듯 마음이 아프구나.

선재　당신이 나를 욕하는 것은 아니었군! 걱정할 것 없소, 내가 버들가지로 닦아 주면 예전처럼 돌아올 것이오.

나복　그렇다면 번거로우시겠지만 좀 닦아 주십시오.

선재

　　버들가지 끝의 감로수가,

　　운무를 쓸어 내니 푸른 하늘이 보이는구나.

　저 효자는 보시오!

나복　　과연 좋아졌군요!

　【사해아要孩兒】

　　감사하게도 당신이 진흙을 닦아 내어 주시니,

　　구름이 걷히고 달이 다시 빛나는 듯하여,

　　모자가 다시 기쁘게 만나게 되었습니다.

　선생님의 이와 같은 솜씨는,

　　신필神筆 주방周昉549도 명성을 독차지하기 힘들고,

　　천하 절필 왕유王維550도 제 자랑 못 할 정도입니다.

　　마치 신선의 화법畵法이 있는 듯합니다.

　옛날 정난이 나무를 깎아 부모님의 형상을 만들었을 때 이웃 사람 장숙張叔이 그것을 지팡이로 썼는데 정난이 바깥에서 돌아와 그 광경을 보고 눈물을 흘렸다고 합니다.

　　나는 정난의 효심에 미치지 못한데,

　　당신은 장숙 같은 허튼짓은 하지 않았네.

　후의를 받들어 흰 비단 한 단을 감사의 뜻으로 드리고자 합니다.

선재　　빈도가 죄를 지었거늘, 어찌 사례를 받으리요! 됐습니다.

549　당나라 때 화가이다. 사녀도(士女圖)를 잘 그렸다.

550　당나라 때 시인이자 화가이다. 남종화(南宗畵)를 열었다.

소리가 구소九韶[551]에 화답하니 비로소 봉황임을 알겠고,

진동이 백 리에 떨치니 비로소 용임을 알겠도다.

(퇴장한다.)

나복   이 도사는 좀 괴상하다. 처음 왔을 때는 진용에 진흙을 바르더니 내가 스스로를 원망하는 것을 보고는 다시 버들가지로 진흙을 닦아 내네. 이제 날도 저물었으니 사립문을 닫고 앉아서 경전을 읽고 좌선을 해야겠다.

【주마청駐馬聽】

보전寶篆[552] 향이 타오르는데,

추운 밤에 등불 마주하며 경전을 읽네.

들리나니, 섬돌의 귀뚜라미 울음소리가 원망하는 듯하고,

풍경風磬 소리는 땡그렁거리고,

목어木魚 소리는 맑다네.

이렇게 서늘하고 스산하니 마음이 흔들리고,

나도 모르게 처량해져 무료하게 듣고 있으니,

괴롭고 쓰라리네. (첩)

망망한 우주가 온통 어머님을 그리워하는 한으로 가득하네.

(단旦 용녀龍女가 등장한다.)

용녀

물은 장대를 찔러 보면 깊은지 얕은지 알 수 있고,

---

551 순임금의 음악이다. 『서경』 「익직」에 순임금의 음악인 소소구성(簫韶九成)이 울리니 봉황이 와서 춤을 추었다는 말이 있다.
552 훈향(薰香)의 미칭이다. 태울 때 나는 연기가 '전(篆)' 자 모양과 같다고 해서 붙여진 명칭이다.

사람은 말로 꾀어 보면 진짜와 가짜를 알 수 있네.

부나복이 초막에서 모친을 모시고 있는데, 관음 낭낭이 나 용녀에게 분부하셔서 그를 시험해 보려고 갑니다. 사람이 어떠한지는 그가 힘쓰는 데에서 알 수 있는 것이 아니라 그가 소홀히 하는 것에서 알아볼 수 있지요.

(걸어간다.)

여기에서 경전을 읽고 있었네!

(문을 두드린다. 나복이 듣는다.)

나복

【강황룡降黃龍】

나는 누추한 집에서 사람을 피해 사는데,

달빛은 허공에 걸리고,

사람들은 발걸음이 닿지 않네.

어이하여 문밖에서,

희미하게 똑똑 소리가 들리는 것일까?

마음속에 갑자기 의심이 일어나네.

바람이 불어 솔방울이 떨어진 것일까?

아니야. 옛말에 "새가 연못가 나무에 잠잔다"[553]고 했으니,

잠자던 새가 놀라 날아오르느라,

가지를 밟아 흔든 것일까?

아니야. 옛말에 "스님이 달빛 아래 문을 두드린다"[554]고 했으니,

---

553 당나라 가도(賈島)의 시 「제이응유거(題李凝幽居)」의 셋째 구절이다.
554 당나라 가도의 시 「제이응유거」의 넷째 구절이다.

사리闍黎가 달 아래에서 시를 읊다가,

문을 두드리고 돌아간 것일까?

용녀

【전강환두前腔換頭】

들어 보세요,

저는 여자입니다.

솔방울도 아니고 새도 아니고 스님도 아니랍니다.

그렇게 의심하지 마세요.

나복 아!

정말 부녀자의 목소리로구나.

밤이 깊었는데 웬 여인일까? 옛말에 "형세가 기울면 노비가
주인을 속이고, 몸이 쇠해지면 귀신이 사람을 놀린다"555고 하
였지. 흠!

너는 무슨 요괴이며 귀신이길래,

밤도 깊었는데,

사람을 침범하였느냐?

용녀

저는 나쁜 마귀나 도깨비가 아닙니다.

부모님이 모두 돌아가셨는데,

이팔청춘에,

짝을 찾지 못했을 뿐입니다.

---

555 송나라 육유(陸游)의 『노학암필기(老學庵筆記)』 권 4 등에 실려 있는 당나라 두순학(杜
荀鶴)의 시의 일부와 비슷하다.

나복　혼인도 안 했는데 무슨 마음으로 이곳에 왔느냐?

용녀

당신이 외딴집에 홀로 계시니,

조용히 와서 의지할 수 있을지 여쭙는 것입니다.

바라옵건대 당신께서 문을 열어 받아들여 주시고,

잠자리를 모시도록 허락해 주소서.

나복

【전강】

옳지 않도다!

나는 몸에 상복을 걸치고,

엄연히 거적자리와 흙덩이 베개로 슬픔 속에 지내고 있다네.

무슨 잠자리를 모신다는 말을 하여,

사람을 희롱하는가!

이 문을 꼭꼭 닫아걸어야겠다.

용녀　아, 오히려 문을 잠가 버렸구나! 이렇게 되었으니 부적을 하나 그려서 문을 열리게 하여 집 안에 들어가서 그가 어찌하는지 보아야겠다.

(용녀가 집 안으로 들어간다. 나복이 놀란다.)

나복

집 문을 꼭꼭 닫아걸었는데,

봄빛이 어떻게 들어왔을까?

용녀

봄빛이 정원에 가득하여 막을 수 없으니,

붉은 살구나무 가지 하나가 담을 넘어 나왔다네.[556]

(나복에게 절을 한다.)

나복 분명히 문을 잠갔는데 황당하구나. 제대로 잠그지 못했
던가?

(용녀가 들어와 나복을 끌어당긴다. 나복이 도망쳐 나온다.)

이 일은 좋지 않다, 좋지 않아!

용녀 군자님은 좋지 않다고 말하지 마세요.

당신은 좋은 기회입니다.

첫째, 짝 없는 여자와 외로운 남자이고,

둘째, 심야의 외딴곳에 있고,

셋째, 여자는 예쁘고 남자는 준재俊才이니,

무엇 때문에 그렇게 극구 피하고,

극구 멀리하십니까!

군자님이 이곳에서 거적자리 한 장과 벽돌 한 장으로 지내고
계시니 밤에 얼마나 외로우십니까!

나복 낭자는 얼른 나오시오! 내 자리를 더럽히지 말고.

용녀 당신이 들어오셔야 해요!

나복 얼른 나오라니까요!

들으시오,

사람이 세상을 살면서,

여자는 따라야 할 삼종사덕三從四德이 있고,

---

556 송나라 섭소옹(葉紹翁)의 시 「유원불치(遊園不値)」의 일부이다.

남자는 사지삼외四知三畏557를 지켜야 하오.

용녀

【전강】

고집스럽기도 하십니다,

"예禮는 사람의 마음을 따른다"558는 말을 못 들으셨는지요,

예로부터 많은 신선들은,

풍류가 넘치고 시원시원했습니다.

나복 어디에 그런 신선이 있었다는 말이오!

용녀

저 양왕襄王과 신녀神女,

유신劉晨, 완조阮肇와 선녀들은,559

만나고자 한 뜻이 없었어도,

인연이 닿아 서로 만났습니다.

나복

편벽되도다,

"예로써 남을 사랑하라"560는 말을 듣지 못했는가?

어찌하여 음탕함을 탐하여,

남들이 수군거리게 하겠는가?

---

557 사지는 하늘이 알고 신이 알고 내가 알고 그대가 안다는 뜻으로, 후한 때 양진(楊震)이 뇌물을 받지 않고 물리칠 때 한 말에서 유래하였다. 청렴하고 정직함을 뜻한다. 삼외는 군자가 두려워할 세 가지 일로 천명, 대인(大人)의 말, 성인의 말을 뜻한다.
558 『후한서』「탁무전(卓茂傳)」에 나온다.
559 후한(後漢) 때 유신과 완조가 천태산(天台山)으로 약초를 캐러 갔다가 길을 잃고 며칠을 헤매던 중에 두 미녀를 만나 반년 동안 함께 살고 산을 내려왔는데 세상은 이미 몇백 년의 시간이 흐른 뒤였다고 한다. 위진 남북조 송나라의 유의경의 『유명록』 등에 나온다.
560 송나라 임포의 『성심록』에 나온다.

용녀 정말로 짝을 이루는 것을 사양하시겠나요?

나복 아미타불!

용녀

정말이지 마음이 아프구나!

당신은 진정 무정한 유수流水요,

저의 낙화洛花의 뜻을 저버리시네요.

나복

【곤滾】

그렇게 너무 마음에 집착하지 마시오.

용녀

그렇게 너무 어리석게 고집부리지 마세요.

나복

나는 추위에도 늘 푸른 송백松柏 같은 마음이네.561

용녀 군자님,

당신은 송백같이 지조가 굳다 하시고,

저는 도리桃李 같은 고운 모습이니,

짝이 되기 딱 알맞습니다.

나복 낭자,

당신은 정말 올바른 뜻이 없구려!

용녀 군자님,

당신은 정말 정취가 없으시군요!

---

561 『논어』「자한」의 "날이 추워진 뒤에야 송백이 늦게 시듦을 안다(歲寒然後, 知松柏之後凋)"는 구절에서 빌려 온 말이다. 군자다움을 잃지 않는다는 뜻이다.

(합) 지척이나 하늘 끝에서나,

서로 만날 인연이 없겠네요.

나복 낭자,

이곳은 밤이 적막하고 물이 차고 물고기도 미끼를 물지 않소.

용녀

당신은 제가 배에 밝은 달빛만 싣고 돌아가는 것을 비웃는 것

인가요?[562]

들어 보지 못했나요, 만나서 술 마시지 않고 돌아가면,

굴 앞의 복사꽃이 그냥 돌아간 사람을 비웃는다는 말을요!

나복

낭자는 꼭 기억하오,

좋은 일은 문밖으로 나가지 않고,

나쁜 일은 천 리 밖까지 전해진다는 것을.

용녀

모자라는 미생尾生[563]처럼 스스로 어리석으시군요,

효도가 이미 이루어졌다 한들 무슨 소용이겠습니까?

나복

어찌 많은 말이 필요하리요,

그 말은 꺼낼 필요도 없소.

---

562 이상 두 행은 당나라 선자화상(船子和尚) 덕성(德誠)의 「선거우의(船居寓意)」의 마지막
두 구절과 같다.
563 사람 이름이다. 좋아하는 여인과 다리 밑에서 만나기로 약속하고 기다리는데 큰비가 내
려 물이 불어나도 떠나지 않고 다리 기둥을 안고 익사했다고 한다. 신의가 굳거나 우직한 사람
을 비유한다. 『장자』「도척(盜跖)」에 나온다.

대장부 기개가 높고 높으니,

푸른 하늘에 뜬 밝은 해처럼 되어,

한나라 사마상여司馬相如564처럼 되지는 않을 것이오.

미색이 사람을 미혹시키는 것이 아니라 사람이 스스로 미혹되는 것이니,

미혹되고 나면 웃음거리가 될 것이라네.

용녀

　【미성尾聲】

　마음을 동쪽으로 흘러가는 물에 다 부쳐 버렸네.

나복

　당신은 얼른 집으로 돌아가 두 번 세 번 잘 생각해 보시오.

　남들이 모르게 하려면 내가 하지 않는 것이 나으리니!

（용녀가 나간다.）

내 팔자도 어수선하구나. 어제는 웬 도사가 찾아와 저물녘까지 들러붙어 있더니, 밤에는 웬 여인이 와서는 새벽까지 붙어 있었네. 다행히 모두 떠났으니 다시 문을 잘 걸어 잠그자. 확실하게 잠가야지.

（나복이 퇴장한다.）

용녀　효자의 마음이 올바르니, 낭낭께서 내려 주신 시를 백련白蓮 잎에 써 두자.

（시를 적는다.）

---

564 한나라의 뛰어난 부(賦) 작가였던 사마상여는 탁왕손(卓王孫)의 딸 탁문군(卓文君)과 마음이 맞아 그를 데리고 야반도주하여 성도(成都)에서 술을 팔며 살았다고 한다.

시를 다 썼으니 돌아가서 낭낭께 말씀드리고, 앵무새를 효자에게 남겨 주어야겠다.

　　신선이 분명하게 말하지 않았다면,

　　인간 세상의 몇 사람이나 망쳤을까!

(퇴장한다. 나복이 등장하여 듣는다. 무대 안에서 앵무새 우는 소리가 들린다.)

나복　여인이 한쪽에 숨어 있나 보다. 아, 원래 흰 앵무새였구나! '여자가 갔다, 여자가 갔다'라고 떠드네! 문을 열어 밖을 보아야겠다.

(밖을 본다.)

연못의 백련 잎에 글자가 적혀 있네?

(읽는다.)

　　"밤새 연꽃이 연못에 만개했는데,

　　효자의 마음을 천지天地가 먼저 알았네.

　　아들은 산사山舍에서 헛되이 어머니를 그리워하지만,

　　어머니는 저승에 떨어졌으니 누구에게 의지하랴?

　　남해南海의 관음께서 보우해 주실 것이니,

　　서천西天의 부처님께 귀의하거나.

　　모친의 유해를 행낭에 담아,

　　지체 없이 얼른 서천으로 가시게."

시를 보니 분명 신령님의 화신이었구나. 어머님이 저승에 떨어지셨으니 꼭 서천으로 가서 부처님을 뵈어야 어머님을 구할 수 있다는 것이지. 내 이제 알겠다. 손에 버들가지를 든 도사는 선재이고, 몸에 앵무새를 지닌 여인은 용녀였구나. 분명히 관음 낭낭께서 점화點化해 주신 이들일 것이야. 관음당으로 가서 낭낭께 절을 올려야겠다.

(퇴장한다. 축丑 이정里正565과 정淨 차역差役이 등장한다.)

이정

　　【계지향桂枝香】

　　이 몸은 마을 양곡을 관장하여,

　　책임이 참으로 크다네.

　　열심히 재촉하여,

　　돈과 양곡을 따지고 독촉하느라,

　　거의 쉴 날이 없지.

　　주인장은 어디 있소?

　　(나복이 등장한다.)

나복　누구시오?

이정　흥!

　　당신 때문에 피해를 입었다네. (첩)

나복　무슨 일로 피해를 당하셨다는 것인지요?

이정

　　당신이 전량錢糧을 내지 않아서,

　　내 볼기짝이 결딴났지.

　　(합) 당신에게 올가미를 씌워서,

　　관가에 끌고 가서는,

565　마을을 다스리는 관리이다.

궁둥이를 여든 대쯤 쳐 주겠다.

나복   패자牌子 형님,[566] 급하게 서두르지는 마오.

차역

【전강】

이 몸은 패자로,

늘 성질이 급하지.

가장 싫어하는 것은 세력을 믿고 횡포 부리는 자가,

온갖 핑계를 대며 세금을 미루는 것.

어찌 오늘 당신을 위해, (첩)

전량 납부를 미루게 해 주어,

나를 힘들어지게 하겠는가.

(합) 당신에게 올가미를 씌워서,

관가에 끌고 가서는,

궁둥이를 여든 대쯤 쳐 주겠다.

나복   전량 때문이라면 급할 것 없습니다. 노모께서 돌아가신 일 때문에 늦어졌으니, 밥 한 숟가락 뜰 동안에 바로 은자를 내겠습니다.

차역   정말 미인이시도다!

나복   노모의 진용입니다.

이정   영당令堂께서 훌륭하십니다! 초상을 보니 마치 실제로 뵙는 것 같군요. 훌륭하신 아버님 밑에 훌륭하신 아드님이십니다. 기쁘고도 기쁜 일입니다!

---

566 차역, 즉 심부름꾼을 부르는 말이다. 방패를 들고 다녀서 그렇게 불렀다.

나복   어제 도사를 한 분 만났는데 손에 들고 있던 버들가지로

진용을 닦아 주었습니다. 또 밤에는 여인을 한 사람 만났는데

앵무새를 지니고 있었고 연잎에 시를 써 주었습니다.

이정   앵무새를 지닌 여자는 용녀일 것이고, 버들가지를 든 도

사는 선재일 것입니다. 아! 효심이 하늘을 감동시켰으니 부럽

기 짝이 없습니다!

곽거郭巨가 지식을 묻어 하늘이 황금을 내렸고,[567]

맹종이 대숲에서 울어 겨울에 죽순이 자랐다네.

【대아고大迓鼓】

효성이 하늘을 감동시킨 일은 예로부터 있었지만,

부럽게도 당신의 효심은,

정말이지 드뭅니다.

당신의 백 년 원추리 풀에 대한 그리움이 끝이 없으니,

하늘이 밤새 연못 가득 연꽃을 피웠습니다.

(합) 조정에 상소하리니,

표창이 있을 것입니다.

차역

【전강】

하도河圖와 낙서洛書가 있었지만,[568]

---

567 곽거가 가난한 살림에 모친을 봉양하며 살았는데 세 살 난 아들이 모친에게 드릴 밥을 빼
앗아 먹는다 하여 아이를 땅에 묻어 버렸고, 하늘이 이에 감응하여 황금 솥을 얻게 하였다고
한다.

568 하도는 복희 때 하수(河水, 황하)에서 용마가 지고 나왔다는 55개의 점으로 된 그림으로,
복희씨가 이것을 토대로 팔괘를 그렸다고 한다. 낙서는 우임금이 홍수를 다스릴 때 낙수에서
나온 거북의 등에 그려져 있었다는 45개의 점으로 된 9개의 무늬로, 홍범구주(洪範九疇)의 근

이 연못의 시구詩句는,

그것과 빛을 다툴 만하다네.

바람 소리를 듣기만 해도 일어날 터인데,

얼마나 다행인지, 제가 직접 당신을 만날 수 있었으니까요.

(합) 조정에 상소하리니,

표창이 있을 것입니다.

나복

【전강】

제가 덕이 없는데도 신령을 감동시켰는지,

어쩌다 연잎에 적힌 시를 얻게 되었습니다.

당신의 두터운 덕을 받들어 온전한 사람이 되었는데,

또 어찌 감히 분에 넘치는 명예를 받겠습니까?

(합) 조정에 상소하셔서,

표창이 있을 것이라네.

이정

부럽도다, 당신 같은 효심은 예로부터 드물었다오,

나복

어쩌다 오늘 연잎 위에 적힌 시를 얻었습니다.

차역

조만간 단봉조丹鳳詔 한 통이 내려와,

벼슬을 더해 가문을 빛내리라.

원이 되었다고 한다. 하도와 낙서는 모두 『주역』의 기본 이치가 되었다고 한다.

제53척

활유산
(過滑油山)

축, 소 … 귀사

부 … 유씨

유씨

【금초엽金蕉葉】

한도 많고 원도 많아라,

옛날 내가 잘못한 일이 한스럽네.

양세陽世에서 여러 가지로 업을 많이 쌓았으니,

음사에 와서 어떤 과보果報를 맺을까!

귀사 갑

선악이 분명히 두 갈래 길이지만,

처음에는 터럭만큼의 차이뿐이라네.

음사의 법도는 치우치거나 억울한 것이 없으니,

자네가 세상에서 어떤 일을 했는지에 달렸다네.

당신이 세상에서 악업을 많이 쌓아 이제 음사에서 여러 가지

고초를 겪을 것은 당연한 이치이니 원망하지 말라!

유씨 관아에 계시니 덕행을 베풀기 좋으십니다.[569] 사자님께서 살펴 주시기를 간절히 바라옵니다.

귀사 갑 살펴 주다니? 생전에 저지른 일을 지금 받게 되는 것이니, 원망하지 말고 얼른 앞으로 가라. 다섯 관문을 지난 뒤에 열여덟 겹의 지옥을 거치게 될 것이다.

유씨 이를 어쩌면 좋을까! 사자님께 여쭈오니, 여기는 어디인가요?

귀사 갑 활유산滑油山이다.

유씨 어째서 활유산이라고 부르는지요?

귀사 갑 세상 사람 중에 교활하고 말만 번드르르하게 하는 자들은 악행을 많이 저지르고, 또 맑은 기름은 자기가 꿀꺽하고 탁한 기름을 부처님 앞 등불에 바치니, 그 기름 찌꺼기들을 모두 여기에다 부어 버린 바람에 이곳에 오면 활유산을 지나가야 하는 것이다.

유씨 건너가지 못할까 두렵습니다.

귀사 갑 건너가지 못하면 넘어져서 온몸이 부서질 것이고, 다시 업풍業風이 불어 산 귀신으로 만들어 앞길로 압송해 가서 고초를 겪고 윤회하게 하여 세상 악인들의 경계로 삼을 것이다.

유씨 저도 건너가야 합니까?

귀사 갑 명을 어기지 말고 얼른 가라!

유씨 불쌍히 여기셔서 용서하고 넘어가 주소서!

---

569 관청에 있는 사람이 남을 돕기 좋다는 속담에서 온 말이다.

귀사 갑 흥! 내가 너를 용서해 주려고 해도 하늘이 너를 용서하지 않을 것이다.

유씨 용서받기 어려울까 두렵기만 합니다.

귀사 갑 어렵다 어렵다 하는데, 어찌 옛날에 나쁜 짓을 삼가지 않았더냐!

유씨 사자님, 사자님! 만약 다시 세상으로 돌아갈 수만 있다면 맑은 기름을 부처님 앞의 등불에 바치겠습니다.

귀사 갑 부처님 앞의 등불에 바칠 줄만 알고 마음속의 불을 끌 줄은 모르니, 헛되도다!

유씨 마음속의 불이라는 것이 무엇인지요?

귀사 갑

마음속의 불, 마음속의 불은,

근원을 이야기하자면 작은 것이 아니지.

처음에는 그저 작은 것일 뿐이지만,

사욕 덩어리가 그것을 둘러싸게 되지.

불이 나기 시작하면 보리심菩提心을 태워 버리고,

다시 평안도平安道를 무너뜨려 버린다네.

임금님도 생각하지 않고 부모도 생각하지 않고,

형도 생각하지 않고 형수도 생각하지 않지.

남의 머리칼이 그슬리는 것은 생각하지 않고,

그저 자기 등 따습고 배부른 것만 생각하지.

음란함을 탐하고 남의 화를 즐겨 죄업과 원한을 맺고,

살인하고 방화하여 강도와 폭도가 된다네.

남을 불태울 때 마음은 차갑게 식고,

남을 불태우지 못하면 화가 치솟지.

장작 한 움큼을 모두 태워 버리면,

세상에 신령한 불빛이 얼마나 많겠는가?

세상 사람이 부처님 앞 등불을 켜려면,

먼저 마음속의 불을 없애야 할 것이라네.

유씨 사자님의 가르침에 감사합니다. 만약 세상으로 돌아간다면 진정으로 마음속의 불을 끄고자 합니다!

귀사 갑 세상에서 악업을 저지른 자들은 아직 사면되지 않았다. 저승의 법정에서 어찌 돌아가는 것을 바랄 수 있겠느냐! 얼른 서둘러 길을 재촉하여 이 활유산을 지나가자!

유씨

【일강풍대과질락금전一江風帶過跌落金錢】

활유산은 바라만 보아도 놀랍고 두렵구나,

오르려 할 때 발걸음은 앞으로 나가지만 몸은 뒤로 물러서네.

번들번들한 것이 이렇게도 높구나,

바위 우뚝한 것이 이렇게도 높구나!

봉우리를 바라보니 만 길이나 되는데 어떻게 이를까?

희생을 죽인 것이 내 잘못이고,

고기를 먹은 것이 내 잘못이네,

오늘 인과응보를 당하니 숨을 데가 없구나.

귀사 갑 후회하는 것이냐?

유씨

저는 후회합니다, 옛날에 맑은 기름으로 고기를 지져 먹고,

탁한 기름을 부처님께 바친 일을.

오늘 이 활유산을 어찌 건너갈까!

(귀사 갑이 유씨를 때린다.)

귀사 갑 얼른 가자!

유씨

얼른 가려고 하지만 발걸음이 어찌 옮겨질까?

귀사 을 조금 천천히 가게 하자.

유씨

천천히 가려고 하지만 발걸음이 어찌 옮겨질까?

(넘어진다.)

겨우 몇 걸음 뗐었는데 또다시 넘어졌네.

괴로워라!

내 머리도 깨지고,

내 손발도 부러졌네.

하늘이시여!

저의 이 한 줌 몸뚱이가,

끝없는 재앙을 어찌 견디겠습니까!

주르륵 눈물이 비 오듯 쏟아지고,

또르륵 눈물이 비 오듯 뿌려지네.

불쌍도 해라, 아들은 세상에 있고,

남편은 하늘나라에 있는데,

나는 음사에 있다네.

눈을 들어 바라보니 쓸쓸하고 처량한데,

이 괴로움을 그 누가 알아주랴?

또 만났다네, 이와 같은

사자들을,

쇠줄로 묶고,

쇠몽둥이로 때리고,

걸음이 늦어지면 끌어당겨 두들긴다네.

사람은 말할 것도 없고,

쇠도 닳아지고,

돌도 닳아질 지경이네.

이같이 적막하고 처량한 마음을,

누구에게 말할까!

하늘이시여!

하늘을 불러 보아도 헛일이라네.

땅이시여!

땅을 불러 보아도 헛되다네.

여러 사자님들, 제게 돈 몇 푼이 있으니 받아 주시고 이 활유산

지나가는 것을 면해 주십시오.

깊이깊이 절을 올리고,

여러 은관恩官님들께 기도 올리오니,

자비를 조금 베푸셔서,

노쇠한 저를 불쌍히 여겨 주소서.

귀사 갑 형제들, 이자는 더 못 가겠소.

【미尾】

　형제들이 앞에서 끌어 주시오,

　우리는 뒤에서 밀겠소.

영차,

　끌어라!

영차,

　밀어라!

　이 나쁜 여자를 밀고 끌어 활유산을 지나가자.

(퇴장한다.)

제54척

현령의 출행(縣官起馬)

소 … 수하
외 … 현령
정 … 이정

수하

아침에는 시골 사람이었다가,

저녁에는 천자 계신 궁궐에 올랐네.

장수와 재상은 본래 종자가 따로 없다고 했으니,

사내는 마땅히 스스로 노력해야 하지.[570]

나는 현주縣主 나리의 수하입니다. 일전에 나리께서 부나복의 집을 방문하여 그의 효성이 하늘을 감동시킨 것을 알고 조정에 상소를 올려 성은을 내려 표창하시도록 간청했습니다. 어제 성지가 현에 당도하여 이제 나리께서 친히 부씨의 집에 가셔서 효자를 표창하시려고 하니 인마人馬를 준비하여 기다리고 있어야겠습니다. 말이 아직 끝나지 않았는데, 나리가 벌써 오시네요.

---

570 이상 두 구절은 송나라 왕수의 시 「신동시」의 일부이다.

현령

【봉황각^{鳳凰閣}】

변변치 못한 재능으로 현을 맡았으니,

비단을 재단하고 발을 드리움이 심히 부끄럽도다.[571]

기쁘게도 백성들이 도를 배우고 효심이 굳으니,

천신을 감동시키기에 효험이 있도다.

천자의 조서가 전해져서,

표창하고 관작을 내려 주시니 가문이 빛나도다.

천자께서 황복^{荒服}[572]을 평정하시니,

낭관^{郞官}[573]들이 별처럼 늘어섰네.

구름 끝에서 오리 신발 신고 내려오시니,[574]

꽃들 옆에서 금^琴 타는 소리가 맑도다.[575]

정치는 간소하여 번잡한 일이 없고,

백성은 순수하여 효성스럽다는 명성이 있도다.

구중궁궐에서 조서가 내려와,

여러 공경^{公卿}들을 표창하시네.

나는 현령의 직에 있으면서 백성을 보살피고 있다오. 교화는

---

571 비단을 재단한다는 것은 현자가 지방에 가서 현령을 맡음을 비유한다. 『좌전』「양공(襄公) 31년」에 나온다.

572 도성에서 멀리 떨어져 있는 변방을 가리킨다.

573 시랑(侍郞), 낭중(郞中) 등의 관직을 말한다. 낭관성(郞官星)이라고도 한다.

574 후한(後漢) 때 왕교(王喬)가 엽현(葉縣)의 현령이 되어 경사(京師)를 오갈 때 신발 두 짝을 오리 두 마리로 변화시켜 그것을 타고 다녔다는 고사에서 온 말이다.

575 『논어』「양화」에 공자가 자유가 다스리는 고을에 가서 현가(絃歌)를 듣고 백성들을 예악으로 다스리고자 하는 것을 칭찬한 데에서 빌려 온 것이다.

이륜彛倫576보다 큰 것이 없고, 인륜은 부자父子보다 무거운 것이 없습니다. 백성이 능히 효를 행하는 것이 족히 영윤令尹577의 영광이요, 효가 가히 하늘을 감동시키는 것이 더욱 천자의 교화를 드러내지요. 지금 기쁘게도 본관 치하의 부나복이 부모를 섬김에 그 힘을 다하여 천지를 감동시킴이 이미 그 징험이 있습니다. 본관이 조정에 상주하니 성은이 내려와 특별히 표창을 더해 주셨다오. 여봐라, 말을 끌고 오너라! 즉시 출발할 것이다!

(말에 오른다.)

수하, 현령

【첨자홍수혜添字紅繡鞋】

말을 타고 멀리 앞내를 건너네,

앞내를.

가을바람 맞아 벼와 기장이 다투어 익어 가네,

다투어 익어 가지.

성지聖旨를 지니고 백성에게 가니,

능히 후손을 빛내고 조상을 빛내리라.

조상을 빛내리라.

(합) 누가 어진 자손을 사랑하지 않으랴!

이정

【전강】

---

576 사람이 항상 지켜야 할 상도(常道)를 말한다.
577 현(縣)이나 부(府)의 지방 장관을 일컫는 말이다.

기쁘게도 어버이[578]는 청렴,

청렴하시고,

서리胥吏들이 돈을 뜯어낸다는 소식도 들리지 않네,

돈을 뜯어낸다는 소식도.

백성들은 길을 메우고 청천靑天[579]을 맞이하니,

머지않아 또다시 영전,

영전하시겠네.

(합) 누가 어진 자손을 사랑하지 않으랴!

나리께서 누추한 고을에 왕림해 주심에 영접이 소홀하지 않았
는지 모르겠나이다.

현령 일어나라, 효자 부나복의 집으로 가자.

모두

【전강】

효와 의가 가득,

가득하여,

단심丹心이 창천蒼天을 감동,

감동시켰다는 소문이 퍼지니,

주청에 응하여 조서가 내리셨네.

표창을 더하셔서 여염閭閻[580]을 빛내시네,

여염을 빛내시네.

---

578 여기에서는 현령을 비유한다.
579 청렴한 관리를 뜻한다. 역시 현령을 가리킨다.
580 마을 또는 평민을 뜻한다. 여기에서는 부나복의 집을 가리킨다.

(합) 누가 어진 자손을 사랑하지 않으랴!

(퇴장한다.)

관직 사양
(羅卜辭官)

생 … 나복
말 … 익리
소 … 수하
외 … 현령

나복

【추예향秋蕊香】

황량한 교외에 가을빛이 스산하니,

세월은 흐르는 물처럼 가는구나.

진짜 시름이 많지만 말을 꺼내지 못하겠으니,

말을 꺼려내고 하면 눈물이 떨어져서라네.

부모님 그리워하는 괴로움 크건만,

가을날 상념이 더하니 어이하리요!

섬돌의 귀뚜라미가 우는 뜻이 슬프고,

풍경 울리는 소리가 잦네.

자식 된 마음을 다할 수도 없었거늘,

허명虛名을 어찌 방자하게 자랑하랴!

성황聖皇께서 효치孝治[581]를 펼치시는데,

어찌 생각했으랴, 표창을 내리실 줄을.

저는 불행하게도 부모님이 모두 돌아가셨는데, 감사하게도 관음 낭랑의 점화를 얻었으니, 제가 서천으로 가서 활불을 참배하고 괴로움을 당하시는 모친을 초도超度하라고 하셨습니다. 이제 듣기로, 현주님께서 조정에 상소를 올려 황공하게도 표창을 내리셨다고 합니다. 덕도 갖추지 못함이 부끄러운데 어찌 표창을 받을 만하겠습니까! 익리에게 분부하여 향안을 차려 놓고 기다리라고 해야겠습니다.

(익리를 부른다. 익리가 등장한다.)

익리

주린 봉황의 날개는 추위에도 꺾이지 않고,

누운 용의 머리 뿔은 늙어서야 높이 솟았네.[582]

(나복을 만난다. 무슨 일인지 묻는다.)

수하, 현령

【수저어아水底魚兒】

임금님의 조서가 새로 내려오니,

길을 따라 길을 메우고 구경하네.

어린아이와 늙은이가,

하나같이 기뻐하는구나. (첩)

성지가 당도했으니 무릎을 꿇고 들으라. 황제께서 조서에서

---

581 효도를 중시하여 나라를 다스리고 백성을 교화하는 것을 말한다.
582 송나라 정해(鄭獬)의 시 「기관언장(寄關彦長)」의 일부와 같다.

이르시기를,

"짐의 생각에 신하 된 자로서는 충과 효가 같은 것이고, 하늘과 사람 사이에 감응感應의 이치는 같은 것이로다. 자식이 되어 효를 행하면 하늘을 감동시키고, 신하가 되어 충성을 다하면 능히 주군에 보답할 수 있도다. 이 때문에 옛사람들은 효자의 집 안에서 충신을 구하고 천도天道에 응하여 인사人事를 구한 것이로다. 아, 너 효지 부나복은 부모를 심김에 힘을 다하여 천지를 감동시킴이 이미 그 징험이 있으니, 사람이 행하기 어려운 바이라 짐이 후히 상을 내리노라. 이로써 상을 내려 효감孝感을 밝히노라. 부나복을 자사刺史의 직에 제수하니, 복결服闋583의 날에 나서서 경사京師로 보내라. 그의 아비 부상에게 하남 자사河南刺史를 증贈하고 어미 유씨에게 하남 읍부인邑夫人을 증한다. 아! 삼생오정三牲五鼎584은 숙수지환菽水之歡을 추념할 만하고, 봉조난장鳳詔鸞章585은 풍목지정風木之情에 합당하리라. 이 기쁜 일을 받아들여 너의 애도의 마음을 위로하라. 성은에 감사하라!"

(조서를 받든다. 현령과 서로 예를 갖춘다.)

나복 나리께서 상소해 주셨으니 저 같은 백성이 어찌 감히 감당하겠습니까!

현령 효자께는 이제부터 마땅히 관례官禮로써 대해야 하니 과

---

583 복상 기간이 끝나 상복을 벗음을 말한다.
584 소, 양, 돼지 세 종류의 육류와 다섯 개의 솥에 벌여 놓은 음식이다. 잘 차린 음식을 말한다.
585 임금이 내린 조서를 말한다.

히 겸손하실 것 없습니다. 여봐라, 관대冠帶를 받들어 오너라.

나복   나리께서 계시오니 소인이 한 말씀 올리도록 허락해 주십시오!

【효행서曉行序】

어버이의 노고는,

하늘만큼 높고 땅만큼 두꺼우니,

작은 풀 같은 마음으로 보답하기 어렵습니다.

고맙게도 나리께서 들르셔서,

칭찬과 표창을 상주해 주시니,

봉고鳳誥586가 하늘에서 내려와 표창해 주셨습니다.

지하에 계신 망혼들은,

이제부터 영광이 더할 것입니다.

하지만 살펴 주시옵소서,

생각하시기에 쑥이,

어찌 천조天朝의 동량棟梁이 될 만하겠습니까!

현령   성지는 다른 것이 아닙니다.

【전강】

당신께서 효를 행하여,

천지신명을 감동시킴은,

예로부터 드문 일입니다.

여봐라, 관대를 받들어 오너라!

금대金帶와 금의錦衣와 오모烏帽를 받으십시오.

---

586 임금님의 조서이다.

나복

불초 소생은 몸에 흰 상복을 걸치고 있으니,

어찌 감히 자수紫綬와 금초金貂587를 바라겠습니까!

현령

아셔야 합니다,

"성인께서 예법을 만드셨을 때, 과분하게 예를 행하는 사람은 마땅히 절제하여 나아가야 한다"588고 히였으니, 비록 친은親恩이 망극해도 "돌아가신 분을 생각하는 데에는 그침이 있는 것"이고, 비록 자식 된 마음이 끝이 없다 하나 "생활로 돌아오는 데에는 절도가 있는 것"입니다.589

지극히 올바르고 치우침 없는 것이,

비로소 예법입니다.

나복

【투보섬환두鬪寶蟾換頭】

말씀드리고자 합니다,

작위가 비록 높으나,

마음은 어지신 어버이를 생각하는 것만을 소중하게 여깁니다.

제가 영화롭게 된다 한들 깊은 근심을 어떻게 풀겠습니까?

현령

생각해 보십시오,

---

587 자수는 자주색 명주 띠로 관원들이 인끈이나 옷 장식으로 사용한 것이고, 금초는 관(冠)의 장식물인 금당(金璫)과 초미(貂尾)를 말한다.

588 『예기』「단궁 상(檀弓上)」에 나오는 말이다.

589 인용된 두 구절은 모두 『예기』「삼년문(三年間)」에 나온다.

"상사喪事는 오래 할 수 없고 때도 잃을 수 없다"590는 말을 들어 보지 못하셨는지요?

보물을 품고도 나라를 잃는다면,591

더욱 옳지 않을 것입니다.

나복

(합) 요임금께서 백성들을 화목하게 하셨을 때도,592

소보巢父와 허유許由를 부르기 어려웠습니다.

현령

【전강】

따져 보면,

자식과 신하가,

임금과 부모에게 보답하는 것은 같은 이치입니다.

무릇 효는 부모를 섬기는 데에서 시작하고 임금을 섬기는 데에서 마칩니다. 이 때문에 "효는 임금을 모시는 도리이다"라고 했습니다.

우습도다, 왕상王祥이 충을 펼친 것을 알지 못하고,

그저 효를 행했다고 칭찬받는 것이.

나복

감히 본받고자 합니다,

서자徐子가 효렴孝廉의 행실로,

---

590 『예기』「단궁 하」에 나오는 말이다.

591 재능과 덕망이 있으면서도 나라를 위해 쓰지 않음을 비유하는 말이다. 『논어』「양화」에 나온다.

592 『서경』「요전(堯典)」에 나오는 구절에서 빌려 온 말이다.

사람들의 비웃음을 산 것을.[593]

(합) 요임금께서 백성들을 화목하게 하셨을 때도,

소보와 허유를 부르기 어려웠습니다.

현령   그렇다면 효자께서는 관직을 받지 못하겠다는 말씀이신 지요?

나복   임금님의 명이 존귀함을 모르는 것이 아니오라, 모친이 물 얕은 땅에 계시고 상복을 아직 벗지 못했거니와 미천하기 까지 하니 어찌 감히 이름 높은 관작을 함부로 받을 수 있겠 습니까! 대전臺前[594]에 엎드려 사양하는 것을 허락해 주시옵 소서!

현령   높으신 절의節義가 더욱 드러납니다. 성지聖旨에도 이르셨 으니, 상복을 벗는 날에 다시 와서 길을 떠나시도록 재촉하겠 습니다.

나복

소신이 비천함은 쑥이나 띠풀과도 같으니,

명공明公께서 총애와 포상을 내려 주심에 감사합니다.

현령

세상에서의 벼슬은 하늘이 내리시는 벼슬만큼 귀하지 않으니,

공업으로 세운 명성이 어찌 효성으로 세운 명성만큼 높으리요.

---

593   서자는 삼국 시대의 전략가 서서(徐庶)를 말하는 듯하다. 서서는 모친이 조조 군에게 붙 잡히자 유비를 떠나 조조에게 갔다. 서서가 출세보다는 효도를 따랐기 때문에 사람들에게 비웃 음을 샀다고 한 것이다.
594   대(臺)는 지방 고위 관리나 동년배에 대한 경칭이다.

제56척

망향대

(過望鄉臺)

부 … 유씨
소, 축 … 귀사
이단 … 옥녀
외 … 선남
정 … 신녀

유씨

【솔지금당率地錦襠】

황천 가는 길이 가장 처량하니,

하늘나라와 인간 세상이 양쪽으로 아득하네.

몇 번이나 고개 돌려 고향을 바라보는가,

생각할 때마다 애가 끊어지네.

귀사들

【곡기파哭妓婆】

여편네야,

지금 괴로움을 당하는 것은,

슬프게 생각할 것 없다.

옛날에 맹세했던 것을,

스스로 잘 헤아려 봐라.

겹겹 지옥에서 재앙을 받겠다고 말했고,

또 스스로 행한 일은 스스로 감당하겠다고도 말했지.

유씨 "스스로 행한 일을 스스로 감당하겠다"는 말은 제가 자식에게 고기를 먹으라고 권할 때 한 말입니다. "겹겹 지옥에서 재앙을 받겠다"는 말은 제가 화원에서 맹세할 때 한 말입니다. 저승에서는 어떻게 이런 말들을 모두 알고 있는지요?

귀사 을 인간 세상에서 조용히 주고받는 말을 하늘에서는 우레가 울리는 것처럼 들린다는 말도 듣지 못했느냐! 네가 말을 시작했을 때 토지와 사령이 상세히 적었고, 이를 조사가 옥황께 상주하고 옥황은 다시 풍도의 염군에게 보내었으니, 염군이 우리를 보내 너를 붙잡아 오게 한 것이다.

유씨 저를 붙잡아 가려면 기왕이면 좋은 길로 갈 것이지, 어찌하여 제가 내내 괴로움을 당하면서 오게 하십니까?

귀사 을 네가 생전에 고기를 먹었기 때문에 죽은 뒤에 괴로움을 당하게 된 것이다!

유씨

【동선가洞僊歌】

생각해 보면 천하의 사람들 중에,

어느 누가 고기를 먹지 않던가요?

어찌 유독 유사진만이,

오늘 이렇게 가혹한 벌을 받나요?

사자님, 돈 몇 푼 드리겠으니 제 성의를 받아 주십시오.

바라옵건대 편의를 보아주셔서,

제가 고생하는 것을 피하게 해 주십시오.

은덕에 끝없이 감사드리겠습니다.

귀사들

【전강】

개탄스럽도다, 어리석은 여인이여,

맹세를 스스로 지키지 않았으니.

소식하겠다며 맹세하고 이를 어겨 고기를 먹었고, 또 화원에

가서 하늘을 속이고 맹세했지.

말이 거꾸로 되고 뒤집어지니,

사람들 사이에 혐오와 분노가 생겨났지.

편의를 보아줄 마음이 없고,

고생을 면해 줄 마음이 없다.

너는 다섯 관문을 지나간 뒤에도 열여덟 겹의 지옥을 지나가

야 하니,

너의 괴로움은 이루 다 말할 수 없을 것이다!

유씨

【전강】

제 아이와 남편은 선행을 좋아하여,

스님과 도사들을 공양하고 가난한 이들을 구제했습니다.

비록 제가 어질지 못했지만,

공을 보아 죄를 덜어 주십시오.

사자님,

바라옵건대 방편方便의 문595을 열어 주셔서,

저를 위해 이 마음을 말씀해 주신다면,

혹시 불쌍하게 여겨 주실 수도 있겠습니다.

귀사들

【전강】

불법佛法은 본래 사람을 구제해 주는 것인데,

전세의 인연에 의지하는 일이 많다.

너는 세상에서 여러 가지 악행을 저질렀으니,

지금은 마땅히 엄벌을 받아야 한다.

방편의 문을 열어 주기 어렵고,

이 마음을 말해 주기 어려우니,

불쌍하게 여겨 줄 것은 바라지 말라.

유씨 아, 이곳에 오니 앞에 누대가 하나 보이는데 무엇이 있는
것인지요?

귀사 을 망향대望鄉臺이다.

유씨 아, 양세에 촉왕蜀王 양수楊秀가 성도成都에 망향대를 세웠
고 한漢의 이릉李陵이 흉노 땅에 망향대를 세운 일이 있다고 들
었는데,596 어찌하여 음사에도 망향대가 있는지요?

귀사 을

---

595 불교어로 근기(根機)를 따라 중생을 제도하는 법문을 뜻한다. 여기에서는 사람을 편리하
게 하거나 유익함을 얻게 하는 방법이라는 뜻으로 쓰고 있다.
596 양수는 수나라 문제(文帝) 양견(楊堅)의 넷째 아들이다. 촉왕으로 성도에 있을 때 낙양
에 있는 부모를 그리워하여 망향대를 세웠다고 한다. 또 한나라의 장수 이릉은 흉노와 싸우다
가 붙잡혀 가서 흉노 땅에서 고국을 그리워하여 망향대를 세웠다고 한다.

고향 땅을 그리는 것은 만물의 변함없는 마음이요,

고향을 생각하는 것은 사람들의 하나같은 마음이라.

이 망향대는 자연히 만들어진 것으로, 망인亡人들이 이곳에 와서 고향을 바라본다. 아들딸이 울고 있으면 함께 들을 수 있고, 스님과 도사들이 추천追薦하면 그것을 받아서 누릴 수도 있다.

유씨 그렇다면 사자님, 제가 한번 올라가게 해 주십시오.

귀사 을 이 망향대는 선인善人들을 위해 만들어진 것이다. 악인은 이곳에서 고향을 바라보아도 보이지 않는다.

유씨 사자님, 저는 선행을 좋아한 집안의 사람이니 반드시 고향을 볼 수 있을 것입니다.

귀사 을 한번 올라와 보거라.

구름 사다리를 딛고 한 걸음씩 올라가니,

영대靈臺가 우뚝 푸른 하늘에 솟아 있네.

유씨

망혼은 모두 고향을 그리는 마음이 있으니,

고향을 볼 수 있는 것은 이번뿐이라네.

【풍입송風入松】

공중에 망향대가 높이 솟았는데,

이곳에 오니 마음이 북받치는구나.

내 고향은 왕사성 남쪽에 있는데.

귀사 을 고향이 보이느냐?

유씨 안 보입니다!

귀사 을 너의 아들이 너의 관 옆에서 울고 있지 않느냐?

유씨 그만두자!

　슬프게도 아이가 헛되이 관 옆을 지키고 있네.

아들아! 어찌 알겠느냐,

　늙은 어미가 염려하여 마음을 놓지 못하고 있음을.

괴롭구나! 아이는 세상에서 어미를 생각하며 울고 있고 어미
는 음사에서 아이를 생각하고 있다네. 불쌍도 해라, 모자 두 사
람이,

　두 곳에서 하나같이 슬퍼하네.

【전강】

　갑자기 으스스한 안개가 바람에 몰려와,

　캄캄하게 누대를 덮어 버렸네.

　내 고향은 저 멀리 홍진紅塵에 떨어져 있어,

　보이지 않으니 어쩌면 좋을까?

귀사 을 아, 고향이 분명 눈앞에 있건만 어찌하여 보이지 않는
　다는 것인가?

유씨 하늘에서 검은 안개가 내려와 눈앞을 가려서 보이지 않습
　니다.

귀사 을 여편네야, 이 검은 안개는 하늘에서 내려온 것이 아니네.

유씨 그럼 어디에서 왔습니까?

귀사 을 너의 마음속에서 온 것이지! 네가 세상에서 검은 마음
　을 품고 천지를 속였으니 오늘 하늘에서 검은 안개를 내려 고
　향을 덮은 것이다.

유씨 아! 내가 검은 마음을 품고 천지를 속여 오늘 하늘에서 검

은 안개를 내려 고향을 덮은 것이라니! 이것은 모두 내가,

　스스로 나쁜 짓을 하여 하늘이 재앙을 내리게 된 것이네.

괴롭구나! 나는,

　애가 끊어지고 눈을 뜨기가 어렵구나.

귀사 을　옛날에 누가 너더러 고기를 먹으라고 했더냐!

유씨

　【전강】

　참언讒言에 넘어가서 여인이 미혹을 당하니,

　맹세를 어기고 희생을 살해했습니다.

　까닭 없이 억울한 빚을 지니,

　오늘에 이르러 할 말이 없습니다.

　고향이 보이지 않으니 아이는 어디에 있을까?

애야, 어미가 검은 안개 때문에 고향을 보지 못하니 설사 효심

이 있더라도 누릴 수가 없구나! 너는,

　공연히 초례醮禮597를 지내고 헛되이 재를 모셨구나.

(무대 안에서 악귀가 나와 유씨를 때린다.)

유씨

　【전강】

　어느 곳의 악귀가 이처럼 독한가?

　이 늙은이를 먼지 속에 밀어 떨어뜨리는구나.

　넘어져 머리가 깨지니 마음이 놀라고,

　사나운 마귀는 사람을 참을 수 없게 만드네.

597　승려나 도사가 제단을 마련하고 기도하는 것을 말한다.

화가 나서 구슬 같은 눈물이 뺨에 가득하니,

이 고초를 실로 견디기 어렵다네.

귀사 을

고초를 견디기 어려워도 견뎌야 하지,

유씨

이번에 공연히 망향대에 올랐구나.

모두

생전에 여러 악행을 저질러,

오늘 보응이 온 것이리라.

(퇴장한다.)

(옥녀 두 명이 선남과 신녀를 이끌고 등장한다.)

옥녀들

【계지향桂枝香】

주번珠幡과 보개寶蓋가,

쌍쌍이 늘어져 있네.

여기가 바로 망향대입니다.

착한 이들은 이곳에 와서 구경하니,

자유롭고 여유롭게 노닐면서,

몇 번이나 고향을 바라보네. (첩)

선남 우리 아이는 울지 말거라, 네가 효심으로 추천을 하니 내가 잘 누릴 수 있다!

신녀 우리 아이는 울지 말거라, 네가 효심으로 추천을 하니 내가 잘 누릴 수 있다!

옥녀들 고향을 볼 수 있습니까?

선남, 신녀

명명백백하게 보이니,

가려지는 것도 없습니다.

옥녀들 당신 같은 착한 분들은 고향을 볼 수 있지만 나쁜 사람
들은 고향을 볼 수 없답니다.

선남, 신녀 아, 그렇군요!

지금을 기억하여,

세상 사람들에게 권하노니, 마음의 막膜을 걷어 내시오,

망향대에 오르면 눈이 절로 열리리라.

〈하권에서 계속〉

새롭게 을유세계문학전집을 펴내며

을유문화사는 이미 지난 1959년부터 국내 최초로 세계문학전집을 출간한 바 있습니다. 이번에 을유세계문학전집을 완전히 새롭게 마련하게 된 것은 우리가 직면한 문화적 상황에 적극적으로 대응하기 위해서입니다. 새로운 을유세계문학전집은 세계문학의 역할이 그 어느 때보다 중요해졌다는 인식에서 출발했습니다. 오늘날 세계에서 타자에 대한 이해는 우리의 안전과 행복에 직결되고 있습니다. 세계문학은 지구상의 다양한 문화들이 평등하게 소통하고, 이질적인 구성원들이 평화롭게 공존할 수 있는 문화적인 힘을 길러 줍니다.

을유세계문학전집은 세계문학을 통해 우리가 이런 힘을 길러 나가야 한다는 믿음으로 만들어졌습니다. 지난 5년간 이를 준비하기 위해 많은 노력을 기울였습니다. 세계 각국의 다양한 삶의 방식과 문화적 성취가 살아 있는 작품들, 새로운 번역이 필요한 고전들과 새롭게 소개해야 할 우리 시대의 작품들을 선정했습니다. 우리나라 최고의 역자들이 이들 작품 속 한 문장 한 문장의 숨결을 생생히 전하기 위해 심혈을 기울였습니다. 또한 역자들은 단순히 번역만 한 것이 아니라 다른 작품의 번역을 꼼꼼히 검토해 주었습니다. 을유세계문학전집은 번역된 작품 하나하나가 정본(定本)으로 인정받고 대우받을 수 있도록 최선을 다했습니다. 세계문학이 여러 경계를 넘어 우리 사회 안에서 주어진 소임을 하게 되기를 바라며 을유세계문학전집을 내놓습니다.

을유세계문학전집 편집위원단(가나다 순)
김월회(서울대 중문과 교수)
김헌(서울대 인문학연구원 교수)
박종소(서울대 노문과 교수)
손영주(서울대 영문과 교수)
신정환(한국외대 스페인어통번역학과 교수)
정지용(성균관대 프랑스어문학과 교수)
최윤영(서울대 독문과 교수)

을유세계문학전집

울유세계문학진집은 계속 출간됩니다.

을유세계문학전집 연표